Wymarzony dom

Magdalena
Kordel

WYMARZONY DOM

MALOWNICZE

Wydawnictwo Znak • Kraków 2014

Projekt okładki
Agnieszka Kucharz-Gulis

Fotografia na pierwszej stronie okładki
Philip Lee Harley / Getty Images / Flash Press Media

Fotografia autorki na skrzydełku
Adam Golec

Opieka redakcyjna
Anna Rucińska-Barnaś

Adiustacja
Karolina Macios

Korekta
Julita Cisowska
Barbara Wójcik

Łamanie
Ryszard Baster

ISBN 978-83-240-2991-4

znak

Książki z dobrej strony: www.znak.com.pl
Społeczny Instytut Wydawniczy Znak, 30-105 Kraków, ul. Kościuszki 37
Dział sprzedaży: tel. (12) 61 99 569, e-mail: czytelnicy@znak.com.pl
Wydanie I, Kraków 2014. Printed in EU

ROZDZIAŁ I

Większość zwykła uważać, że o wiele lepiej jest porzucić, niż zostać porzuconą. Madeleine należała do większości. I tak trudno byłoby wymagać od Grzegorza, żeby definitywnie zakończył związek, który w jego oczach był po prostu idealny. Mieszkali osobno („nowoczesność i samodzielność", jak często powtarzał, „jest podstawą zachowania niezbędnej autonomii", do czego zwykł wracać, gdy podrywając się z łóżka po pospiesznym seksie, natykał się na jej pełen wyrzutu wzrok), obiady jadali u niej („wspólne posiłki integrują związek oparty na swobodzie i niezależności"). Posiłki ofiarnie przygotowywała sama, bo Grzegorz był miłośnikiem domowej kuchni, a wieczory spędzali oddzielnie, bo, jak twierdził, skoro pracowali razem, należało im się trochę „odpoczynku". Zresztą soboty i niedziele też zwykł wydzielać Madeleine nader skąpo.

– Sama rozumiesz, kotku, przyjaciele też są ważni, a w tygodniu zwykle nie mają tyle czasu co ja – mówił, zostawiając talerz na stole i posyłając jej z przedpokoju całusa. Zanoszenie naczyń do zlewu, nie mówiąc już o zmywaniu, uważał za czynności wybitnie niemęskie.

Madeleine już jakiś czas temu zaczęła się zastanawiać, jak wplątała się w ten układ. I jakim cudem wytrzymała z Grzegorzem prawie dwa lata. Nie znajdowała na to żadnego rozsądnego wytłumaczenia, a już na pewno nie chodziło o miłość. Kiedyś chyba była w nim zakochana, ale to uczucie szybko zamieniło się w przyzwyczajenie. Gdyby chociaż zauważyła ten moment przemiany, może wtedy by zareagowała i oszczędziła sobie tych dwóch lat. Teraz przyglądała się sobie uważnie, malując rzęsy przed lustrem. O dziwo, decyzja wcale nie wymagała od niej poświęcenia, Madeleine nie miała nawet cienia wątpliwości, jak powinna postąpić. I gdyby nie pewien problem, zrobiłaby to już wcześniej. Grzesiek był szefem i właścicielem firmy, w której Madeleine pracowała jako tłumaczka języka francuskiego, co komplikowało wiele spraw.

– Zobaczysz, jak go zostawisz, może ci tak umilić życie, że będziesz musiała zmienić pracę – przestrzegała przyjaciółka Klara. – Mówiłam ci, że romans z przełożonym to fatalny pomysł.

Cóż, z perspektywy czasu trudno było nie przyznać jej racji. Ale w końcu szef nie szef, nie mogła do końca życia tkwić w chorym układzie.

Najwyżej mnie zwolni. Może to nie byłoby takie złe, utknęłam w tej firemce zupełnie jak w związku z Grześkiem. Szczerze mówiąc, już od dawna marzy mi się całkowita zmiana, pomyślała, wrzucając kosmetyczkę do torebki.

Zapomniała, że czasami warto być ostrożnym z wypowiadaniem życzeń. Bo niektóre marzenia dość nieoczekiwanie mogą się spełnić.

W biurze jak zwykle o tej porze panował spokój. Madeleine chyba po raz pierwszy, odkąd tu pracowała, zignorowała ogonek stojący do automatu z kawą i ruszyła prosto do gabinetu Grzegorza.

– Skoro już mam to zrobić, nie ma na co czekać – mruknęła, bezszelestnie otwierając drzwi, i stanęła jak wryta.

Jej oczom ukazała się stojąca tyłem wysoka brunetka w niebotycznie wysokich szpilkach i prawie niewidocznej spódnicy. Schylała się właśnie po papiery do jednej z najniższych szuflad w szafce tuż koło biurka szefa.

– Wspaniale, myślę, że będzie pani doskonałą sekretarką – z zachwytem stwierdził Grzegorz, wstając i poklepując brunetkę po wypiętej pupie.

– Ja też tak uważam – odezwała się wreszcie, z satysfakcją patrząc na ich zaskoczone miny. – Właściwie dobrze się stało, że właśnie teraz egzaminowałeś panią, bo ułatwiłeś mi sytuację. Odchodzę! I od ciebie, i z pracy! – dodała, bo nagle z całą jasnością zdała sobie sprawę, że nie jest w stanie pracować z Grześkiem. Po co utrudniać sobie nawzajem życie?

– *Au revoir*, Grzesiu – dodała stanowczo i wyszła, cicho zamykając za sobą drzwi.

Sama nie była jeszcze pewna, czy to, co czuje, jest mieszanką żalu i wściekłości, czy też raczej ulgi i euforii, ale wiedziała, że podjęła słuszną decyzję.

Cóż, trzeba będzie to uczcić jakimś winem albo jeszcze lepiej szampanem, postanowiła, zbierając z biurka swoje rzeczy i wrzucając je do pudła. I rozejrzeć się za nową pracą. Ale to za kilka dni. Nie miała urlopu od dwóch lat, a skoro i tak rzuciła pracę, spokojnie może pobyć bezrobotną trochę dłużej.

Wsunęła pudło pod pachę i machając koleżankom z sąsiedniego boksu, opuściła biuro z przyjemną świadomością, że jest tu po raz ostatni.

Niestety, jeżeli myślała, że uda jej się odejść bez przeszkód, była w błędzie. Ledwo wyszła na ulicę, dogonił ją Grzegorz.

– Posłuchaj, nie możesz odejść! Nie pozwolę ci porzucić pracy, nie mówiąc już... O mnie! Jesteśmy dla siebie stworzeni, a tamten incydent... Nie sądziłem, że tak się przejmiesz. W końcu jesteśmy w nowoczesnym związku...

– Grzegorz, nie rób scen – Madeleine zaczynała mieć dość. – Ten „incydent" tylko mnie utwierdził w tym, co i tak zamierzałam zrobić. Więc teraz wracaj do biura i zachowuj się jak na szefa przystało. W innym wypadku zaczną cię wytykać palcami – dodała, sugestywnie spoglądając w okna, z których ciekawie zerkali pracownicy Grześka. – Za moment dostaniemy się na języki i o ile mnie to niewiele obchodzi, bo już tu nie pracuję, to ty zostajesz i zapewne nie będziesz zachwycony, że o tobie gadają. Jutro podrzucę ci wypowiedzenie.

– Wracam, ale to nie koniec. Nie oszukasz mnie. Po prostu jesteś zraniona i działasz pod wpływem emocji. Nie dam ci odejść.

Jeżeli myślała, że Grzegorz rzucał tylko czcze pogróżki, po południu musiała zmienić zdanie. Właśnie szykowała się do wyjścia, gdy w drzwiach zachrobotał klucz. Madeleine ze złością przypomniała sobie, że sama wręczyła mu dodatkowy komplet. W ostatnim momencie zdążyła założyć łańcuch i dla pewności przyblokowała nogą drzwi.

– Madziu, nie będziesz chyba ciągnąć tego przedstawienia? – Grzegorz usiłował wsunąć głowę przez niewielką szparę. – Już mi dałaś do zrozumienia, że jesteś niezadowolona, wystarczy. Teraz może dasz się przeprosić – dodał uwodzicielsko i w szparze ukazała się ręka z butelką wina.

– Przyjmuję przeprosiny – powiedziała, sięgając po butelkę, a drugą ręką usiłując bezszelestnie włożyć klucz do zamka. – Nie gniewam się. A teraz do widzenia! – dodała, zatrzaskując drzwi i jednocześnie przekręcając klucz.

Grzegorz nie poddał się tak łatwo, szarpał jeszcze przez chwilę klamkę i nie odpuścił, nawet gdy zagroziła, że wezwie policję.

– Albo ja to zrobię! – Madeleine usłyszała głos swojej sąsiadki. – Co to za zwyczaje, żeby się tak panience narzucać! I to w jaki sposób! Myśli taki jeden z drugim, że wystarczy włożyć garnitur i już z chama zrobi się pan! Im jestem starsza, tym więcej słuszności widzę w podziałach klasowych. Przynajmniej człowiek wiedział, czego się spodziewać po mężczyźnie we fraku, a teraz byle chłop może zawiązać krawat i wpuszczać w maliny przyzwoitych ludzi.

– A pani z jakiej racji się wtrąca?! – głos Grzegorza aż drżał z wściekłości. – To nie pani sprawa!

– To się nazywa zainteresowanie bliźnim – powiedziała pani Basia rozeźlona. – Ale po kimś takim trudno spodziewać się, że to zrozumie.

– Pani Basiu, niech się pani nie denerwuje – krzyknęła, nie odrywając oka od judasza. – Ten pan już sobie idzie!

– Ja się, dziecko, nie denerwuję! Ja przeżyłam wojnę, powstanie warszawskie, Niemców się nie bałam, to byle chłystka też się nie przestraszę. – Pani Basia wojowniczo wzięła się pod boki. – Idzie pan czy mam zadzwonić do wnuka?

– Ten wnuk jest policjantem, radziłabym ci zniknąć, zanim się na ciebie porządnie rozeźli, bo z tego, co mi wiadomo, jest bardzo przywiązany do babci – poradziła mu zza drzwi Madeleine.

– Idę, ale jeżeli myślisz, że się mnie pozbędziesz, jesteś w błędzie! Posiedzę sobie w samochodzie pod blokiem. To chyba nie jest zabronione? – zapytał z przekąsem. – Kiedyś w końcu będziesz musiała wyjść – rzucił mściwie w kierunku zamkniętych drzwi.

– Możesz już otworzyć, dziecko – usłyszała głos pani Basi, gdy na klatce zapanowała cisza. – Poszedł.

– Dziękuję. – Madeleine z westchnieniem ulgi wyjrzała na klatkę. – Nie wiem, jak bym się go pozbyła bez pani pomocy. Obawiam się, że w końcu wyważyłby drzwi. Teraz nie pozostaje mi nic innego, jak wymienić zamki... Mam nadzieję, że nie będzie próbował tu wrócić w czasie mojej nieobecności...

– W pierwszej kolejności to ty musisz zastanowić się, jak wyjść, żeby go nie spotkać. Zapowiedział przecież, że będzie siedział w samochodzie – przypomniała pani Basia, przygładzając króciutko przycięte siwe włosy.

– O matko, no tak! Zepsuje mi cały wieczór – jęknęła Madeleine. – Nawet nie mam szans, żeby niepostrzeżenie się wymknąć...

– To może ja jednak zawezwę wnuka? Odwiezie cię tam, gdzie chcesz, a poza tym ten laluś nie będzie robił scen przy policji.

– To nie przejdzie. Grzegorz to może i laluś, ale za to uparty. Sceny pewnie nie zrobi, ale z całą pewnością za nami pojedzie i będę go miała na karku, jak tylko pani wnuk zniknie z pola widzenia. Chyba nie pozostaje mi nic innego, jak zostać w domu. W końcu znudzi się czatowaniem i zrezygnuje.

– Za szybko się poddajesz, moje dziecko – mruknęła pani Basia. – Obróć no się, kochana – zadysponowała i okręciła zdziwioną dziewczynę w kółko. – Przy odrobinie pomocy powinno się udać – zawyrokowała.

– Ale co powinno się udać? – Zaniepokojona Madeleine przestąpiła z nogi na nogę.

– A, to za chwilę zobaczysz. Jesteś już gotowa do wyjścia?

– Prawie, muszę tylko wziąć torebkę...

– To bierz i chodź za mną – oznajmiła ożywionym głosem starsza pani i nie oglądając się za siebie, zeszła na dół.

Idąc, a właściwie biegnąc do Klary, Madeleine odczuła na własnej skórze, co znaczy „być na widelcu". Czuła ślizgające się po niej nieprzychylne spojrzenia przechodniów. Taksówkarz, którego udało jej się zatrzymać, popatrzył na nią z niesmakiem i stwierdził, że nie zamierza po jednym kursie prać całej tapicerki, po czym odjechał z piskiem opon. Madeleine zmięła w ustach wszystko, co miała ochotę powiedzieć temu gburowi, i starając się nie zwracać uwagi na gapiących się na nią ludzi, pognała przed siebie. Gdy w końcu stanęła przed furtką prowadzącą do domu przyjaciółki, była ledwo żywa. Obiecała sobie solennie, że już nigdy nie da się podpuścić żadnej staruszce. Za nic na świecie. Nawet gdyby musiała do końca swych dni siedzieć we własnym mieszkaniu.

– Jezus Maria! – tyle tylko powiedziała na jej widok Klara.

– Z dwojga złego wolę Maria – mruknęła Madeleine. – Przynajmniej dobrze się kojarzy... Wpuścisz mnie?

– Co się stało? Wyglądasz jak ofiara napadu, dzwonić po policję? – Klara odzyskała już zdolność trzeźwego myślenia i niemal wciągnęła przyjaciółkę do środka.

– Jeżeli jest jakaś jednostka doprowadzająca do porządku kobiety, które utknęły w piwnicznym okienku, to dzwoń. Jak przyjedzie jakiś przystojniak, to nawet pozwolę mu się wykąpać. – Madeleine z niesmakiem popatrzyła na swoje odbicie w lustrze zajmującym całą ścianę przedpokoju. Teraz już nie dziwiła się tak bardzo taksówkarzowi. Na jego miejscu zachowałaby się tak samo.

– Utknęłaś w piwnicznym okienku? – powtórzyła Klara, patrząc na Madeleine z niedowierzaniem. – Jakim cudem?

– No normalnie, wychodziłam i nagle okazało się, że tkwię jednym końcem w piwnicy, a drugim na zewnątrz...

– Nie o to pytam. Po co łaziłaś po piwnicach?

– Po pierwsze nie po piwnicach, tylko po piwnicy, po drugie nie łaziłam, tylko wyłaziłam, po trzecie pani Basia stanowczo twierdziła, że to bułka z masłem i ona w konspiracji robiła to tysiące razy. Ale wtedy okienka były większe albo dziewczyny mniejsze... Postaram się to ująć krótko i dać ci szansę na twoje: „a nie mówiłam!" – dodała na widok zdziwionej miny Klary, która nic nie rozumiała z jej odpowiedzi. – Więc dziś zerwałam z Grzegorzem, rzuciłam pracę i nie wpuściłam go do domu, mimo że niemal siłą starał się do mnie dostać. W końcu spod moich drzwi wypłoszyła go pani Basia, grożąc policją i wytrącając go zupełnie z równowagi, bo wspominała o tym, że garnitur z chłopa nie zrobi pana... Dorzuciła też coś o słuszności podziałów klasowych, a sama wiesz, jak

Grzegorz jest czuły na tym punkcie... Oczywiście nie mógł darować sobie ostatniego słowa i stwierdził, że skoro tak, to posiedzi sobie w samochodzie pod blokiem... W tej sytuacji musiałam niepostrzeżenie wydostać się z domu, bo inaczej miałybyśmy go na głowie i pomysł z okienkiem wydał mi się atrakcyjny... Oczywiście do momentu, gdy okazało się, że nie mogę się wydostać. Na szczęście pani Basia ma dobrą kondycję, bez jej pomocy zapewne zostałabym tam na wieki. Tak więc jestem bezrobotna, „bezchłopna", obolała i bardzo szczęśliwa. Zdaje mi się, że starłam sobie skórę na biodrach...

– Nie wiem dlaczego, ale „szczęśliwa" jakoś mi nie bardzo pasuje do tego zestawu. – Klara z trudem przetrawiała te wszystkie rewelacje. – I zupełnie nie wiem, z jakiej racji miałabym teraz powiedzieć: a nie mówiłam...

– Bo mówiłaś – przyznała z rozbrajającą szczerością Madeleine – że szef i związek to złe połączenie.

– To rzeczywiście powtarzałam wielokrotnie, ale przepowiadałam ci raczej inną przyszłość. Standardowo to on powinien wywalić cię na zbity pysk... A ty tonąć we łzach i wić się z rozpaczy. Tymczasem nawet pod tą czarną warstwą widać, że promieniejesz. Więc wybacz, nijak nie mogę skwitować tego moim ulubionym powiedzeniem. A teraz dam ci ręcznik i zapędzę do łazienki, co? Oczywiście wolałabym natychmiast wziąć cię na spytki i wyciągnąć wszystkie szczegóły, ale za chwilę przyjdzie tu moja mama i obawiam się, że na twój widok mogłaby dostać zawału, a tego absolutnie bym sobie nie życzyła. Więc idź i doprowadź się szybko do porządku, a ja tymczasem zrobię kawę. Jak się pospieszysz, może jeszcze zdążymy pogadać w cztery oczy.

– Właściwie powiedziałam już wszystko, ale nawet jak przyjdzie pani Lilka, odpowiem na każde pytanie. Słowo daję, nawet uczynię to z przyjemnością. Jakby spojrzeć z boku na całą tę historię, okazuje się dość zabawna. Z tych, co to się po latach opowiada jako rodzinną anegdotkę. Swoją drogą, cieszę się, że twoja mama ma zamiar wpaść! – krzyknęła już z łazienki. – Nie widziałam jej całe wieki.

– Zupełnie jak ja. Ostatnio była podejrzanie zajęta i haniebnie mnie zaniedbała. Przez telefon miała dziwny głos, przeczuwam, że znów coś wymyśliła – odkrzyknęła Klara i przez uchylone drzwi podała Madeleine dresowe spodnie i sweter. – A co właściwie teraz zamierzasz zrobić? – zapytała, gdy jej przyjaciółka wychodziła z łazienki, wycierając ręcznikiem mokre włosy.

– Nie wiem. Po raz pierwszy od kilku lat nie mam żadnych planów. Chyba wykorzystam ten niespodziewany urlop i gdzieś wyjadę. Może w góry. Dawno nie byłam, a wiesz, jak kiedyś kochałam włóczęgę. Dzięki Bogu, o pieniądze nie muszę się martwić. U Grzegorza zarabiałam bardzo dobrze, ojciec nadal uparcie reguluje opłaty za moje mieszkanie, twierdząc, że dopóki nie wyjdę za mąż, ktoś musi się mną opiekować, no i nadal co miesiąc wpływa mi na konto spora kwota od tego tajemniczego francuskiego wuja.

– No właśnie, dowiedziałaś się w końcu, kto to? Miałaś podpytać mamę.

– Podpytuję, ale zbywa mnie jakimiś półsłówkami. Do tej pory nie miałam odwagi tknąć tych pieniędzy, bo dziwnie się czuję z tą finansową tajemnicą, a uzbierała się z tego całkiem niezła sumka. Wiesz co, jak teraz na to patrzę, jestem bardzo zamożną osobą.

– Cóż, przynajmniej masz wabik na kawalerów – roześmiała się Klara, sięgając po puszkę z herbatnikami. – Posag dobra rzecz, w razie groźby staropanieństwa możesz zawsze przekupić jakiegoś brzydala stojącego na krawędzi bankructwa.

– Wiesz co, bankruta jeszcze rozumiem, ale dlaczego od razu brzydala? Skoro miałby polecieć na kasę, ja też chciałabym coś z tego mieć. Może być ubogi, ale przynajmniej musi być przystojny. Czy mi się wydaje, czy ktoś dzwoni do drzwi?

– Nie wydaje ci się, to na pewno mama. Mam złe przeczucia – westchnęła Klara i poszła otworzyć.

Rzeczywiście, wystarczyło jedno spojrzenie na panią Lilkę, żeby docenić instynkt jej córki. Włosy, zwykle porządnie spięte, dziś miała w nieładzie, żakiecik nie pasował do spódnicy, a z przewieszonej przez ramię torebki wystawała butelka z winem. Zrzuciła na podłogę wielką torbę, po czym ciężko oddychając, usiadła na stołeczku. Z poważną miną popatrzyła na córkę i dopiero po chwili dostrzegła Madeleine.

– Dzień dobry, pani Lilko – Madeleine pierwsza przerwała ciszę i rozsądnie postanowiła udawać, że niczego niepokojącego nie dostrzega. – Klara właśnie zaparzyła świeżą kawę, napije się pani z nami?

– Kawa o tej porze w moim wieku jest wysoce niewskazana, ale przyniosłam ze sobą coś innego – dodała, wyciągając z torebki butelkę, którą wręczyła zaskoczonej córce.

– Rozumiem, że w przeciwieństwie do kawy to jest w twoim wieku wskazane? – zagadnęła Klara, spoglądając na matkę z niepokojem.

– A co ma do tego wiek, moje dziecko? W stanie, w jakim się znajduję, nic innego nie wchodzi w grę – westchnęła pani

Lilka, wstając ze stołka i wygładzając spódnicę. – Potrzebuję porządnego znieczulenia. Zresztą nie tylko ja – dodała, rzucając córce znaczące spojrzenie.

– Wyczuwam kłopoty. I widzisz, teraz mogę z czystym sumieniem powiedzieć: „a nie mówiłam" – zwróciła się do Madeleine. – Wiedziałam, po prostu wiedziałam!

Pani Lilka udała jednak, że nie słyszy, i poszła prosto do salonu, gdzie usadowiła się w głębokim fotelu i z westchnieniem ulgi oparła nogi na podnóżku.

– To może poczekajmy jeszcze na Piotrusia – zaproponowała, kiedy dziewczyny dołączyły do niej z filiżankami w ręku.

– Piotrek pojechał w delegację. Tym razem twój ulubiony zięć ci nie pomoże. – Klara nieznacznie się uśmiechnęła, doskonale wiedząc, że mama liczyła najbardziej właśnie na poparcie Piotrka. Jej mąż uwielbiał teściową, zresztą z wzajemnością. – Tak więc, moja droga mamo, mów!

– Klara, chodź ze mną na chwilę do kuchni, ja też przyniosłam wino, a nie wiem, gdzie trzymasz korkociąg. – Madeleine za plecami pani Lilki zamachała przynaglająco ręką i nie oglądając się, wyszła z pokoju.

W kuchni odkręciła wodę i przymknęła drzwi.

– Możesz mi wyjaśnić, co robisz? – zainteresowała się Klara.

– Nie chcę, żeby twoja mama nas słyszała – wyszeptała Madeleine. – Wiem, że jesteś zdenerwowana, całkowicie cię rozumiem, ale nie sądzisz, że lepiej będzie załatwić to trochę inaczej?

– Inaczej? Ty chyba zapomniałaś, z kim masz do czynienia! Przecież to moja matka, która ewidentnie coś przeskrobała!

A to oznacza, że będzie kluczyć i zwodzić, aż w końcu przyprzemy ją do muru! Przepraszam cię, ale nie mam ochoty na te wszystkie ceregiele i wolę zrobić to od razu.

– A nie pomyślałaś, że lepiej będzie po prostu ją upić? – mówiąc to, Madeleine wyciągnęła ze swojej torebki butelkę.

– Każesz mi spić własną matkę?

– Spić! Od razu takie wielkie słowa! Powiedzmy, że tylko lekko podchmielić. Ona i tak przyszła tu z zamiarem wyznania ci swoich win, więc alkohol to tylko ułatwi, a ty będziesz miała z głowy całe męczące śledztwo. Więc chwilowo pogadaj o pogodzie, albo jeszcze lepiej ja opowiem o mojej porannej przygodzie w biurze, a ty dbaj o pełne lampki. Zobaczysz, ani się obejrzysz, jak twoja mama wyśpiewa całą prawdę.

– Dobrze, może i masz rację. – Klara zakręciła wodę i wyciągnęła z szuflady korkociąg. – Chociaż upijanie własnej matki jest chyba trochę niemoralne...

Dopiero w połowie trzeciej butelki, którą po długich poszukiwaniach znalazły w kuchennej szafce, Klara zorientowała się, że sytuacja wymknęła się spod kontroli. Niewątpliwie alkohol spełnił swe zadanie, ale rezultat był taki, że i Madeleine, i pani Lilka świetnie się bawiły, rozchichotane niczym nastolatki zgodnie wznosiły toasty za wolność i swobodę.

– Córciu, dolej nam jeszcze – zadysponowała pani Lilka, zaglądając do opróżnionego kieliszka i chwiejnie odstawiając go na stół.

– Mamo, może jednak wystarczy...

– Nie wystarczy, absolutnie nie wystarczy, bo teraz ja będę mówić – odrzekła starsza pani.

Klara z rezygnacją napełniła dwie lampki i spojrzała wyczekująco na matkę.

– Otóż wygląda na to, że muszę z tobą zamieszkać.

– A, to wspaniale, będziemy się częściej widywać – ucieszyła się Madeleine, zanim Klara zdołała coś powiedzieć. – Jestem całkowicie za! Wypijemy za to?

– Moment. Jak to ze mną zamieszkać? – Klara postanowiła zignorować wstawioną Madeleine i skupiła się na matce. – Dlaczego?

– A dlatego, że twój ojciec wyrzuci mnie już niedługo z domu – wyjaśniła pani Lilka, płynnie przechodząc z rozbawienia do łez. – Niczego nie rozumie, jak to mężczyzna – dodała, ocierając sobie oczy.

– Aha... A dokładnie czego nie rozumie? – zapytała Klara, wznosząc się na wyżyny cierpliwości.

– Na przykład tego, że czasami trzeba coś zrobić nawet wbrew jego woli. A twój ojciec już w ogóle zatracił jakiekolwiek poczucie przyzwoitości! Żeby akurat teraz wykupywać głupi rejs do Norwegii!

– Mamo, ale przecież to twoje marzenie! Odkąd pamiętam, mówiłaś, że chcesz na własne oczy zobaczyć Trollstigen i ten znak „Uwaga na trolle", fiordy...

– Chciałam, chciałam! I tych fiordów, i romantycznych kolacji, ale, na miłość boską, nie teraz, kiedy właśnie kupiłam dom!

– Jezus Maria! – Klara złapała się za głowę. – Jaki dom?

– Jaki, jaki! Wy wszyscy jesteście tacy sami! Nikt mnie nie słucha! Jaki ja dom mogłam kupić, i to bez wiedzy Henryka?

– Chyba nie chcesz mi powiedzieć, że to ma związek z historią zaginionego krewnego? Jednak właśnie to chcesz mi powiedzieć – na widok skruszonej miny matki Klara udzieliła sobie sama odpowiedzi. – Mamo, jak mogłaś? Tata ci tego nie wybaczy!

Pani Lilka nie musiała odpowiadać, jej mina mówiła sama za siebie. Madeleine przyglądała się im obu, stukając palcem w pustą lampkę. Zdecydowanie nie powinna tyle pić, ale przecież robiło się coraz ciekawiej.

– Pamiętasz, jak mówiłam ci, że tata pojechał z misją specjalną uratowania kapliczki? – zwróciła się do niej Klara, opierając się z rezygnacją o poduszkę. – W góry, na badania ze studentami? Razem z nim pojechała mama i traf chciał, że na cmentarzu znalazła nagrobek ze swoim panieńskim nazwiskiem. Pochowany tam był niejaki Piotr i mama uważa, że to jej zaginiony przed wojną krewny. Po nim został w miasteczku dom, który gmina wystawiła na sprzedaż z racji tego, że ów Piotr zmarł bezpotomnie i na nikogo nie przepisał majątku. Od tamtego momentu mama nie mogła znieść myśli, że ten dom nie ma właściciela...

– Bo to jednak moja rodzina! A dom to jedyne, co zostało po Piotrusiu. Mama przez całe życie go wspominała i ubolewała, że nie udało się go odnaleźć. Czuję się w obowiązku, muszę zaopiekować się tym, co jest związane z Piotrem! Ale cóż, wy, młodzi, tego nie zrozumiecie. Może kiedyś, jak będziecie w moim wieku... – Pani Lilka westchnęła, co tylko rozjuszyło Klarę.

– Mamo, co ty sobie w ogóle wyobrażałaś?! Że tata nie zauważy braku pieniędzy?

– Ale to miało być tylko na chwilę! Do momentu, aż znajdę kupca. I tak by się stało, gdyby twojemu ojcu nie przyszło do głowy, że na stare lata będzie spełniał moje marzenia! Przecież te pieniądze wcześniej czy później wróciłyby na konto!

– A gdzie jest ten dom? – zainteresowała się Madeleine, z trudem odstawiając lampkę na stolik.

– W górach, gdzieś na końcu świata – mruknęła Klara.

– W górach... Świetnie! Mam pewien pomysł. A pani, pani Lilko, może się już w ogóle nie martwić – dodała i to zapewnienie sprawiło, że Klara z miejsca poczuła się bardzo zaniepokojona.

ROZDZIAŁ II

Obudziła się z potwornym bólem głowy i świadomością, że coś się stało. Powoli przed jej oczami przesuwały się urywki wspomnień z minionego wieczoru: matka Klary śmiejąca się serdecznie z opowieści o rzucaniu Grześka, Klara dolewająca wina, jakaś opowieść o kupionym domu zaginionego krewnego, pełne łez oczy pani Lilki i... Madeleine zmarszczyła w skupieniu brwi, ale wspomnienie nie chciało zniknąć. Przed oczami bardzo wyraźnie widziała kartkę i swoją rękę podpisującą...

– O Boże – jęknęła, zwlekając się z łóżka. – Mam nadzieję, że wszystko sobie wymyśliłam! To nie może być prawda!

– Wstałaś? – usłyszała zza drzwi głos przyjaciółki. – Musimy pogadać.

Klara, nie czekając na zaproszenie, otworzyła drzwi i trzymając się pod boki, przyglądała się Madeleine spod zmrużonych powiek.

– Czy ty wiesz, co zrobiłaś? Pamiętasz cokolwiek?

– Niestety chyba tak. A twoja reakcja utwierdza mnie w przekonaniu, że to, co pamiętam, niekoniecznie jest wytworem mojej wyobraźni... Czy ja obiecałam coś twojej mamie?

– Żebyś tylko obiecała! Ty z nią podpisałaś umowę przedwstępną!

– Czy mogłabyś tak nie krzyczeć? – Madeleine przycisnęła dłonie do pulsujących skroni. – Zamiast się nade mną znęcać, dałabyś mi lepiej coś przeciwbólowego... Twoja mama już wstała? – zapytała, idąc potulnie za Klarą do kuchni.

– Wstała, wypiła dzbanek wody z cytryną i położyła się z powrotem. Mimo potężnego kaca radosna jak skowronek. Czy ty wiesz, że ona jest przekonana, że załatwiła sprawę? – Klara ze złością podała jej opakowanie tabletek i z rozmachem postawiła na stole szklankę z wodą. – Usiłowałam jej uświadomić, że to był jedynie skutek zamroczenia alkoholowego i że ty wcale, a wcale nie zamierzasz od niej kupić tego nieszczęsnego domu, ale ona jak zwykle myśli, że wie lepiej!

– Czyli dobrze pamiętam, że rzecz dotyczyła domu – przerwała tę tyradę Madeleine. – I rzeczywiście coś tam podpisałam... Jak to możliwe, że w naszym stanie udało nam się sporządzić umowę...

– A, bo ty nie znasz jeszcze mojej mamy! Ona jest zawsze na wszystko przygotowana. Miała gotowe wydruki. Wystarczyło wpisać dane i złożyć podpis, a z tym wyjątkowo sprawnie sobie poradziła. Gdybym na własne oczy nie widziała, ile wcześniej wypiła, przysięgłabym, że udaje. – Klara z niedowierzaniem pokręciła głową. – Tak czy inaczej, teraz ją obudzę, a ty będziesz musiała jej powiedzieć, że wytrzeźwiałaś i że niestety nie możesz kupić od niej domostwa zaginionego krewnego.

– Poczekaj chwilę... Gdzie jest ta umowa?

– Leży na szafce. Na co niby mam czekać?

– Słuchaj, ten dom jest niewiarygodnie tani... – Madeleine, usiłując nie zwracać uwagi na łupanie w głowie, przebiegła oczami zadrukowaną kartkę. Rzeczywiście, na końcu widniał jej podpis.

– W Malowniczem nieruchomości są tańsze. A ten konkretny dom, o ile mi wiadomo, długi czas nie mógł znaleźć nabywcy. Sukcesywnie obniżano cenę. Wiesz, małe miasteczko to raczej miejsce, z którego się wyjeżdża, niż do niego sprowadza. Swoją drogą, kwota jak za dom niewielka, ale to wszystkie oszczędności moich rodziców. Podejrzewam, że to jakieś nawiedzone miejsce, które rzuciło urok na moją matkę i dlatego zrobiła coś tak niewiarygodnie głupiego. A i ty się nie popisałaś! Że też dałam ci się namówić na ten podstęp z winem!

– Pomysł był dobry, tylko trochę wymknął się spod kontroli. Ale nie ma tego złego, co by na dobre nie wyszło... – Madeleine ku swojemu zaskoczeniu poczuła, że podjęła właśnie niespodziewaną decyzję. – Jak się pospieszymy, to pan Henryk nawet nie zauważy, że na koncie czegoś brakuje. Jak mi włączysz komputer, zlecę przelew.

– Ty chyba nie mówisz poważnie! Albo ewentualnie jeszcze do końca nie wytrzeźwiałaś! Nie kupuje się domu, nawet go nie oglądając! Poza tym, po co ci chałupa na końcu świata? Co tam będziesz robić? – Klara popatrzyła na swoją przyjaciółkę jak na osobę, która właśnie postradała resztki rozumu.

– Nic. Właśnie, zupełnie nic – odpowiedziała z beztroskim uśmiechem. – Pojadę tam, obejrzę, co zakupiłam, przemieszkam tam kilka dni, a może tygodni... A jeśli się nie da, wynajmę jakiś pokój w okolicy. I tak przecież miałam wyjechać w góry. Po prostu nie mam sumienia zawieść twojej mamy. Dla niej to ogromna suma, a dla mnie... Sama wiesz. Pieniądze i tak leżą nietknięte na moim koncie. – Madeleine wzruszyła lekko ramionami.

Klara przez moment siedziała oniemiała, wpatrując się w nią rozszerzonymi ze zdumienia oczami.

– Nie wiem, co było w tym winie, ale coraz bardziej się cieszę, że zbyt dużo go nie wypiłam – powiedziała wreszcie. – Posłuchaj, kocham swoją mamę i bardzo bym chciała oszczędzić jej problemów, ale nie mogę ci nie powiedzieć, że to idiotyczny pomysł! Dom to nie nowa torebka albo sweterek. Nie możesz kupić go ot tak, bo mojej mamie coś odbiło i napytała sobie biedy!

– Ależ ty jesteś nudna. – Madeleine z ulgą poczuła, że proszek nareszcie zaczyna działać. Łupanie w głowie jakby ustawało. – Zero spontaniczności! Poza tym, przecież ci mówię, że dla mnie to żadna różnica. Kupię, potem sprzedam i po sprawie. Mój brat twierdzi, że na ziemi nigdy się nie straci. A twoja mama nie będzie miała kłopotów.

– Kupię i sprzedam – przedrzeźniała ją Klara. – Już widzę, jak chętni walą drzwiami i oknami!

– Pokaż mi lepiej na mapie, gdzie jest to całe Malownicze, i włącz komputer. – Madeleine jednym haustem opróżniła szklankę z wodą. – Ostatecznie podpisałam tę umowę, a obietnic trzeba dotrzymywać.

– Jesteś nienormalna. – Klara sugestywnie popukała się palcem w czoło. – I pamiętaj, że cię ostrzegałam!

Dopiero po powrocie do domu do Madeleine dotarło, co właściwie zrobiła. Kupiła dom, którego nie widziała nawet na zdjęciu, w miasteczku, o którym do dzisiejszego ranka nie wiedziała, że istnieje. Z westchnieniem sięgnęła po mapę Sudetów.

– Zabierz ją, bo znając ciebie, żadnej w domu nie posiadasz – powiedziała Klara, wpychając jej mapę do torebki. – Dawno nie miałam takiego mętliku w głowie. Z jednej strony kamień spadł mi z serca, bo nie wiem, jak bez twojej pomocy to szaleństwo by się skończyło. Pewnie ojciec śmiertelnie pogniewałby się na mamę. Z drugiej strony nadal nie mogę uwierzyć w to, co zrobiłaś. I nie wiem, czy mam się martwić tylko trochę, czy bardzo.

Madeleine zostawiła Klarę z tym dylematem. Z całą pewnością mogła się zgodzić z przyjaciółką co do jednego: i ona dawno już nie odczuwała takiego zamętu. Z głębokim westchnieniem rozłożyła mapę na stole. Malownicze było zaledwie maleńką kropką na zielonym tle. Aż trudno było uwierzyć, że w tym mikroskopijnym punkcie mieszczą się domy, ludzie i że stoi tam budynek, który od tego ranka czeka właśnie na nią. W tym momencie przypomniał jej się fragment z jednej z ulubionych książek:

Mam kupić dom w obcym kraju. Dom o pięknej nazwie Bramasole.

Gdy czytała ją po raz pierwszy, pomyślała, że ona nigdy nie miałaby tyle odwagi. Kupić dom w jakimś dalekim miejscu... Z całego serca podziwiała Frances Mayes, ale i uważała ją za szaloną. Przynajmniej w przeciwieństwie do niektórych znała okolicę i widziała miejsce swojego przyszłego zamieszkania.

– Co ci w ogóle, kobieto, przyszło do głowy? – mruknęła do siebie i nagle jej wzrok zahaczył o półkę z ulubionymi lekturami.

Stało tam właśnie *Pod słońcem Toskanii*, cały cykl o Prowansji Petera Mayle'a i mnóstwo innych książek właściwie o tym samym: o ludziach, którzy przeprowadzali się w poszukiwaniu nowego miejsca do życia. I właśnie w tym momencie do wpatrującej się w półkę Madeleine dotarło, że dzięki upojeniu alkoholem spełniła swoje wielkie marzenie: tak jak bohaterowie jej ulubionych książek kupiła sobie dom w „obcym kraju". I nie miało tu żadnego znaczenia, że nie przekroczy granic państwa. Bo czym właśnie, jeśli nie obcym krajem, było nigdy niewidziane miasteczko leżące gdzieś na końcu świata?

Boże, dobrze, że pani Lilka nie miała więcej domów na zbyciu, pomyślała w przypływie nagłego rozbawienia. Po tym winie prawdopodobnie kupiłabym je wszystkie bez mrugnięcia okiem. I jedno jest pewne: dobrze, że ten dom nie jest we Francji.

Ktoś, kto nie znał Madeleine, zapewne w ogóle nie zrozumiałby jej sposobu myślenia. Postronny obserwator mógłby stwierdzić, że skoro ktoś jest tak szalony, by kupić dom w zupełnie obcym miejscu, to zupełnie bez znaczenia, czy stoi on w Polsce, we Francji czy w Australii. Ale w przypadku Madeleine nie było to takie oczywiste.

Nie wiadomo, czy ze względu na imię, jakie otrzymała, czy z innej przyczyny urodziła się pod francuską gwiazdą. I zapewne z tego powodu od najmłodszych lat kochała wszystko, co miało związek z Francją. Jej matka twierdziła, że tak jak przy łóżeczku Śpiącej Królewny zgromadziły się dobre wróżki, obdarzając ją wszystkim co najlepsze, przy kołysce Madeleine musiały zgromadzić się wszystkie francuskie wróżki. Ale jak w każdej bajce poza dobrymi wróżkami istnieją też te złe, które rzucają okrutne czary. Zła wróżka Magdy nazywała się Lęk przed Rozczarowaniem. I właśnie dlatego Magda znająca doskonale język, kulturę, historię i wszystko, co tylko związane z Francją, nigdy do Francji nie pojechała. Stworzyła sobie tak idealny obraz tego kraju, że bała się skonfrontować swoje wyobrażenia z rzeczywistością. Czuła, że gdyby okazało się, że prawdziwa ojczyzna lawendy i wina nie sprosta jej wyobrażeniom, to umarłoby w niej coś, co stanowiło najważniejszy element jej osobowości. A stracić tej części siebie nie chciała za nic na świecie. Z całą pewnością wolała oglądać zdjęcia, czytać książki innych, odważniejszych od niej i żyć Francją stworzoną w głębi swojej duszy.

Od ciągłego wpatrywania się w mapę Madeleine miała wrażenie, że wszystkie miasteczka wokół Malowniczego zlewają się w jedną dużą kropkę. Czaiła się w niej groźna niewiadoma.

– Jeszcze trochę i zacznę w niej widzieć kłapiące zębiska! – Zaśmiała się sama z siebie i zdecydowanym ruchem odsunęła mapę jak najdalej. – Nie ma co się zastanawiać... Trzeba działać – zadecydowała i od razu znalazła w internecie numer telefonu do fachowca od ekspresowej wymiany zamków.

– A tak, wymieniamy – potwierdził męski z lekka schrypnięty głos, gdy w końcu po trzeciej próbie udało jej się połączyć. – Ekspresowo. Za tydzień.

– Przepraszam, ale co za tydzień? – zapytała, nie bardzo rozumiejąc.

– No możemy przyjść i wymienić. Za tydzień. Czego paniusia nie rozumie?

– Niczego właśnie! Jaki to ma być ekspres, skoro tydzień trzeba czekać?

– A bo to paniusia wczoraj się urodziła i w ogłoszenia wierzy? – zaśmiał się głos w słuchawce. – To taki chwyt markietingowy, żeby ładniej wyglądało... To co, za tydzień bedzie dobrze?

– Nie bedzie! A niech was szlag trafi z takim markietingiem – przedrzeźniała rozmówcę wściekła Madeleine.

A zanim się rozłączyła, usłyszała jeszcze, jak spec od marketingu mówi do kogoś obok:

– A polej, Zenek, bo nie idzie inaczej wytrzymać, znów jakaś wariatka na biegu chce zmieniać zamki...

– Niech cię szlag trafi! – rzuciła ze złością do telefonu i z rozmachem wcisnęła czerwoną słuchawkę. – Tak daleko nie zajedziemy... Może pani Basia może mi kogoś polecić – stwierdziła po chwili zastanowienia.

Jednak pani Basia wśród licznego grona znajomych nie posiadała nikogo, kto trudniłby się ślusarstwem.

– Był taki jeden, Janek miał na imię. Przed wojną jeszcze go znałam. On nie tylko wymieniał, ale dla niego nie było zamka, którego by nie otworzył... Miał wyczucie w palcach, oj miał – westchnęła starsza pani rozmarzonym głosem. – Takich jak on już teraz nie uświadczysz. Teraz jak się włamują, najczęściej całe drzwi rozwalają... Zero zawodowego honoru i finezji... Oj, chyba za bardzo się rozgadałam – zreflektowała się poniewczasie. – Gdybyś mogła, dziecko, nie wspominać mojemu wnukowi o naszej rozmowie, to byłabym ci niezmiernie wdzięczna... Sama rozumiesz, że przy jego policyjnym fachu mój zachwyt mógłby nie być dobrze przyjęty...

– Pani Basiu, proszę się nie martwić, będę milczała jak grób – przyrzekła rozbawiona Madeleine. – Chyba nie pozostaje mi nic innego, jak nadal szukać w internecie. Muszę wymienić zamki przed wyjazdem...

– Tym to się w ogóle nie przejmuj, kochana. Zamów tego ślusarza normalnie, a dopóki się nie pojawi, mój wnuk będzie miał oko na twoje mieszkanie. I tak przychodzi do mnie codziennie na obiady, przynajmniej będzie miał jakąś rozrywkę.

– Tak pani myśli? – Madeleine w głębi duszy wątpiła, żeby wnuk pani Basi pragnął tego typu uciech.

– Oczywiście! Nudzi się biedak w tej policji jak mops. A przy okazji i ja się rozerwę. Teraz tylko siedzę przed telewizorem albo kawki piję z koleżankami, które w większości nie robią nic poza narzekaniem na życie. A wracając do twojego wyjazdu, dokąd ty się wybierasz? – zainteresowała się pani Basia.

– Jadę w góry. Mam tam dom i hmmm... Wie pani, trzeba zobaczyć, jak to wszystko wygląda – kluczyła Magda. – A teraz mam trochę wolnego, nie na rękę mi odwlekać wyjazd. A może jeśli się okaże, że zostaję tam dłużej, przyjechałaby pani do mnie na kilka dni? – zaproponowała nagle.

– No sama nie wiem, czy mogę.

– A czemu nie? Lato się zaczyna i nikt nie powinien siedzieć zamknięty w czterech ścianach, gdy na dworze jest tak pięknie. Wnuk mógłby panią przywieźć albo ja bym po panią przyjechała...

– No jeszcze czego! W jakimś celu się te wnuki hoduje. O transport dla mnie to ty się nie martw. Tylko co ty byś ze mną, starą, tam robiła?

– O to z kolei niech pani się nie martwi. Można o pani dużo powiedzieć, ale na pewno nie, że stara!

– Dobrze, dobrze, zobaczymy. A ten dom jest duży czy mały?

– Hmm... Średni taki – bąknęła niewyraźnie Madeleine. – To co? Pojadę, sprawdzę, jak tam wygląda, i odezwę się. W razie gdyby Grzegorz tu się zjawił, zanim przyjdzie ślusarz, niech sobie nim pani nie zawraca głowy. Wejdzie, zobaczy, że mnie nie ma, i szybko się stąd zabierze.

– Spokojna głowa. Zostaw go mnie i wnukowi! A do środka do mieszkania z całą pewnością nawet nie zajrzy! Chyba że po moim trupie!

W tym momencie wyobraźnia podsunęła Madeleine obraz pani Basi, która na widok Grzegorza niczym Rejtan rzuca się na próg mieszkania, by własnym ciałem zagrodzić wejście. Obraz był tak sugestywny, że aż musiała potrząsnąć kilka razy głową, by się go pozbyć. W każdym razie, patrząc na ciętą minę i błysk w oczach starszej pani, pomyślała, że na miejscu Grzegorza nie wchodziłaby jej w drogę.

I w ten oto sposób Madeleine, zostawiwszy swoje mieszkanie pod opieką sąsiadki, mogła spokojnie wyruszyć w podróż. Przed wyjazdem zamówiła ślusarza, który przyrzekł zjawić się w ciągu dwóch dni, zadzwoniła do rodziców z wiadomością, że wyjeżdża (nie było ich w domu i korzystając z tego szczęśliwego zbiegu okoliczności, zostawiła na sekretarce sensacyjną wiadomość, że oto stała się właścicielką domu w górach. Sekretarka, jak to sekretarka, nagrała to, co Magda miała do powiedzenia, i miłosiernie nie zadawała żadnych pytań). Zatelefonowała też do Grzegorza i w paru krótkich żołnierskich słowach powiedziała, że przez kilka dni jej nie będzie, a mieszkania pilnuje pani Basia, po czym natychmiast się rozłączyła, ignorując jego natarczywy głos domagający się natychmiastowych wyjaśnień. Jakoś tak mimo wszystko czuła się w obowiązku poinformować go o wyjeździe. Jeżeli miał chociażby odrobinę intuicji, powinien wyciągnąć z tej informacji właściwe wnioski i trzymać się z daleka. Do samochodu została odprowadzona przez panią Basię i jej wnuka, którego starsza pani bez pardonu zagoniła do noszenia walizek, zupełnie nie zważając na protesty zakłopotanej Madeleine.

Pani Basia trzy razy upewniała się, czy wzięła wszystko, co trzeba, a gdy okazało się, że musi na chwilę wrócić na górę, przykazała przysiąść na chwilę w domu, bo inaczej jak nic będzie miała pecha albo, nie daj Boże, jakiś wypadek ją w drodze spotka. W końcu wielokrotnie wyściskana przez przejętą sąsiadkę i raz sztywno przytulona do piersi przez jej wnuka wsiadła do auta i odjechała. We wstecznym lusterku jeszcze przez długi czas widziała malejącą i niestrudzenie machającą postać pani Basi.

Po drodze zastanawiała się, co ją podkusiło, żeby proponować starszej pani przyjazd.

Klara miała rację, zwariowałam, myślała ponuro, popatrując co chwila na wyświetlacz nawigacji. Normalnie szaleństwo za szaleństwem! Nawet nie wiem, jak ten dom wygląda, a już zapraszam do niego gości! Ciekawe, co zrobię, jeśli się okaże, że to kompletna ruina... Najwyżej wynajmę jakiś pokój albo rozbiję namiot w ogródku. Pani Basia pewnie byłaby z tego całkiem zadowolona. Skoro marzą jej się rozrywki z młodości, zapewne biwakiem też by nie pogardziła... Czym ja się w sumie przejmuję? – zapytała sama siebie, mknąc pustą drogą. Dojadę, zobaczę i miejmy nadzieję, że zwyciężę. A jeśli nie, będę miała jeszcze dość czasu na ponure rozmyślania.

ROZDZIAŁ III

Tak jak przypuszczała, zdążyła dotrzeć na miejsce późnym popołudniem. Już na pierwszy rzut oka widać było, że miasteczko jest niezwykle urokliwe. Otaczające je góry sprawiały wrażenie dumnych i groźnych strażników. Uliczki, którymi jechała Madeleine, co chwila wspinały się tylko po to, by za chwilę gwałtownie opaść. Były przy tym tak wąskie, że dziewczyna modliła się, żeby z naprzeciwka nie pojawił się żaden inny samochód, bo z całą pewnością nie udałoby im się zmieścić. Oczami wyobraźni widziała już, jak jej auto stacza się po stromym poboczu. Na początku mijała pojedyncze domy, w większości zadbane, z wypielęgnowanymi ogródkami, otwartymi na oścież okiennicami, z kotami rozciągniętymi leniwie na parapetach. Ale zdarzały się też chałupy o zapadniętych dachach, z pozbawionymi szyb oknami, walące się relikty dawno zapomnianej przeszłości. Każdej takiej mijanej ruderze Madeleine przyglądała się podejrzliwie. Gdzieś w podświadomości pojawiło się przekonanie, że dom, do którego zmierza, będzie wyglądał mniej więcej tak jak te dawno opuszczone walące się rudery. Jednak nawigacja uparcie prowadziła ją dalej. Minęła centrum miasteczka – rynek otoczony kamieniczkami, z ratuszem i fontanną, z mnóstwem uliczek tajemniczo niknących za budynkami. Zanim wjechała w jedną z nich, zauważyła misternie wyrzeźbiony w drewnie drogowskaz z napisem: „»Uroczysko« – pokoje do wynajęcia".

– Cóż, przynajmniej wiem, dokąd jechać, jeśli nie będę miała gdzie spać – mruknęła, starając się zapamiętać miejsce ze znakiem kierującym do „Uroczyska".

Uliczka poprowadziła ją na drugi koniec miasteczka. Zabudowania znów stały się rzadsze, a po chwili zniknęły zupełnie. Madeleine jechała teraz stromo pnącą się drogą. Z jednej strony napierał na nią gęsty las i wystające gdzieniegdzie skały, z drugiej zaś ziała złowroga przepaść. A domu jak nie było, tak nie było. W pewnym momencie droga odbiła w bok, asfalt się skończył i zastąpiła go szeroka polna ścieżka. Auto, podskakując na wybojach, sunęło wśród wysokich traw. Z niepokojem patrzyła w lusterko, w którym odbijała się kręta ścieżyna. Miała nadzieję, że nawigacja nie spłatała jej figla i że nie będzie musiała zawracać, bo nie było gdzie zakręcić, w grę wchodziłaby tylko jazda na wstecznym. Gdy już myślała, że podano jej zły adres, głos z nawigacji poinformował ją, że właśnie zbliża się do celu. Zaniepokojona wytężyła wzrok, ale nie zobaczyła żadnej rozpadającej się chałupy, żadnego podwórka z resztkami czegoś, co kiedyś mogło być domem. Żadnego domu w ogóle! Wtem zza zakrętu wyłoniły się dwa duże piętrowe budynki, oddalone nieco od siebie. I właśnie pod pierwszym z nich uradowana nawigacja głosem Krzysia H. oznajmiła koniec podróży. Zdumiona Madeleine wysiadła i z niedowierzaniem jeszcze raz sprawdziła zapisany na karteczce adres. Ale o pomyłce nie mogło być mowy, numer domu, ulica – wszystko się zgadzało. Trzęsącymi się nieco rękami wybrała na komórce numer Klary.

– No i jak, dojechałaś? – przyjaciółka nie dała jej dojść do głosu. – Miałam dzwonić, ale wiedziałam, że prowadzisz, a przecież jak cię znam, nie kupiłaś jeszcze zestawu głośnomówiącego...

– No właśnie kupiłam, ale i tak nie używam, bo mnie ta słuchawka w uchu denerwuje – przerwała jej Magda.

– A widzisz, to tak jakbyś nie kupiła. Ale mów, gdzie jesteś.

– Właśnie usiłuję ci powiedzieć, że dojechałam, gdybyś na chwilę zamilkła, byłoby mi prościej – sapnęła zirytowana, jednocześnie podchodząc do starej, zardzewiałej furtki.

– Przepraszam, ale potwornie się niepokoję. Jak ten dom wygląda? Straszna ruina?

– Właśnie dlatego dzwonię...

– Czyli jednak! Zamorduję mamę! Wsadziła cię na minę...

– Klara, na litość boską, zamilcz na chwilę! Chcę ci powiedzieć, że nie mogę oczom uwierzyć! I nie rozumiem, jak za takie śmieszne pieniądze, za które kupiłabym w Warszawie fragment pokoju i łazienki, można kupić taki kawał domu! Wyobraź sobie, jest piętrowy i ogromny. I wygląda całkiem solidnie. Przynajmniej z zewnątrz. Co więcej, ma chyba jakiś ogród, a raczej coś, co było kiedyś ogrodem, bo teraz zostały z niego tylko ogromne chaszcze. Trawa jest wyższa ode mnie. – Pchnęła furtkę, która ze skrzypnięciem i lekkim oporem ustąpiła. – Rzeczywiście wszystko zarośnięte... Trzeba będzie znaleźć kogoś do koszenia...

– Boże, to jednak prawda... Zamierzasz tam zostać!

– E tam, od razu zostać – mruknęła Magda, przedzierając się przez zarośniętą drogę, która zapewne w czasach świetności domu była zadbaną aleją ogrodową. – Na pewno pomieszkać, przez jakiś czas... Ale sama przyznasz, że nawet jeżeli będę chciała się go pozbyć, to z zadbanym terenem będzie prościej – mówiąc to, mimowolnie ściszyła głos.

– Nie szepcz, na litość boską, bo i tak coś mi szumi w słuchawce i ledwo cię słyszę... – zdołała powiedzieć Klara, a potem telefon zachrypiał, zarzęził i stracił zasięg.

Madeleine nawet przed samą sobą nie przyznała, że poczuła ulgę. Klara była jej najlepszą przyjaciółką, ale nawet jej trudno byłoby wytłumaczyć, że dziwnie się czuje, mówiąc o sprzedaży posesji. Miała wrażenie, że dom na jej widok wyraźnie się ucieszył, nawet skrzypnięcie ogrodowej furtki zabrzmiało w jej uszach jak powitanie okraszone głębokim westchnieniem ulgi.

Zawsze było jej żal opuszczonych budynków. Zdawało się, że stare mury wciąż marzą o minionych szczęśliwych dniach, wspominają czasy, gdy w ich wnętrzu tętniło życie. I teraz też odniosła wrażenie, że wraz z jej przybyciem w dom wstąpiła nadzieja na lepsze czasy. Dlatego nie mogła normalnie mówić o sprzedaży ze świadomością, że być może dom ją słyszy! Jakkolwiek dziwnie by to zabrzmiało.

– No to, mój drogi, pora się bliżej poznać – powiedziała, zerkając na czerwony mur i okna ukryte za zamkniętymi okiennicami. – Ogród obejrzę jutro, najlepiej w towarzystwie jakiejś kosy albo czegoś takiego – postanowiła, beztrosko bagatelizując to, że z kosą nigdy wcześniej nie miała do czynienia.

Grzebiąc w torebce w poszukiwaniu kluczy, ruszyła na ocieniony dzikim winem ganek. Stojąc już pod drzwiami, kątem oka dostrzegła jakiś podejrzany ruch. Zdjęta nagłym przerażeniem obejrzała się i zobaczyła, jak z pogrążonego w półmroku kąta ganku gramoli się jakaś postać. Przed oczami stanęły jej wszystkie sceny brutalnych mordów, o jakich czytała i jakie widziała w filmach. Ten ktoś dziwnie się poruszał, ściskając coś pod pachą, i w dodatku wydawał chrapliwe dźwięki.

Jezus Maria, na pewno ma tam nóż, przemknęło jej przez myśl i zaczęła gorączkowo grzebać w torebce. Żeby chociaż mieć klucze w ręku... Marne to narzędzie obrony, ale zawsze lepsze niż nic.

Tymczasem przed struchlałą Magdą zatrzymał się zarośnięty, niedomyty osobnik. Przez moment wpatrywał się w dziewczynę przekrwionymi oczami i nagle, tak jak stał, runął na kolana. Spod pachy wysunęła mu się butelka i rozprysnęła się na podłodze, obryzgując obrzydliwie cuchnącym płynem buty dziewczyny.

– Ło, mój ty aniele! – ryknął pełnym głosem domniemany oprawca i w podniosłym geście wyciągnął ręce w jej stronę. – Na ciebie czekałem całe życie!

Magda, słysząc nieoczekiwane wyznanie, poczuła, że przerażenie powoli zamienia się we wściekłość. Nie dość, że śmierdziel przestraszył ją śmiertelnie, nie dość, że robi z siebie pajaca, to jeszcze do tego wszystkiego zalał jej całkiem nowe buty czymś, co cuchnie jak podupadająca gorzelnia!

– Czyś ty, człowieku, zwariował? – zapytała lodowato. – Już ja ci dam anioła! Jak wezmę zaraz miotłę, jak pogonię... – rozpędzała się, ale ku jej zaskoczeniu na klęczącym jej przemowa nie zrobiła najmniejszego wrażenia.

– A co tam! Tak ładnie do mnie panienka mówi: pogonię! Żadnego szczucia psami, żadnego wyzywania! – W oczach pijaczyny stanęły łzy.

Magda poczuła zakłopotanie i lekkie wyrzuty sumienia. Śmierdziel, bo śmierdziel, ale w końcu też człowiek.

– Panie... Jak pan się nazywa? – Z westchnieniem popatrzyła na gapiącego się w nią jak sroka w gnat faceta.

– Miecio jestem... Szkoda, że się butelka zbiła, bobyśmy mogli wypić za spotkanie. Romantycznie by było, bo ja nawet świeczkę tam w kącie mam...

– Panie Mieciu – przerwała mu rozkoszne rojenia, z niepokojem zerkając w kierunku wskazanego przez niego kąta. – Przede wszystkim niech pan wstanie i uważa na szkła. Jeszcze tego by brakowało, żeby się pan pokaleczył. Czy ja dobrze rozumiem, że mieszka pan na tym ganku, bo jest pan bezdomny?

– Ja, bezdomny? – oburzył się, gramoląc się z kolan. – A skąd. Chałupę mam jak malowanie. Będzie miała panienka ze mną złote życie – dodał patrząc rozmarzony, w oczy Madeleine, która nie wiedziała, czy cała ta sytuacja bardziej ją bawi, czy irytuje. – Tylko jest jeden mały kłopot. Żonę mam straszną heterę...

– No tak, to jest pewien problem – odparła rozbawiona. – Sam pan widzi, że chwilowo nie jesteśmy sobie pisani. To teraz niech pan idzie do domu i wytrzeźwieje. Bo aż żal na pana patrzeć.

Co za ulga, gdyby pan Miecio nie miał domu... Ale na całe szczęście miał i dom, i żonę, w dodatku heterę, i w związku z tym Magda wcale nie musiała się o niego martwić.

– Idę! Ale wrócę! – zapowiedział pan Miecio, składając na jej dłoni mokry pocałunek. – No anioł, po prostu anioł – dodał na odchodnym i lekko się zataczając, ruszył przed siebie.

Madeleine najpierw upewniła się, że naprawdę poszedł, i z westchnieniem ulgi sięgnęła po raz kolejny do torebki. Tym razem klucze znalazły się od razu. Co więcej, razem z nimi wyciągnęła również pieprz w sprayu, który nosiła ot tak, na wszelki wypadek, żeby czuć się bezpieczniej, gdy sama wracała wieczorami do domu.

– Kiedy ich potrzebowałam, to ani jednego, ani drugiego nie można było znaleźć! Na chorobę nosić to wszystko, skoro w decydujących momentach okazuje się, że mała damska torebeczka jest bez dna i zamienia się w wielką czarną dziurę, w której wszystko ginie – mruknęła do siebie, wsuwając pierwszy klucz do starego zamka.

Przekręciła go bez najmniejszego oporu, tak samo zresztą jak i drugi. Natomiast przy trzecim, ostatnim zamku zaczęły się problemy. Żaden z kluczy do niego nie pasował.

Przez moment bezradnie wpatrywała się w zamknięte drzwi, a potem z westchnieniem sięgnęła po komórkę. Niestety, zasięgu nadal nie było. Pojawił się dopiero koło samochodu, ale za to telefon pani Lilki, do której dzwoniła, nie odpowiadał. Zdesperowana wybrała numer Klary, która na całe szczęście odebrała niemal natychmiast.

– Słuchaj, zasięg mi się rwie, więc może być różnie, będę mówić szybko – powiedziała Madeleine, nie dając przyjaciółce dojść do głosu. – Jeden klucz nie pasuje i nie mogę się dostać do środka. A twoja mama nie odbiera telefonu...

– Zaraz spróbuję się do niej dodzwonić. – Klara w kryzysowych sytuacjach sprawdzała się jak nikt inny. – Jakby mi się nie udało, to do niej pojadę. A ty stój i pilnuj miejsca z zasięgiem – przykazała surowo i rozłączyła się.

Magda, wzdychając, przysiadła na masce samochodu i nagle uderzyła ją niesamowita cisza. Zero samochodowego szumu, żadnych rozmów, po prostu nic. Ale po chwili dotarło do niej, że wrażenie jest złudne. Powietrze wypełniała cała kakofonia dźwięków. Koniki polne cykały jak szalone, w koronach drzew świergotały i kwiliły ptaki, dobiegało pluskanie wody. Odgłosy, choć tak różne od miejskiego gwaru, były dosłownie wszędzie.

Dziewczyna z zaciekawieniem popatrzyła na drugi budynek. Nie wyglądał na opuszczony, na schodach prowadzących do domu stały doniczki z kwitnącymi przepysznie pelargoniami, a trawnik przed domem był starannie przystrzyżony. Dziwne, że nikt nie wyszedł, by zobaczyć, kto się kręci przy sąsiedniej posesji.

Cóż, albo chwilowo nikogo nie ma, albo trafiłam na wyjątkowo dyskretnych sąsiadów. Swoją drogą, ciekawe kto tam mieszka, pomyślała i zerknęła na milczący wciąż telefon. Zasięg, choć słabiutki, był. Widać Klara, tak jak i ona, miała trudności z dodzwonieniem się do pani Lilki.

Gdy Madeleine już traciła nadzieję, że telefon kiedykolwiek się odezwie, komórka się rozdzwoniła.

– Magda, zaraz do ciebie podjedzie pani Maja – powiedziała Klara, po czym w telefonie nastąpiła seria buczeń i trzasków. Wśród nich udało się wyłowić kilka pojedynczych słów: czekaj, będzie, kłopoty.

I to by było na tyle. Pojedyncza kreska zasięgu znikła, a telefon zamilkł na dobre. Nie pozostało nic innego, jak cierpliwie czekać na zapowiedzianą panią Maję – kimkolwiek była.

Na całe szczęście nie czekała zbyt długo. Zaledwie po kwadransie zza zakrętu wyłonił się samochód i od strony pasażera wyskoczyła potargana szatynka wymachująca pękiem kluczy.

– Dzień dobry. Jestem Majka Woroniecka. Tak mi przykro, że przeze mnie musiała pani tu tkwić, zapewne zachodząc w głowę, czemu, u diabła, pani klucze nie pasują...

– Dzień dobry. Naprawdę nic takiego się nie stało... Zresztą nie przypuszczam, żeby to pani się do tego przyczyniła... Dostałam klucze od poprzedniej właścicielki i wszystko miało być w porządku...

– Ale jak to? Myślałam, że pani Lilka już wszystko wyjaśniła. Miała do pani dzwonić.

– No i dzwoniła – Madeleine postanowiła nie wdawać się w szczegóły i nie opowiadać, że zamiast profesorowej rozmawiała z jej córką – ale tutaj w ogóle nie ma zasięgu. Na moment złapałam jedną kreskę, ale i ta się zmyła. Tak więc usłyszałam tylko tyle, że ma pani przyjechać i że będą kłopoty.

– Kłopoty były, ale już są rozwiązane. A jeżeli chodzi o zasięg, a raczej jego brak, to taki swoisty folklor. Jeżeli masz zamiar zostać tu dłużej, musisz zmienić operatora. Tutaj docierają tylko niektóre sieci. Właściwie to ja tak z miejsca zaczęłam mówić na ty...

– I niech tak zostanie – uśmiechnęła się Madeleine, wyciągając rękę. – Jestem Madeleine albo jeżeli wolisz, Magda. Czy mi się dobrze wydaje, że zostawiłaś kogoś w aucie?

– To Florek, mąż mojej przyjaciółki. Mieszkamy wszyscy razem – wyjaśniła Majka i spojrzawszy na minę dziewczyny, wybuchnęła śmiechem. – No nie mów, że coś ci przyszło do głowy! – wykrzyknęła ubawiona. – Razem, ale nie w taki sposób!

– Wiesz, zabrzmiało dość jednoznacznie – bąknęła lekko speszona Madeleine. – Nie jestem specjalnie pruderyjna, ale sama przyznasz, że taka otwartość może nieco zaskoczyć.

– Fakt. Gdyby było tak, jak pomyślałaś, ale nic z tego! Po prostu mieszkamy w jednym domu. Jagoda przyjechała tu ze mną, gdy po rozstaniu z mężem postanowiłam się przenieść do Malowniczego... No i tak wyszło, że została. Jest lekarzem i pomaga mi prowadzić pensjonat Uroczysko. Sama widzisz, jesteśmy bardzo porządne, choć na początku rzeczywiście krążyły o nas najróżniejsze plotki. – Majka puściła do niej oko.

– Widziałam po drodze drogowskaz do Uroczyska – przypomniała sobie Madeleine.

– Widzisz, jaki świat jest mały? Tak czy siak, chodźmy otworzyć drzwi. Jak Florek skończy gadać przez telefon, sam nas znajdzie. Stwierdził, że koniecznie musi na własne oczy zobaczyć ofiarę pani Lilki...

– No, tego jeszcze nie było! Różnie o mnie mówiono, ale nigdy nikomu nie kojarzyłam się z ofiarą!

– Nic dziwnego – uśmiechnęła się Majka, obrzucając ją spojrzeniem pełnym uznania. – Ogólnie nie wyglądasz na ofiarę, ale w tym konkretnym przypadku muszę się z Florkiem zgodzić. Jesteś ofiarą. Pani Lilka wręcz stawała na głowie, żeby znaleźć kupca na ten dom. Gdy w końcu mimo gróźb, próśb i podstępów nie znalazła nabywcy, sama go kupiła. Odradzałam jej z całego serca, tym bardziej że robiła to za plecami profesora. Tłumaczyłam, że skoro do tej pory nikt nie był zainteresowany, to trudno jej będzie znaleźć chętnego. Ale ona ze stoickim spokojem stwierdziła, że w końcu kogoś upoluje. No i jak widać na załączonym obrazku, łowy okazały się udane. Ale na twoim miejscu bym się tym nie przejmowała. Nic nie dzieje się bez przyczyny, więc pewnie tak miało być.

– Też chciałabym w to wierzyć... Pożyjemy, zobaczymy. A tak w ogóle to o co chodzi z tymi drzwiami? Bo jakoś nadal nie wiem, czemu dostałam złe klucze... I co to były za kłopoty.

– No tak, cała ja. – Majka klepnęła się z rozmachem w czoło. – Dużo mówię, zbaczam z tematu, ale z czasem przywykniesz. Wcale nie dostałaś złych kluczy, tylko ja ostatnio wymieniłam zamek... Na prośbę pani Lilki zaglądałam tu od czasu do czasu i sprawdzałam, czy wszystko jest w porządku. I ostatnio, jak tu byłam, okazało się, że ktoś majstrował przy zamku. Zdenerwowałam się potwornie i z miejsca wymieniłam wkładkę. Oczywiście zadzwoniłam od razu do profesorowej, żeby ją o tym powiadomić, ale miała wyłączoną komórkę. A potem wyleciało mi to z głowy. I stąd to całe zamieszanie.

– Myślisz, że ktoś chciał się włamać? – Madeleine poczuła, że po plecach przebiega jej dreszcz. – I że może tu wrócić?

– Malownicze jest raczej spokojne. Poza tym, tak na zdrowy rozum, po co ktoś miałby się włamywać do pustego domu? Zapewne jakiś pijaczyna chciał tu sobie zrobić melinę – uspokajająco stwierdziła Majka. – I nie sądzę, żeby znów próbował...

– Pijak? Melinę? A to bydlak! Już ja mu dam anioła! – Madeleine nagle skojarzyła fakty. – Majka, wiem kto to zrobił! Taki jeden przeraził mnie śmiertelnie na ganku, jak tylko przyjechałam. I trzymał coś pod pachą, myślałam, że to nóż...

– Nóż? Pod pachą? – Majka patrzyła na nią jak na kogoś niespełna rozumu.

– Nie, okazało się, że to tylko butelka z jakimś świństwem... Rozbiła się zresztą pod drzwiami. – Jakby na potwierdzenie jej słów, pod butami zazgrzytało szkło.

– Właśnie miałam takie wrażenie, że cuchnie żulem – z rozbrajającą szczerością wtrąciła Majka, pociągając nosem i wciskając w rękę Madeleine klucze. – Masz, ty powinnaś otworzyć. W końcu to twój dom.

– A on prawie wyznał mi miłość, nazwał aniołem! Niech ja go tylko dorwę w swoje ręce! – Magda próbowała dopasować klucz do zamka, ale jak na złość nie mogła trafić na ten właściwy.

– No proszę, ledwo przyjechałaś, a już masz wielbiciela – parsknęła śmiechem Maja. – Aż jestem ciekawa, który z naszych podsklepowych stojaczków jest takim romantykiem.

– Niejaki pan Miecio – burknęła w odpowiedzi, wybierając w końcu właściwy klucz i przekręcając go w zamku.

– Rozkochałaś w sobie pana Miecia? No no, dobra jesteś! Tylko uważaj, jego żona...

– Tak, tak wiem! To hetera. Sam mi powiedział.

– I miał rację. Nie daj Boże, żeby się dowiedziała o tych Mieciowych zalotach. Ale od razu ci mówię, że się mylisz. Z tym włamaniem. Pan Miecio popija, ale to nie w jego stylu – kategorycznie stwierdziła Majka.

Madeleine tylko uniosła brwi. Nowa znajoma niewątpliwie była bardzo miła, rozgadana i sympatyczna, ale jak na jej gust za bardzo wierzyła w ludzi. Gdy jednak przypomniała sobie cielęcy zachwyt malujący się na twarzy wpatrzonego w nią pana Miecia i jego lekko zamglone, ale jednak szczere spojrzenie, też miała wątpliwości co do swej hipotezy. Tak czy siak, trzeba zachować czujność – postanowiła, naciskając klamkę. Drzwi otworzyły się z oporem. Madeleine głęboko wciągnęła powietrze i poczuła zapach nagrzanego słońcem kurzu i lekki zaduch. W milczeniu przekroczyła próg i wymacała ręką kontakt. Światło się jednak nie zaświeciło.

– A właśnie, to chyba będzie problem – odezwała się stojąca tuż za nią Majka. – Wydaje mi się, że prąd jest odłączony... Szczerze mówiąc, nawet nie wiem, czy on w ogóle tutaj jest podciągnięty.

– Jak to w ogóle? To chyba niemożliwe, żeby w dzisiejszych czasach nie było prądu... – Zdesperowana Madeleine jeszcze raz nacisnęła kontakt.

– Mmmmożliwe ttto, ttto jest, ale wywydaje mi się, że tttutaj trzeba po prostu ppppodpiąć licznik – odezwał się tuż za nimi zacinający się męski głos.

– To jest właśnie Florian, o którym ci mówiłam, a to Magda – dokonała prezentacji Majka. – Czyli co, dzisiaj światła nie będzie?

– Dziś nnnie da rady. Jjjutro trzeba dzwonić i zazamówić elektryka – oświadczył kategorycznie Florian. – Tteraz mmożna otworzyć okiennice. Dddopóki ccałkiem się nie ściemnni, będziesz mmmogła się ttrochę rozejrzeć – zwrócił się do Madeleine. – To co, ppomóc? – zapytał i nie czekając na odpowiedź, ruszył w głąb domu.

Chyba wyczuł, że ktoś tu powinien przejąć dowodzenie i szczerze mówiąc, była mu za to ogromnie wdzięczna. Drepcząc za nim od jednego okna do drugiego, pomyślała, że tak naprawdę dobrze się stało, że nie mogła otworzyć tych drzwi. Inaczej tkwiłaby tu całkiem sama, w dodatku bez światła. Jeżeli rzeczywiście nic nie dzieje się bez przyczyny, to niewątpliwie ten, kto gmerał przy zamku, został do tego nakłoniony przez opatrzność.

Madeleine po raz pierwszy stała przed własnym domem, na własnym kawałku drogi i machała na pożegnanie odjeżdżającym gościom. Do końca nie była pewna, czy w ogóle odjadą. Bowiem i Majka, i Florian zgodnie uważali, że za nic na świecie nie powinna zostawać na noc w pustym i ciemnym domu.

– Słuchaj, pojedziesz z nami, w Uroczysku wyśpisz się wygodnie, a rano Florek cię przywiezie i przy okazji zajmie się tym elektrykiem. Nie ma sensu, żebyś tu zostawała. Nawet nie masz gdzie spać. Na górze widziałam wprawdzie jakieś łóżko, ale ja bym tam za nic na świecie się nie położyła! Chyba że po gruntownym praniu materacy – powiedziała Majka, zdmuchując warstwę kurzu z parapetu.

– Mmmadziu, Majka ma rrrację – wtrącił Florek. – Zzupełnie bbbez sensu tu zostaaawać. Dzidzidzisiaj i tak nic nie zzzałatwisz, nawet się nie rozrozpakujesz, bo zaraz zrorobi się ciemno.

– Naprawdę nic mi nie będzie. Spanie to nie problem, mam śpiwór w samochodzie. Wzięłam nawet ze sobą ulubiony jasiek i koc. Do jutra jakoś przeżyję.

– Gdyby chociaż Krysia była w domu... Ale wraca dopiero w następnym tygodniu. Krysia to twoja sąsiadka. Jedyna zresztą – wyjaśniła Majka w odpowiedzi na jej pytające spojrzenie.

– Matko, to tak wygląda życie w małym miasteczku? Wszyscy wszystko wiedzą? Dokąd wyjechałaś, gdzie jesteś, co jadłaś, kiedy wrócisz? Czytałam wprawdzie, że tak to właśnie jest, ale nie do końca w to wierzyłam. A więc to nie fikcja literacka?

– W rzeczywistości jest jeszcze gorzej – poważnie powiedziała Majka, wychodząc na ganek. – Jeżeli wieczorem kichniesz, nazajutrz wszyscy na rynku będą pytali o twój katar... Żartuję przecież – roześmiała się na widok przerażonej miny Magdy. – Malownicze wcale nie jest takie malutkie, jak ci się wydaje. Oczywiście ludzie wiedzą o sobie sporo, niektórzy są wścibscy i kochają plotki, ale bez przesady, nikt tu nikogo nie szpieguje. No, może z wyjątkiem Kraśniakowej... Poznasz ją, gdy będziesz robić zakupy w mięsnym. A o wyjeździe Krysi wiem od niej samej. Znamy się, wiedziała, że od czasu do czasu zaglądam do tego domu, i poprosiła, żebym przy okazji zerknęła na jej posesję. To co, zabierasz się z nami?

Madeleine stanowczo odmówiła. Była głucha na prośby i przekonywania. Wobec jej oślego uporu Majka i Florek okazali się bezradni.

– Na twoim miejscu przemyślałabym to jednak. Co innego zostać w dobrze oświetlonym, znajomym domu, a co innego spędzić noc w ciemnym i zupełnie obcym miejscu bez żywej duszy koło siebie...

– A czego mam się bać? – Uśmiechnęła się do Majki przekornie. – W końcu sama mówiłaś, że tutaj jest spokojnie... Poza tym mój wielbiciel, pan Miecio, wspominał, że w kącie ma schowaną świeczkę. Chyba się nie obrazi, jeśli ją pożyczę.

– Jak chcesz, w końcu siłą cię stąd nie zabiorę. – Majka nie wyglądała na przekonaną. – Ale na wszelki wypadek masz moją wizytówkę z adresem Uroczyska. Jakby co, nie krępuj się i przyjeżdżaj nawet w środku nocy. – I wręczyła jej mały kartonik.

– A tttutaj mmasz jeszcze lalatarkę – mruknął Florek, który właśnie wrócił z samochodu. – I zzapałki... Jjjutro rano przyjadę i zzajmę się eelektrykiem. Mmmam zzznajomych w elektrowni, tto mmoże uda się zzzałatwić ppoza kkolejnością.

I w końcu z ociąganiem, oglądając się co chwila za siebie, odjechali. Madeleine odetchnęła z ulgą. Byli mili i opiekuńczy, ale marzyła już o chwili samotności. Przysiadła na stopniach ganku i rozejrzała się dookoła. Powoli zaczął zapadać zmrok. Na zachodzie niebo zabarwiło się czerwienią, znacząc purpurowymi smugami szczyty gór. W koronach drzew coś zaszeleściło, a po chwili dały się słyszeć poćwierkiwania. Widać ptaki mościły się do snu. Pomyślała, że i ona powinna wykorzystać ten moment, gdy jeszcze światło dzienne całkiem nie znikło, i przenieść rzeczy z samochodu na górę. Nie zdążyła wprawdzie obejrzeć domu dokładnie, ale na górze jeden z niewielkich pokoików od razu przypadł jej do gustu. Miał ogromne okno, wychodzące na tył domu, a w kącie stał najprawdziwszy zielony kaflowy piec. Przechodząc koło niego, nie mogła się powstrzymać i ukradkiem, gdy ani Majka, ani Florek nie patrzyli, pogładziła jego gładkie, chłodne kafle. To był pierwszy krok prowadzący do oswojenia domu. I właśnie w tym już udomowionym pomieszczeniu postanowiła spędzić pierwszą noc.

Dopóki była zajęta przenoszeniem rzeczy, rozkładaniem śpiwora i koca, dopóty było dobrze. Ale gdy skończyła, słońce zaszło już zupełnie i dom pogrążył się w ciemności i pełnej szelestów ciszy. Madeleine poczuła dziwny opór przed wyjściem z pokoju. Najchętniej zamknęłaby drzwi i odgrodziła się od reszty domu. Niestety miała świadomość, że jeszcze przynajmniej raz musi zejść na dół. Po pierwsze, w ferworze wypakowywania bagaży na śmierć zapomniała o latarce, świeczce, która okazała się zwykłym zniczem, i zapałkach. Zostały tam, gdzie je położyła, żegnając Majkę i Florka, czyli na poręczy schodów na ganku. Po drugie samochód był nadal otwarty, podobnie jak wejściowe drzwi do domu. Poruszając się po omacku, dotarła na pogrążony w mroku ganek i drżącą ręką wymacała latarkę. Gdy ją włączyła, wcale nie było lepiej. Jasny drżący krąg nie uspokoił jej, za to usłużna wyobraźnia natychmiast podsunęła sceny z horrorów o żądnych krwi demonach napadających na nieodpowiedzialnych ludzi, krążących z latarką po opuszczonych domach. Wprawdzie zdrowy rozsądek, któremu na moment udało się przebić przez ogarniające ją przerażenie, podpowiedział, że żadne makabryczne zjawy nie istnieją, a nawet gdyby, to na pewno mają inne, ciekawsze zajęcia. Niestety, jak to ze zdrowym rozsądkiem bywa, został natychmiast zduszony przez panikę i w rezultacie Madeleine z zamkniętymi oczami przekręciła wszystkie trzy zamki i omal nie łamiąc nóg na stromych schodach, pognała do pokoju, gdzie natychmiast zatrzasnęła za sobą drzwi. Ciężko oddychając i wymyślając sobie od tchórzliwych idiotek, usiadła w kącie przy piecu. Dopiero teraz w pełni zrozumiała, co miała na myśli Majka, kiedy mówiła o zostaniu samej w ciemnym i nieznanym domu. Bez światła, bez działającej komórki, bez żywej duszy. Przez moment rozważała nawet, czy jednak nie zebrać się i nie pojechać do Uroczyska. W końcu nie musiałaby nikomu mówić, że zmieniła zdanie ze strachu... Po prostu śpiwór mógłby się okazać niewygodny, a ona za stara na spanie na podłodze... Jednak doskonale wiedziała, że nikt by w to nie uwierzył. Poza tym musiałaby po pierwsze znów przejść przez cały ciemny dom, a po drugie pokonać samochodem krętą ścieżkę, a potem równie ciemną i krętą asfaltową drogę. A to przekraczało jej siły.

– Kochana, jesteś dorosła i musisz się zachować, jak na dojrzałą osobę przystało – mruknęła do siebie, zapalając znicz, co natychmiast przywiodło jej na myśl cmentarz, więc czym prędzej go zdmuchnęła. – Jak opowiem o tym jutro Klarze, zapewne wyśmieje mnie bezlitośnie.

Wspomnienie twardo stąpającej po ziemi przyjaciółki uspokoiło ją na tyle, że odważyła się wstać, przeciągnąć spod okna śpiwór i koc i ułożyć je w kącie pod piecem. Wcześniej zamierzała podziwiać gwiazdy na niebie, tymczasem w tej chwili w ogóle bała się choćby zerknąć przez okno w obawie, że w szybie odbije się coś, czego absolutnie nie powinno tam być i czego ona za nic w świecie nie chciałaby zobaczyć. Tak, w kącie pod piecem było najbezpieczniej. Otulona śpiworem, schowana pod kocem, z zamkniętymi oczami zaczęła nawet zapadać w lekką drzemkę, gdy nagle zza okna dobiegł ją rozdzierający dźwięk. Coś jakby wycie przemieszane z płaczem dziecka. Przerażona Madeleine nawet nie wiedziała, jakim cudem udało jej się wyskoczyć ze śpiwora i chyłkiem podejść do okna. Zawodzący jęk powtórzył się jeszcze kilka razy. Za oknem panowała nieprzenikniona ciemność, jakiej Magda nie znała. Miasto nigdy nie bywa tak zaciemnione. Latarnie, witryny sklepów, neony sprawiają, że ludzie zapominają, jak wygląda prawdziwa noc. Noc, w której kryją się zapomniane pierwotne lęki. Szczękająca zębami Madeleine wróciła z powrotem do swojego kąta. Ledwo zdążyła się zaszyć w śpiworze, coś skrzypnęło na schodach, a z góry, ze strychu dobiegł ni to trzepot, ni to furczenie. Magda poczuła, że za moment oszaleje ze strachu, naciągnęła na głowę koc i palcami zatkała uszy.

Boże, mogłam poprosić Florka, żeby zajrzał na strych. Przynajmniej wiedziałabym, że tam nikogo nie ma! Teraz też niby to wiem, ale co mi z tego! Niech ta noc już się skończy! – błagała w duchu. Nie pamiętała, kiedy ostatnio czuła się tak opuszczona i samotna.

A noc, jak to noc, trwała dokładnie tyle, ile powinna. Stary dom wzdychał, trzeszczał i skrzypiał, jak to stare domy mają w zwyczaju. Na zewnątrz w nieprzeniknionych ciemnościach, które tak ją przeraziły, toczyło się nocne życie. Pasikoniki grały, w oddali pohukiwała sowa. Ale tego już Magda nie słyszała. W końcu zmęczona usnęła. Spała tak mocno, że nie obudziły jej nawet pierwsze promienie słońca, wciskające się wścibsko przez okno do małego pokoju. Nie obudził jej też hałas i pokrzykiwania na tyłach domu. Cóż, była dużo bardziej przyzwyczajona do spania w hałasie niż w ciszy.

ROZDZIAŁ IV

Gdy otworzyła oczy, słońce było już wysoko na niebie. Zaspana wpatrywała się w unoszące się w jego promieniach złote drobiny kurzu. W blasku dnia nocne strachy wydały jej się odległe i zupełnie absurdalne. Z trudem wygrzebała się ze śpiwora, stwierdzając, że gdyby jednak w nocy zdecydowała się na ucieczkę do Uroczyska, wymówka o bolących plecach wcale nie byłaby kłamstwem. Najwyraźniej rzeczywiście się postarzała i spanie w śpiworze na podłodze niezbyt jej służyło. Przeciągając się i wymachując rękami, podeszła do okna i wyjrzała na podwórze. Wystarczyło tylko jedno spojrzenie na zewnątrz, by natychmiast zapomniała o bolących plecach i wszystkim innym. Ze zdumieniem wpatrywała się w widok za oknem. W miejscu, gdzie wczoraj był pusty, nieco zaśmiecony i zachwaszczony dziedziniec, teraz stały donice z kwiatami i skrzynki z lawendą. Pomiędzy nimi błyszczała nieskazitelną bielą ławeczka, na której leżał niedbale rzucony kapelusz i otwarta książka. Pod ścianą przy małym stoliku siedziały dwie kobiety ubrane w staroświeckie suknie, ocienione koronkowymi parasolkami i popijały coś z eleganckich filiżanek. Na ziemi, na rozłożonym kocu cała w różowych tiulach i koronkach siedziała mała dziewczynka i bawiła się zabawkami. Pluszowy miś, którego właśnie tuliła, wyglądał wypisz wymaluj, jak ten, którego Madeleine widziała na starych zdjęciach w albumie babci.

– O kurczę – wyszeptała. – Co to ma być?! Jakaś cholerna godzina pąsowej róży czy co? – Z niedowierzaniem potrząsnęła głową, ale obraz nie zniknął. A może... Może ten pijaczyna wrócił tu w nocy, udusił mnie i teraz jestem w raju? – przemknęło jej przez myśl i odruchowo pomacała się po szyi, ale oczywiście nie znalazła tam niczego niepokojącego. – Też mam pomysły – mruknęła nagle rozzłoszczona. – Raj, morderstwo! I tiulowe paniusie! Ciekawe, co jeszcze mi się tutaj przydarzy!

Jeszcze raz zerknęła na zewnątrz. Niestety obraz nie okazał się fatamorganą. Ławeczka, kapelusz, kobiety w koronkach – nadal to wszystko widziała. Jeżeli zejdę na dół i nikogo tam nie zastanę, natychmiast się pakuję, wracam do domu i zapisuję się do psychologa. Albo jeszcze lepiej od razu do psychiatry – postanowiła, skradając się po schodach i cicho podchodząc do drzwi prowadzących na tył domu. Uchyliła je bezszelestnie. Paniusie nadal siedziały na białych wiklinowych krzesełkach. Stąd widziała nawet poduchy w róże pod ich plecami. Madeleine głęboko wciągnęła powietrze i zdecydowanym ruchem otworzyła drzwi na całą szerokość. Dwie głowy w kapeluszach jak na komendę odwróciły się w jej stronę. Kobiety wyglądały na nie mniej zdumione niż ona przed chwilą. Postanowiła wykorzystać tę chwilę zaskoczenia i podeszła pewnym krokiem do stolika. Kimkolwiek były, powinny wytłumaczyć, co tu robią i co się tu dzieje! Już miała zażądać wyjaśnień, gdy jej wzrok padł na leżące na stole pisma i w tym momencie zdumienie odjęło jej mowę. Gazety były francuskie! W tym samej chwili ktoś położył jej rękę na ramieniu. Odwróciła się i zobaczyła wysoką dziewczynę w obcisłych dżinsach i koszuli w kratę i poczuła w głowie taki mętlik, że zupełnie nie wiedziała, co robić. Błędnym wzrokiem obrzuciła damy w koronkach, dziecko na trawie i na koniec spojrzała jeszcze raz na francuską prasę.

– *Bonjour* – powiedziała odruchowo.

– *Bonjour* – odparła dziewczyna. – Co pani tu robi? – mówiła dalej płynnie po francusku.

– Hmm... Co ja tu robię? Kupiłam ten dom i mieszkam tu od wczoraj. Ale o to samo chciałam zapytać. Co tutaj w ogóle się dzieje? Kim są te panie i to wszystko? – Gestem ręki objęła cały dziedziniec. – Bo nijak nie mogę sobie tego wszystkiego wytłumaczyć...

– O matko! To się narobiło! Bardzo panią przepraszam! Myślałam, że dom stoi pusty... I dlatego pozwoliłam sobie... Ale może najpierw się przedstawię, a potem wszystko wyjaśnię. Jestem Łucja Drasiewicz, zajmuję się fotografią. Ostatnio dostałam zlecenie na zrobienie zdjęć kojarzących się z sielską francuską prowincją. To miejsce było wprost idealne... Nie wiedziałam, że już ktoś je kupił. Swoją drogą, co za zbieg okoliczności. Zdjęcia francuskie i pani jest z Francji...

– Ja? – zdumiała się Magda. – A skąd! Jestem z Warszawy!

– Z Warszawy, ale z Francji? – dopytywała się Łucja i Magda zaczęła skrycie podejrzewać, że fotografka jest chyba lekko nawiedzona.

– Nie, z Warszawy z Warszawy – wyjaśniła uprzejmie, przyglądając się jej spod oka.

– To dlaczego mówimy po francusku? – zdziwiła się z kolei Łucja.

– A no tak! – Do Madeleine dopiero teraz dotarło, że przez ten cały czas nie przeszły na polski. – Bo to wszystko tak mnie skołowało, że kiedy zobaczyłam te gazety, jakoś tak samo wyszło. – Roześmiała się. – Nazywam się Madeleine, jestem tłumaczką i używanie języka francuskiego jest dla mnie tak samo naturalne jak posługiwanie się polskim. Rozumiem, że pani po prostu zrobiła sobie tutaj studio na wolnym powietrzu? A to są modelki? – płynnie przeszła z francuskiego na polski i uśmiechnęła się do siedzących jak trusie dziewczyn w koronkach.

– Tak, to ich debiut. Myślę, że je pani nieźle przestraszyła. Tak znienacka wypadła pani z domu... Wybrałam to miejsce, bo jest jedyne w swoim rodzaju. Ma klimat, wystarczyło go tylko wydobyć – powiedziała Łucja, rozglądając się dookoła.

– Teraz przy tych wszystkich kwiatach, stolikach i ławeczkach rzeczywiście widać jego piękno – zgodziła się z nią Magda. – Będę musiała pomyśleć, żeby coś takiego tutaj zrobić...

– Skoro pani podoba się wystrój, to może byśmy się jakoś dogadały. Przecież mnie tutaj w ogóle nie powinno być. Weszłam na teren prywatny, nie uzgodniłam tego z panią. W takim razie może w ramach zapłaty zostawiłabym tutaj to wszystko, a pani by nam pozwoliła dokończyć zdjęcia?

– Po pierwsze poproszę bez „pani", po drugie fotografujcie sobie do woli. Przyznaję, że byłam trochę zaskoczona waszym widokiem... Miałam ciężką noc i jak zobaczyłam z okna odmieniony dziedziniec i te stroje, pomyślałam, że albo coś ze mną jest nie w porządku i mam zwidy, albo to jakaś powtórka z powrotu do przeszłości, co i tak prowadziło do konkluzji, że jednak coś jest ze mną nie w porządku. Z okna nie było widać ani ciebie – zwróciła się do Łucji – ani tego całego sprzętu. – Wymownie spojrzała na porozstawiane w głębi podwórza statywy. – Więc możecie się domyślić, jak się poczułam. Nie co dzień po przebudzeniu widzi się damy w koronkach i śliczne dziewczynki w tiulach – dodała, uśmiechając się do małej, która korzystając z nieuwagi dorosłych, wyjadała truskawki ze stojącej na stole miski.

W odpowiedzi mała uśmiechnęła się umorusanym truskawkowym uśmiechem, ukazując rozkoszne dołeczki w policzkach.

– Matko, Marcyśka, znów pożarłaś mi dekoracje! – jęknęła Łucja. – Dziewczyny, pilnujcie jej trochę, bo nam zabraknie truskawek! Swoją drogą, dziecko, ile można jeść? – zwróciła się do małej, która nie wydawała się ani trochę skruszona.

– Dużo ciociu, oj, dużo – powiedziała, pakując sobie do buzi ostatnią truskawkę.

– Tylko nie dotykaj mi łapami sukienki! – Łucja sięgnęła do torebki po wilgotne chusteczki i wytarła buzię i ręce małej. – To już trzecia miska dzisiaj – zwróciła się do Magdy. – Mała ma niesamowite możliwości. A wracając do zdjęć, to co, jesteśmy dogadane, możemy kończyć?

– Pewnie, że możecie, ale nie ma mowy o żadnej zapłacie. W końcu mi niczego nie ubędzie, jak popstrykacie sobie te fotki.

– Madeleine, posłuchaj, nawet nie masz pojęcia, ile bym musiała zapłacić za wynajęcie studia, albo jakiegoś specjalnego miejsca. I tak zdejmujesz mi z głowy spory kłopot. Równie dobrze mogłabyś nas stąd wyrzucić, i tyle. A te rzeczy wrzucę sobie po prostu w koszty. Sama mówiłaś, że ci się wystrój podoba, więc bierz i nie marudź. A przy okazji ja się będę czuła w porządku.

– Skoro tak stawiasz sprawę – Madeleine bezradnie rozłożyła ręce. – Opierać się za długo nie mam zamiaru, bo to wszystko wygląda bosko.

– A ja? Ja też? Jestem boska? – Marcysia uroczo przechyliła główkę i z kokieterią wpatrywała się w Magdę.

– Oczywiście, ty też – zapewniła ją z powagą i zobaczyła, jak buzia małej się rozpromieniła. – Bez ciebie to miejsce straci wiele uroku – dodała i pogłaskała małą po skręconych w loki włoskach.

I z całą pewnością byłaby niebywale zdziwiona, gdyby wiedziała, że tym drobnym gestem sprawiła, że Marcysia pokochała ją całym złaknionym miłości sercem.

ROZDZIAŁ V

Julia stała przy oknie. Czoło oparła o chłodną szybę i z wysokości pięciu pięter przyglądała się osiedlu. Nie różniło się zbytnio od innych: trawnik, piaskownica, huśtawki. Nic szczególnego. Najgorzej wyglądało wczesną wiosną. Trawnik zamieniał się wtedy w błotniste bagno, poprzetykane gdzieniegdzie kupkami poszarzałego śniegu. Na całe szczęście pod koniec czerwca marcowo-kwietniowa brzydota była tylko wspomnieniem. Trawnik pysznił się świeżą zielenią i nawet odrapane huśtawki w blasku słońca wyglądały prawie przyjemnie.

Po pochmurnym maju Julia zachłannie chłonęła każdy słoneczny dzień. Słońce przywracało jej ochotę do życia. Widać ciągnąca się niemiłosiernie zima, potem dżdżysty kwiecień i maj wyczerpały i tak niewielkie zapasy hormonów szczęścia, które trudno było odbudować.

– Powinnaś iść na solarium – mówiła jej przyjaciółka. – Dostałabyś takiego kopa energetycznego, że nie wiedziałabyś, co masz ze sobą zrobić.

Julia wzruszała tylko ramionami. Doskonale wiedziała, że złym samopoczuciem nie musi się przejmować. Było uciążliwe, ale już tak bywa, że w ludzkim życiu wszystko ulega zmianie. Jednego dnia ma się ochotę umrzeć, a drugiego nagle odnajduje się kontakt z życiem. Trzeba tylko cierpliwie czekać, a cierpliwości Julia nauczyła się już dawno.

– Cóż – mruknęła, odrywając czoło od szyby – coś muszę ze sobą zrobić. W końcu mam wakacje.

Ojciec chyba jeszcze tego nie zauważył, więc z pełną premedytacją co rano wychodziła z plecakiem, zastanawiając się, kiedy dotrze do niego, że rok szkolny się skończył. I że ma w domu świeżo upieczoną maturzystkę.

Dzisiaj wyjątkowo nie chciało się jej włóczyć pół dnia po mieście. Pokręciła się tylko po kuchni, żeby ojciec usłyszał, że szykuje się do wyjścia, a potem cicho zamknęła za sobą drzwi od pokoju. Oczywiście zdawała sobie sprawę, że jej wysiłki są pozbawione sensu, bo Kacper i tak nie interesował się tym, co robiła. Ale cóż szkodziło udawać, że jest inaczej? W końcu życie to swoisty teatr, a Julia odgrywała w nim prywatną sztukę pod tytułem „Normalność". Czyli coś, na co w jej realnym świecie nie było miejsca.

Rumor w przedpokoju spowodował, że poderwała się od biurka i strąciła łokciem kubek z kawą. Syknęła z niezadowoleniem, patrząc na fusy rozpełzające się po białym dywanie, i z niechęcią wyjrzała zza drzwi. Spodziewała się zobaczyć ojca z jakąś panną. Taki obraz nie byłby niczym szczególnym. Kacper lubił kobiety. Na początku myślała, że chce sobie ułożyć życie i szuka kogoś, kto by do niego pasował. Później zrozumiała, że ułożone życie ojca to właśnie mnóstwo nowych panienek. Pojawiały się i znikały.

Jedne godziły się z odstawieniem natychmiast, inne usiłowały walczyć. Jedne milczały, inne wściekały się i krzyczały. Jedna zdemolowała im nawet część mieszkania, przewracając szafki i tłukąc lustro wieszakiem. Teraz też myślała, że to jakaś porzucona złośnica rzuca czymś, żeby dać upust wściekłości. Jednak w przedpokoju zastała tylko ojca, który ze swojej sypialni wynosił właśnie ogromną walizkę i z hukiem postawił ją na podłodze. Obok drzwi leżała już sportowa torba.

Kacper zauważył córkę, gdy sięgał po kurtkę, i czując na sobie jej wyczekujące spojrzenie, zamarł z ręką zawieszoną w powietrzu.

– Myślałem, że już wyszłaś – powiedział w końcu i niezgrabnym ruchem opuścił rękę. – Nie powinnaś być w szkole?

– Wyjeżdżasz? – z rozmysłem zignorowała pytanie.

– Tak. Muszę.

– Nie zamierzałeś mi powiedzieć?

– Zostawiłem kartkę. W kuchni.

– I co? To już wszystko? Zostawiłeś kartkę i już?

– Julio, naprawdę muszę się wyrwać.

– Na ile tym razem? Miesiąc, dwa? – Julia wbrew woli poczuła, że zbiera jej się na płacz.

– Nie wiem. Może dłużej – powiedział, uciekając wzrokiem w bok i zdecydowanym ruchem chwycił długie uszy spakowanej torby.

– ...

– No przecież dasz sobie radę, nieraz zostawałaś sama w domu – mruknął zakłopotany przedłużającą się ciszą i wyszedł, mocno zatrzaskując drzwi.

Dużo bardziej wolałaby, żeby powiedział, że będzie tęsknił. Ale nie zapytał jej o zdanie. Nie miał tego w zwyczaju, w przeciwieństwie do niespodziewanego znikania.

Kartka zostawiona na kuchennym stole zawierała niezbędne informacje, potrzebne do utrzymania Julii przy życiu.

Punkt pierwszy brzmiał: Julio, wyjeżdżam. Nie martw się o mnie – te parę słów miało uchronić ją od śmierci ze zmartwienia i niepokoju.

Punkt drugi: Na konto przelałem ci pieniądze. Pamiętaj o czynszu – to z kolei miało zapobiec wyrzuceniu jej z mieszkania i śmierci głodowej.

Punkt trzeci: Kocham cię. Tata.

Tej ostatniej linijki wcale tam nie było. Julia dopisała ją trzęsącą się ze złości ręką. Gdzie on, do diabła, znów pojechał? Jakim prawem zostawiał ją samą na całe wakacje? Żałowała, że nie zrobiła mu dzikiej awantury, nie zażądała wyjaśnień. Może zdołałaby się chociaż dowiedzieć... Właściwie czego? Uzyskanie od Kacpra odpowiedzi na pytania dotyczące przeszłości było niemożliwe. A przecież matka musiała wiedzieć, że to ważne, skoro w jej ostatnim liście, który Julia znalazła w pudełku z wszystkimi pamiątkami po niej, było napisane:

Jeżeli jeszcze tego nie zrobił, to zmuś go, by uporał się z przeszłością. By pozałatwiał te wszystkie niedokończone sprawy i uzyskał przebaczenie lub przynajmniej cień zrozumienia. W innym wypadku nie będzie mógł normalnie żyć, a Julia razem z nim. Krystyna powinna mu w tym pomóc. Biedna Krysia!!! Ale mniejsza z tym. Tylko tak możesz mu pomóc. Niech wyjaśni, moja kochana, niech to wszystko wyjaśni...

List był zaadresowany do babci Julii. Biedna mama nie wiedziała, że babcia przeżyje ją zaledwie o dwa miesiące. Julia nie miała pojęcia, czy babcia kiedykolwiek znalazła ten list. Ale jedno było pewne: matka bała się, że ojciec czegoś nie zrobi. Czegoś, co miało mieć wpływ nie tylko na niego, ale i na nią. Czego? Julia nie wiedziała. List znalazła dopiero niedawno, kiedy czuła się tak bardzo samotna, że za wszelką cenę chciała choć przez chwilę być bliżej mamy. Przytargała wtedy z piwnicy starą, rozklekotaną drabinę i ryzykując połamaniem nóg, wdrapała się po niej do pawlacza i wyciągnęła pudełko z pamiątkami, w którym unosił się jeszcze słodkawy zapach zasuszonych kwiatów, brzmiał śmiech i szepty postaci na czarno-białych zdjęciach i można było wyczuć ich radość i miłość. Przeglądając pożółkłe kartki, notesy z numerami telefonów, widokówki przysyłane od znajomych, znalazła kopertę, a w niej ten list. Mama musiała już być bardzo słaba, gdy go pisała, bo słowa chybotały się i biegały po papierze, jakby dłoń, która trzymała długopis, nie miała siły nad nimi zapanować. I od tamtego dnia Julia nie wiedziała, co zrobić z owymi strzępkami informacji. Nie miała bladego pojęcia, kim jest Krysia i komu Kacper miałby coś wyjaśniać.

Teraz żałowała, że nie rzuciła mu tego listu w twarz i nie zażądała wyjaśnień. Z bezsilną wściekłością uderzyła pięścią w stół i zdecydowanym krokiem poszła do pokoju ojca. Zrobiła to, przed czym długi czas się wzbraniała. Przeszukała rzeczy Kacpra. Wywaliła wszystko z szuflad komody, przejrzała papiery na biurku, przekopała nawet szafę. Nie znalazła nic interesującego. Zresztą trudno coś znaleźć, gdy nie wiadomo, czego właściwie się szuka. Pokój wyglądał, jakby przeszła przez niego trąba powietrzna. I właśnie gdy Julia zastanawiała się, czy posprzątać od razu, czy zostawić sobie tę wątpliwą przyjemność na później, na dnie szuflady zauważyła zdjęcie, na całe szczęście podpisane i opatrzone adresem. Z fotografii uśmiechała się młodziutka dziewczyna, a z wyrazu jej twarzy można było odczytać, że ten uśmiech w całości był przeznaczony dla tego, kto trzymał aparat. Julia wyjęła je, obejrzała i obrzucając bałagan niewidzącym spojrzeniem, poszła do przedpokoju i wyciągnęła z szafy plecak. Stwierdziła, że najwyższy czas wziąć sprawy w swoje ręce.

ROZDZIAŁ VI

Madeleine tymczasem pozostawiła fotografujące się towarzystwo i ruszyła na poszukiwanie łazienki. Wczoraj w czasie pobieżnych oględzin domu zlokalizowała obskurne pomieszczenie z wanną i sedesem, ale już na pierwszy rzut oka stwierdziła, że najpierw trzeba je dokładnie wyszorować, a dopóki tego nie zrobi, lepiej wyskoczyć w krzaczki. I wczoraj wieczorem rzeczywiście tak uczyniła, ale teraz przed jej domem kłębił się tłum ludzi i korzystanie z krzaczków raczej nie wchodziło w grę. Poza tym sprawa porannej toalety stawała się nagląca. Po nocy spędzonej w ubraniu na brudnej podłodze czuła przeogromną potrzebę kąpieli. Łazienka w dziennym świetle wyglądała jeszcze gorzej niż wczoraj. Przyjrzawszy się z bliska wannie, Madeleine stwierdziła, że za nic na świecie nie zaryzykuje wejścia do środka. Nie dość, że siwa od kurzu i żółta od starych wyschniętych zacieków, to jeszcze w samym jej środku siedział wielki kosmaty pająk i nieprzyjaźnie łypał na Magdę.

– Cóż, umyję się nad wanną, a potem pojadę do miasteczka po jakieś środki czyszczące. Ciekawe, czy jest tu w ogóle ciepła woda – mruknęła do siebie i odkręciła czerwony kurek.

Kran wydał z siebie głuche stęknięcie, ale woda się nie pojawiła. Po odkręceniu niebieskiego kurka sytuacja nie zmieniła się ani trochę. Z kranu nic nie leciało.

– Tylko nie to! – jęknęła i w tym samym momencie usłyszała z dołu głos wołającego ją Florka.

– Przybywasz w samą porę, żeby wyratować damę z opałów! – krzyknęła, wychylając się przez poręcz. – Jestem na górze!

– Jjjakie tto opały? Bbo jja ppprzyjechałem, żżżeby pppowiedzieć, że eeelektryk zzaraz będzie. Zzałatwiłem. No i pppomyślałem, żżże go pprzypilnuję, żżżeby wszystko było ddobrze.

– Florku, jestem ci niewypowiedzianie wdzięczna, ale właśnie się okazało, że nie tylko światła tu nie ma... Z kranu nic nie leci! Może znasz jakiegoś hydraulika albo kogoś, kto się choć trochę zna na tych sprawach... I najlepiej, żeby zjawił się tu natychmiast, bo ja koniecznie muszę do łazienki – jęknęła Magda, czerwieniąc się z zażenowania. – Poleciałabym na dwór, ale tam jest pełno ludzi... Jak widzisz, jaka dama, takie kłopoty...

– Pppoczekaj chwichwilę. A ssprawdziłaś zzawór?

– Zawór? Jaki zawór? Ja się kompletnie na tym nie znam! Jestem dzieckiem miasta. Tam, jak jest kran, to jest i woda!

– Cccoś mi się wwydaje, że ddobrze, żże się ppoznaliśmy – roześmiał się Florian. – Pprzecież ty bbyś tutaj ssama zginęła mmmarnie! Iiddę pposzukać tego zzaworu.

– Pójdę z tobą, przynajmniej będę wiedziała, czego i gdzie szukać następnym razem.

– Mmmajka kkazała mi się dddowiedzieć, jjak ci mminęła noc.

– Cóż, bywały lepsze. Jednak ten brak światła okazał się upiorny. No i możesz się ze mnie śmiać, ale na strychu coś hałasowało... Tak jakby szumiało i furczało... Wiesz, gdy mówiłam, że się możesz ze mnie śmiać, nie sądziłam, że potraktujesz to dosłownie – dorzuciła z lekkim zdziwieniem, spoglądając na śmiejącego się w głos Floriana.

– Pprzepraszam... Aalle w ttym rroku mmamy jakiś urodzaj na sstrychowe sstrachy. Jjuż jjeden strych obbszukiwałem. Oookazało się, że zammmieszkała ttam kkkuna i pprowadziła hhulaszcze nocne życie. Jjak widzisz, mmam doświadczeczenie. Sstrychy mi niesstraszne, ppójdę ppotem ssprawdzić, o co chchodzi.

– Będę ci bardzo wdzięczna. Niby wiem, że nie ma tam nic strasznego, ale w nocy rozsądek mi się wyłącza. No i na pewno to nie jest sprawka kuny. To był taki dziwny trzepoczący dźwięk. A i coś wyło za oknem. Niby płacz dziecka, niby jęki...

– Magda, a czy ty kiedyś słyszałaś napalonego kota? – niespodziewanie tuż za nią rozległ się głos Łucji.

– A co ma do tego kot? Przecież miauczenie bym rozpoznała... A tak w ogóle, nie wiem, czy wy się znacie...

– Znamy, znamy, jak łyse konie – roześmiała się Łucja. – Florian mieszka w Uroczysku, a ja przyjaźnię się z Majką i Jagodą. A co do kota, nie mówię o miauczącym mile kiciusiu, tylko o kocurze w szponach kociego pożądania.

I uwierz mi, ten dźwięk, o którym mówiłaś, to właśnie tęskny zew kociego samca.

– Właśnie straciłam resztki szacunku do samej siebie – westchnęła komicznie Madeleine. – Przeraził mnie chory z miłości kot! Dochodzę do wniosku, że miasto upośledza! A wy już po zdjęciach?

– Jeszcze nie, ale jesteśmy blisko. Dziewczyny się przebierają i będzie ostatnia sesja. A wiesz, że spodobałaś się małej? Cały czas o ciebie pyta.

– To w takim razie jest obustronna sympatia. Mała jest urocza. To jakaś twoja krewna?

– Gdzie tam. Dzieciak z miasteczka. Ale ktoś taki był mi właśnie potrzebny, a że u niej w domu sytuacja jest nieciekawa, grosz się zawsze przyda. Chociaż sama nie wiem, komu mam te pieniądze dać... Marcyśka mieszka u dziadków, rodzice nie żyją. A ci dziadkowie, jak by to ładnie powiedzieć... – Łucja na moment przerwała, zastanawiając się nad doborem słów. – Prowadzą lewe interesy.

– Aaależ tty się ppieścisz! Llllewe iiintteresy, tteż ccoś! Bbbimbber pędzą i wwwódą po pprostu hhhandlują! – parsknął rozeźlony nagle Florian.

– No handlują, handlują, nie wiedziałam, jak to wprost powiedzieć. Dzieciaki chodzą zaniedbane, Marcysia ma jeszcze starszą siostrę. Jak dam kasę dziadkom, to pójdzie na zatracenie, jak dam dzieciakom, to nakupią sobie chipsów i słodyczy i tylko ich brzuchy rozbolą. Zresztą dziadkom nic nie dać też nie mogę, boby na mnie psy wieszali i na całe Malownicze roztrąbili, że ich krzywda ode mnie spotkała...

– Ale jak to tak? Wszyscy wiedzą, co się dzieje, i nikt nie reaguje? – Madeleine zdumiona popatrywała to na Łucję, to na Floriana. – Mówicie, że dzieciaki zaniedbane, że tam takie warunki, a raczej ich brak, że w melinie się wychowują i tylko na tyle was stać? Żeby pogadać i ponarzekać? Przecież tak nie można!

– Można, nie można, a ty co byś zrobiła? Dzieciaki nie mają nikogo innego. To jedyna rodzina, jaka im została. Oczywiście są dalsi krewni, ale nikt nie chce sobie brać na głowę wychowania dwójki małolatów. Ich dziadkowie podobno nie byli źli, tyle tylko, że wpadli w nałóg, no i jak by tego było mało, handlują tym, co sami pędzą. Z tego żyją. Chociaż z drugiej strony może i dobrze, bo któreś z nich zazwyczaj musi być na tyle trzeźwe, żeby dopilnować interesu. Zresztą na co dzień jeszcze jakoś to wygląda, ale najgorzej, jak dziadkowie postanawiają przyciągnąć klientów i urządzają degustację wyrobów... Tak to się ładnie nazywa. Wtedy spijają się wszyscy i wszystko wymyka się spod kontroli – westchnęła Łucja.

– I co? Policja nie reaguje? – Madeleine nijak nie mogła zrozumieć, że można tak jawnie łamać prawo i nie zostać ukaranym. I nie mieściło jej się w głowie, jak w tym wszystkim mogą żyć dzieci.

– Żeby reagować, najpierw trzeba mieć podstawy do oskarżeń – uśmiechnęła się cierpko fotografka. – A oni przecież nic nie robią, urządzają mocno zakrapiane imprezy, i tyle. A tego prawo nie zabrania. Zresztą jak zapraszają gości, to rzeczywiście dla niepoznaki stół jest suto zastawiony. Wiem, bo kiedyś tam wpadłam. Mieszkam naprzeciwko i już nie mogłam wytrzymać hałasów. Sprytni są i nikt ich dotąd nie złapał na gorącym uczynku, chociaż każdy wie, co tak naprawdę robią. Tak czy inaczej, mała nie ma łatwego życia. Ale gdyby dziadków przymknęli, dzieci pewnie trafiłyby do placówki opiekuńczej. A to też nie najlepsze rozwiązanie. To przykład typowej tragedii greckiej. Nie ma dobrego wyjścia z sytuacji.

– Przynajmniej byłyby bezpieczne, nakarmione i przypilnowane – powiedziała twardo Madeleine.

– Aaaa, tto wcale nie ttakie pppewne – wtrącił niespodziewanie Florian, z uwagą wpatrując się w podłogę. – Nie zawsze jjest ttak, jjak się wwydaje, że ppowinno być. Niektóre ddomy dziedziecka z pprawdziwymi ddomami niewiele mmają wspólnego...

Kobiety popatrzyły po sobie. Coś w jego głosie pozwalało się domyślać, że nie była to tylko ot tak rzucona uwaga. Madeleine wiele by dała, żeby w tej chwili spojrzeć mu w oczy, ale jego twarz ginęła w cieniu.

– Chchyba zzznalazłem – powiedział Florian sztucznie ożywionym głosem. – Llleć na górę i jak kkkrzyknę, odkręć kurek. Zzzobaczymy, czy ttto coś ddda.

– To wy tu sobie kręćcie, dokręcajcie, a ja idę kończyć robotę. Dziewczyny pewnie są już gotowe. Myślę, że jeszcze jakaś godzinka będzie nam potrzebna, a potem tylko zbiorę sprzęt i zniknę...

– Łucja, a ty przypadkiem po tych zdjęciach nie będziesz jechała do miasta? Bo tak sobie pomyślałam, że byłoby mi raźniej na tych pierwszych zakupach z kimś, kto tu wszystko zna. – Magda zatrzymała się przy schodach prowadzących na piętro.

– I tak muszę przejechać koło rynku, więc nie ma problemu, mogę ci służyć za przewodnika. Nawet dobrze się składa, bo w lodówce od kilku dni mam tylko resztkę zeschłego żółtego sera i obawiam się, że moi panowie dłużej już tego nie zdzierżą. Wczoraj Norbert, mój syn, zapytał z bolesną miną, czy zamiast uprawiać zawód twórczy, nie mogłam zrobić kariery kucharki. Nawet roztoczył przede mną kuszącą wizję schabowych i garów zupy, które mogłabym po pracy przytargać do domu...

– Wiesz, jak tak tego słucham, to rzeczywiście masz czego żałować – zaśmiała się Madeleine. – Może jeszcze nie wszystko stracone i uda ci się przebranżowić.

– No i co z tą wodą? Leci?! – dobiegł je z lekka zniecierpliwiony głos Florka i Madeleine, nie zwlekając, pognała na górę i odkręciła kran, który tym razem zarzęził, zacharczał i wypluł z siebie strumień ohydnie żółtobrunatnej wody.

– Leci, ale jakaś taka paskudna! – odkrzyknęła, z obrzydzeniem patrząc na lecącą żółtą ciecz.

– Pppaskudna, bo rury dddawno nie były używane – zawyrokował Florek po przyjściu na górę i wnikliwemu przyjrzeniu się wodzie. – Mmmusi zlecieć i będzie dddobrze. No to jjjedna sprawa rorozwiązana. Rorozumiem, że ttteraz mmmam cię zostawić tu samą...

– Gdybyś mógł – Madeleine, która w ferworze szukania zaworu i słuchania historii nieszczęsnych dzieci na moment zapomniała o łazienkowym kłopocie, w tej chwili poczuła, że dłużej nie da rady wytrzymać i że woda zjawiła się w ostatnim momencie.

Gdy po chwili wyszła z łazienki, usłyszała, że Florek rozmawia z kimś na dole.

– Madziu, tttto jest Bbbbartek, mmmój znajomy z eeelektrowni – Florian przedstawił jej barczystego bruneta, który majstrował coś przy liczniku.

– Czyli to pan sprawi, że stanie się jasność? – zagadnęła towarzysko, ale w odpowiedzi usłyszała tylko niewyraźne burknięcie. Widać Bartek elektryk nie był w towarzyskim nastroju.

– Ttto my ci nie bbbędziemy na razie przeprzeszkadzać... – Florian nie wydawał się zdziwiony burkliwością bruneta. – Magda, chodź, bo muszę ci coś pppokazać.

– A co on taki dziwny? – zapytała go szeptem, kiedy odeszli kilka kroków od elektryka.

– Tttak ma. Nie lllubi zbyt dużo gggadać, ale fachowiec z niego pprzedni – wyjaśnił Florek. – A ja mmmam dla ciebie dwie wiadomości. Jedną dddobrą, dddrugą złą. Od której zzzacząć?

– Od dobrej – zdecydowała.

– Bbbyłem na strychu i wwwiem, czego się wwwystraszyłaś. Jaskółek.

– Jaskółek? Tych od Calineczki? Nawet nie zapytam, co o mnie myślisz, bo dobrze wiem. Wyszłam na niezłą histeryczkę. Przyjechała paniusia z miasta i mało co nie umarła ze strachu, słysząc wycie kocura w rui i podfruwające jaskółki na strychu! Tutejsi będą mnie wytykać palcami, mówiąc: to ta tchórzliwa miastowa!

– Nikt cię nie bbbędzie wytykał, bo po pppierwsze nikt się nie dddowie, a po dddrugie niejednego takie ooodgłosy by wwwystraszyły. Jaskółki bbbyły u mojej bbbabci na strychu i wwwiem z dddoświadczenia, jaki hahaharmider robią te nieniewinnie wywyglądające ptaszki. Więc nie ppppprzesadzajmy z ttttą tchórzliwwwością. W każdym raaazie dziś bbbędziesz mogła spać spospokojnie, wiedząc, że te trzetrzepoty i furrrczenia to tttylko ptaki. Poza tttym będziesz miaaała już światttło, a wwwiadomo, że strachy ppierzchają, gdy znika cieciemność.

– A ta druga, zła wiadomość?

– Zzzobacz, tttutaj kiedyś była kukuchnia. – Florek wszedł do obszernego pomieszczenia, w którym królowała kuchnia węglowa.

Poczerniałe, krzywo ułożone fajerki z miejsca skojarzyły się Madeleine z grzaniem rąk w zimowe wieczory i z bulgoczącym przyjaźnie imbrykiem. W kącie stał stary, obłażący z niegdyś białej farby kredens z pękniętą szybką, która nadawała mu wyraz wykrzywionej płaczem dziecięcej buzi. Tuż przy kredensie stało stare krzesło bez jednej nogi. Wszystko to tworzyło nostalgiczny klimat, który z miejsca chwycił Madeleine za serce. Ale najbardziej w tym pomieszczeniu urzekło ją okno. Ogromne, łukowate, porośnięte dzikim winem, z szerokim parapetem zapraszającym wręcz, żeby na nim przysiąść. Dziewczyna już widziała odnowioną, pomalowaną na biało kuchnię i zarzucony kolorowymi poduszkami parapet. I siebie z książką, zapatrzoną w zadbany ogród...

– ... i chyba mmmusiała gdzieś pęknąć, skoro tttutaj nie ma.

Magda z trudem powróciła do rzeczywistości i zdała sobie sprawę, że coś jej umknęło.

– Przepraszam cię, ale chyba się zamyśliłam. Czego nie ma?

– Wwwody. Cccały czas ci tttłumaczę, że skoro w łazience jest, a tttu nie, to wiwidać mmmusiała gdzieś pęknąć rura. I tto jest właśnie ta nie najnajlepsza wiadomość. Nie obbbędzie się bbbez hydraulika. To już mmmusi obejrzeć ktoś, kkkto się na tym nanaprawdę zna.

– A możesz mi kogoś polecić?

Podeszła do okna i otworzyła je na oścież. Na dole widziała Marcysię, która pochylała się nad kwiatami lawendy, uśmiechając się rozkosznie i jakby zupełnie nie zwracając uwagi na to, że Łucja robi jej zdjęcia. Mała wyglądała na zupełnie szczęśliwą i gdyby Madeleine nie wiedziała, jak na co dzień wygląda jej życie, z pewnością nawet przez myśl by jej nie przeszło, że dziewczynka pochodzi z marginesu społecznego.

– Rorozejrzę się i kkkogoś znajdę – wdarł się w jej rozmyślania głos Florka. – Na rrrazie korzystaj po prrrostu z wody w łłłazience. Wiem, że ttto niezbyt kkkomfortowe, ale chwwwilowo musisz sssobie z tym poraradzić. Teraz zzejdę do Bartka, a pppotem będę uuciekał. W Uuroczysku mamy uurwanie głowy, gggoście, oggród, który mmmuszę w tym rroku doprowaadzić do porządku, no i Jajagoda lada moment będzie rrrodzić...

– Dziękuję ci za wszystko. Nie wiem w ogóle, dlaczego poświęcasz mi czas. Może jakoś się odwdzięczę.

Madeleine nagle poczuła się nieswojo. W końcu obcy facet, zamiast siedzieć w domu z ciężarną żoną, załatwił jej po znajomości elektryka, uruchomił wodę, sprawdził strych... W sumie powinna mu zapłacić, ale nie wiedziała, jak to zaproponować.

– Nie gagadaj głupot. Bbędzie trzeba, to po pprostu ty nam ppoomożesz. Prosta zzasada wwwzajemności – powiedział z uśmiechem i Magda stwierdziła, że jednak dobrze, że nie wyrwała się z propozycją rewanżu finansowego, bo zapewne śmiertelnie by go uraziła. Była jednak jeszcze jedna sprawa, która nie dawała jej spokoju.

– Florek, z góry przepraszam – zatrzymała go w drzwiach kuchni. – Ale muszę cię o coś zapytać – dodała, patrząc cały czas przez okno na Marcysię. – Skąd ta twoja uwaga na temat domów dziecka? Pytam nie dlatego, że powoduje mną pusta ciekawość, ale nie mogę zrozumieć. Jak życie w ciągłym zagrożeniu może być lepsze od spokoju i stabilności?

Przez moment w kuchni panowała cisza przerywana jedynie bzyczeniem muchy, która tłukła się o szybę w poszukiwaniu wyjścia. Madeleine nie miała odwagi popatrzeć na Florka. Gdy już myślała, że nie odpowie i że go obraziła, podszedł do niej i przysiadł na parapecie.

– Mmmoi rodzice zzzmarli, gdy byłem mały – powiedział zmienionym głosem. – Zzzatruli się czadem. Nie pppamiętam ich zbyt dobrze. Jedynie pppojedyncze obrazy... Takie slajdy. Śmiejąca się mmmama w długiej błękitnej sssukience. Ojciec z pppapierosem w zębach rrrąbiący drewno. Potem tak śmiejącą się mamę wwwidziałem na fotografii w ssstarym albumie i już sssam nie wiem, czy to moje wspomnienie, czy tytylko wydaje mi się, żże ją pamiętam, a tak nanaprawdę to był tylko obraz ze zzzdjęcia. Ale fotografia była czczarno-biała, a ja przecież wwidzę przed oczami bbłękit materiału... – Florek przez moment patrzył Magdzie prosto w oczy, jakby szukając w nich potwierdzenia. Po chwili skierował wzrok za okno i z westchnieniem mówił dalej. – Tttamtej nocy spałem u wujka. I to on zaopiekował się mną po śmierci mamy i taty. Był w pporządku. Zajmował się mmmną, jak umiał. To bardzo przyzwoity fffacet, tyle tylko, że czasem wpadał w ciągi. Pppił przez tydzień, czasem ddwa. Potem trzeźwiał i na kkkilka tygodni wyrzekał się alkoholu. Ale nnnawet jak pił, to było tttakie... Nie wiem, jak ttto powiedzieć... Ssspokojne picie. Przychodził do domu, wwwalił się na łóżko i spał. Gdy był mniej pppijany, starał się nawet zdejmować bbuty przed drzwiami. Zero pijackich kkkrzyków, zzero awantur. Tak więc dla mnie bbbyła to pewna niedogggodność, ale na pewno nie żadna tttrauma. Już prędzej dddokuczliwe były dddocinki moich kolegów, którzy nnnaśmiewali się z pijanego wwwuja, a często i ze mnie, bbbo czasami zdarzało mi się hhholować go do domu. Przez te kilka lat, gdy rrrazem mieszkaliśmy, zauważyłem, że najgorszy bbbywał maj. Wtedy pił na uuumór, a gdy przytomniał, strastrasznie płakał. Dopiero pppotem dowiedziałem się, że w maju przy ppporodzie zmarła jego żżona. Dziecka też nie udało się uuuratować. Wujek zzzapijał rozpacz i, jak przypuszczam, zzzabijał wspomnienia. Ale któregoś maja wywyskoczył z rozpędzonego pppociągu. Zginął na miejscu. Tym rrrazem nie udało mu się zzznieczulić pamięci i to ona się z nim rrrozprawiła...

– Florek, ja rzeczywiście nie powinnam pytać. Nie przypuszczałam nawet... Nie chcę, żebyś przeze mnie przechodził przez to wszystko jeszcze raz – przerwała mu przerażona. – Nie wiedziałam...

– Dddo niczego mnie nie zzzmuszasz. Ssswoją drogą, do tej pppory tylko raz opopowiedziałem tę historię Jagodzie i Majce. Nnna samym pppoczątku, gdy Majka przyjęła mnie do pppracy w Uroczysku. Chciałem, żeby wwwiedziały, z kim mają do czynienia. A teraz niedługo sam zzzostanę tatą. I wiesz, będę musiał kkkiedyś opowiedzieć mojemu dziecku, skąd pochodzę, gdzie mmma szukać swoich korzeni. Pppora nauczyć się odczarowywać ppprzeszłość. Nawet jeżeli bbbyła bbbolesna. Bo inaczej ten nieoswojony ból, nie daj Bbboże, przejdzie na nią...

– To już wiecie, że będzie dziewczynka? – przez ściśnięte gardło zapytała Madeleine, szczęśliwa, że na moment może zmienić temat.

W tej chwili patrzyła na Florka zupełnie inaczej niż przed momentem. To już nie był tylko zwyczajny, skory do pomocy facet, złota rączka, ale mądry i odważny człowiek. Z zazdrością pomyślała o Jagodzie. Gdyby ją ktoś tak pokochał! Patrząc na Floriana i słysząc dumę w jego głosie, kiedy mówił o oczekiwanym dziecku, czułość, gdy wspominał o żonie, w pełni zdała sobie sprawę, jak żałosny był jej związek z Grzegorzem. Dzięki Bogu, że zdecydowała się go zakończyć. I, kto wie, może i jej trafi się ktoś, kto na samo jej wspomnienie tak ciepło się uśmiechnie...

– Tttak nam wyszło na bbbadaniach, ale ja prędzej wierzę w ppprzeczucia... – roześmiał się odprężony nagle Florek. – Jagoda od pppoczątku twierdziła, że ttto będzie dziewczynka. Mnie mmmarzył się syn, ale im bliżej do ppporodu, tym bardziej jestem przekonany, że ttto będzie córka. Nawet bez tego cccałego USG bym tak tttwierdził... A wracając do twojego pppytania, ten przydługi wstęp był kkkonieczny, żebyś zrozumiała w pełni, co chcę ci przeprzekazać. Po śmierci wwwujka trafiłem dddo domu dziecka. Miałem jeszcze bbbabcię, ale nie chcieli mnie jej oddddać. Podobno warunki były niezzzadowalające. Brak łazienki i bieżącej wwwody... Poza tym w szkole orzekli, że nie jestem dddostatecznie dobrze przystosowany i że lepiej bbbędzie, jak się zajmie mną odddpowiednia instytucja, a nie starsza kkkobieta. Nikogo nie interesowało, że babcia mnie kkkocha. Miłości nie da się wwwtłoczyć w tabelki, zzzmierzyć, zzzważyć i przeliczyć. I tylko to się wwwtedy liczyło. O moim losie zzzdecydował brak wygód, mmmała emerytura babci i przypuszczenie, że nie bbbbędzie umiała nade mną zapanować. W każdym razie, po ppppobycie u wujka, który mnie kkkochał, słuchał, rrrozumiał, przytulał, gdy tego pppotrzebowałem, trafiłem do... Nie wiem, jjjjak to ująć. Do zzzakładu? Wiesz, takiego mmmmiejsca, które ma działać wwwedług regulaminu, wwwszystkie trybiki i śrubki mmmają być na swoim mmmiejscu i wypełniać ssswoje zadania. Nie daj Boże, żeby któryś się wwwyłamał... Nikogo nie interesowało, że cierrrpię. Zresztą tam to nie bbbyło nic nadzwyczajnego. Nie ja pierwszy i nie ja ostatni. Ppprzyznaję, że łatwo ze mną nie mmmieli. Buntowałem się, uuuciekałem do babci, zdarzało mi się ssspóźniać. Za wszystko byłem bardzo sssurowo karany. Każde przewinienie, nnnawet najmniejsze, nie miało szans uuuumknąć oku dyrektorki. A kkkkary były ssstraszne. Na przykład nieposłusznych wwwrzucano pod lllodowaty prysznic, nie ddddawano jeść, bbbito po tttwarzy. Kiedyś nie zdążyliśmy z kolegą wwwrócić na czas ze szkoły. Dddyrektorka zamknęła przed nami drzwi i zzzabroniła wpuszczać. Staliśmy przez kkkilka godzin, bezskutecznie dddobijając się do środka. To był koniec listopada, pppadał deszcz, przemokliśmy do sssuchej nitki, zęby dzwoniły nam zzz zimna, w końcu zzzaczęliśmy płakać. W rezultacie wpuściła nas dddo środka jedna z wychowawczyń. Złamała pppolecenie dyrektorki i następnego dnia otrzymała wwwypowiedzenie. I wtedy ruszyła lllawina. Nauczyciele się zzzbuntowali, sprawa trafiła do gazet i przed sssąd... Mnóstwo osób świadczyło ppprzeciwko dddyrektorce. I wychowankowie, i wwwychowawcy.

– Czyli jednak istnieje coś takiego jak sprawiedliwość – odetchnęła z ulgą Madeleine. – Dzięki Bogu, że taki jest koniec tej sprawy, bo w innym wypadku chyba odebrałbyś mi resztki wiary w ludzi.

– Cóż, www takim razie zzz góry mi przykro za to, co pppowiem... Bo dyrektorka ten proces wwwygrała.

Madeleine zdumiona takim zakończeniem przez dłuższą chwilę milczała.

– Czyli co? Mogę sobie tę wiarę w ludzi schować gdzieś głęboko? – zapytała, z trudem dochodząc do siebie.

– Llludzie lludziom nierówni – rzekł filozoficznie Florian. – Ttak samo jak zzzapewne nie wszystkie dddomy dziecka są tak ppprowadzone jak ten, w którym ja bbbyłem. I dlatego nigdy nie nnnależy osądzać po pppozorach. O to wwwłaśnie chodzi. W sprawie tttych dzieci i ich dziadków rrrównież.

– Florek, a co było potem z tobą?

– Nic. Ssskończyłem osiemnaście lat i ppprzeniosłem się do babci. I ssstarałem się zzzapomnieć. W sumie nnnawet mi się udało... Jedyną pamiątką, jaka mi zzzostała z tamtych czasów, jest jąjąkanie. Zzzacząłem się zacinać wwwłaśnie w domu dziecka. Dddobrze, a teraz nnnaprawdę uciekam. A ttty się nie przejmuj... – dodał, spoglądając spod oka na Madeleine. – Cokkkolwiek by się działo, trzeba żyć...

Magda jeszcze długo po jego wyjściu stała przy oknie. W głowie miała zamęt. Oczywiście nieraz słyszała straszne historie. Oglądała programy o ludziach dotkniętych przez los, maltretowanych, bitych, nieszczęśliwych. Ale tego nie dało się porównać z tym, co właśnie przeżywała. Marcysia, jej siostra, Florek byli na wyciągnięcie ręki. Byli rzeczywistymi ludźmi z krwi i kości, a nie tylko obrazami migającymi na ekranie telewizora.

– Florian miał rację – stwierdziła, patrząc w zamyśleniu na sylwetkę małej dziewczynki pozującej do zdjęć. – Cokolwiek by się działo, trzeba żyć. Ale skoro miało się tyle szczęścia co ja, to jeszcze dodatkowo trzeba zacząć robić coś dla innych.

Nie wiedziała jeszcze, co dokładnie. Póki co postanowiła, że do miasta zabierze ze sobą Marcysię i postawi jej wielkie lody.

ROZDZIAŁ VII

W tym samym czasie Julia stała na rynku Malowniczego i wpatrywała się w tryskającą z fontanny wodę. Wypchany plecak postawiła obok i z przyjemnością rozprostowała zmęczone plecy. Już zdążyła zapomnieć, jak wyczerpujące bywają takie wędrówki. Ostatni raz na wyprawie z plecakiem była w pierwszej klasie liceum. Wybrały się we trzy na kilka dni w Bieszczady. Koleżanki nieźle musiały się nakombinować, żeby uzyskać pozwolenie na wyjazd. Zresztą pewnie by go nie otrzymały, gdyby nie pomoc Kacpra. To był jeden z nielicznych przypadków, gdy jej ojciec na coś się przydał. Zgodził się potwierdzić, że dziewczyny jadą do jego rodziny i że będą miały opiekę.

– A nie mógłbyś powiedzieć, że jedziesz z nami? – zagadnęła go wtedy Julia. – Byłoby prościej, a tak mama Kaśki uparła się, że chce telefon do tego naprędce wymyślonego wuja... Tak naprawdę to mógłbyś z nami pojechać – przybrała obojętny ton, choć wszystko w niej zastygło w oczekiwaniu na odpowiedź ojca.

Ale ten jak zwykle nie docenił wyciągniętej ręki. Ani też nie wyciągnął swojej. Zaśmiał się tylko i stwierdził, że Julia ma naprawdę dziwne pomysły, bo co niby miałby robić z trzema małolatami.

– Nie mogę powiedzieć, że jadę z wami, i nie pojechać, bo co, jeśli któraś z tych trzęsących się nad wami kobiet zadzwoni do was i będzie chciała ze mną rozmawiać? No właśnie. – Pokiwał głową wyraźnie zadowolony ze swojej przenikliwości. – A sprawę telefonu do mitycznego wuja załatwię. Daj mi tylko numer do tej matki, biorę ją na siebie.

– Mam nadzieję, że nie dosłownie – złośliwie mruknęła pod nosem Julia.

Kacper albo nie usłyszał, albo udawał, że nie słyszy. Jednak rzeczywiście załatwił to tak, że dziewczyny mogły pojechać i nikt nie zawracał im głowy. Wróciły ledwie żywe ze zmęczenia, ze spalonymi słońcem ramionami, ale szczęśliwe i dumne, że przeszły całe połoniny i nie wystraszyły się nocowania pod gołym niebem. Przez moment czuły, że świat do nich należy, że mogą wszystko. I właśnie teraz stojącej na rynku obcego miasteczka Julii przydałby się choć cień tamtego poczucia wszechmocy. Niestety, zamiast tego opadły ją wątpliwości. Patrząc na mieniące się w słońcu krople wody, zastanawiała się, co jej przyjdzie z tego, że znajdzie tę kobietę ze zdjęcia. O ile w ogóle ją znajdzie. Nawet nie była pewna, czy Krysia z listu mamy i ta z fotografii jest tą samą osobą. I jak ma ją zapytać o ojca?

Wątpliwości urosły, gdy przekonała się, że zamiast adresu Krysi na zdjęciu podany był adres jej siostry Grażyny, która wydała się Julii zarozumiałą, nadętą snobką.

– A kim ty w ogóle jesteś i dlaczego interesujesz się Krysią? – zapytała, obrzucając ją lodowatym spojrzeniem i ledwo uchylając przed nią furtkę.

– Jestem Julia. Wiem, że mój tata znał panią Krysię, nawet myślałam, że ona tu mieszka...

– I, jak widzisz, rzeczą ludzką jest się mylić. Krystyna to moja siostra, ale tylko tyle się zgadza. Nie mieszka tutaj i jeżeli sądzisz, że ot tak podam ci jej adres, to jesteś w błędzie. – Grażyna uśmiechnęła się kpiąco i zmrużyła oczy. – A jak nazywa się twój ojciec? Pytam z czystej ciekawości...

– Kacper – wybąkała Julia. Właściwie nie musiała odpowiadać, i tak była pewna, że Grażyna nie da jej adresu swojej siostry.

– Kacper? A to ciekawe... Jesteś córką Kacpra... – Grażyna przez moment wpatrywała się w nią z niedowierzaniem. – No skoro tak, może jednak powiem ci, gdzie mieszka Krystyna – dodała, mrużąc oczy.

I rzeczywiście już po chwili Julia trzymała w dłoni świstek papieru z nazwą ulicy i numerem domu. Zupełnie nie wiedziała, czemu zawdzięcza tę nagłą zmianę decyzji. Nie mogła też oprzeć się wrażeniu, że podając jej tę kartkę, Grażyna ledwo powstrzymuje się przed zatarciem dłoni z zadowolenia. Jej twarz wyrażała nieumiejętnie skrywaną złośliwą satysfakcję.

Cóż, w sumie nie powinno mnie to interesować, doszła do wniosku Julka. Najważniejsze, że mam to, po co tu przyszłam...

Natomiast Grażyna oparta o furtkę nie spuszczała z dziewczyny wzroku, aż do momentu, gdy ta zniknęła za rogiem ulicy.

– I kto by pomyślał, że doczekam dnia, kiedy do moich drzwi zapuka córka Kacpra! Żałuję, że nie zobaczę miny

Kryśki, gdy ta mała stanie przed jej drzwiami... – mruknęła i mściwy uśmieszek przemknął jej po twarzy.

Nic dziwnego, że po tej rozmowie Julia nie czuła się najlepiej. Przez moment nawet rozważała możliwość powrotu, ale już po chwili przywołała się do porządku.

– Nie po to się tłukłam przez pół Polski, żeby teraz zrezygnować – stwierdziła w końcu stanowczo, ochlapując sobie twarz chłodną wodą z fontanny. – Poza tym najwyższa pora rozprawić się z przeszłością. I z Kacprem. Mama znała go dużo lepiej ode mnie i skoro uważała, że to takie ważne, trzeba to załatwić. Wprawdzie nie ja to powinnam zrobić, tylko ojciec, ale już widzę, jak się do tego kwapi... Nie zdziwiłabym się, gdyby ta cała Krysia go uwiodła... – W tym momencie Julia poczuła, że jednak ponosi ją wyobraźnia i że pora skończyć z głupimi domysłami. – Najpierw kupię coś do picia i mapę, a potem... Komu w drogę, temu nóż w plecy – westchnęła i z wysiłkiem zarzuciła plecak na ramiona.

W sklepie pachniało ciepłym pieczywem i Julia oprócz wody kupiła brązowy lśniący bochenek i kartonik mleka. Na początku miała zamiar zapytać sprzedawczynię o zapisany na kartce adres, ale stojący za nią w kolejce starszy siwy pan nieustannie zaglądał jej przez ramię i zerkał do portfela, gdy płaciła. W końcu, żeby jak najprędzej pozbyć się natręta, Julia zrezygnowała z zadawania pytań, czym prędzej podała stojącej za ladą kobiecie odliczone pieniądze i z ulgą wyszła na zewnątrz. Przysiadła na pobliskiej ławce i odłamała z gorącego bochenka chrupiącą piętkę. I w tej chwili pojawił się koło niej natręt ze sklepu. Musiał wyjść tuż za nią, rezygnując ze swoich zakupów. Przez moment oboje mierzyli się wzrokiem, aż w końcu starszy pan z uśmiechem lekko skinął głową.

– Przepraszam, mogę się do panienki przysiąść? – zapytał z galanterią, a Julia o mało nie udławiła się przylepką.

Panienki? Kto tak dzisiaj mówi? Jeszcze raz spojrzała na staruszka i doszła do wniosku, że właściwie nie powinna się dziwić. Starszy pan nie tylko mówił nie po dzisiejszemu. Jego ubranie też było z minionej epoki. Garnitur, muszka pod szyją, w ręku laseczka i melonik. Dawna elegancja w każdym calu.

– Bardzo proszę – powiedziała.

Niepokój, jaki odczuwała w sklepie, zniknął bezpowrotnie. Siwy pan nijak nie pasował jej do zramolałego starca z obleśnymi myślami. Przyglądając się mu spod oka z lekkim rozbawieniem, stwierdziła, że tak niedobranej pary jak ona i ten starszy człowiek dawno już nie widziała. Musieli dość komicznie wyglądać razem na tej ławce. On jakby wyjęty wprost z przedwojennego żurnala, elegant i dżentelmen, ona zakurzona, w przepoconym, rozciągniętym podkoszulku i krótkich szortach.

– Czy przypadkiem to nie pan stał za mną w sklepie? – zagadnęła.

– W rzeczy samej... I właśnie dlatego panienkę goniłem.

– Wszystkie panienki ze sklepu tak pan gania? – Julia poczuła, że sytuacja coraz bardziej ją bawi.

– Skądże znowu – stropił się wyraźnie siwy pan. – Tylko coś mnie zaintrygowało... Zdjęcie w portfelu. Jakoś tak samo wpadło mi w oko. Czy na nim jest ktoś z panienki rodziny?

– To mój ojciec – odpowiedziała po chwili milczenia Julia. – A czemu pan pyta?

– A więc jesteś córką Kacpra... A jak masz na imię, dziecko? – zapytał, jakby nie słysząc jej pytania.

– Julia. Ale nie bardzo rozumiem... Zna pan mojego tatę?

– Znałem go kiedyś. Bardzo dawno temu. Przyjechaliście na wakacje?

– Nie, nie przyjechaliśmy. Jestem tu sama. – Julia, patrząc na minę starszego pana, zrozumiała, że celowo unika konkretnych odpowiedzi i że niczego się od niego nie dowie. Staruszek nabrał wody w usta. – Ale skoro już rozmawiamy, to może mi pan pomoże i powie, jak trafić pod ten adres. – Wyciągnęła w jego kierunku karteczkę. Skoro już się przysiadł, trzeba wykorzystać okazję.

– A więc szukasz Krysi... A czy ona wie, że się do niej wybierasz? – zapytał starszy pan, rozprostowując kartkę na kolanie. W jego głosie słychać było niepokój.

– Nie przypuszczam – odpowiedziała Julia zgodnie z prawdą. – Chyba że zadzwoniła do niej siostra. To od niej dostałam ten adres.

– No tak, czegóż innego można by się było spodziewać po Grażynie – sarknął starszy pan, marszcząc brwi. – Jak zwykle za grosz odpowiedzialności i rozwagi! Tak czy inaczej, moja droga, czy jesteś pewna, że takie wizyty powinno się składać bez uprzedzenia?

Julia, która w tej chwili już absolutnie niczego nie była pewna, milczała, wpatrując się uparcie w zakurzone tenisówki.

– Aha. Chyba rozumiem. – Starszy pan na widok uporu malującego się na twarzy dziewczyny tylko pokiwał głową.

– A ja myślę, że pan w ogóle niczego nie rozumie – zbuntowała się nagle Julia. – Idzie pan za mną, zagląda mi do portfela, wypytuje o ojca i nie chce niczego powiedzieć. O co panu chodzi?

– Tylko o to, że na wywołanie zjaw z przeszłości lepiej się przygotować – odpowiedział zagadkowo. – Ale poza tym masz rację. Niezbyt kulturalnie się zachowałem. Przyjmij moje przeprosiny. A jeżeli chodzi o ten adres, to jeszcze kawał drogi. Krysia mieszka na obrzeżach miasta. Trzeba iść tędy. – Wskazał na uliczkę, która pięła się pod górę. – A potem... Chyba najprościej będzie, jak zaznaczę ci to na mapie. Na długo przyjechałaś, Julio, córko Kacpra?

– Nie wiem. Zobaczymy, jak to się wszystko potoczy. – Julia postanowiła, że wzorem starszego pana nie będzie odpowiadać wprost na żadne z pytań. Ostatecznie była dość pojętną uczennicą i skoro staruszek chciał się bawić w podchody, to proszę bardzo, ona też może podjąć tę grę.

– W takim razie być może jeszcze się spotkamy – odpowiedział starszy pan i lekko się uśmiechnął. – Proszę, narysowałem ci całą trasę – dodał, wyciągając do Julii zrolowaną mapę. – A wiesz, że masz identyczny kolor oczu jak ojciec? Tak intensywnej zieleni nie widziałem u nikogo poza Kacprem. No i teraz tobą. A co do wizyty u Krysi, jednak mimo wszystko powinnaś się zapowiedzieć – rzekł, wstając z ławki, i z galanterią ukłoniwszy się milczącej dziewczynie, odszedł niespiesznym krokiem w głąb rynku.

Julia odprowadziła go wzrokiem. Co za uparty starzec! Zapowiedzieć! Też mi coś! Trzęsącymi się rękami rozwinęła mapę i popatrzyła na wyrysowaną trasę. Krysia, kimkolwiek była, rzeczywiście mieszkała daleko. Ale Julia wiedziała, że teraz za nic na świecie nie zrezygnuje. Czuła, że jest na tropie i że lada moment rozwikła zagadkę z Kacprem w roli głównej.

Ciekawe, wszędzie się czyta i słyszy o starszych ludziach, którzy nie marzą o niczym innym, tylko o opowiadaniu o przeszłości. Że też mnie się musiał trafić zupełnie inny typ staruszka! – pomyślała z przekąsem.

Tymczasem starszy siwy pan, idąc powoli przed siebie, zaklinał z całych sił rzeczywistość i prosił, by ta mała nigdy nie dotarła do Krysi. I żeby nigdy nie spojrzała na nią tymi identycznymi jak u Kacpra oczami. Starszy pan był bowiem serdecznym przyjacielem Krysi i absolutnie nie życzył sobie, by widmo Kacpra odbijające się w zielonym spojrzeniu jego córki zakłóciło jej spokój.

To niemożliwe, żeby los był tak perfidny, myślał, nerwowo postukując laseczką o bruk. Nie po tylu latach...

Ale los, jak to los, miewa własne plany i kaprysy. A w tym wypadku miał się wykazać ogromną pomysłowością i przebiegłością.

Julia po dokładnym przyjrzeniu się wyrysowanej przez starszego pana trasie doszła do wniosku, że dojście do domu Krystyny zajmie jej rok i sześć niedziel. Wychodziło na to, że gdyby szła naprawdę szybkim tempem, dotarłaby na miejsce późnym wieczorem. O ile ani razu nie zboczy z właściwej drogi i nie zabłądzi.

Chyba nie pozostaje mi nic innego, jak spróbować złapać stopa, pomyślała, idąc poboczem szosy. Ale szanse mam marne, stwierdziła, spoglądając za mijającym ją właśnie w szalonym pędzie autem. Swoją drogą, to ci kierowcy albo mają nie po kolei w głowie, albo zupełnie nie posiadają wyobraźni. Jak można z taką prędkością jechać po tak wąskiej, pełnej zakrętów szosie?!

Po kilku minutach spędzonych na poboczu doszła do wniosku, że najwyraźniej tylko ona ma tego typu dylematy, bo samochody śmigały w zastraszającym tempie. Gdy już miała zrezygnować, zza zakrętu wyłonił się rozklekotany duży fiat, który sapiąc, mozolnie piął się pod górę, a potem ze zgrzytem i stukotem zatrzymał się przed Julią.

– Wsiadaj! – Zza kierownicy wychylił się młody chłopak. – Tylko szybko, bo tutaj nie można się zatrzymywać! Niezbyt rozsądnie wybrałaś sobie miejsce do postoju, nie widzisz, jak tu jeżdżą? Nie staje się tuż za zakrętem! Ktoś mógł cię potrącić.

– Ale przecież nic się nie stało. – Julia błyskawicznie wrzuciła plecak na tylne siedzenie i wskoczyła na miejsce obok zagniewanego kierowcy. – Dziękuję, że się zatrzymałeś – dodała, spoglądając na chłopaka.

– Najłatwiej powiedzieć: „nic się nie stało"! Ale mogło. To dokąd cię podrzucić? – zapytał łagodniej, odwracając się w jej stronę i w tym momencie Julia poczuła, że dzieje się z nią coś dziwnego.

Serce zabiło jej gwałtownie i przez moment nie była zdolna w ogóle się poruszyć. Z rozchylonymi lekko ustami wpatrywała się w ocienione długimi rzęsami ciemne oczy chłopaka, w falujące brązowe włosy, które z miejsca skojarzyły jej się z pierwszymi jesiennymi kasztanami. Była niemal pewna, że zanurzając w nich palce, poczułaby nagrzaną słońcem kasztanową gładkość. Bezwiednie uniosła dłoń i w ostatnim momencie powstrzymała się przed pogładzeniem go po głowie.

– Właściwie szukam tego miejsca – powiedziała, odchrząkując i wygrzebując z kieszeni kartkę z zapisanym adresem. – Tutaj pewien pan narysował mi, jak mam się tam dostać – dodała, rozkładając mapę na kolanach.

– No to chyba ten ktoś nigdy tam nie był – stwierdził chłopak, zerkając na wyrysowaną linię. – To bardzo, bardzo okrężna droga. Trochę to wygląda tak, jakby komuś zależało, żebyś maszerowała jak najdłużej... Czemu się tak dziwnie na mnie patrzysz?

– A nic, nic. Zdaje ci się. – Potrząsnęła głową, a w duchu stwierdziła, że po pierwsze dała się wkręcić jak naiwne dziecko, a po drugie nie doceniła starszego pana. – To co, wiesz, gdzie to jest?

– Pewnie, przecież to adres Krysi – powiedział chłopak takim tonem, jakby to miało wszystko wyjaśniać.

– Znasz ją? To jakaś zadziwiająca prawidłowość. Mam wrażenie, że wszyscy ją tu znają...

– Nie, no, nie przesadzajmy – roześmiał się chłopak. – Miałaś po prostu szczęście, Krysia przyjaźni się z moim tatą. A tak przy okazji jestem Tymek, a ty?

– Julka – odparła, wlepiając oczy w migający za szybą krajobraz. Z całą pewnością nawet obserwowanie rozciągającej się koło drogi przepaści było lepsze niż patrzenie na siedzącego obok niej chłopaka.

– I przyjechałaś do Krysi na wakacje? Ale chyba pierwszy raz ją odwiedzasz, bo jakoś cię nie kojarzę. Ja zawsze wracam latem do domu. Ojciec nie wie, że dziś mam przyjechać. Zrobię mu niespodziankę... – dodał i skręcił w polną drogę.

Przez chwilę jechali w milczeniu. Julia błogosławiła w duchu hałaśliwy samochód. Dzięki temu rumorowi istniała nadzieja, że Tymoteusz nie usłyszy, jak tłucze się jej głupie serce, gdy tylko chłopak odwraca w jej kierunku głowę. Czuła każde jego spojrzenie, mimo że uparcie patrzyła w okno.

– No, to jesteśmy na miejscu – oznajmił, zatrzymując się przed dużym, staroświeckim domem. – Miło cię było poznać. Pozdrów ode mnie Krysię – dodał, kiedy wyciągnął plecak z tylnego siedzenia i postawił na ziemi przed dziewczyną.

– Dziękuję – mruknęła, patrząc w ziemię, ale w tym momencie Tymoteusz pochylił się i zajrzał jej w twarz.

I stało się. Nie było już dokąd uciec. Julia stała jak sparaliżowana, przygwożdżona brązowym spojrzeniem. Chłopak przyglądał się uważnie, po czym żartobliwie zmierzwił jej włosy i wskoczył do samochodu.

– Ładne masz oczy, Julka – powiedział, wychylając się przez okno. – Do zobaczenia – rzucił tonem, w którym czaiła się obietnica, i przy akompaniamencie rzężenia silnika odjechał.

A Julia stała, nie mogąc złapać tchu i oderwać oczu od odjeżdżającego auta. Czuła, że stało się coś bardzo ważnego i że nie powinna pozwolić temu chłopakowi zniknąć. Ale jednocześnie do głosu doszło dawno wpojone przekonanie, że czegoś takiego jak miłość po prostu nie ma, nie mówiąc już o czymś tak absurdalnym jak miłość od pierwszego wejrzenia.

To tylko chemia, pomyślała bez przekonania, patrząc na opadające tumany kurzu. A ja nigdy nie lubiłam tego przedmiotu... To po prostu głupia, bezduszna reakcja, więc niebawem mi przejdzie... Jak facet mówi „do zobaczenia"... To mówi, i nic więcej, stwierdziła, podnosząc plecak. Zresztą, nie ma to najmniejszego znaczenia, bo jutro mnie już tu nie będzie... Westchnęła i nacisnęła dzwonek przy furtce.

Nawet nie zastanowiła się, jak zacznie rozmowę z tajemniczą Krysią. Stojąc przed furtką, myślała tylko o tym, że Tymoteusz zapewne każdej dziewczynie rzuca na odchodnym jakiś komplement. I jednocześnie marzyła o tym, żeby jednak w tej kwestii nie mieć racji, choć to przecież nieistotne, bo za moment stąd zniknie i żadne „do zobaczenia" nie będzie miało znaczenia.

Usiłując odwrócić myśli od Tymoteusza, uważniej przyjrzała się domowi. Pelargonie na schodkach, zadbany trawnik, ścieżka porośnięta paprociami, kwitnący jaśmin pod oknami. Julia z nagłym szarpnięciem serca pomyślała, że tak właśnie powinien wyglądać prawdziwy dom. Co więcej, patrząc na budynek, miała dziwne wrażenie, że ten dom już kiedyś widziała. Chociaż było to zupełnie niemożliwe, ponieważ była tu po raz pierwszy.

ROZDZIAŁ VIII

Madeleine wracała z zakupów zadowolona, szczęśliwa i zdumiona.

Jak mogłam do tej pory sądzić, że nie przepadam za dziećmi? – zastanawiała się.

Popołudnie spędzone w towarzystwie Marcysi całkowicie odmieniło jej pogląd na temat małych dziewczynek. Do tej pory wydawało jej się, że wszystkie dzieci bez wyjątku są męczące, ciągle czegoś chcą, marudzą i płaczą z byle powodu. Jej młodsza siostra była właśnie taką panną marudą w każdym calu. Tymczasem Marcysia stanowiła przeciwieństwo tego obrazu. Kiedy obserwowała jej nieustający zachwyt podczas chodzenia po sklepach, doszła do wniosku, że dziewczynka chyba nigdy nie była na porządnych zakupach. I nie wiedzieć kiedy lody dla Marcysi zamieniły się w trzy wielkie reklamówki wypchane rzeczami dla małej. Już w drodze do cukierni, gdzie umówiły się z Łucją, dziewczynka nagle przystanęła i zapatrzyła się w witrynę małego sklepiku ze starociami. Królowała na niej lalkowa blond piękność z porcelanową twarzyczką i chabrowymi lśniącymi oczami. Marcysia bezwiednie przyłożyła rączki do buzi i oniemiała z zachwytu wprost nie mogła oderwać oczu od zabawki. Madeleine bez słowa weszła do sklepu. Starsza pani siedząca w fotelu na jej widok wstała, odłożyła szydełkową robótkę i nawet nie pytając, o co chodzi, podeszła do wystawy.

– To bardzo stara lalka – oznajmiła, patrząc na klientkę przenikliwym spojrzeniem. – Przez wiele lat należała do jednej rodziny, bawiły się nią wszystkie dziewczynki, które się tam rodziły. Przyniosła ją do mnie jej ostatnia właścicielka. Jej wnuczki wolą siusiające bobasy i te anorektyczne plastikowe paskudztwa – ciągnęła, zdejmując lalkę z wystawy i odruchowo poprawiając jej sukienkę. – To jest dla was bardzo dobry nabytek, ma w sobie dużo wielopokoleniowej miłości. Wierzę, że przedmioty gromadzą w sobie emocje i potem przekazują je dalej. Dlatego te stare mają duszę – dodała, wręczając zdumionej Magdzie zabawkę.

– Dziękuję... Ale skąd pani wiedziała, przecież nawet nie zdążyłam słowa powiedzieć...

– Z czasem człowiek uczy się widzieć dużo więcej – uśmiechnęła się staruszka i pokiwała ręką w stronę Marcysi, która przykleiła buzię do szyby, żeby nie tracić lalki z oczu. – Niech pani wpadnie do mnie z małą pod koniec tygodnia. Uszyję parę sukienek dla lalki, będzie mogła ją przebierać.

– Dobrze, przyjdziemy – zgodziła się potulnie Madeleine. Szczerze mówiąc, gdyby zażądała od niej odtańczenia na środku sklepu krakowiaka, też by się nie odważyła odmówić. Wszechwiedza starszej kobiety przerażała ją i jednocześnie budziła fascynację. – Ile za nią płacę?

Staruszka wymieniła sumę, zainkasowała należność i odprowadziła Magdę do drzwi, pod którymi czekała zniecierpliwiona Marcysia.

– Pilnuj jej i dbaj o nią – powiedziała, przyglądając się z uśmiechem, jak dziewczynka przytula do siebie lalkę.

I mimo że słowa te ewidentnie skierowała do Marcysi, Madeleine czuła, że tak naprawdę kobieta mówiła do niej, i zrobiło jej się nieswojo. Złapała małą za rączkę i czym prędzej pociągnęła w stronę cukierni.

Łucja już na nie czekała, popijając kawę przy stoliku.

– Co tak długo? Już myślałam, że zaginęłyście – powiedziała, przyglądając się z zainteresowaniem poczynaniom Madeleine, która wpadła do cukierni niczym burza i z miejsca przestawiła krzesło tak, żeby siedzieć tyłem do ulicy.

– Słuchaj, wyjrzyj i powiedz, czy już się schowała – zaszeptała nerwowo do Łucji. – Tylko tak, żeby cię nie zauważyła! Nie, nie tak jawnie! Przecież mówię, że dyskretnie masz patrzeć!

– Dyskretnie to ja mogę jedynie sobie coś w karku naciągnąć! – burknęła Łucja, zezując w stronę ulicy. – I niby kto miał się schować? Jak mam patrzeć, to muszę chyba wiedzieć na co! I w ogóle wprowadzasz nerwową atmosferę!

– Sama byś też wprowadzała, gdybyś przeżyła to co ja. Stoi tam jeszcze ta staruszka? Ta, co sprzedaje w sklepie ze starociami.

– A, byłyście w Kuferku u pani Leontyny – uśmiechnęła się Łucja, dostrzegając w ramionach Marcysi lalkę.

– W jakim kuferku? Zresztą mniejsza z tym, powiedz lepiej, czy ona nadal tam stoi.

– Nie, nikogo nie ma. – Łucja spojrzała na nią z lekkim niepokojem. – Ale jeżeli mogę zapytać, to o co chodzi?

– Matko Boska, ani chybi ta cała twoja pani Leontyna to jakaś czarownica! – Magda w końcu sama odważyła się spojrzeć w głąb ulicy.

Staruszki rzeczywiście nie było. Pewnie wróciła do sklepu.

– Pani Leontyna czarownicą? – Łucja z trudem powstrzymała się od śmiechu.

– Aha! Ledwo weszłam do sklepu, nawet słowa nie zdążyłam powiedzieć, a ona bach! Wstaje i podaje lalkę! I jeszcze tak na mnie patrzyła! Jakby czytała mi w myślach! A później nie spuszczała ze mnie oczu! Szłam do cukierni i czułam ten jej wzrok na plecach, zresztą jak się obejrzałam, zobaczyłam ją na chodniku. Stała tam i wgapiała się we mnie i w Marcysię! – prychnęła gniewnie, sięgając po menu.

– Oj, Madeleine, Madeleine! – ubawiła się już jawnie Łucja. – Podała ci lalkę, bo pewnie zobaczyła zapatrzoną w nią Marcysię, nietrudno było się domyślić, o co ci chodzi. A patrzyła, bo cię nie zna. Przyszłaś z małą, którą w przeciwieństwie do ciebie kojarzy bardzo dobrze, i pewnie postanowiła na wszelki wypadek sprawdzić, dokąd z nią idziesz. Nie sądzisz, że to brzmi logicznie?

– Jak tak słucham, to rzeczywiście jest w tym sporo sensu. Ale i tak była niesamowita!

– Niesamowite raczej jest to, że sprzedała ci lalkę – przerwała jej Łucja. – Wczoraj sama byłam świadkiem, jak powiedziała klientce, że kukła nie jest na sprzedaż. Tamta proponowała gigantyczne pieniądze, chyba brakowało jej takiego okazu do kolekcji, ale pani Leontyna nie chciała nawet o tym słyszeć. Pod tym względem rzeczywiście czasami jest dziwaczna. Zdarza się, że nie sprzedaje niektórych rzeczy. Teraz wychodzi na to, że widocznie czeka na odpowiednich nabywców...

– A ja teraz jestem mamą – wtrąciła Marcysia, kołysząc lalkę w ramionach. – I mam córeczkę. Ciocia Madzia mi ją kupiła, i jeszcze sukienki, i taki ładny kapelusz...

– Czekaj, Marcysiu, może wybierz sobie lody, a ja tu chwilkę porozmawiam z ciocią Madzią, dobrze? – przerwała jej Łucja. – Kupiłaś jej te wszystkie rzeczy? – zwróciła się do Magdy, jak tylko mała odeszła.

– Tak. Sama mówiłaś, że dzieciak ma w domu kiepsko i nikt o nią specjalnie nie dba, więc chociaż tyle mogłam zrobić. – Wzruszyła ramionami. – Zresztą zdałam sobie dzisiaj sprawę z tego, jaką jestem szczęściarą. I że powinnam podzielić się tym szczęśliwym życiem. I to był właśnie pierwszy krok w tym kierunku. Ale widzę, że coś jest nie tak. O co chodzi? – zapytała, widząc zmarszczone brwi Łucji.

– O to, że zachowałaś się jak klasyczny bogaty rodzic, który chce wyrzuty sumienia zagłuszyć drogimi upominkami. No, może nie do końca, bo miałaś szlachetne pobudki, ale mechanizm jest ten sam. Dopadły cię wyrzuty sumienia, że masz w życiu dobrze, i co? Chcesz je złagodzić, obsypując ledwo co spotkane dziecko prezentami?

– A nawet jeżeli, to co w tym złego? – zdenerwowała się Magda.

– A to, że po pierwsze ona ma siostrę i na pewno jej będzie przykro, że nic nie dostała, a po drugie powiedz mi, jak zamierzasz przekonać jej dziadków, żeby te wszystkie dobra przyjęli? Przecież oni gotowi cię psami poszczuć, jeżeli im zasugerujesz, że dzieci potrzebują jałmużny! Oni są bardzo honorni! Nie mylić z honorowi – skrzywiła się Łucja.

– Honorni?

– No, tacy, co to mają specyficzny pogląd na świat. Widzisz, wódą mogą handlować, robić szemrane interesy, nawet głodem przymierać od czasu do czasu, ale pomocy nie przyjmą.

– Czyli jednym słowem: głupi.

– Jakby byli głupi, toby już dawno z tego głodu umarli. Oni po prostu prezentują inny rodzaj moralności. Skrzywiony i wypaczony – wyjaśniła Łucja. – Zresztą nie oni jedni. Ty się teraz lepiej zastanów, jak rozwiązać sprawę rzeczy dla Marcysi...

– Boże, dobroczynność to jednak trudna sprawa. – Madeleine z rozpaczą potarła ręką czoło. – Ja naprawdę chciałam dobrze! I pomijając wszystko, bardzo tę małą polubiłam. Chciałam zrobić dla niej coś dobrego...

– Dobrymi chęciami to sama wiesz, co jest wybrukowane – mruknęła Łucja. – Po prostu przesadziłaś. Na początek lalka spokojnie by wystarczyła...

– Słuchaj, a może mogłabyś powiedzieć dziadkom, że te rzeczy to taki dodatek w ramach zapłaty za zdjęcia? Wtedy chyba nie mieliby nic przeciwko temu? – kombinowała Magda.

– Może masz rację... Powiem, że to bonus od zleceniodawcy... Jedno jest pewne, teraz nie można małej tych rzeczy zabrać. To byłoby nieludzkie. Dokupię jeszcze coś dla Anki, siostry Marcysi.

– Nie zgadzam się. To ja nawarzyłam tego piwa i ja wypiję je do końca. Dokupię to, co trzeba. Ile ona ma lat?

– Ho, ho, ho! Widzę, że honorność jest zaraźliwa – zakpiła Łucja. – Anka ma czternaście lat. Może przynajmniej pozwolisz towarzyszyć sobie w tych zakupach i służyć radą. Ja w przeciwieństwie do ciebie wiem, jak Ania wygląda.

Na to Madeleine zgodziła się bez oporów. Po nakarmieniu Marcysi ogromną porcją lodów ruszyły po raz kolejny na obchód sklepów. Pod przewodnictwem Łucji zakupy zostały zrobione szybko i sprawnie, aż w końcu nie pozostało już nic do zrobienia i trzeba było odwieźć Marcysię do domu.

– Słuchaj, najlepiej będzie, jak sama ją odwiozę – stwierdziła Łucja, pakując do swojego auta wypchane ubraniami reklamówki. – Ciebie nie znają, nie kojarzą, licho wie, czy przy tobie nie zaczną stroić jakiś fochów.

– Ale może mogłabym tylko z tobą pojechać, zostałabym w samochodzie... – niepewnie zaproponowała Madeleine. – Naprawdę, nawet nie wyjrzę...

– Ale po co masz jechać? – przerwała jej Łucja. – Tak załatwię wszystko raz-dwa i obędzie się bez dodatkowych komplikacji. Jak cię to uspokoi, mogę wrócić i zdać ci relację.

– Dobrze, może masz rację – mruknęła Magda zmienionym głosem i mocno przytuliła Marcysię na pożegnanie.

– Ciociu, a czy ja będę mogła kiedyś cię odwiedzić? – zaszeptała jej prosto do ucha dziewczynka.

– Zawsze, kiedy tylko będziesz chciała – odszepnęła i niechętnie oswobodziła się z objęć małej.

Nie do końca rozumiała, co się z nią dzieje. W jakiś przedziwny sposób w zaledwie parę godzin zdołała przywiązać się do tego ufnego, uśmiechniętego dziecka i najzwyczajniej w świecie było jej żal się z nim rozstawać. Na samą myśl, że mała wraca do domu, w którym nikt na nią nie czeka, ściskało jej się serce i dziwnie drapało w gardle. Tylko na chwilę spojrzała w kierunku odjeżdżającego samochodu, ale to, co zobaczyła, wystarczyło. Marcysia siedziała z buzią przylepioną do szyby, tuląc do siebie lalkę i nie spuszczając oczu z Madeleine. Na jej twarzy nie zostało nic z wcześniejszej pogody. Magda zmusiła się do uśmiechu i pokiwała małej ręką. Poczekała, aż samochód zniknie za zakrętem, i powlokła się w stronę fontanny. Nagle dotarło do niej, jak żałosna była ta próba pomocy dziewczynce. W ładnych sukienkach czy bez nich Marcysia nadal była samotnym, zaniedbanym dzieckiem. A ona okazała się płytką bogaczką z miasta, której wydało się, że robi coś nadzwyczaj dobrego. Cholerna dobra pani z Orzeszkowej! Teraz zrozumiała, co miała na myśli Łucja, i zrobiło jej się wstyd. A jednocześnie nie miała pojęcia, jak małej naprawdę pomóc. Z niewesołych myśli wyrwał ją dzwonek telefonu. Widać w centrum miasteczka pojawiał się jednak zasięg. Na wyświetlaczu migało radośnie: „mama".

No, teraz się zacznie, pomyślała ponuro Madeleine, naciskając zieloną słuchawkę. W sumie skoro i tak mnie to nie ominie, może lepiej załatwić to z miejsca i mieć z głowy...

– Cześć, mamo – powiedziała do telefonu, przybierając radosny ton.

Więcej nie zdołała dodać, bo natychmiast przerwał jej potok słów, który wylała z siebie jej rodzicielka.

– Matko Boska, Madeleine, ty naprawdę chyba nie masz ludzkich uczuć! Wiesz, ile razy usiłowałam się dodzwonić? Wiesz? Nie wiesz! – odpowiedziała sobie sama, nie dając córce najmniejszych szans na wtrącenie choć słówka.

Magda wzniosła oczy do nieba i cichutko westchnęła.

– I nie wzdychaj mi tam, bo wszystko słyszę! Czterdzieści sześć nieodebranych połączeń! Specjalnie sprawdziłam. I co to w ogóle za historia z tym domem? Tatuś odchodzi od zmysłów! Stwierdził, że się nie odzywasz, bo na pewno coś złego spotkało cię w drodze! Albo ktoś cię napadł i obrabował w tej dziurze...

– To nieprawda, córuś, to matka twierdzi, że ja twierdzę – dobiegł gdzieś z oddali głos ojca.

– Jak nie twierdzisz, jak twierdzisz! – wykłócała się mama. – Zresztą nieważne! Istotne jest to, że przez ciebie odchodzę, to znaczy odchodzimy od zmysłów...

– Mamo, gdybyś pozwoliła mi coś wtrącić, już dawno bym ci wszystko wyjaśniła – Madeleine wykorzystała moment, gdy matka nabierała powietrza. – Przecież nagrałam się wam na sekretarkę i wyjaśniłam, dokąd jadę...

– A potem zamilkłam na wieki – wtrąciła z przekąsem mama.

– Bo jak tu dojechałam, okazało się, że nie mam zasięgu. Teraz jestem w miasteczku i się pojawił, ale mnie ubiegłaś. A dom kupiłam dość nagle, bo trafiła się niebywała okazja. Tanio, w dobrym stanie, na obrzeżach miasteczka, po prostu nie mogłam się oprzeć. A chętnych było sporo, nie miałam czasu na zastanawianie się. – Rozsądnie stwierdziła, że w tym wypadku lekkie przeinaczenie faktów nikomu nie zaszkodzi. – Góry, cisza, spokój, mówię ci: raj na ziemi!

– Ale dlaczego nawet nie wspomniałaś, że planujesz taki poważny zakup? Przecież doradzilibyśmy ci, pomogli, a tak każdy mógł ci wcisnąć, co chciał. Przecież ty się w ogóle nie znasz na nieruchomościach!

– Kochanie, mówisz tak, jakbyś ty była ekspertką w tej dziedzinie – dał się słyszeć z oddali głos ojca.

– Ekspertka czy nie, co dwie głowy, to nie jedna! Ale już dobrze, lepiej powiedz, jak ten dom wygląda – niespodziewanie mama zrezygnowała z robienia jej wyrzutów.

– Dom jak dom... Stary, ale w dobrym stanie. Ma duży ogród. Prąd jest, łazienka... Woda też – dodała po chwili wahania. W końcu woda częściowo była, a informowanie mamy o pękniętych gdzieniegdzie rurach byłoby czystą głupotą. Tak samo jak wspominanie o tym, że ogród przypomina raczej jedną wielką niekoszoną od wieków łąkę. – Ogólnie można spokojnie mieszkać, choć trochę pracy trzeba w niego włożyć – dodała uspokajająco.

– A, to dobrze, nawet bardzo dobrze – mruknęła mama zupełnie innym tonem. – I stoi na uboczu, tak? A jak z sąsiadami? Dużo? Są jacyś młodzi? Przystojni z długimi włosami? Palący jakieś świństwa hipisi? – W jej głosie słychać było narastające napięcie.

– Kto??? – Zdumienie Magdy nie miało granic.

– No takie dzisiejsze dzieci kwiaty – wyjaśniła niezrażona mama. – Bardzo mnie to interesuje...

– Nie wiem, chyba nie – wybąkała, nie bardzo wiedząc, o co może chodzić mamie.

Czego jak czego, ale akurat tego typu pytań się nie spodziewała. Nagle przez głowę przeleciała jej myśl, że być może zakup domu w jakiś przedziwny sposób skojarzył się mamie z młodością. Rozpaczliwie usiłowała przypomnieć sobie, czy kiedykolwiek któreś z rodziców wspominało o hipisowskim górskim epizodzie, ale nic takiego nie przychodziło jej do głowy. Za to oczami wyobraźni ujrzała swoją matkę na tym rynku, jak ubrana w kwiecistą koszulę i dzwony, z wielkim kołtunem na głowie i skrętem zwisającym z kącika ust, tapla się w fontannie i zawodzi: „Hare Kryszna".

– Czyli nie ma w okolicy nikogo takiego? – głos mamy nareszcie przywołał ją do rzeczywistości.

– Przecież mówię, że nie widziałam! – zdenerwowała się nie na żarty. – A co, powinni być? – Madeleine coraz mocniej utwierdzała się w przekonaniu, że z mamą jest coś nie tak.

– A broń Boże! W żadnym razie... Ale jesteś pewna? Dobrze patrzyłaś?

Dziewczyna odruchowo rozejrzała się dookoła. W zasięgu wzroku nie zobaczyła nikogo brudnego, długowłosego i palącego podejrzane substancje.

– Mamo, nikogo takiego tu nie widać. I szczerze mówiąc, nie bardzo wiem, do czego zmierzasz... A może ty mnie nie chcesz denerwować, a usłyszałaś coś podejrzanego w telewizji, co? Że na przykład grasuje tu jakiś osobnik i w szale oparów narkotykowych morduje niewinne kobiety...

– Też wymyśliłaś! – oburzyła się mama. – Zawsze ci powtarzałam, że z taką wyobraźnią powinnaś pisać książki. Chociaż patrząc na to, ile zarabiają pisarze, lepiej, że mnie nie posłuchałaś...

– Zatem jeżeli nie chodzi o długowłosego psychopatę, to o co? – Madeleine rozsądnie postanowiła nie dać się odwieść od głównego tematu rozmowy.

Z doświadczenia wiedziała, że te wszystkie pytania zadawane są w jakimś konkretnym celu. Miała tylko nadzieję, że mamie nie przyjdzie do głowy powrót do przeszłości. Absolutnie nie życzyła sobie, by jej rodzice w dzwonach i kwiatowych wieńcach na szyjach demoralizowali to spokojne miasteczko. A jednocześnie doskonale zdawała sobie sprawę, że gdyby tylko jej mama wpadła na taki pomysł, zapewne nic by jej nie powstrzymało. Nawet spokojny i rozważny na co dzień ojciec i tak w końcu, wiedziony poczuciem solidarności, przyłączyłby się do niej.

– Bo widzisz, córciu, mamy problem – wyjawiła jej mama po chwili milczenia. – Mieliśmy nawet w planach naradzić się z tobą, ale wyjechałaś. W sumie może nawet i dobrze. Jak mówiłaś o stojącym na uboczu domu, spokoju i tak dalej, wpadłam na pewien pomysł...

– Mamo, ale może zaczniesz od początku, co? Czego ten problem dotyczy?

– Nie czego, tylko kogo. Twojej siostry. Coś nam się wydaje, że Kaśka wpadła w nieodpowiednie towarzystwo. Włóczy się ostatnio z takimi długowłosymi flejami, jeździ z nimi na motorach, zupełnie nas nie słucha. – W głosie mamy zabrzmiała nieznana do tej pory bezradność i Madeleine nagle zrobiło się jej żal.

– Posłuchaj, może to tylko chwilowe, wiesz, taki bunt młodzieńczy. Teraz wszystko wygląda trochę inaczej niż z nami... Kaśka jest najmłodsza, najbardziej rozpieszczona. Przejdzie jej... – powiedziała pocieszająco.

– Też tak sobie z ojcem tłumaczyliśmy – mama nagle zniżyła głos do szeptu, z czego Magda wywnioskowała, że gdzieś w pobliżu pojawiła się jej luba siostrzyczka. – Ale sprawy wymknęły się nam zupełnie spod kontroli. Już dwa dni z rzędu Kaśka wraca do domu nad ranem, zamyka się w swoim pokoju i w ogóle z nami nie rozmawia. No i teraz jeszcze wyszła ta sprawa z tatuażem...

– Czy ty nadal mówisz o mojej siostrze, a swojej córce? – zdziwiła się Madeleine niepomiernie. – Przecież widziałam ją ze trzy tygodnie temu, tatuaży żadnych nie zauważyłam... Tak naprawdę wyglądała całkiem normalnie...

– Zgadza się. Wtedy jeszcze go nie miała. Do szkoły chodziła ubrana zwyczajnie. Przynajmniej tyle. Stwierdziła, że nie będzie się z tymi idiotami nauczycielami użerać, bo i tak nie zrozumieją, że ona chce po prostu być sobą... Ale teraz! Oczy ma wymalowane na czarno, paznokcie tak samo – tutaj głos mamy trochę się załamał – no i zrobiła sobie ten tatuaż... Na całym ramieniu. Wygląda strasznie! Ale najgorsze jest to, że ostatnio znaleźliśmy w jej pokoju skręta... Madziu, my naprawdę nie wiemy, co robić! I dlatego teraz wpadłam na pomysł, że może byśmy ją wysłali do ciebie na wakacje. Może by się otrząsnęła...

– Niech ja smarkulę złapię w swoje ręce, osobiście nią potrząsnę. – Madeleine nerwowo zaczęła przechadzać się wokół fontanny. – W sumie nie zdecydowałam jeszcze, że tu zostanę na całe lato, ale w tym wypadku może to rzeczywiście nie jest zły pomysł... Odizoluje się ją od towarzystwa i rozum może jej wróci!

– Tylko tak się teraz zastanawiam... A co z twoją pracą? Grzegorz da ci tak długi urlop? – zatroskała się mama.

Madeleine westchnęła. Z tego wszystkiego zapomniała, że rodzice jeszcze nie wiedzą o pozostałych zmianach w jej życiu. Miała tylko nadzieję, że przy kłopotach z Kaśką rozstanie z Grzegorzem i porzucenie pracy stracą nieco na sensacyjności.

– Wiesz co, córeczko, może dobrze się stało. – Ku zaskoczeniu Madeleine mama po wysłuchaniu całej historii nie zamierzała robić najmniejszych wyrzutów. – Ten cały Grzegorz jakoś tak nam do ciebie nie pasował... Nie chcieliśmy się z tatą wtrącać, ale naszym zdaniem to był, przepraszam za zwrot, klasyczny dupek.

Magda milczała. Była zbyt zdziwiona, by cokolwiek powiedzieć. Nawet po zakończeniu rozmowy i ustaleniu, że przywiozą jej Kaśkę, gdy tylko rok szkolny się skończy, nie mogła ochłonąć. Cały czas zachodziła w głowę, jak to się mogło stać, że wszyscy dookoła doskonale widzieli, jaki jest Grzegorz, a ona była głucha i ślepa. Po głębokim namyśle doszła do wniosku, że w rzeczywistości było jeszcze gorzej. Otóż doskonale wiedziała, jaki jest Grzesiek. Po prostu nie chciało jej się nic zmieniać. Było jej wygodnie, i tyle.

Zmarnowałam tyle czasu. I swojego, i Grześka też. Dupek czy nie dupek, miał prawo przypuszczać, że mi taki układ odpowiada, rozmyślała, wpatrując się w dno fontanny usiane drobnymi monetami. A teraz biedak pewnie zachodzi w głowę, co też tak nagle mi się stało. Chociaż nie powinnam przesadzać z tym samoudręczeniem. Na pewno już się pocieszył w ramionach sekretarki albo jakiejś innej chętnej. Na wspomnienie sceny w jego gabinecie znów zachciało jej się śmiać.

Z westchnieniem przysiadła na kamiennym brzegu fontanny i wystawiła twarz do słońca. Nagle poczuła, że jest strasznie zmęczona i śpiąca. Żar lejący się z nieba rozleniwiał. Madeleine miała wrażenie, że wszystko wokół porusza się w zwolnionym tempie. Oczy zaczęły się jej same przymykać.

– No to jestem – z rozkosznego odrętwienia wyrwał ją głos Łucji. – Małą odwiozłam, dziadków obłaskawiłam i przekonałam, że jak wezmą te wszystkie rzeczy, zrobią mi niemalże łaskę. A to im się niezmiernie podobało. Chyba nigdy w życiu tak nie nakłamałam.

– Nie sądzisz, że to potwornie chora sytuacja? Nie dość, że chcesz pomóc, jeszcze musisz kombinować jak koń pod górkę, żeby ta pomoc została przyjęta – skrzywiła się Madeleine – A Marcysia jak?

– A właśnie, cały czas pytała, kiedy ją do siebie zabierzesz... Mam nadzieję, że niczego jej nie naobiecywałaś? – zapytała surowo Łucja.

– Za kogo ty mnie masz? Czy wyglądam na osobę, która mami dziecko czczymi obietnicami? Powiedziałam tylko, że może mnie odwiedzać, kiedy zechce. A w tym nie widzę niczego złego – najeżyła się Magda.

– Dobrze, dobrze, już się tak nie unoś. Zapytałam, bo też się o nią martwię... Obiecałam, że któregoś dnia ją do ciebie podrzucę.

– Bardzo dobrze zrobiłaś. Właśnie się zastanawiałam, jak mam to załatwić... Chciałabym, żeby Marcysia przychodziła do mnie jak najczęściej, ale przecież nie pójdę do niej do domu i nie powiem dziadkom, że zabieram małą... W końcu jestem zupełnie obcą babą.

– Akurat tym bym się zbytnio nie martwiła – wzruszyła ramionami Łucja. – Dziewczynek w ogóle się tam nie pilnuje. Włóczą się całymi dniami po okolicy. Za to prędzej czy później będziesz musiała pogadać z Anką. Ona małej matkuje, oczywiście na tyle, na ile może trzynastolatka. Martwi mnie co innego... Tylko nie wiem, jak ci to powiedzieć, żebyś się nie obraziła... – Łucja z namysłem nakręcała na palec troczek od torebki.

– Dawaj śmiało. Może trochę nerwowo reaguję na pewne rzeczy, ale na pewno się nie pogniewam.

– Widzisz, przyjechałaś, zobaczyłaś małą i nagle opętała cię chęć pomocy potrzebującym.

Madeleine poczuła, że się czerwieni, i już nabierała powietrza, by głośno zaprotestować, ale Łucja zamachała uspokajająco ręką.

– Poczekaj, daj mi skończyć – powiedziała stanowczo. – I ta chęć jest szczytna i w ogóle. Ale co będzie potem? Gdy ty wyjedziesz, a ona zostanie? Ile tu będziesz? Tydzień, dwa? Może miesiąc? Przywiążesz ją do siebie, pokażesz inne życie i co dalej?

– A skąd wiesz, że nie zostanę na zawsze? Albo na pół roku, rok? I lepiej, żeby małej było przez ten cały czas źle? Żeby przypadkiem nie pokazać jej, że może być inaczej? Przecież to głupie. Jeżeli nawet tylko na chwilę zmienię coś w jej życiu, to nie sądzisz, że będzie o te dni bogatsza, szczęśliwsza? Poza tym niesprawiedliwie mnie oceniasz. Jeżeli zajęłabym się Marcysią, to nie tylko na moment. Nawet jak stąd wyjadę, zrobię wszystko, co w mojej mocy, żeby jej tak nie zostawić. Nie wiem jeszcze, jak to wszystko ogarnę, ale z całą pewnością mi się to uda. I nawiasem mówiąc, na pewno zostanę tu do końca lata. Właśnie dzwoniła do mnie mama. Moja siostra Catalina pokazała rogi i trzeba ją wywieźć jak najdalej od stolicy i towarzystwa, w którym się znalazła. Więc przez najbliższe trzy miesiące na pewno będę na miejscu. Nadal uważasz, że lepiej w tym czasie nic nie robić?

– Już sama nie wiem, co uważam! Boję się, że dzieciak będzie miał jeszcze gorzej... Ale masz rację, głupoty gadam. Pogubiłam się w tym wszystkim. Cholera, takie sytuacje po prostu nie powinny mieć miejsca! Dzieci powinny mieć w życiu dobrze. Wszystkie, bez wyjątku!

– Tak, tak. Mówisz jak ja dzisiaj rano – roześmiała się Magda. – A gdyby tak było, ziemia stałaby się rajem. A wracając do Marcysi, sama jestem zaskoczona... Nigdy żaden dzieciak nie zrobił na mnie takiego wrażenia. Czuję, że gdybym ją teraz zostawiła, nie wybaczyłabym sobie tego. Spróbuję się dogadać z jej siostrą. Może by ją do mnie podrzucała od czasu do czasu, albo ja odbierałabym skądś małą... W związku z przyjazdem Cataliny i tak czekają mnie większe zakupy, to przy okazji poszukam zabawek... Jakieś kredki, lalki, książeczki, żeby Marcysia się nie nudziła.

– Rób, jak uważasz, pomogę, jeśli będę mogła. Możesz na mnie liczyć. Masz rację, trzeba małej pokazać, że można żyć inaczej. Przepraszam, że tak się czepiałam.

– Daj spokój. Powiedz mi lepiej, gdzie mogę kupić jakieś meble... Przede wszystkim łóżka. Obawiam się, że długo nie wytrzymam, śpiąc na podłodze, a poza tym powinnam przygotować pokój na przyjazd marnotrawnej siostrzyczki.

– Tutaj raczej nie znajdziesz wielkiego salonu meblowego. Jest jeden sklep, ale niewielki. Chyba że lubisz starocie? Córka Majki ma całkiem spory wybór. Gromadzi wszystko, co ludzie wyrzucają. Jak ostatnio tam zaglądałam, szopa się nie domykała, bo Maryśka przywlokła skądś kupę wielkich, przedpotopowych szaf. Ramy do łóżek też ma. Musiałabyś tylko dokupić materace.

– To będę musiała koniecznie zajrzeć. Wolę taki styl. Zresztą do tego domu będą pasować wiekowe meble... Jutro tam pojadę, bo dzisiaj już nie dam rady. Czuję się, jakby mnie ktoś przeżuł i wypluł. I jestem przeraźliwie śpiąca. – Jakby na potwierdzenie słów rozdzierająco ziewnęła. – Będę się zbierać do domu.

– No, na mnie też najwyższy czas. – Łucja podniosła się z ociąganiem i ruszyła za Madeleine w kierunku zaparkowanego samochodu. – Słuchaj, może wyjdę na wścibską babę, ale muszę cię o to spytać... Nie dają mi spokoju wasze imiona... Madeleine, Catalina, to jakiś międzynarodowy manifest?

– To tak gwoli dopełnienia całości powinnaś wiedzieć, że mamy jeszcze brata Antonia – roześmiała się Magda. – Nie jesteś pierwszą, która o to pyta. Te imiona są po prostu odzwierciedleniem fascynacji naszej mamy. Gdy była ze mną w ciąży, miała bzika na punkcie Francji. Tata opowiadał, że czytała tylko literaturę francuską, gotowała francuskie potrawy, nawet uczyła się języka. I dlatego zostałam Madeleine. Potem francuszczyzna mamie przeszła na włoszczyznę i pojawił się Antonio... Najchętniej jednak wszyscy używamy polskich imion, sama rozumiesz...

– A, czyli rozumiem, że Catalina pochodzi z okresu bzika hiszpańskiego? – wtrąciła rozbawiona Łucja.

– Dokładnie. I mam wrażenie, że w tym wypadku imię wpłynęło na moją siostrzyczkę, bo temperament ma niewątpliwie hiszpański. Porywcza, nieprzewidywalna, zbuntowana. Ale z tego, co dziś mówiła mama, jasno wynika, że to gorące usposobienie wymknęło się całkowicie spod kontroli. Coś mi się wydaje, że będę miała z małolatą niezły cyrk.

– Każdy z nas musiał przejść to piekło zwane młodością – skwitowała Łucja i dodała: – Jak chcesz, wpadnij do mnie jutro rano na kawę. Potem i tak muszę pojechać do Uroczyska, to przy okazji pokażę ci, jak tam dotrzeć. Czekaj, zapiszę ci adres – dodała, grzebiąc w torebce w poszukiwaniu długopisu. – A tak w ogóle, trafisz bez problemu do siebie?

– Wczoraj trafiłam, to i dzisiaj powinnam dojechać. W razie czego nawigacja mi powie co i jak – uśmiechnęła się Madeleine, chowając kartkę z adresem Łucji do schowka. – To do jutra – pożegnała się i już miała wsiąść do samochodu, gdy jej uwagę przykuł osobliwy widok.

Przez środek rynku, zataczając się z lekka i wymachując imponującym pękiem zielska, pędził w ich kierunku jakiś osobnik. Choć może określenie „pędził" stanowiło w tym wypadku lekkie nadużycie. Usiłował biec, ale na pierwszy rzut oka widać było, że grawitacja ewidentnie jest przeciwko niemu. Osobliwy strój również mu nie ułatwiał – co biedak się rozpędził, to musiał zwalniać zaplątany w za długie nogawki spodni.

– O matko, przecież to Miecio! – zawołała Łucja, która do tej pory przyglądała się pędzącej istocie w pełnym zdumienia milczeniu. – Słuchaj, on chyba macha do nas... Nikogo innego tu nie ma – dodała, nie spuszczając z niego wzroku.

Tymczasem pan Miecio z trudem zmienił kurs, który prowadził go wprost do fontanny, ominął ją w ostatnim momencie i zadyszany stanął przed wpatrującymi się w niego kobietami. Ubrany był rzeczywiście dziwnie. Za długie spodnie koloru musztardowego niepokojąco się zsuwały. Wprawdzie od razu je podciągnął, ale Madeleine i tak nie mogła pozbyć się przekonania, że wystarczy odrobina nieuwagi i dowiedzą się, czy preferuje styl *sauté*, czy jednak nosi bieliznę. Na samą myśl o oglądaniu roznegliżowanego pana Miecia zrobiło jej się słabo, więc skupiła się na jego koszuli, która jakby dla kontrastu z za dużymi spodniami była zdecydowanie za mała. Guziki ledwo trzymały napięty do granic możliwości bladoróżowy materiał. Magda stwierdziła w duchu, że nigdy w życiu nie widziała tak okropnego zestawienia kolorów i że tutejsi mają dziwny gust. Tymczasem Łucja otrząsnęła się już ze zdumienia i przyglądała się panu Mieciowi z ogromnym zaciekawieniem.

– O matko, już myślałem, że nigdy panienki nie znajdę – wysapał, stając przed Madeleine na baczność. – Co ja się dzisiaj nalatałem! Byłem u panienki w domu, i nic! Zamknięte na głucho. No to przyleciałem tutaj i tak krążę po całym rynku. Ale opłaciło się! – westchnął i wepchnął w ręce oniemiałej dziewczyny wielki zielony wiecheć. – To dla panienki! Sam zrywałem!

– Ożeż w mordę – jęknęła Łucja, przysiadając na masce samochodu.

– A co, pani Łucja zdziwiona, co? – rzucił w jej stronę dumny pan Miecio. – To niech się już nie dziwi. Bo ja od dziś postanowiłem być bardzo eleganckim mężczyzną.

– A, to bardzo chwalebne postanowienie – Łucja z trudnością zachowała powagę. – A jeżeli mogę zapytać, co wpłynęło na tak nagłą decyzję? No wie pan, nie żeby do tej pory czegoś panu brakowało...

– Bo to wszystko dla tego anioła, dla tej piękności. – Tu pan Miecio wbił maślane spojrzenie w Madeleine, która ledwo widoczna zza zielonego pęku nie bardzo wiedziała, jak się w tym wszystkim odnaleźć. – Uczucie do takiej kobiety zobowiązuje...

– A, to takie buty... – zachichotała Łucja, po czym opanowując się z wyraźnym trudem, na powrót przybrała poważny wyraz twarzy. – A co na to pana żona? – zapytała, zerkając na zmieszaną Madeleine.

– A tak... Ja już o tym myślałem i naradziłem się z kolegami. Wyszło nam, że to będzie bardzo trudna miłość – wyznał pan Miecio, pochmurniejąc.

– O, akurat z tym to i ja się w pełni zgadzam – wtrąciła jadowicie Magda. – To naprawdę będzie bardzo trudne! Widzę, że od wczoraj jeszcze nie udało się panu wytrzeźwieć.

– Ale gdzie tam! Udało! Nawet kropli nie wziąłem do ust... Aż do dzisiejszego ranka – uczciwie wyznał właściciel musztardowych spodni. – Ale to była siła wyższa. Musiałem się z kolegami naradzić. Jak to się teraz robi, no te... – tu wyraźnie zabrakło mu słów – zaloty. Ja już wyszedłem z wprawy i trzeba mi było jakiejś rady. A wiecie, nie wypadało iść do kumpli z pustymi rękami. Ale to były tylko dwa winka. Co to jest dwa winka na czterech – westchnął tęsknie.

Madeleine już nabierała powietrza w płuca, żeby głośno i dobitnie powiedzieć, gdzie ma takie zaloty, zielony wiecheć i dobre rady kolegów zapijaczonego indywiduum, gdy nagle dostała bolesnego kuksańca w bok od Łucji.

– Cicho – syknęła jej do ucha fotografka. – Teraz to ja już muszę się dowiedzieć wszystkich szczegółów. Zresztą ty też powinnaś posłuchać, co tam uradzili, bo tego właśnie możesz w najbliższym czasie się spodziewać... No i co, panie Mieciu, jak z tymi zalotami? – zwróciła się do podpitego mężczyzny.

– Ano, najpierw Łysy powiedział mi, że głupi jestem, bo baby to jedna wielka zaraza. Oczywiście bez urazy – zwrócił się przepraszająco do dziewczyny. – Trzeba mu wybaczyć, bo on bidok jest i nigdy u kobiet zrozumienia nie miał...

– Dlaczego mnie to nie dziwi? – mruknęła pod nosem Magda. – Oczywiście bez urazy – dodała, nie mogąc się powstrzymać. – I co dalej było z tym Łysym? – zapytała, jednocześnie uskakując w bok, bo pan Miecio nieoczekiwanie stracił równowagę i zatoczył się w jej kierunku.

– A z nim nic. Pił biedaczyna tylko z tej rozpaczy, ale w potrzebie mnie nie zostawił, nawet spodnie mi swoje pożyczył. Bo doszliśmy do tego, że ja strasznie zapuszczony jestem. To z miejsca każdy dał, co mógł. To dopiero jest prawdziwa przyjaźń. – Pan Miecio z rozrzewnieniem pociągnął nosem. – Grążelak powiedział, że na taką pierwszą oficjalną wizytę to ja kwiaty powinienem mieć. To z miejsca chciałem róże kupić, ale Poldek stwierdził, że róże to każdy daje, a najlepiej, jak się wykażę i sam zbiorę. Polne najlepiej, bo to naturalne i świeże, takie dziewicze kwiatki. Chociaż nie do końca wiedziałem, czy panienka jest... No, jak to powiedzieć... Taka jak te kwiatki, dziewicza, i od razu mówię, że nic a nic mnie to nie obchodzi... Nie rozumiem. Co ja takiego powiedziałem? – zdziwił się pan Miecio na widok dość nietypowej reakcji pań.

– O Matko Boska – jęknęła w odpowiedzi Łucja, chowając twarz w dłoniach i zanosząc się tłumionym chichotem. – Dostałaś dziewiczy bukiet! Nie mogę, po prostu nie mogę! Zaraz skonam! – zaśmiewała się do łez.

Z Magdą też nie było lepiej. Schowana za dziewiczymi kwiatkami bezskutecznie usiłowała powstrzymać śmiech.

– Panie Mieciu, pana koledzy są naprawdę niesamowici – powiedziała w końcu zdławionym głosem.

– Ale to nie wszystko, bo ja o panienkę będę dbał jak nikt! – oświadczył poważnie pan Miecio. – I chciałem jeszcze jakiś podarunek mieć, żeby wręczyć. No i tutaj to już była naprawdę ciężka sprawa. Prawie drugie wino do końca obali... to znaczy wypiliśmy, i nie mogliśmy się zdecydować. Ja tam chciałem czekoladki kupić, ale Łysy powiedział, że durny jestem, bo teraz to wszystkie baby dbają o figurę i czekoladek nie jedzą. Szkoda na zmarnowanie dawać. Poldek radził, żebym wino kupił, to przynajmniej i ja będę coś z tego miał, bo to razem wypijemy, a wiadomo, że potem to kobita przychylniej patrzy... Ale ja wiedziałem, że panienka nie z takich... I wtedy Drabik stwierdził, że to trzeba jakiś kosmetyk kupić. Do pachnienia. No to kupiłem. – Tu pan Miecio pokraśniał wdzięcznie i wyciągnął z kieszeni mały przedmiot, po czym włożył go zaskoczonej Madeleine w rękę.

Zaciekawiona Łucja przechyliła się w jej stronę. Zdumienie na moment odebrało jej mowę. Rzeczywiście był to kosmetyk do pachnienia. Mały męski antyperspirant w kulce.

– Sprzedawczyni, jak jej powiedziałem, że szukam kosmetyku, zapewniła mnie, że co jak co, ale to mi się na pewno przyda – ciągnął niezrażony pan Miecio.

I tutaj miarka się przebrała. Obie panie zerknęły po sobie i wybuchnęły śmiechem. Pan Miecio patrzył na ocierającą łzy Magdę i tylko pokiwał głową. Potem skinął im dłonią i mrucząc coś niezrozumiałego pod nosem, odszedł, lekko się zataczając.

– Ty, słuchaj, on się chyba obraził – wyjęczała po chwili Madeleine. – Ale ja po prostu nie zdzierżyłam! Kiedy sobie wyobraziłam tę biedną sprzedawczynię, która w subtelny sposób daje do zrozumienia panu Mieciowi, że cuchnie!

– Co chcesz, kosmetyk do pachnienia jak złoto – kwiknęła Łucja, z trudem podnosząc się z maski. – Takiego oryginalnego zestawu prezentów jeszcze w życiu nie widziałam! Dziewiczy bukiet i dezodorant w kulce! Trafił ci się adorator, że ho, ho!

– Fakt. Ale wiesz co, ja mimo wszystko mam lekkie wyrzuty sumienia. W końcu biedni tak się starali. – Z rozmachem wrzuciła zielony wiecheć na tylne siedzenie auta. – Mam jednak nadzieję, że był na tyle wstawiony, że nic z tego nie zapamięta – dodała z westchnieniem.

Jednak niepotrzebnie się martwiła, bo pan Miecio opuszczał parking w euforii. Od razu odnalazł kolegów i ze szczegółami opowiedział o swoim pierwszym niebywałym sukcesie.

– Ja tam nie wiem, kto ją do tej pory, no, tego, zalatywał... – mówił przerywanym ze wzruszenia głosem.

– Zalatywał? Podrywał chyba – wtrącił bełkotliwie Łysy, biorąc potężny łyk z butelki opatrzonej etykietą z dwoma wisienkami.

– Od zalotów to może być i zalatywał – upierał się przy swoim pan Miecio. – Ale mniejsza z tym... Ważne, że ten ktoś zupełnie o nią nie dbał! Dałem jej ten bukiet i, no wiecie, kosmetyk, a ona tak się ucieszyła, że aż się popłakała. – Ze wzruszenia aż pociągnął nosem. – I tak się śmiała i płakała bidulka na przemian. Jak tak sobie o tym myślę, to aż muszę się napić! Te zaloty to strasznie wyczerpująca sprawa – dodał, z wdzięcznością przyjmując na wpół opróżnioną butelkę. – Ty, Łysy, idź i kup jeszcze z dwie flaszki, bo musimy się naradzić, co dalej mam robić. A bez wspomagania to ani dydu, nic nie wymyślimy...

ROZDZIAŁ IX

Mieciowe zaloty rozstroiły Magdę do tego stopnia, że skręciła nie w tę przecznicę co trzeba i przez chwilę krążyła w gąszczu wąskich, zacienionych drzewami uliczek. W końcu całkowicie zagubiona musiała znów skorzystać z pomocy nawigacji, która pewnie wydając polecenia, wyprowadziła ją na dobrą drogę. Rozmyślając nad wystąpieniem amanta, Magda zapomniała o krętych drogach i dzięki temu przekonała się, że jej samochód spokojnie może minąć się nawet z autobusem i żadne z nich nie skończy w przepaści. Już pod domem postanowiła raz na zawsze rozwiązać sprawę adoratora. Śmiech śmiechem, ale trzeba panu Mieciowi wybić tę dziecinadę z głowy. Zanim jego żona hetera się o wszystkim dowie, bo sceny zazdrości w wykonaniu pani Mieciowej Madeleine absolutnie sobie nie życzyła. Parkując, zauważyła, że przed furtką sąsiedniej posesji na wielkim plecaku siedzi młoda dziewczyna, która na widok podjeżdżającego samochodu zerwała się na równe nogi.

– Dzień dobry! Szukam pani Krysi, podobno tu mieszka – powiedziała, podchodząc bliżej i lustrując Magdę uważnym spojrzeniem.

– Podobno tak – przytaknęła, przypominając sobie, że rzeczywiście Majka wspominała o Krysi z sąsiedztwa. – Niestety z tego co wiem, wyjechała. Wróci za kilka dni – dodała, wyciągając z bagażnika torbę z zakupami.

– No to pięknie! I co ja teraz zrobię? – Dziewczyna wyglądała tak, jakby nagle uszło z niej całe powietrze. – Mogłam się tego spodziewać. Zupełnie nie wiem, dlaczego wyobrażałam sobie, że tym razem, skoro już dotarłam na miejsce, wszystko pójdzie gładko.

Magda milczała, bo wydawało jej się, że dziewczyna mówi do siebie.

– Nic to, będę musiała coś wymyślić... Przepraszam, czy można tutaj zamówić taksówkę? Muszę się dostać do miasteczka i znaleźć jakiś nocleg...

– Niestety, jestem tu od wczoraj i o taksówkach nic mi nie wiadomo. Ewentualnie ja mogę cię podrzucić – zaoferowała, przyglądając się uważnie dziewczynie. W jej oczach było tyle nieumiejętnie skrywanej rozpaczy i smutku, że Madeleine aż ścisnęło się serce. Nie miała pojęcia, co ją tu sprowadziło, ale najwyraźniej coś bardzo ważnego. Już miała jej wspomnieć o Uroczysku i pokojach do wynajęcia, gdy nagle jej wzrok zatrzymał się na plecaku, z którego wystawała zrolowana karimata. – Chyba że chciałabyś zostać u mnie – dodała, w duchu stwierdzając, że tak naprawdę dziewczyna spadła jej jak z nieba. Wprawdzie prąd już był, żarówki kupione w dużych ilościach leżały w torbach i tylko czekały na wkręcenie, ale noc jest nocą i nawet przy rzęsiście oświetlonym domu lepiej spędzić ją w towarzystwie. A przy okazji zrobić dobry uczynek.

– U pani? – Dziewczyna z niedowierzaniem zmrużyła kocie oczy. – Przecież pani mnie wcale nie zna...

– Nie wyglądasz mi na morderczynię ani psychopatkę, więc czemu nie? Poza tym nie robię tego bezinteresownie. Ja pomogę tobie, a ty mnie. – Madeleine postanowiła zagrać w otwarte karty. – Tak jak mówiłam, jestem tu od wczoraj i nieswojo czuję się sama po zmroku... Myślę, że razem nam będzie raźniej. O ile oczywiście nie przeszkadza ci spanie w śpiworze na podłodze, bo póki co warunki są spartańskie. To jak, zostajesz czy jedziemy do miasta?

– W takim razie zostaję – roześmiała się dziewczyna. – Jestem Julka – dodała, wyciągając rękę.

Madeleine uścisnęła podaną dłoń i nawet przez myśl jej nie przeszło, że tą z pozoru niewinną propozycją niebywale pomaga losowi.

Julka obudziła się wczesnym rankiem. Rozejrzała się zdezorientowana po obcym pokoju i dopiero po chwili przypomniała sobie poprzedni dzień. Na paluszkach poszła do pomieszczenia, które wczoraj Madeleine określiła jako przyszłą kuchnię.

To kiedyś musiał być rzeczywiście piękny dom, pomyślała, nalewając do elektrycznego czajnika wody i sięgając po stojącą na parapecie puszkę z kawą.

Wieczorny obchód ją w tym utwierdził. Zajrzały do każdego pomieszczenia, usiłując odgadnąć, jak to wszystko wyglądało w czasach świetności. Ku swojemu zaskoczeniu Julka, którą krępowała wizja spędzenia wieczoru z obcą kobietą, nawet nie zauważyła, jak ten przeistoczył się w późną noc. W ostatnim pomieszczeniu odkryły coś, co odjęło im na moment mowę.

– Czy ty to widzisz? – zapytała z nabożnym podziwem Magda, opierając się o framugę w małym pokoju. – O czymś takim nawet nie marzyłam... Wiesz, co to jest?

– O ile wzrok mnie nie myli...

– Nie myli cię, nie myli – przerwała jej podekscytowana, obchodząc znalezisko dookoła. – To najprawdziwszy piec chlebowy! Wyobrażasz sobie, jak by smakował upieczony tutaj chleb?

– Nie bardzo. Nigdy w życiu nie jadłam domowego pieczywa, nawet upieczonego w takim zwykłym gazowym piekarniku – wyznała Julka, nie spuszczając z niej uważnego spojrzenia – Natomiast co innego mnie zastanawia...

– Tak? – zaintrygowana znaleziskiem Magda nie zwróciła uwagi na dźwięczący w głosie dziewczyny niepokój.

– Pani, yyy... to znaczy ty... – poprawiła się, przypominając sobie, że ta stanowczo zażądała zwracania się do siebie po imieniu. – Nie do końca wiem, jak o to zapytać... – bąknęła zmieszana.

– No, wyduś to w końcu z siebie. – Magda nareszcie zauważyła, że coś jest nie w porządku i uważniej przyjrzała się spłonionej twarzy Julki.

– Ty na pewno jesteś właścicielką tego domu? Nie włamałaś się tutaj, prawda? – dziewczyna wyrzuciła w końcu z siebie gnębiące ją wątpliwości. – Bo chodzisz po tym domu, jakbyś go pierwszy raz widziała – wyjąkała. – Piec też jest dla ciebie nowością...

– Hmmm... Bystra jesteś. I trudno odmówić ci słuszności – zaśmiała się Magda. – Wiesz co, chodź, zrobimy sobie coś do jedzenia, usiądziemy na werandzie, a ja ci wszystko opowiem. Dla uspokojenia tylko dodam, że możesz się nie przejmować. Nie włamałam się tutaj, naprawdę kupiłam ten dom, choć przyznam, że w dość dziwnych okolicznościach.

I tak Julia poznała osobliwą historię zakupu domu. Madeleine opowiadała o tym tak komicznie, że w końcu obie zaśmiewały się do łez, i Julia z pewnym zaskoczeniem stwierdziła, że po raz pierwszy od wielu dni nie myśli o Kacprze i kłopotach. Przy gadatliwej i uśmiechniętej Magdzie trudno było się smucić. W rezultacie obie poszły spać w doskonałych humorach. Usnęła niemal natychmiast, ale sen nie przyniósł jej ukojenia. Śniło jej się, że poznany wczoraj starszy pan uparcie gonił Kacpra po rynku Malowniczego i wygrażał mu elegancką laseczką. Ścigany ojciec stopniowo się zmniejszał, aż w końcu stał się zupełnie małym chłopcem i w końcu na oczach przerażonej Julii rozpadł się w pył. Starszy pan wyjął z kieszeni spodni wielką miotłę i zamiótł go, a potem złowieszczo pokiwał głową i patrząc wprost na Julię, huknął: „Trzeba było się zapowiedzieć!". Chciała uciec, ale jak to często bywa w snach, nie mogła ruszyć się z miejsca. Patrzyła tylko, jak siwy pan zamierza się miotłą, i wiedziała, że za chwilę stanie się z nią to samo co z jej ojcem. Rozpadnie się i zniknie. Ale wtedy ni z tego, ni z owego stanął przed nią Tymek i zrzucił na oprawcę lawinę kasztanów, śpiewając: „Ładne oczy masz, komu je dasz!". I w tym momencie Julia się obudziła. Serce jej waliło, wokół panował nieprzenikniony mrok. Przez moment miała ochotę zerwać się i pobiec do Madeleine śpiącej w sąsiednim pokoju, ale gdy tylko ta myśl pojawiła się w jej głowie, postanowiła, że choćby miała umrzeć tu ze strachu, nigdzie się nie ruszy. Bo niby co powiedziałaby tej prawie obcej kobiecie? Że budzi ją w środku nocy, bo przestraszyła się sennych widziadeł? W końcu nie po raz pierwszy musiała sobie radzić w takich sytuacjach. Po śmierci mamy przez długi czas dręczyły ją koszmary. Dopóki żyła babcia, Julia prawie co noc biegła do niej do łóżka i spłakana usypiała pod czułym dotykiem jej dłoni. Potem jednak babcia też odeszła i Julia została całkiem sama ze swoim strachem. Wprawdzie był jeszcze Kacper, ale jego obecność paradoksalnie potęgowała jej samotność. Tak więc nie miała innego wyjścia, jak nabyć wprawy w radzeniu sobie z koszmarami.

– Sen mara, Bóg wiara – szepnęła to, co mawiała w takich sytuacjach babcia, i mocno zacisnąwszy oczy, zagrzebała się głębiej w śpiworze.

Pod powiekami przewinęła jej się postać Tymka, który we śnie zasłonił ją przed gniewem starszego pana.

Gdybym wierzyła w sny, oznaczałoby to niechybnie, że marzę wyłącznie o kimś, kto uchroni mnie przed całym światem, zadrwiła sama z siebie. Dzięki Bogu, że nigdy nie wierzyłam w takie bzdury...

Ale ta niewiara bynajmniej nie przeszkodziła w myśleniu o ciepłych oczach, pięknych kasztanowych włosach i o tym, że Tymek już raz wybawił ją z opresji, podwożąc pod dom Krysi. W końcu rzeczywista postać Tymoteusza i ta ze snu zlała się w jedno. Julka usnęła. Tym razem przyśniło jej się wielkie jezioro otulone mgłą i stary pomost, na którym siedziała z kimś, kto obejmował ją mocno, tak mocno, że w końcu poczuła się w tym uścisku bezpieczna. Czyjeś usta dotykały jej włosów. Wystarczyło się tylko odwrócić i zobaczyć jego twarz.

Już miała to zrobić, gdy na końcu pomostu pojawiła się jakaś postać. Najpierw Julii wydawało się, że to mała dziewczynka, ale potem rozpoznała matkę. Kiwała do niej ręką i uśmiechała się tajemniczo. Było w tym coś uspokajającego, co sprawiło, że mimo wcześniejszych koszmarów Julia obudziła się całkiem spokojna.

I o dziwo, to uczucie trwało nadal, gdy z kubkiem kawy wyszła na werandę i otuliwszy się szczelnie swetrem, popatrzyła w kierunku sąsiedniego domu. Podwórko trwało w bezruchu, okna były pozamykane na głucho. Julia miała wrażenie, że wszystko tam zastygło w oczekiwaniu na powrót właścicielki. Może więc i ona powinna tak samo spokojnie na nią czekać? Cała wczorajsza niepewność znikła. Julka przymknęła oczy i znów poczuła mocne ramiona ze snu, i zobaczyła pogodną twarz matki. Pomyślała, że ten sen to znak, że wszystko idzie tak, jak powinno. I z tego wszystkiego zupełnie zapomniała, że przecież nie wierzy ani w znaki, ani w sny...

Potem, gdy myślała o tym poranku, nie mogła pozbyć się wrażenia, że ktoś tam, na górze, to wszystko ukartował. I wczesną pobudkę, i kawę na werandzie, dzięki którym zobaczyła, jak bladym świtem pod dom Krysi zajeżdża rozklekotany fiat i wysiada z niego Tymek, rozglądając się bezradnie dookoła. Oczywiście jej głupie serce znów zerwało się do dzikiego galopu i pociągnęło ją za sobą. Niewiele myśląc, wybiegła przed dom i radośnie zamachała.

– Julka, nawet nie wiesz, jak się cieszę! – powiedział, podchodząc do niej szybkim krokiem. Oczy miał podkrążone, włosy w nieładzie. – Wczoraj dopiero późno w nocy ojciec powiedział, że Krysia wyjechała. A ja uświadomiłem sobie, że zostawiłem cię tu samą z tą idiotyczną mapą, na której jakiś bałwan wyrysował ci okrężną drogę do miasta. Przez las! Bałem się, że ty...

– Zagubię się w tym lesie i przepadnę bez wieści? – przerwała mu ze śmiechem. Nie wiedzieć czemu, widok zatroskania w jego ciemnych oczach wprawiał ją w niebywałe zadowolenie.

– Coś w tym stylu... chciałem natychmiast przyjechać, ale wypiliśmy z ojcem po piwie, musiałem trochę odczekać i przysnąłem...

– Jak widzisz, niepotrzebnie się martwiłeś. Wprawdzie rzeczywiście pani Krysi nie ma, ale za to załapałam się na nocleg u jej sąsiadki...

– U jakiej sąsiadki? Krysia nie ma sąsiadów!

– Ha, może nie miała, ale już ma! Ten dom – Julka machnęła ręką w kierunku budynku za plecami – właśnie został kupiony i dzięki temu mam gdzie poczekać, aż wróci twoja znajoma.

– No chyba nie tylko moja. Właśnie tak się cały czas zastanawiam... Nigdy cię u Krysi nie widziałem...

– Może dasz się zaprosić na kawę? – przerwała mu pospiesznie Julia. – Poczekaj na werandzie, a ja zaraz przyniosę – dodała, z zakłopotaniem splatając i rozplatając dłonie.

Idąc do kuchni, zastanawiała się, jak pokierować rozmową, żeby uniknąć pytań na swój temat, ale jednocześnie jak najwięcej dowiedzieć się o tej tajemniczej Krysi, którą najwyraźniej Tymek dobrze znał. Niewątpliwie nadarzała się okazja, by dokonać rozpoznania terenu i być może dowiedzieć się czegoś o kobiecie, z którą ma niebawem się spotkać. Głupotą byłoby nie wykorzystać takiej możliwości. Gdy wróciła na werandę, zastała Tymka swobodnie rozpartego na drewnianej ławie.

– Proszę. – Zakłopotana podała mu pomarańczowy kubek z parującą, aromatyczną kawą i zerkając na chłopca spod spuszczonych rzęs, stwierdziła, że nic a nic nie stracił ze swojego wczorajszego uroku.

– Dobrze, że cię znalazłem – Tymek pierwszy przerwał ciszę i sięgnął po stojącą na stole torbę z cukrem. – Gdybym cię tu nie zastał, zamartwiłbym się na śmierć...

– W takim razie ja też się cieszę. Szkoda by cię było. Zresztą co to za przyczyna zgonu: zamartwił się na śmierć... – zażartowała Julka. – Słuchaj, Tymku, czy twój tata przypadkiem nie wspominał, kiedy pani Krysia wraca? Bo Magda, nowa właścicielka tego domu, wie tylko, że jej sąsiadki chwilowo nie ma.

– Nie, nie mówił. Ale to bardzo łatwo sprawdzić... Krysia ma w rynku herbaciarnię i jak wyjeżdża, na drzwiach zostawia kartkę, do kiedy jest zamknięte – odparł, przyglądając się jej w zamyśleniu. – Ty chyba jej zbyt dobrze nie znasz, prawda? – bardziej stwierdził, niż zapytał, oplatając dłońmi kubek.

– Nie znam – potwierdziła Julka, podnosząc na niego oczy. I w tym momencie pomyślała, że Tymoteusz ma najpiękniejsze brązowe włosy, jakie kiedykolwiek widziała, i że już zawsze będzie jej się kojarzył z kasztanami i jesienią, a jesień z Tymoteuszem. I że już nigdy nie zobaczy tej pory roku w tak pięknym wydaniu.

– Powiesz mi, po co przyjechałaś?

Zaskoczył ją tym pytaniem i troską przebijającą z tonu głosu. Zaskoczył ją tak, że nie zdołała ukryć swoich uczuć.

– Nie mogę – powiedziała z rozpaczą. – Naprawdę nie mogę... Ale przecież jeżeli wiesz, że musisz coś zrobić, bo to jedyna droga, która cię zawiedzie do celu, to nie odpuszczasz. Nawet jeśli wiesz również, że nie wzbudza to zachwytu ani zrozumienia. No to dopiero teraz wszystko zagmatwałam, co?

– Rzeczywiście, trudno nie przyznać ci racji – przytaknął Tymek, patrząc na nią z niekłamanym zachwytem.

Bo Julia ze smutkiem, który ją nagle ogarnął, i zamyślonym spojrzeniem, wyglądała ślicznie i tajemniczo. I ten zachwyt w jego oczach dostrzegła Madeleine, która właśnie się obudziła i zeszła na dół, usłyszawszy głosy na werandzie. Jeden szybki rzut oka wystarczył, by ocenić sytuację. Na paluszkach cichutko wycofała się na górę. Nie miała wprawdzie pojęcia, skąd jej współlokatorka wytrzasnęła siedzącego z nią przystojniaka, ale i bez tego wiedziała, że między młodymi iskrzy. Wlewając wodę do ciepłego jeszcze czajnika, postanowiła napić się kawy na górze, bo absolutnie nie ma ochoty przeszkadzać temu, co właśnie rodziło się na jej werandzie.

Gdy wreszcie postanowiła zejść, chłopak nadal tam był. Jedyne, co się zmieniło, to spojrzenie, którym wodził za Julią – jeszcze bardziej maślane i zachwycone niż wtedy, gdy widziała ich po raz pierwszy. Madeleine tylko uśmiechnęła się pod nosem i perfekcyjnie odegrała zdumienie na widok obcego mężczyzny, potulnie poddała się operacji przedstawiania i dowiedziała się, że młodzian ma na imię Tymoteusz.

– Czekałam, aż się obudzisz, bo Tymek obiecał mi pokazać kapliczkę ze świętym Antonim. Podobno to ewenement na Dolnym Śląsku. A wolałam powiedzieć, dokąd i z kim się wybieram... No i chciałam zapytać, czy mogę tu jeszcze dzisiaj przenocować? – wyrzuciła z siebie Julka jednym tchem i pytająco popatrzyła na swoją gospodynię.

– Zostań tak długo, jak chcesz – uśmiechnęła się do niej. – Z tym że może mnie dzisiaj po południu nie być. Najwyżej chwilę zaczekasz – dodała i poczekała, aż młodzi się zbiorą, i dopiero potem błyskawicznie się wyszykowała i pojechała po Łucję, a potem razem z nią do Uroczyska.

Pomysł, żeby obejrzeć rzeczy zgromadzone przez córkę Majki, był przedni i Madeleine kupiła u Marysi łóżka, toaletkę, wielki i trochę odrapany stół kuchenny oraz szafę. Już miała wychodzić, gdy jej wzrok padł na stary zegar kominkowy.

– Ale od razu mówię, że jest niesprawny – powiedziała Marysia, dostrzegając zainteresowanie klientki. – Podobno zatrzymał się w momencie, gdy jego właścicielka...

– Umarła? – Madeleine, która właśnie miała zdjąć zegar z półki, znieruchomiała z wyciągniętą do góry ręką.

– Ależ wy jesteście dziwne! Moja mama też tak zareagowała i zabroniła mi wnosić go do domu. Naprawdę uważacie, że zegar koniecznie musi zatrzymywać się w godzinę czyjeś śmierci?

– Musieć nie musi, ale to dość rozpowszechniony zwyczaj wśród zegarów.

– Widzi pani, a ten miał zgoła odwrotną fantazję, bo zatrzymał się w momencie zaręczyn babci tej pani, od której go odkupiłam. Czyli tak trochę na początek nowego życia. I nie dał się już więcej nakręcić. Obiecałam pani Janeczce, że starannie wybiorę dla niego nowy dom i najpierw opowiem jego historię. Pani mi wygląda na kogoś, kto się nim dobrze zajmie.

– Czuję się trochę tak, jakbym właśnie pomyślnie przeszła rozmowę kwalifikacyjną – mruknęła lekko ubawiona

Madeleine. – A czemu pani Janeczka pozbyła się tak cennej rodzinnej pamiątki?

– Na początku też nie mogłam zrozumieć, jak można z własnej woli pozbywać się czegoś związanego od pokoleń z rodziną – powiedziała Marysia. – Ale zajmuję się tym już od dłuższego czasu i zdążyłam się przekonać, że są zwykle dwa typy ludzi. Tacy, którzy nie dbają o to, co było kiedyś, i mają w nosie rodowe dziedzictwo, i tacy, którzy są do niego bardzo przywiązani i robią wszystko, by swoim rzeczom zapewnić dobrą przyszłość. Pani Janeczka na przykład musiała zlikwidować dom i przenieść się do Domu Spokojnej Starości. Wiedziała, że jedyną szansą na ocalenie tego skrawka dawnego życia jest znalezienie rzeczom nowych właścicieli. Jej dzieci kochają nowoczesność i minimalizm, a ona zdawała sobie sprawę, że w ich domach nie ma miejsca na przeszłość. – Marysia na moment zamilkła, zdejmując z półki starej biblioteczki album ze zdjęciami. Przekartkowała go i pokazała Magdzie odpowiednią stronę. – O, widzi pani, salon pani Janeczki, tutaj stoi ten zegar...

– Ależ piękny pokój! Jakby wyjęty z jakiegoś muzeum dawnych wnętrz! Czy mi się wydawało, czy tutaj gdzieś widziałam to biurko? – Przyglądając się uważnie, pokazała palcem fotografię.

– Rzeczywiście, stoi tam, przy drzwiach – przytaknęła Marysia. – Mam jeszcze większość rzeczy z tego pokoju. Poza obrazami, bo te pani Janeczka zabrała ze sobą, i bujanym fotelem, który z kolei trafił do ciotki Rozalii.

– Właśnie tak sobie myślę i myślę... – mruknęła do siebie Madeleine, ignorując wzmiankę o ciotce i z uwagą rozglądając się po wielkiej, napakowanej do granic możliwości szopie.

– To genialny pomysł! – weszła jej w słowo Marysia. – Tylko na panią spojrzałam i już wiedziałam, że pani na pewno jest z tych, co znają Józefa!

– Kogo znają? – zdumiała się Magda.

– Nie czytała pani Montgomery? *Wymarzonego domu Ani*? Tam tak określa się pokrewne dusze. W każdym razie wiedziałam, że ta fotografia to dobry pomysł. To co, zobaczymy resztę rzeczy? – Marysia z zadowoleniem zatarła ręce.

– Nie ma takiej potrzeby, i tak już wiem, że wezmę je wszystkie co do jednej. A i bardzo bym chciała wypożyczyć to zdjęcie...

– Oczywiście, a może ja bym przyjechała z chłopakami i pomogła – zaproponowała podekscytowana. – Zawsze będzie trochę łatwiej. Wie pani, więcej rąk do pracy i tak dalej.

– Nie widzę przeciwwskazań – roześmiała się Madeleine. – Podlicz mnie, proszę, a ja w tym czasie pójdę do twojej mamy i Łucji. Czekają na mnie z kawą – dodała i patrząc na zarumienioną z ekscytacji twarz Marysi, pomyślała, że Majka ma naprawdę niesamowite dziecko i ani chybi dziewczyna ze swoją przenikliwością i umiejętnością oceny klienta daleko zajdzie.

Naprawdę doceniała zapobiegliwość i zmysł organizacyjny Marysi. Trudno jej było nie przyznać racji, że do wnoszenia mebli niewątpliwie przydadzą się męskie ramiona, choć podejrzewała, że dziewczynie bynajmniej nie chodzi głównie o pomoc. Patrząc, z jaką ostrożnością chodzi po szopie i czule gładzi meble, nietrudno się było domyślić, że przede wszystkim pragnie sama wszystkiego dopilnować i na własne oczy zobaczyć, że jej wiekowi podopieczni trafiają w dobre ręce. Teraz Madeleine była już pewna, że to, co początkowo wzięła za chwyt marketingowy, opowieść o zegarze i historia jego poprzedniej właścicielki, są prawdą. Przez moment jeszcze patrzyła na Marysię pośród starych masywnych szaf, filigranowych stoliczków na giętych nogach, luster poustawianych pod ścianami i nie mogła oprzeć się wrażeniu, że w jakiś niewytłumaczalny sposób, przekraczając wrota starej szopy, cofnęła się w czasie. Córka Majki niewątpliwie miała dar, który sprawiał, że te dawno nikomu niepotrzebne przedmioty w jej obecności ożywały i pięknialy. I jeżeli pokrewieństwo dusz miało oznaczać, że Madeleine choć trochę jest do niej podobna, to całym sercem życzyła sobie, żeby rzeczywiście zaliczyć się do tych, co znają Józefa.

Majka, słuchając ochów i achów zachwyconej Magdy, najpierw popukała się znacząco w czoło, a potem z niedowierzaniem pokręciła głową.

– Jak mi Mania zaczęła znosić te wszystkie graty do domu, byłam trochę przerażona. Nawet nie wiesz, ile ona tego potrafiła przytargać. I za nic nie chciała się tego pozbyć. Wszystkiego jej było żal. Ale po jakimś czasie dotarło do niej, że nasz dom też ma ograniczoną pojemność. Wtedy myślałam, że sobie da z tym spokój, ale ona uparcie zwoziła te wszystkie klamoty i zaczęła je sprzedawać. Najpierw przez internet, potem tutaj. Gdyby mi ktoś wtedy powiedział, że coś jej z tego wyjdzie, za nic bym nie uwierzyła. A tu proszę! Moja córka ma coraz więcej klientów, widać takich wariatów jak ona jest całkiem sporo. – Majka znacząco popatrzyła na Madeleine.

– Wiesz co, stanowczo wolę rozmawiać z Marysią. – Świeżo upieczona właścicielka mebli pani Janeczki sięgnęła po filiżankę z kawą. – Ma dużo lepsze maniery, to po pierwsze, po drugie nie jestem wariatką, tylko tą, co zna Józefa. To określenie dużo bardziej mi się podoba.

– Madzia, nie unoś się tak! – roześmiała się Łucja. – Ona tylko tak gada, a sama tkwi w tym nietypowym hobby swojej córki po uszy. Nawet ostatnio przygarnęła rozpadający się fortepian.

– O, przepraszam! Nie rozpadający, tylko ledwie, podkreślam: ledwie, nadgryziony zębem czasu! – wtrąciła obronnym tonem Majka. – Tak naprawdę to solidna przedwojenna robota... Zupełnie jak fachowiec, notabene też przedwojenny, który się nim zajmuje. Ten też jest nie do zdarcia. Ale wracając do zakupów, wszystko już masz?

– Na pewno nie. Przede wszystkim muszę kupić pralkę, lodówkę, kuchenkę i materace do łóżek. Skoro mam tu mieszkać chociażby chwilowo, i to z siostrą, muszę się do tego przygotować. Wczoraj kupiłam jakieś kubki, talerze... Na początek starczy. Dzięki Łucji mam pięknie zrobione podwórko... Jeszcze muszę znaleźć kogoś do ogrodu.

– Pan Miecio na pewno zgłosi się na ochotnika – parsknęła śmiechem Łucja i na tym właściwie poważna rozmowa się skończyła, bo Majka oczywiście domagała się, by wszystko jej opowiedzieć, i w rezultacie wszystkie trzy zaśmiewały się do łez.

Po zakończeniu opowiadania Majka otarła załzawione oczy i patrząc na Madeleine, pokiwała głową.

– No to, moja kochana, wróżę ci świetlaną przyszłość. Jak w tym dowcipie: mówi narzeczony do narzeczonej: „Będziesz miała ze mną jak w raju...". „Czyli co, będę naga, bosa i całe życie na jabłkach?"

– Cóż, nie wiem dlaczego, ale to rajskie życie wcale do mnie nie przemawia – mruknęła Magda.

– I dobrze, bo pani Mieciowa nie byłaby zachwycona, gdyby się dowiedziała o miłosnych zapędach swego małżonka – przypomniała im Łucja, wstając od stołu. – Nie wiem jak wy, ale ja muszę się zbierać.

– Ja też będę uciekać. Muszę tylko dopytać twoją córkę, kiedy będzie transport.

– Dzisiaj późnym popołudniem – odpowiedziała Marysia, niespodziewanie pojawiając się za jej plecami. – Czekam jeszcze na proboszcza, bo miał dzisiaj przyjechać po lampę. Chciał tę od pani Janeczki, ale skoro pani była pierwsza i kupiła całość, proboszcz będzie musiał wybrać sobie coś innego... – dorzuciła beztrosko.

– Hmmm... Jesteś pewna, że nie będziesz miała z tego powodu nieprzyjemności? – zatroskała się Madeleine. – W końcu proboszcz to proboszcz, ważna osobistość – ciągnęła, przypominając sobie mgliście stare filmy o proboszczach trzęsących małymi miasteczkami.

– E tam, widać, że pani nie zna naszego proboszcza. – Mania wzruszyła ramionami. – On się jeszcze ucieszy, że te rzeczy udało się zatrzymać razem. Swoją drogą musi go pani poznać...

– To raczej niewykonalne, bo ja jakoś tak jestem na bakier z Kościołem – uśmiechnęła się krzywo Magda. – Nie bywam zbyt często.

– Ale Kościół to Kościół, a proboszcz to proboszcz – obstawała przy swoim dziewczyna. – Zresztą nieważne. Przyjedziemy z rzeczami. Chłopcy pomogą pownosić – obiecała i już jej nie było.

– Magda, ja ci dobrze radzę: uważaj! Jak Mańka mówi takim tonem, to znaczy, że coś wymyśliła – przestrzegła ją Majka.

– Chce się upewnić, że wszystko dotrze na miejsce w całości. Zresztą powiedz, co ona by mogła wymyślić? Dopiero co mnie poznała...

– A tego to nie wiem, ale na tyle znam swoje dziecko. Jeszcze wspomnisz moje słowa – powiedziała złowróżbnie.

Madeleine tylko się roześmiała. Jak na jej gust Majka przesadzała. Może zmieniłaby zdanie, gdyby spojrzała w stronę szopy, gdzie w otwartych drzwiach stała Maria, wpatrując się w jej samochód i intensywnie myśląc. Ale tego Magda nie widziała i w doskonałym humorze wróciła do domu, pod którym ku jej zdziwieniu stał obcy samochód. Na schodkach ganku siedziała zaś uśmiechnięta, umorusana Marcysia, tuląc do siebie lalkę, którą wczoraj zakupiły w sklepie u nawiedzonej staruszki. Zdumiona zaparkowała na środku drogi i ignorując wysiadającego z obcego auta mężczyznę, popędziła do małej, która z radosnym okrzykiem: „Ciocia!", wpadła w jej wyciągnięte ramiona.

– Boże, dziecko, jak ty się tu znalazłaś? Taki kawał drogi... Chyba nie przyszłaś na piechotę?

– Nieee... Przyjechałam. Poprosiłam tego miłego pana na rynku, żeby mnie przywiózł. – Marcysia zerknęła w kierunku stojącego za nimi mężczyzny. – Powiedziałam, że ty się mną, ciociu, opiekujesz, ale chyba o mnie zapomniałaś, bo wsiadłaś do auta i odjechałaś! I ten pan strasznie się zdenerwował... – konspiracyjnie zaszeptała jej wprost do ucha.

– Jezus Maria! – tyle tylko zdołała powiedzieć Magda, której przez głowę natychmiast przewinęła się cała kawalkada zboczeńców, pedofilów, morderców i dewiantów. I w tym wszystkim Marcysia, która sama włazi w ich łapy!

– Tak, teraz to Jezus Maria! Ciekawe, co to wzywanie świętych by ci dało, gdyby małej stało się coś złego! Cioteczka z bożej łaski! – rozległ się tuż za nią pełen wściekłości głos.

Madeleine błyskawicznie wyswobodziła się z oplatających ją szczelnie ramion dziewczynki i stanęła oko w oko z wysokim, mocno zbudowanym blondynem, z zabójczym wąsikiem *à la* Clark Gable. Spojrzawszy w jego niebieskie oczy, odkryła, że łagodne określenie „chabrowy błękit" może mieć też inny, dużo mroczniejszy wydźwięk, bo facet tymi chabrowymi oczętami miotał błyskawice.

– Kto powierzył opiekę nad dzieckiem takiej, takiej... – tutaj mężczyzna zatchnął się z braku odpowiednio miażdżącego określenia – nieodpowiedzialnej babie? – dokończył grzmiąco tuż nad jej głową.

– Ej ty, koleś, hamuj się trochę! – oburzona Madeleine w końcu odzyskała głos.

– Bo co? Może i mnie gdzieś wywieziesz i zostawisz na pastwę losu?

– Ależ pan jest piękny – weszła mu w słowo Marcysia, składając nabożnie rączki i wpatrując się z podziwem we wściekłego mężczyznę. – On tak, ciociu, ślicznie mówił przez cały czas – dodała, a Magda stwierdziła, że dziewczynka przejawia niepokojącą słabość do męskich tyranów i że trzeba z nią o tym koniecznie porozmawiać.

Zresztą nie tylko o tym, w końcu nie wsiada się do aut nieznajomych i niekoniecznie też trzeba ich okłamywać... Teraz jednak należało zrobić coś z tym konkretnym pieklącym się typkiem, którego nabożny podziw Marcysi w widoczny sposób zbił z pantałyku.

– I widzi pan, co narobił? Teraz dzieciak będzie miał wypaczony obraz pięknego mężczyzny. – Madeleine wykorzystała moment pełnego konsternacji milczenia. – Proponuję zawieszenie broni, przynajmniej do momentu, aż porozmawiamy.

– Nie zamierzam w ogóle dyskutować! Porozmawiasz sobie, głupia kobieto, z policją! – huknął, odzyskując w pełni głos, i ze złością zatrzasnął za sobą drzwi od samochodu, i odjechał, wzniecając niebotyczne tumany kurzu.

– Dureń! – krzyknęła w ślad za znikającym autem. – A teraz, młoda damo, poważnie sobie porozmawiamy – zwróciła się do Marcysi, usiłując przybrać groźną minę. – Bardzo, bardzo poważnie.

I Marcysia, siedząc jak trusia, usłyszała o tym, że za nic na świecie nie można wsiadać do samochodów nieznajomych ludzi, nie mówiąc już o tym, żeby samemu się do nich pakować. I że pod żadnym pozorem nigdzie też nie należy chodzić z nieznajomymi, siadać z nieznajomymi i w ogóle najlepiej unikać obcych. Poza tym nie należy kłamać, bo kłamstwo to coś najgorszego na świecie.

– Kłamstwo jest lepkie, brudne. Jak się do ciebie przyczepi, to za nic nie można się go pozbyć.

– Uuuu, paskudztwo – skrzywiła się Marcysia. – Mnie też oblepiło?

– Tobie się jeszcze upiekło, bo nie wiedziałaś, że to nieładnie. Swoją drogą, jak to możliwe, że nikt do tej pory ci tego wszystkiego nie powiedział? – dumała Madeleine, mając przed oczami swoje dzieciństwo i rodziców, którzy do znudzenia ostrzegali ją przed podstępnymi złoczyńcami mamiącymi niewinne dziewczynki cukierkami i czekoladkami.

– Ale ten nowy piękny wujek już teraz nie jest obcy? – przerwała jej rozmyślania Marcysia.

– No masz ci los! I po co ja sobie język strzępiłam? Jaki nowy wujek? – Rozsądnie postanowiła pominąć sprawę piękności, bo wiadomo, że gusta bywają różne. – Jeszcze przed momentem to był pan!

– Ale już jest wujek, każdy pan jest wujkiem, a pani ciocią – wyłożyła jej swoją nieskomplikowaną wujkowo-ciociową filozofię.

– Matko, coś mi się wydaje, że to mnie przerasta – mruknęła do siebie Madeleine i z radością spostrzegła wyjeżdżający zza zakrętu polnej drogi duży samochód. – Zapamiętaj, ten pan nie jest wujkiem! Potem jeszcze o tym porozmawiamy, bo teraz przyjechały meble – oznajmiła i z niekłamaną ulgą odłożyła kolejną wychowawczą pogawędkę na później.

Tymczasem na podwórko zajechało auto dostawcze, a tuż za nim napakowany szczelnie samochód terenowy. Jeszcze przed momentem ciche i spokojne podwórko zaroiło się młodymi ludźmi, którymi ewidentnie rządziła Marysia. Ledwo wyskoczyła z szoferki, już wydawała polecenia i przedstawiała wszystkich oszołomionej Madeleine, która z mnogości imion zapamiętała jedynie dwa, a i tak miała wątpliwości, czy uda się je dopasować do właściwych osób. Szczerze mówiąc, gdyby nie to, że rano była w Uroczysku i tam dokładnie obejrzała Marysię, miałaby poważne wątpliwości, czy to ta sama dziewczyna, która tak delikatnie i z namaszczeniem obchodziła się z szafami. Bo teraz Mania pokazała się jej z zupełnie innej strony. Zniknęła gdzieś eteryczność i łagodność, za to stała przed nią zdecydowana i rzeczowa osoba.

– To z którego pokoju będzie salonik pani Janiny? – zapytała Marysia tonem kaprala.

– Myślałam o tym na parterze – odparła Madeleine, zachodząc w głowę, jak w ogóle jest możliwa tak diametralna przemiana w tak krótkim czasie. – Chodź, to ci pokażę – dodała, jednocześnie kątem oka rejestrując, że Marcysia już zaprzyjaźniła się z dwoma chłopakami, którzy z godną podziwu cierpliwością pokazywali jej wnętrze szoferki.

Na wybrany przez nią pokój Marysia zaledwie rzuciła okiem.

– To? – zapytała z niedowierzaniem. – To absolutnie się nie nadaje!

– Ale przecież...

– Mowy nie ma! – W jej oczach pojawił się niepokojący błysk. – To zupełnie nie ten układ, okno jest nie tam, gdzie trzeba, biurka nie da się dobrze ustawić. Jak może pani tego nie widzieć?! Przecież ma pani fotografię!

– Eeee... Jak by to powiedzieć... A co by się stało, gdyby biurko stało trochę inaczej niż na zdjęciu? – zaryzykowała Magda.

– Jak to co? Nie byłoby sensu rekonstruować całości! To jak wolna adaptacja w filmie! Ma niewiele wspólnego z pierwowzorem! Poza tym ja tu się staram, fotel od ciotki Rozalii zabrałam, a nawet sobie pani nie wyobraża, ile mnie to nerwów kosztowało, a pani mi tu taki numer wycina! – Marysia mówiła samymi wykrzyknikami.

– Ja nic nie wycinam! I w ogóle co to znaczy, że zabrałaś fotel? – Madeleine poczuła, że sytuacja wymknęła jej się całkowicie spod kontroli. – Jeszcze mi tego brakowało, żeby mnie oskarżono o współudział w okradaniu twoich ciotek!

– Tym się proszę nie przejmować. Przecież nie zabrałam go bez jej wiedzy. Dostała inny, a w ramach przekupstwa dorzuciłam kilka poduszek gobelinowych. Ciotka je uwielbia. Ale ten pokój się nie nadaje! – Marysia wróciła do głównego tematu. – Ja się tu rozejrzę i coś wybiorę – powiedziała z westchnieniem jasno dającym do zrozumienia, że wszystkim musi się zajmować sama.

– A to ja w takim razie pójdę zrobić kawę – rzekła Madeleine, patrząc, jak córka Majki otwiera po kolei drzwi od wszystkich pomieszczeń.

Z jej miny wywnioskowała, że znalezienie odpowiedniego pokoju na salon pani Janiny jeszcze trochę potrwa i rzeczywiście najlepiej będzie, jeśli się stąd oddali. Marysia ewidentnie działała jak w amoku i najrozsądniej było zostawić ją samej sobie. Tym bardziej że Madeleine było obojętne, gdzie powstawiają meble. Ostatecznie dom był ogromny, pustych pomieszczeń pod dostatkiem, więc wykłócanie się o szczegóły mijało się z celem. Ale w tej chwili zrozumiała słowa Majki. Marysia po prostu była nieprzewidywalna. Przynajmniej jeżeli chodziło o jej hobby.

Na podwórku sytuacja nie uległa większej zmianie poza tym, że do złudzenia zaczęło przypominać salon meblowy na wolnym powietrzu. Pośród obcych twarzy wyłowiła Julię i Tymka, którzy najwyraźniej od razu po powrocie zostali zaprzęgnięci do pomocy. Jedynym człowiekiem, który nie biegał, był mężczyzna siedzący na schodach ganku i obserwujący z pobłażaniem miotających się ludzi.

– Dzień dobry – przywitał się z wychodzącą Madeleine. – Cały czas pozostaje dla mnie tajemnicą, jak ta mała to robi. Wszyscy chodzą, jak ona zagra...

– Mówisz o Mani? No to jest fenomen. – Roześmiała się, za nic nie mogąc sobie przypomnieć, czy zostali sobie przedstawieni. Na wszelki wypadek postanowiła udawać, że go kojarzy, i unikać używania imion. – A dzisiaj rano wydawało mi się, że to taka spokojna i cichutka dziewczyna... – podzieliła się swoim porannym spostrzeżeniem.

– Gdyby była spokojna i cichutka, nigdy by jej się nie udało zdobyć tych wszystkich rzeczy. – Mężczyzna machnął ręką w kierunku mebli. – Ona je wykopuje dosłownie spod ziemi, potrafi je odkupić od skner i wyzyskiwaczy za bezcen. Nawet ostatnio udało jej się namówić starego Banasiaka, żeby ją wpuścił na strych, a on nikomu nie pozwala do siebie wchodzić. Nawet mnie – dodał tak, jakby to było czymś najdziwniejszym na świecie.

– Rzeczywiście Marysia ma charyzmę – zgodziła się, nie dociekając, kim jest niegościnny Banasiak. – Może zrobię kawę i herbatę?

– Pomogę – zaoferował się nieznajomy. – O, widzę, że będziesz miała piękną lampę – stwierdził, spoglądając na ginącego pod ogromnym kloszem Tymoteusza, który wynosił mebel z wnętrza furgonetki.

– A tak. Ponoć przede mną upatrzył ją sobie tutejszy proboszcz. Nawet trochę się martwię, że Mania będzie miała z tego powodu nieprzyjemności... Ale według niej proboszcz nawet się ucieszy, że lampa zostanie w starym otoczeniu.

– Skoro mówi, to chyba wie. Marysia bardzo dobrze zna tutejszego proboszcza. Ty też powinnaś się z nim zaznajomić. Bardzo zacny człowiek... – odparł, idąc za nią do kuchni.

– Zaczynam się czuć zaintrygowana. I nawet trochę żałuję, że nie zobaczę tego wychwalanego przez wszystkich księdza.

Nie chodzę do kościoła – wyjaśniła, zastanawiając się, jak sześć kubków wystarczy dla tylu osób. – Jeżeli już mowa o tych sprawach, przydałoby mi się cudowne rozmnożenie kubków – mruknęła.

– Najwyżej będą pić na zmianę. – Wzruszył ramionami. – A co do proboszcza, to nigdy nic nie wiadomo...

Madeleine już miała go zapytać, co przez to rozumie, ale w tym momencie do kuchni wpadła zadyszana Julia.

– Dobrze, że jesteś. Policja przyjechała i pytają o ciebie – powiedziała, odciągając ją na bok.

– O mnie? – zdumiała się niepomiernie Magda, odstawiając pudełko z herbatą na parapet.

– No jeżeli jesteś właścicielką tego domu, to tak – potwierdziła Julia.

– Nic z tego nie rozumiem. Przepraszam, ale muszę na chwilę zejść na dół...

Przed domem rzeczywiście stał radiowóz. Noszący meble nagle zamilkli i z ukosa przyglądali się dwóm policjantom, którzy z pewnym zdumieniem rozglądali się po zagraconym podwórku.

– Panowie do mnie? – Madeleine podeszła do zagubionych wśród meblowego dostatku stróżów prawa.

– Pani eeee... ciocia? No nie, Karol, ty to załatw, bo ja zupełnie nie wiem, jak zacząć – zacukał się pierwszy mundurowy.

– Pani tu mieszka, tak? – chcąc nie chcąc, drugi postanowił sprostać zadaniu. – I to całe zamieszanie to też pani sprawa? – zapytał groźnie, omiatając podwórko czujnym spojrzeniem.

– A o co w ogóle chodzi? – zapytała, żeby zyskać na czasie, bo niestety domyślała się, co sprowadza policjantów. Widać blond dureń spełnił swe pogróżki.

– To my tu zadajemy pytania! – Pierwszy doszedł do siebie i postanowił się zrehabilitować i pokazać, kto tu rządzi. – Czy to pani jest ciocią małej dziewczynki, którą zupełnie przypadkiem porzuciła pani w nieznanym dziecku miejscu?

– A czy gdybym porzuciła ją w znanym miejscu, to byłoby lepiej?

– A, czyli przyznaje się pani! To pani jest ową ciocią!

– W żadnym wypadku. Nikogo nie porzucałam i nie jestem żadną ową ciocią! A jeżeli chodzi o dziecko...

– O, proszę, jest tutaj – wtrącił mundurowy Karol na widok odwróconej tyłem Marcysi. – Więc chyba jednak uda się pani z nami, żeby wyjaśnić sprawę...

– Co takiego? To jest, to jest... – Madeleine z oburzenia zabrakło słów.

– Ty, Karol, a to nie jest mała Chrzanowska? – Kolega trącił go znacząco w ramię i w tym momencie Marcysia odwróciła się, dostrzegła policjantów i rozpromieniła się na ich widok.

– O, wujek Karol! – zawołała radośnie, podbiegając do zdumionego mężczyzny. – I wujek Stefek! A co wujkowie tutaj robią?

– Teraz to już nic z tego nie rozumiem – wyznał skonfundowany mundurowy Karol. – To dziecko pani zgubiła?

– Przecież mówię, że nikogo nie zgubiłam ani nikogo nie porzuciłam! – zdenerwowała się Madeleine. – Ale panowie nie słuchają!

– Oooo, a czemu, wujku, tak groźnie patrzysz na biedną ciocię Madzię? Ona naprawdę nic nie przeskrobała. Widzisz, nie jest brudna i lepiąca, a to znaczy, że mówi prawdę. – Marcysia najwyraźniej wzięła sobie głęboko do serca wzmiankę o tym, że kłamstwo jest paskudne, i używając tych niecodziennych argumentów, postanowiła wziąć ciocię w obronę.

– O czym, na litość boską, to dziecko mówi? – zdumiał się jeden z policjantów.

– Cóż, obawiam się, że zbyt dosłownie potraktowała naszą dzisiejszą rozmowę o kłamaniu – zlitowała się nad nim Madeleine. – To może teraz, zamiast mnie aresztować, pozwolą mi panowie wszystko wyjaśnić? – zapytała, przygarniając Marcysię do siebie.

– A dlaczego, moi panowie, chcecie aresztować tę miłą kobietę? – Tuż za nią pojawił się facet, z którym na górze robiła herbatę. Trzymał w rękach dwa parujące kubki.

– To i proboszcz tutaj? – zdumiał się pan Karol.

– Proboszcz? – powtórzyła Madeleine. – Ale jak to? – zapytała bezradnie i dopiero teraz dostrzegła na wpół schowaną pod kołnierzykiem koszuli koloratkę. – No to pięknie! Zrobiłam z siebie koncertową idiotkę. A z księdza to też jest niezłe ziółko! Ani słowem się ksiądz nie wygadał, że jest proboszczem!

– No nie przesadzajmy, moim zdaniem cała ta sytuacja była bardzo zabawna. Ale przyznaj, byłem przekonujący!

– Byłeś, to znaczy ksiądz był... Proboszcz był... Jak właściwie powinnam mówić?

– A jak ci wygodnie. Jak już wspomniałem, bardzo zacny ze mnie człowiek, a co za tym idzie, otwarty na wszelkie propozycje. Ale wracając do obecności panów. O co chodzi?

– To może jednak usiądziemy na werandzie i ja wszystko opowiem. Oczywiście tyle, ile wiem... – zaproponowała Madeleine i poprowadziła całe towarzystwo na ganek, gdzie zrelacjonowała historię Marcysi załatwiającej sobie podwózkę i świeżo upieczonego pięknego wujka i jego oburzenia i gróźb zgłoszenia incydentu na policję. – I to by było na tyle – zakończyła wreszcie opowieść. – Szkoda tylko, że zanim do panów poleciał, nie porozmawiał ze mną. Ale był tak zacietrzewiony, że nic do niego nie docierało. Fakt faktem, że i ja byłam zła...

– Rzeczywiście był wściekły. Trzeba jednak trochę mu uszu natrzeć, bo narobił zamieszania...

– A ja uważam, że co innego tu jest istotne – wtrącił proboszcz, bębniąc palcami po drewnianym stole. – Trzeba by było zrobić jakieś zajęcia, pogadanki dla dzieci o bezpieczeństwie. Coś mi się wydaje, że nie jedyna Marcysia jest nieuświadomiona w tym względzie. Dobrze by też było przypomnieć rodzicom o tym, że warto dzieciaki uczulać na takie sytuacje. W tym to już moja głowa, wspomnę o tym po mszy. A facetowi uwagę trzeba zwrócić, ale tak subtelnie, bo w końcu wykazał się godną postawą. Nie zlekceważył problemu.

– Też racja – przytaknął Stefan, nie odrywając oczu od chodzących po podwórku chłopców. – Strasznie dużo tych mebli... – podsumował w końcu swoje obserwacje.

– Właśnie też mi się wydaje, że powinno być ich mniej – mruknęła Madeleine.

– A bo zanim Marysia tu przyjechała, dorzuciła jakieś rzeczy. Uważała, że są niezbędne. Wiem, bo byłem przy pakowaniu. Natomiast co innego mnie zastanawia... Dlaczego oni tego wszystkiego nie wnoszą do domu? – zapytał zamyślony proboszcz.

– Bo wnętrza wymagają odświeżenia – odpowiedziała Mania, pojawiając się w drzwiach. – Jak na razie znalazłam pomieszczenie, gdzie to wszystko pownosimy, ale zanim się ustawi, trzeba odmalować. Salonem pani Janeczki zajmę się sama, bo coś mi się wydaje, że tylko ja wiem, jak to powinno wyglądać. Zaraz zaczynam wakacje, więc nie będzie problemu z czasem...

– Hmmm... Ja tam nie wiem, może się nie za bardzo znam, ale czy przypadkiem nie powinnaś spytać Madeleine o zgodę na szarogęszenie się po domu? – niewinnie zapytał proboszcz.

– Ale to przecież wszystko dla pani dobra... Dobrze, może mnie poniosło, ma proboszcz rację. Ale tak naprawdę byłoby lepiej... Ja się wszystkim zajmę. Nawet mogę zapytać o zgodę na planowane zmiany – Mania z wyraźnym trudem i miną męczennicy poszła na ustępstwo.

– Ale łóżko będę mogła zabrać do siebie do pokoju? Jakoś tak nie jestem przywiązana do spania na podłodze – stwierdziła z lekką kpiną w głosie Magda.

– Na razie i tak nie ma materacy, to można by najpierw pomyśleć o takim szybkim malowaniu... Chłopcy się z tym uwiną raz-dwa. I wezmą niewiele. Za fachowców będzie musiała pani zapłacić jak za zboże, a tutaj nie dość, że taniej i dobrze, to jeszcze im pani pomoże dorobić na wakacje i studia – przekonywała Marysia. – Interes jak złoto. Dobroczynność i oszczędność w jednym!

– Ty się tu, dziewczyno, marnujesz. Naprawdę! Powinnaś zrobić karierę w handlu! – mruknęła oszołomiona Madeleine, podejrzewając, że gdyby córce Majki zależało, przekonałaby ją nawet do przebudowy domu.

– Czyli co, zgadza się pani? Świetnie! Chłopcy się ucieszą. Zaczną jutro z samego rana. Od pokoi, które im pani pokaże – dodała, zerkając na proboszcza i upewniając się, że słyszy, jaka jest grzeczna i dobrze ułożona.

– Już jutro? – słabo zapytała Madeleine.

– A na co czekać? Sama pani powiedziała, że spanie na podłodze pani nie służy. A materace najlepiej zamówić w internecie. Dostanie pani wszystko bez biegania po sklepach... O, świetnie, że panów widzę – zwróciła się w stronę słuchających ją w niemym podziwie policjantów. – Proboszcza mi nie wypada zaganiać do pracy, ale panowie to inna sprawa. Mama mi zawsze powtarzała, że jak potrzebuję pomocy, powinnam zwrócić się do policjanta. No i właśnie teraz mam taką sprawę. To ja może pokażę – dodała i uprowadziła całkowicie osłupiałych mundurowych do furgonetki, z której po chwili z pomocą dwóch chłopaków wynieśli ogromną szafę.

Proboszcz i Madeleine patrzyli na to w milczeniu.

– Myliłam się. Całkowicie się myliłam! Ta dziewczyna powinna odpuścić handel! Ona ewidentnie nadaje się na przywódcę! Zresztą cokolwiek postanowi, wróżę jej ogromną karierę!

– Cóż, trudno nie przyznać ci racji – zgodził się proboszcz w zadumie, obserwując, jak poczerwieniali z wysiłku policjanci łapią szafę i usiłują ją dźwignąć w kierunku domu. – Myślę, że przy najbliższej okazji szepnę komendantowi, że widzę dla niego godną następczynię. Co do internetu zaś...

– Nie mam. Tutaj nawet telefon strajkuje, więc o połączeniu z netem mogę tylko pomarzyć – Magdę zdumiała nagła zmiana tematu.

– Właśnie, właśnie. A te zakupy, o których mówiła Marysia, chyba rzeczywiście byłoby wygodniej zrobić w ten sposób... – rzucił proboszcz, przybierając niedbały ton.

– Do czego ksiądz zmierza? – Spojrzała na niego uważnie.

– Bo na plebani jest bardzo dobre połączenie. Gdyby nie to, że tak się zarzekałaś, że absolutnie się tam nie zjawisz, zaproponowałbym ci, moja droga, skorzystanie z mojego komputera.

– A, czyli jednym słowem, proboszcz mnie kusi! A zawsze mi się wydawało, że to ta druga strona mocy zajmuje się tym procederem...

– Kochana, ja nie kuszę, ja tylko wyciągam pomocną dłoń. Poza tym, jak mówią, cel uświęca środki, a wiadomo, że najważniejszy jest pierwszy krok.

– Ho, ho, ho! Coś mi się wydaje, że ksiądz postawił sobie za cel nawrócenie mnie na dobrą drogę. Od razu mówię, że to zadanie z góry skazane na niepowodzenie – roześmiała się Madeleine.

– Lubię trudne wyzwania – skwitował niezrażony proboszcz. – A przyjście na plebanię do niczego jeszcze nie zobowiązuje. A potem czas pokaże... To jak? Gdybyś miała jakieś wątpliwości, powiem jeszcze, że moja gospodyni jest mistrzynią w pieczeniu ciast i zawsze częstuje gości.

– No to mnie ksiądz przekupił. Tym ciastem. Chętnie wpadnę jutro na plebanię. Ale proszę sobie za dużo po tym nie obiecywać...

– Gdzieżbym śmiał! Ale dobrze, że się zgodziłaś, bo w razie oporu miałem już przygotowany plan B. Zamierzałem wywlec na światło dzienne sprawę dobrowolnego odstąpienia lampy i stwierdzić, że coś mi się za to w końcu należy... Chociażby mała wizyta na plebanii – wyznał proboszcz, tęsknie zaglądając do pustego kubka.

– A, czyli szantaż. – Pokiwała głową z udawanym oburzeniem. – A wtedy wie ksiądz, co ja bym zrobiła? Oddała lampę i opowiedziała wszystko Marysi...

– Boże broń! To by się dopiero działo! Musiałbym do końca życia zmagać się z przytłaczającym poczuciem winy, że to przeze mnie nie zrekonstruowano salonu pani Janeczki... Gwarantuję, że Mania nie dałaby mi o tym zapomnieć ani na moment!

– E tam! Salon by zrekonstruowano, bo z moich dzisiejszych obserwacji jasno wynika, że nie odpuściłaby tak łatwo i prędzej czy później proboszcz by tę lampę oddał. Ba, nie zdziwiłabym się, gdyby nawet sam prosił, by Mania ją zabrała. Ale coś innego mnie w tym wszystkim zastanawia... O co chodzi w tym usilnym ściąganiu mnie na plebanię?

– Skoro już się zgodziłaś, mogę powiedzieć – uśmiechnął się wyraźnie zadowolony. – Otóż Mania przez całą moją wizytę w Uroczysku przekonywała, że za nic nie uda mi się ciebie namówić do przyjścia do mnie. Twierdziła, że jesteś zatwardziałą przeciwniczką Kościoła i że na nic zda się mój urok osobisty. Sama rozumiesz, że dotknęła mnie tym do żywego – dodał, robiąc minę rozkapryszonego chłopca. – To w końcu się z nią założyłem... Ale od razu mówię, że nie mam pojęcia, dlaczego jej na tym tak bardzo zależy – zastrzegł, przewidując jej kolejne pytanie. – A od siebie mogę dodać, że bardzo mnie cieszy jej pomysł, bo to nawet będzie interesujące...

– Tak? – zdziwiła się uprzejmie Madeleine.

– Tak, ale nie mówmy już o tym. Lepiej zróbmy jeszcze herbatę – zaproponował, a ona postanowiła porozmawiać z Majką.

W końcu to ona powiedziała Madeleine, że Mania ma wobec niej jakiś chytry plan. A teraz było widać czarno na białym, że i proboszcz wpadł na jakiś pomysł. I z całą pewnością dobrze by było się dowiedzieć, o co tej dwójce chodzi. Nie żeby Madeleine obawiała się tego dziwnego duetu. Ale wolała unikać niespodzianek.

ROZDZIAŁ X

Tymek wracał do domu z mętlikiem w głowie. Zupełnie nie wiedział, co ma sądzić o tym dniu. Nie umiał sobie racjonalnie wytłumaczyć, czemu gnał skoro świt pod dom Krysi i skąd ta ogromna ulga na widok Julki wybiegającej do niego z sąsiedniego podwórka. Przecież nie znał tej małolaty, nic go z nią nie łączyło, a jednak czuł, że gdyby jej tu nie znalazł, straciłby szansę... No właśnie, na co? Po tym jak spędzili razem cały ranek, zaproponował, że pokaże jej okolicę. Zabrał ją na rynek, ale Julka tylko omiotła go wzrokiem i zapytała, czy mogą pójść gdzie indziej.

– Rynek jest piękny, ale żeby poznać miejsce, trzeba wejść głębiej. Pospacerować bocznymi uliczkami i drogami, posłuchać, co miasteczko ma do powiedzenia poza centrum. Bo tam właśnie jest jego prawdziwa twarz – tłumaczyła mu lekko zakłopotana. – A zresztą rynek widziałam już wczoraj.

Zagłębili się więc w labirynt krętych, wąskich uliczek uśpionych upałem, skrytych w cieniu drzew. Julia oczarowana przyglądała się starym kamieniczkom, zaglądała w cieniste chłodne podwórka i ciemne bramy.

– Ależ ty masz szczęście, że tu mieszkasz! – powiedziała z niekłamanym zachwytem. – Co ja bym dała za to, żeby mieć to na co dzień!

– E tam, przesadzasz. Wszędzie, nie tylko tu, jest pełno staroci – wzruszył ramionami Tymek.

– Staroci? Co ty mówisz? Te wszystkie domy, mury, kamienie to nie są tylko wiekowe rzeczy! To jest czas, którego możesz dotknąć, pogładzić. To jest namacalna historia! Coś bezcennego!

– Masz rację – chłopak połapał się poniewczasie, że przyjął złą taktykę. – Ale kiedy masz to przez całe życie, przestajesz zwracać na to uwagę i traktujesz jak coś normalnego...

– W takim razie dobrze, że jestem tu po raz pierwszy i więcej widzę – uśmiechnęła się Julia, przytulając policzek do chropowatego muru kamienicy.

A zrobiła to z takim wdziękiem, że Tymek pożałował, że nie może na moment zamienić się w coś bardziej wiekowego. Potem wrócili na rynek, zjedli lody, sprawdzili, do kiedy Krysia ma urlop, wsiedli do auta i pojechali pod kapliczkę świętego Antoniego. Tymoteusz wyjął z bagażnika koc i rozłożył go na trawie, dokładnie naprzeciwko figury. Jakiś czas temu odbywały się tu prace archeologiczne i teraz otoczenie kapliczki straciło nieco na uroku, ale ponoć w miejscu wykopów miała stanąć średniowieczna karczma, której szczątki tu odnaleziono. O tym wszystkim opowiedział zasłuchanej dziewczynie i pożałował, że dokładniej nie dopytał ojca o historię tej kapliczki. Obiło mu się wprawdzie o uszy, że z Antonim związana była jakaś kryminalna afera, ale nie znał szczegółów. Zanotował sobie w pamięci, że koniecznie musi o to podpytać i znów przywieźć tu Julkę. Nie wiedzieć czemu, budziła w nim mnóstwo ciepłych uczuć.

– Wiesz, że umiesz pięknie słuchać? – powiedział z zachwytem, patrząc na siedzącą na kocu dziewczynę, i nieznacznie przysunął się w jej kierunku. Ich ramiona lekko się ze sobą zetknęły.

– A ty pięknie opowiadasz – uśmiechnęła się Julia, przymykając oczy i wystawiając twarz do słońca.

Było jej dobrze. Tak dobrze, że na moment pozwoliła sobie zapomnieć o wszystkim. O tym, po co tu przyjechała, o Kacprze, tajemnicach i tym, że przecież miłość nie istnieje. I dlatego na chwilę oparła się o siedzącego obok niej chłopaka. Przez cienki materiał koszulki poczuła jego mocne ramię i pomyślała, że dobrze by było mieć kogoś dobrego i silnego, kto by się o nią zatroszczył. I już miała się poddać temu pragnieniu i położyć głowę na ramieniu Tymka, gdy na drodze pojawiła się otyła kobiecina pedałująca z wyraźnym wysiłkiem na skrzypiącym rowerze. Julia natychmiast otworzyła oczy i odsunęła się nieznacznie od chłopaka. Magia chwili minęła. Wróciła trzeźwość myślenia. Tymoteusz nawet mrugnięciem oka nie pokazał, jak jest wściekły. Natomiast w duchu klął na czym świat stoi na złośliwość losu i rowerzystów, którzy pojawiają się w najmniej odpowiednim momencie. Nawet na świętego Antoniego, który patrzył na nich z wyraźnie kpiącą miną. Posiedzieli jeszcze trochę, Tymek opowiadał o studiach, o tym, że w mieście żyje mu się miło i ciekawie, ale tak naprawdę nie chciałby spędzić tam całego życia i dlatego studiuje leśnictwo.

– Mój ojciec jest leśniczym. Las znam jak własną kieszeń, jest moim drugim domem. I z nim wiążę swoje plany. A ojciec się cieszy, że poszedłem w jego ślady – mówił, wkładając długą trawę między zęby. – Czuję, że to właśnie tu, a nie w mieście, jest mój kawałek świata...

– Szczęściarz z ciebie – uśmiechnęła się smutno Julia, wyciągając się na kocu. – Własny kawałek świata to coś, czego nigdy nie miałam i zapewne mieć nie będę... Wiesz co, wracajmy – powiedziała nagle, podrywając się, jakby przestraszona swoją szczerością. – Może byśmy przejechali przez rynek, zrobiłabym jakieś zakupy, bo u Madeleine wszystko wczoraj się skończyło...

Na rynku w pewnym momencie chciał wziąć ją za rękę, ale zaczerwieniła się jak burak i zaczęła coś poprawiać przy sandałku, który poprawiania bynajmniej nie wymagał. A gdy ponowił próbę, dała mu pstryczka w nos, czym doprowadziła go do szewskiej pasji. Nic dziwnego, Tymoteusz nie przywykł do takiego traktowania. Dziewczęta raczej go lubiły i okazywały to bez najmniejszego zażenowania. Dlaczego więc jednocześnie miał dziwne wrażenie, że gdyby Julka okazała się jedną z nich, byłby rozczarowany?

Biedny Tymek pogubił się w swoich uczuciach. Z jednej strony Julia denerwowała go potwornie. To całe „chciałabym, a boję się", wkurzało go niemiłosiernie. Ale zarazem czuł, że tak naprawdę woli ją od tych wszystkich dziewczyn, które po jednym spotkaniu w klubie dawały mu się bez żadnych oporów całować na rogach ulic czy w parku. Całował je, rzecz jasna, z dużą przyjemnością, czasami nawet pozwolił swoim dłoniom zagubić się wśród fałd luźnych bluzek, ale zwykle na tym się kończyło. Po odprowadzeniu pod dom, obowiązkowemu poddaniu się namiętnemu i obiecującemu pocałunkowi pożegnalnemu odczuwał jakiś niesmak i nie miał ochoty już na nic więcej. A przecież w porównaniu z Julką to były nowoczesne dziewczyny, dużo prostsze w obsłudze... Nie miały tego dziwnego dystansu... Więc o co w tym wszystkim chodzi?

Nie udało mu się znaleźć odpowiedzi i postanowił, że odwiezie ją do domu i z całą pewnością pocałuje na do widzenia chociażby w policzek. Jak widać, nie przywykł do porażek. Ale wszystkie jego śmiałe plany wzięły w łeb, gdy okazało się, że podwórko przed domem roi się od ludzi i mebli. Ledwo wyszli z samochodu, już zostali zaprzęgnięci do pomocy. Właściwie stało się to poza nimi, ktoś po prostu z rozpędu wetknął im coś w ręce i po chwili razem ze wszystkimi rozładowywali pełną furgonetkę. Zirytowany Tymoteusz spostrzegł, że Julia nawet wydaje się zadowolona z tego stanu rzeczy, i bardzo, ale to bardzo mu się to nie podobało. Wolałby być z nią sam na sam... Choć nie bardzo wiedział, w czym miałoby to mu pomóc... Kolejne pytanie doprowadzające go do szaleństwa.

A tak naprawdę odpowiedź na wszystkie dręczące wątpliwości była banalna. Otóż Tymek przekonywał się na własnej skórze, że najbardziej smakuje jabłko na czubku drzewa. Najtrudniej je zerwać.

ROZDZIAŁ XI

Zapadał zmierzch, gdy podwórko przed domem nareszcie opustoszało. Julia już jakiś czas temu odprowadziła Tymka do auta i pomachała mu na pożegnanie. Tuż przed odjazdem chłopak uchylił szybę i patrząc jej w oczy, powiedział, że wpadnie jutro. Ucieszyła się, ale nie dała po sobie nic poznać. Teraz siedziała na werandzie i patrzyła, jak jej gospodyni doprowadza do porządku włosy Marcysi.

– Boże, jestem wykończona – mruknęła Madeleine, splatając blond włoski w ciasny warkocz. – Nie wiem, czy kiedyś przeżyłam tak intensywny dzień – dodała, tłumiąc ziewanie. – Nawet nie zdążyłam zrobić zakupów... Zaraz odwiozę małą, to może znajdę jakiś nocny. Przydałby się chociażby chleb.

– Kupiłam już i pieczywo, i parę innych rzeczy. Ty pojedziesz, a ja w tym czasie zrobię kolację.

– Jesteś aniołem. – Magda z trudem podniosła się z ławy. – Chodź mała, jedziemy. – Uśmiechnęła się do Marcysi, która natychmiast zmarkotniała i mocniej przycisnęła do siebie lalkę. – No co jest? – Madeleine kucnęła przed dziewczynką i zajrzała jej w oczy.

– Ciociu, a czy ja nie mogę u ciebie spać? Tylko dzisiaj! Zobacz, robi się już ciemno, na pewno po drodze złapią nas potwory...

– Kochanie, po pierwsze potworów nie ma, po drugie nawet gdyby były, rozprawiłabym się z nimi raz-dwa, a po trzecie patrz punkt pierwszy. Niunia, musimy jechać – Madeleine ze wszystkich sił próbowała ukryć swoje prawdziwe uczucia. Najchętniej zostawiłaby dziś małą u siebie, ale prawdopodobnie Marcysia już nigdy więcej by się u niej nie pojawiła. – Dziadkowie na pewno by się o ciebie martwili, gdybyś im tak nagle zniknęła... – dodała bez przekonania. – Ale jutro po ciebie przyjadę, dobrze? Tylko musisz mi obiecać, że poczekasz na mnie i nie będziesz prosić żadnych obcych ludzi o podwózkę. Jasne? – Żartobliwie zmierzwiła małej włosy.

– Jasne – rozpromieniła się dziewczynka. – A nieobcych mogę?

– Co możesz? – nie zrozumiała Madeleine, a przysłuchująca się rozmowie Julia nieznacznie się uśmiechnęła.

– Poprosić o przywiezienie. Ciociu, nie patrz tak na mnie! Nie obcych, ale miłych, znajomych wujków...

– Nie zaczynajmy od początku! Sto razy ci dzisiaj tłumaczyłam, że nie każdy miły pan jest miły, już nie mówiąc o tym, że nie każdy jest wujkiem!

– Oj, coś mi się wydaje, że twoja akcja wychowawcza kuleje – roześmiała się Julka. – Pozwól, że jednak ja spróbuję... Marcysiu, posłuchaj, wujkowie na pewno by cię tu przywieźli...

– No, nieźle mi pomagasz – skrzywiła się Magda.

– Nie przerywaj. Tak jak powiedziałam, to przemili panowie, ale skoro ciocia Madzia ma po ciebie przyjechać, musisz na nią poczekać, bo jak cię znajdzie? Zobacz sama: ona po ciebie jedzie, a ciebie tam nie ma, szuka cię, a ty czekasz już na nią tutaj, ale ona nic o tym nie wie i jest jej smutno. No i możecie się nie spotkać – dokończyła Julka, robiąc zafrasowaną minę. – A tego przecież byśmy nie chciały, prawda?

Marcysia nic nie odpowiedziała, tylko energicznie pokiwała głową.

– To co, poczekasz jutro na mnie koło fontanny? – upewniła się Madeleine.

– Poczekam – obiecała. – Nie chcę, żeby było nam smutno – dodała, wstając z ociąganiem i przytulając się na do widzenia do Julki. – Ale jesteś pewna, że nie złapią nas potwory? – zapytała zaniepokojona, idąc do samochodu.

– Całkowicie. Moje auto jest potworoodporne. Poza tym już ci mówiłam, potworów nie ma – tłumaczyła, zapinając małej pasy.

Julka patrząca na nie z werandy pomyślała, że Madeleine się myli. Potwory były i będą. I to takie najgorsze do zdemaskowania, bo ukryte w ludzkiej skórze.

Gdy wróciła, na stole czekała już na nią kolacja.

– Szybka jesteś – uśmiechnęła się z uznaniem. – Słuchaj, nie wiem, czy mi wypada rozpijać nieletnich, ale może napiłabyś się ze mną wina? – zapytała, wyjmując butelkę z torebki.

– Nie jestem już nieletnia, więc spokojnie, możesz nie mieć wyrzutów sumienia. A napiję się bardzo chętnie. Może lepiej mi się będzie spało. Jutro czeka mnie trudny dzień. – Julka bezwiednie spojrzała w kierunku sąsiedniej posesji.

– To witaj w klubie. – Magda z wprawą otworzyła butelkę i nalała wino do kubków. – Cóż, z elegancją może to nie ma zbyt wiele wspólnego, ale co tam! Wypijmy za jutro! – Stuknęły się kubkami z takim impetem, że czerwone krople poleciały na stół. – A tak na marginesie, co ma się takiego wydarzyć, że patrzysz na nadchodzący dzień tak pesymistycznie? – zapytała po chwili. – Pyszna sałatka. – Dołożyła sobie sporą porcję i zerknęła znad pełnego talerza na zamyśloną twarz dziewczyny.

– Moja ulubiona, z tuńczykiem – mruknęła Julia i Madeleine doszła do wniosku, że celowo zignorowała jej pytanie.

Przez moment jadły w milczeniu. Nagle Julka odłożyła widelec, oparła podbródek na splecionych dłoniach i popatrzyła na nią z taką rozpaczą, że Magda mało co się nie zadławiła.

– Dziewczyno, co ci jest? – zapytała, z trudem przełykając sałatkę. – Przecież widzę, że coś jest nie w porządku... Może mogę ci jakoś pomóc?

Julia tylko wzruszyła ramionami i jednym haustem opróżniła kubek. A potem ku swojemu wielkiemu zaskoczeniu wszystko jej opowiedziała. O tym, jak umarła jej mama, a potem babcia, a ona została sama z Kacprem i całym korowodem obcych kobiet, które przewijały się przez dom. O tym, że ojciec nawet nie zauważył, że zdała egzamin dojrzałości, za to spakował się i chciał chyłkiem wyjechać. O tajemniczym liście i o tym, jak postanowiła to wszystko wyjaśnić. Słowa wylewały się z niej wartkim strumieniem. Jakby nagle pękła jakaś tama. A gdy w końcu zamilkła, poczuła, że po policzkach płyną jej łzy. A Julia płakała bardzo rzadko. Mieszkanie z Kacprem nauczyło ją, że płacz w niczym nie pomaga, a tylko wzbudza jego irytację. Teraz też nie chciała płakać, ale nie mogła już powstrzymać gęsto spadających kropel. W końcu schowała twarz w dłoniach i usiłowała stłumić szloch.

Madeleine nawet nie wiedziała, kiedy i jak znalazła się koło dziewczyny. Nie zwracając uwagi na jej opór, mocno przygarnęła ją do siebie. Po chwili Julka straciła całą sztywność i wtuliła mokrą twarz w jej ramię. Magda znów poczuła, że dzieje się z nią coś bardzo niedobrego. Odkąd tu przyjechała, coraz częściej budziły się w niej mroczne i ewidentnie mordercze instynkty. Odwożąc Marcysię, miała ochotę wysiąść z małą i powiedzieć do słuchu jej dziadkom. I sprać ich na kwaśne jabłko. A potem jeszcze raz im powiedzieć i jeszcze raz sprać. Teraz natomiast czuła, że gdyby dorwała tego całego Kacpra, zamordowałaby go bez zmrużenia oka. A przynajmniej ciężko okaleczyła. Kołysząc w ramionach płaczącą Julkę, w duchu przeklinała ten cały podły świat.

Ciekawe, co by na to wszystko powiedział proboszcz, myślała rozgoryczona. Jak w to wszystko wkomponowałby boską miłość!

Postanowiła, że jutro mu to wszystko wygarnie i jasno da do zrozumienia, że gierki mające na celu jej nawrócenie nie mają najmniejszego sensu. Boga nie ma, a nawet jeżeli jest, to z niego wyjątkowo sadystyczny potwór! Nikt inny nie mógłby patrzeć na te wszystkie okropności ze stoickim spokojem.

– Posłuchaj, Julka – odezwała się w końcu, gładząc ją po plecach. – Damy sobie z tym radę. Słyszysz? Obie sobie z tym poradzimy. Jutro, jak wróci Krysia, pójdziemy do niej. Ty i ja. Nie będziesz sama. Poradzimy sobie – powtórzyła, zastanawiając się, kogo bardziej chce tym zapewnieniem przekonać: siebie czy ją.

A potem pomyślała jeszcze, że to zadziwiające, że musiała przyjechać aż tutaj, na koniec świata, by przejrzeć na oczy i zobaczyć, jak płytkie było jej życie. I jak wiele jest jeszcze do zrobienia. To, co zobaczyła, wcale jej się nie podobało, ale za nic na świecie nie chciałaby tego cofnąć. Stanowczo już nigdy nie chciała być ślepa.

Następnego ranka na widok Madeleine Julka bynajmniej nie odczuwała ani zakłopotania, ani zażenowania. A po wczorajszym wybuchu szczerości bała się, że obu im będzie głupio. Tymczasem, robiąc kawę zaspanej Magdzie, czuła ogromną ulgę, że znalazła kogoś, przed kim niczego nie musi ukrywać.

– Dobrze, że cię spotkałam – wyrwało jej się z głębi serca. – I dziękuję za wszystko...

– Daj spokój z dziękowaniem. – Machnęła ręką i z jękiem pomasowała sobie plecy. – Chyba dzisiaj muszę załatwić sprawę materaców, bo inaczej się wykończymy...

– Ja tam nie narzekam...

– Bo jesteś jeszcze młoda. Mogłabyś dla czystej przyzwoitości poudawać, że też ci trochę doskwiera spanie na twardych dechach, bo czuję się jak zgrzybiała staruszka... A to co? – zapytała, wstając i wpatrując się w drogę, na której pojawiła się malownicza grupa pstrokato ubranej młodzieży.

– Na mój gust to twoja ekipa remontowa – odparła Julka, wytężając wzrok. – Chyba że to jakiś miejscowy zwyczaj spacerowania skoro świt z kubłami farb po polnych drogach...

– Ale już? O tej porze? – Odruchowo przygładziła potargane włosy, nieświadoma tego, że jeszcze bardziej je rozczochrała.

– Cóż, Marysia użyła zwrotu „z samego rana". I widać nie przesadzała. To ja znikam się ubrać – dodała i nie czekając na odpowiedź, ulotniła się z werandy, zostawiając na placu boju samotną Madeleine, która postawiona przed faktem dokonanym postanowiła zachowywać się jak gdyby nigdy nic.

Okazało się później, że niepotrzebnie zastanawiała się, jak powitać nadchodzących. Chłopcy bowiem grzecznie się ukłonili i nie zwracając uwagi ani na dość dziwną fryzurę, ani na nie do końca kompletny strój, natychmiast rozproszyli się po domu, rozstawiając wszędzie wiadra i puszki z farbą. Kręciła się chwilę między nimi, ale czuła wyraźnie, że w niczym nie pomaga. Ewidentnie wiedzieli, co robić, i po wskazaniu im pokoi, od których mieli zacząć, radzili sobie świetnie. Patrząc na nich, Madeleine dostawała oczopląsu. Miała wrażenie, że młodzi z pędzlami, ścierkami i packami są dosłownie wszędzie. Jakby nagle się wielokrotnie sklonowali.

– Istne szaleństwo! – mruknęła do siebie i pogratulowała sobie tego, że właśnie dzisiaj umówiła się z proboszczem.

Czuła, że spędzenie całego dnia w tym chaosie przekracza jej możliwości. Postanowiła poczekać tylko, aż po Julkę przyjedzie Tymek, i zniknąć stąd jak najszybciej. Wczoraj z niemałym trudem udało się jej przekonać dziewczynę, że nie ma najmniejszego sensu siedzieć przez cały dzień na miejscu i czekać na powrót Krysi.

– Przecież nie wiesz, o której ona wróci. Nie szkoda ci wymarnować całego dnia? Wiesz, jak to będzie wyglądało? Wypatrując jej i stresując się tyle godzin, staniesz się jednym wielkim kłębkiem nerwów, akurat jak przyjedzie. Poza tym mówiłaś, że jesteś umówiona z Tymoteuszem...

– Nic takiego nie mówiłam – przerwała jej zmieszana Julka. – Wspomniał tylko, że jutro przyjedzie. To nic zobowiązującego. Może w ogóle się nie pojawi.

– O to akurat bym się nie martwiła – zaśmiała się Madeleine. – Widziałam, jak na ciebie patrzy.

– I to wystarczyło, by stwierdzić, że...

– Że jest w tobie zakochany. Uwierz starej wyjadaczce, zjawi się, i to jeszcze przed południem – przerwała jej w pół słowa.

Miała nadzieję, że się nie myli i że uda jej się pogadać z Tymkiem w cztery oczy. I że ta cała Krysia nie przyjedzie z samego rana. Wczorajsza opowieść Julki i samotność bijąca z każdego słowa wstrząsnęła nią głęboko. Do późnej nocy zastanawiała się, jak może jej pomóc. W końcu wpadła na pewien pomysł, ale do jego realizacji potrzebna była pomoc Tymka. Na całe szczęście pojawił się w momencie, gdy Julka była na górze.

– Mam do ciebie ogromną prośbę – powiedziała po uściśnięciu jego dłoni na powitanie. – Czy mógłbyś dziś zabrać Julkę na cały dzień? Gdzieś daleko, na bardzo długą wycieczkę? Pewnie wiesz, że ona czeka na moją sąsiadkę, która ma dziś wrócić...

– Wiem. Razem wczoraj sprawdzaliśmy, do kiedy Krystyna ma urlop.

– Właśnie. Julka bardzo się denerwuje i pomyślałam, że to zupełnie bez sensu, żeby tu siedziała jak na szpilkach. Poza tym jest jeszcze jedna sprawa. – Spojrzała mu prosto w oczy, zastanawiając się, czy może pozwolić sobie na zupełną szczerość. – To, co Julka ma załatwić, jest dosyć skomplikowane. I dobrze by było, żebym najpierw ja porozmawiała z tą panią. Dlatego powinniście wrócić, dopiero gdy dam ci znać – ostatecznie zdecydowała się na nieco okrężne wyjaśnienia.

Bała się, że chłopak zacznie domagać się szczegółów, ale Tymoteuszowi nie było to w głowie. Prośba Madeleine była mu niezwykle na rękę. Dostał oto błogosławieństwo na spędzenie całego dnia z Julką. Nie żeby go aż tak bardzo potrzebował, i bez niego poradziłby sobie znakomicie. Ale teraz poza własnymi pragnieniami miał misję do spełnienia. A to zobowiązuje.

– Zrobię, co w mojej mocy, żeby nie myślała o powrocie – obiecał, wpisując sobie numer telefonu Madeleine do komórki.

– O, w to nie wątpię... Pamiętaj jednak, żeby nie przedobrzyć. – Popatrzyła na niego wymownie. – Julka...

– Rozmawiacie o mnie? – rozległ się tuż za nimi głos dziewczyny.

– Poniekąd, mówiłam właśnie, że zaraz zejdziesz – uśmiechnęła się Magda.

Patrząc w ślad za niknącym samochodem, miała nadzieję, że zrobiła dobrze. I że Tymoteusz okaże się mądrym facetem. I nie zrobi dziewczynie krzywdy. Nie rozkocha jej i nie porzuci. Nie będzie nachalny i... I zapewne stałaby tak jeszcze długo, zadręczając się wątpliwościami, gdyby nie przeraźliwy łomot. Madeleine huk skojarzył się z walącymi się ścianami i czym prędzej popędziła do domu. Jak widać, remonty w pewnych okolicznościach bywały błogosławieństwem.

ROZDZIAŁ XII

Madeleine z ulgą opuszczała swój dom wzięty we władanie przez młodych, energicznych, lecz nie zawsze wprawnych ludzi. Huk, który zwabił ją do środka, okazał się odgłosem lecących cegieł. Cegły runęły z otworu, który wykuto w ścianie. Ziejąca dziura na moment pozbawiła Magdę głosu, stała tak oniemiała i z przerażeniem w oczach wpatrywała się w wyrwę i przysypane białym pyłem sylwetki.

– Czy wyście oszaleli? – zapytała wreszcie ze zgrozą w głosie. – Co tu się w ogóle dzieje? Przecież mieliście malować, a nie rozwalać mi chałupę! O kuciu nie było mowy!

– Była, tylko pani nie słyszała – pokasłując, wyjaśnił jej jeden z białych młodzieńców. – Marysia stwierdziła, że trzeba połączyć twe dwa pokoje.

– A, Marysia! No tak, to wszystko tłumaczy... – Madeleine wciągnęła głęboko powietrze i natychmiast się rozkaszlała.

Już ja jej dam, jak ją tylko zobaczę! – myślała, krztusząc się od wszechobecnego pyłu.

– Za mną, na dół – zdołała wreszcie wykrztusić i zbiegła na werandę, gdzie najpierw została oklepana po plecach, napojona wodą i w końcu padła na ławę ciasno otoczona przez zatroskaną ekipą remontową.

Oczy miała czerwone i ciekło jej z nosa. Wyraźnie czuła, że w tej chwili można o niej wiele powiedzieć, ale na pewno nie to, że jest wcieleniem władzy i autorytetu.

– Dobrze, o tej tam dziurze w ścianie nie ma już sensu rozmawiać – wychrypiała w końcu i wypiła duszkiem podsuniętą usłużnie wodę. – Ale jest jedna sprawa... Kto z was tak naprawdę zna się na takich pracach?

– Jazzman – odrzekli chórem.

– Jazzman pracował przy remontach i na budowie – wyjaśnił drobny blondynek, otrzepując spodnie i wzniecając wokół siebie nowe chmury białego pyłu.

– Aha. A który z was jest owym Jazzmanem? – zapytała, wodząc oczami po otaczających ją twarzach.

– Chwilowo go nie ma – wyznał beztrosko blondynek. – Ma przejściowe kłopoty mieszkaniowe i dlatego się spóźni... Ale my wszystko ogarniamy. Świetnie nam idzie.

– O tak! Jak wam tak będzie dalej świetnie iść, nabędziecie doświadczenie nie tylko w malowaniu, ale też w stawianiu na nowo zawalonych domów – prychnęła. – Dobrze, od tej chwili to ja przejmuję tutaj dowodzenie. Przynajmniej dopóki nie pojawi się ten, no, Jazzman. Zajmijcie się na razie tym, co jest do pomalowania. Zero rozwalania i burzenia! Zrozumiano? – zapytała, ściągając groźnie brwi.

Odpowiedział jej niechętny pomruk.

– A już było tak fajnie – westchnął blondynek, patrząc na nią z wyrzutem. – I ostrzegam: przez panią praca się opóźni – dodał złowróżbnie.

– Jakoś to przeżyję – Magda zbagatelizowała jego uwagi. – I wy również. Wolę opóźnienie niż utratę życia pod gruzami – ucięła dyskusję.

– Jak pani uważa, ale z naszej strony chęci były – nadąsał się wyraźnie urażony blondynek i wraz z resztą pobielonej ekipy remontowej odszedł w głąb domu.

Ledwo zniknęli, na drodze pojawiła się sylwetka muskularnego bruneta dźwigającego ogromny plecak z przymocowaną doń w przedziwny sposób gitarą, która przy każdym kroku wędrowca niebezpiecznie się chwiała. Madeleine, obserwując go, nabrała niczym niepopartego przekonania, że to musi być znający się na remontach Jazzman. Po chwili jej przeczucia się potwierdziły, gdy młodzian, uśmiechając się uroczo, cmoknął ją w rękę i kwieciście wyznał, że z natury jest człowiekiem punktualnym, ale dziś z przyczyn niezależnych od niego, a mających związek z bytem, niestety nie przybył na czas.

– Przejściowe kłopoty – dodał z westchnieniem.

Zerkając na pękający w szwach plecak i gitarę, Magda stłumiła narastające zaniepokojenie. Na jej gust te przejściowe kłopoty mieszkaniowe chyba jeszcze nie do końca przeszły. Ale nie miała zbyt dużo czasu na zastanawianie się nad tym, bo Jazzman, usłyszawszy o wykutej dziurze, porzucił plecak i niczym wicher pognał na górę. Zdezorientowana podążyła za nim i stała się mimowolnym świadkiem wielkiego wybuchu.

– Idioci! – wydarł się, ledwo rzuciwszy okiem na dziurę. Cała kwiecistość wypowiedzi znikła. Teraz przed zdumioną Magdą stało wcielenie gniewu i potępienia. – Popaprańcy!

Czy ja wczoraj nie mówiłem, że macie przygotować ściany do malowania? Czy wspominałem coś o wyburzaniu?

– Ale Marysia... – wtrącił ledwo słyszalnym szeptem blondynek.

– Co Marysia!? Co, u diabła, mnie obchodzą fanaberie nawiedzonej panny? – ryknął Jazzman, kopiąc wiadro, które z hukiem odbiło się od podłogi i przeleciało przez dziurę. – A gdyby wam powiedziała, żeby rozwalić tamtą ścianę, też byście jej posłuchali?

– Nawet przez moment się nad tym zastanawialiśmy, bo nie pamiętaliśmy dokładnie, o którą Marysi chodziło – odezwał się któryś z domorosłych majstrów.

– To chwała Bogu, że padło jednak na tę – stwierdził Jazzman, z wolna się uspokajając. – Tamta jest nośna – dodał, a słysząc to, Madeleine aż przysiadła na stojącym pod ścianą stołeczku. – Dobrze, teraz już wszystko będzie pod kontrolą, może być pani spokojna – zwrócił się do pobladłej kobiety, która stwierdziła, że musi jak najszybciej stąd wyjść.

Po tych wszystkich rewelacjach nawet najmniejszy hałas powodował, że od razu podskakiwała. Najlepiej będzie, jak się stąd ulotnię, postanowiła, zamykając się w łazience i wchodząc do wanny. Pomoc ze mnie żadna i jedyne, co może mnie tu spotkać, to kompletne wycieńczenie. I fizyczne, i psychiczne. Mam nadzieję, że proboszcz pamięta, że się ze mną umówił... A po drodze złapię miejsce z zasięgiem i zadzwonię do Klary, zadecydowała i maksymalnie odkręciła kran. Lecąca woda litościwie zagłuszała hałasy dobiegające z głębi domu i Madeleine stwierdziła, że przy odrobinie szczęście może się jej uda opuścić dom, zanim ta banda zapaleńców zupełnie go rozwali.

ROZDZIAŁ XIII

Drzwi prowadzące na plebanię otworzyła zażywna kobieta. Magda domyśliła się, że to właśnie gospodyni proboszcza, ta sama, która miała piec wspaniałe ciasta. Obrzuciła dziewczynę uważnym spojrzeniem, pod którym ta poczuła się lekko nieswojo. Jednak oględziny musiały wypaść zadowalająco, bo w końcu gospodyni otworzyła szerzej drzwi i zaprosiła Madeleine do środka.

– Proboszcz jest u siebie – powiedziała, wskazując wielkie białe drzwi. – Proszę wejść.

Madeleine zapukała i z uczuciem niepewności nacisnęła klamkę. Nie przywykła do odwiedzania kościołów i mimo że plebania nie była świątynią, czuła się trochę nieswojo. Miała wrażenie, że w obecności gospodyni i księdza powinna zachowywać się w jakiś inny sposób. Tak musiały się czuć kiedyś na dworze dziewczęta niemające pojęcia o zasadach panującej tam etykiety, pomyślała, zaglądając ukradkiem przez uchylone drzwi do wnętrza pokoju.

– No niechże pani wchodzi i się nie czai – huknęła za nią gospodyni i sama otworzyła szeroko drzwi. – Gościa księdzu przyprowadziłam – dodała, lekko popychając ją przed sobą.

– Ależ pani Dorotko, niech pani tak nie krzyczy, bo nam pani na śmierć tego gościa wystraszy! – zawołał proboszcz na widok spłoszonej miny Madeleine. – Wejdź i się rozgość – dodał, wskazując dłonią wygodny fotel. – Pani Dorotko, to jest właśnie Madzia, o której wczoraj pani opowiadałem, a to pani Dorotka. Kobieta, dzięki której nie pokonał mnie bałagan i nie zmorzył głód – dokonał prezentacji proboszcz.

– Bardzo mi miło – uśmiechnęła się i wyciągnęła rękę do pani Dorotki. – Proboszcz wczoraj wspominał, że piecze pani najlepsze ciasta w całym Malowniczem – dodała, z trudem uwalniając dłoń z mocnego uścisku.

– A właśnie, pani Dorotko, możemy liczyć na coś słodkiego? Bo skoro ja już wczoraj tak zareklamowałem pani wypieki...

– Już, już! Niech się proboszcz tak nie przymila. – Najwyraźniej pani Dorotka uodporniła się na wszelkie proboszczowskie pochlebstwa. – Sama wiem, co mam robić. Zresztą czy ja Boga w sercu nie mam i takiej bidy sama z siebie bym nie nakarmiła? Swoją drogą, to co to się na tym świecie wyprawia, to ludzkie pojęcie przechodzi! Księdza goście to same takie chucherka! Jedno większe od drugiego. I co to się potem dziwić, że umierają na suchoty...

– Pani Dorotko, na suchoty to się dziś zbyt często nie umiera – wtrącił proboszcz i ukradkiem puścił oko do swojego gościa.

– A od kiedy to ksiądz jest lekarzem? – prychnęła rozeźlona pani Dorotka. – Suchoty czy inna anoreksja, a koniec ten sam! – dodała na odchodnym.

– No to najtrudniejszy moment za nami – uśmiechnął się z nieskrywaną ulgą proboszcz. – Na całe szczęście dziś udało się już na wstępie doprowadzić do tego, że moja gospodyni pokazała, kto tu rządzi, i dlatego można mieć nadzieję, że już da sobie spokój. To co, napijemy się razem herbatki i pogawędzimy? – zagadnął, ale zanim zdążyła odpowiedzieć, rozdzwonił się stojący na biurku telefon i ksiądz z przepraszającą miną podniósł słuchawkę. – A to pan, panie Piotrze – powiedział z uśmiechem, który po chwili znikł z jego twarzy. – Czyli jednak... A już myślałem, że to tylko wygłupy – rzekł z posępną miną. – Cóż, trzeba będzie coś z tym zrobić... Zastanowię się nad tym, panie Piotrze. Niech pan do mnie wpadnie koło osiemnastej. Może wspólnie coś wymyślimy... – dodał z ciężkim westchnieniem i zakończył rozmowę. – Widzisz, jak nie urok, to przemarsz wojsk – zwrócił się do siedzącej w milczeniu Madeleine.

– Rozumiem, że ma ksiądz jakieś kłopoty – bardziej stwierdziła, niż zapytała. – Może mogłabym pomóc?

– W tej sprawie raczej nie. Od jakiegoś czasu coś dziwnego dzieje się na cmentarzu. Niby nic szczególnego. Ktoś przestawia kwiaty, przesuwa świeczki, krótko mówiąc, robi bałagan na grobach. Do tej pory było to tylko irytujące, ale teraz pan Piotr, który dogląda cmentarza, odkrył, że na jednym z grobów pobite są znicze, rozbite wazony... I to już wygląda na wandalizm. Chyba będziemy musieli poprosić o pomoc policję. Ale tym pomartwię się później. Z tego wszystkiego zapomniałem ci powiedzieć, że bardzo się cieszę z twojej wizyty. Można by rzec, że pierwszy krok oswajania mam za sobą. Jestem niczym Mały Książę...

– A ja niby robię za lisa? – ubawiła się Magda. – A pamięta ksiądz o odpowiedzialności za to, co się oswoi? A co będzie, jeśli okażę się bardzo krnąbrnym nabytkiem?

– Oj tam, oj tam! Znajdziemy i na to sposób... W końcu w ciągu wieków Kościół wypracował sobie metody radzenia z buntownikami – beztrosko stwierdził proboszcz.

– To ja serdecznie dziękuję za takie oswajanie, bo pachnie mi to inkwizycją i polowaniem na czarownice.

– Madziu, czy ty widziałaś kiedyś lisa skazanego na stos? – zachichotał ksiądz. – Zresztą ja wcale nie to miałem na myśli. Raczej myślałem o przekonaniu cię wszechobecną boską miłością i tolerancją...

– A to się nawet dobrze składa, że ksiądz o tym wspomina, bo odkąd tu przyjechałam, utwierdzam się w przekonaniu, że czegoś takiego jak boskie miłosierdzie po prostu nie ma. I samego Boga chyba też nie. A już na pewno nie jest on miłością i dobrocią – wyrzuciła z siebie nagle rozgoryczona Madeleine, ledwo zauważając, że do pokoju wróciła pani Dorotka z tacą pełną rumianych rogalików. – Ja już od dawna wątpię i tak jak wczoraj powiedziałam, nie chodzę do kościoła, ale skoro los zetknął mnie z proboszczem, to może mi ksiądz powie, jak to możliwe, że ktoś, kto jest samą miłością, sprawiedliwością, po prostu chodzącą doskonałością pozwala na to, by cierpieli niewinni? I nie mówię o dorosłych, bo jestem skłonna przyjąć, że sami zapracowaliśmy naszym grzesznym życiem, ale dzieci? – zapytała, przerywając na złapanie oddechu i obrzucając spojrzeniem panią Dorotkę, która w milczeniu przysiadła na stojącym obok drzwi krześle. Spodziewała się, że zobaczy na twarzy gospodyni wyraz potępienia, ale niczego takiego nie dostrzegła. – Czym zawiniła ta mała

Marcysia? – ciągnęła, wiedząc, że w tej chwili nic już nie jest w stanie jej powstrzymać. – Czym sobie zasłużyła na takie życie? Bez miłości, opieki, zostawiona sama sobie? Nic, tylko ciągłe awantury i strach! A Julka? Poznał ją ksiądz wczoraj. Ta dziewczyna jest najbardziej samotnym dzieckiem na świecie.

I spoglądając raz na księdza, raz na jego gospodynię, opowiedziała o bezradności i smutku dziewczyny. O tym, jak doprowadzona do ostateczności przyjechała do Malowniczego szukać prawdy o ojcu. O śmierci jej matki i babki.

– I gdzie tu miejsce na Boga? – zakończyła akt oskarżenia pytaniem. – No gdzie? Tylko bardzo proszę, niech mi ksiądz nie mówi o grzechu pierworodnym i że to wszystko przez Ewę – dodała buńczucznie.

– Widzę, dziecko, że bardzo dobrze się stało, że do nas trafiłaś – zamiast księdza odezwała się niespodziewanie gospodyni. – Rzeczywiście trzeba cię odkarmić – dodała w zamyśleniu i Madeleine wiedziała, że nie mówi o zwykłej strawie.

– Lepiej bym tego nie ujął, pani Dorotko – zgodził się z nią proboszcz i przesunął w stronę gościa tacę z rogalikami. – A co do twoich pytań, dziki lisie, nie przyszło ci do głowy, że tak właśnie miało być?

– Jak? Że niby te dzieciaki muszą to wszystko przeżywać? Chce mi ksiądz powiedzieć, że to taka pokrętna duchowa teoria dziedziczenia? Pokuta i cierpienie za grzechy przodków przekazywana w genach?

– Zupełnie nie o tym mówię. – Proboszcz w zadumie pokręcił głową. – Chodzi mi o to, czy nie pomyślałaś, że to właśnie boski plan. Że to nie kto inny, tylko Bóg pokierował twoimi krokami tak, byś znalazła się właśnie tutaj i pomogła tym ludziom? Być może to z jego woli stałaś się kołem ratunkowym dla Marcysi i Julii. I być może taki był właśnie wielki plan, żeby twoje ścieżki przecięły się z ich drogami – powiedział z nagłą powagą. – Oczywiście ty możesz twierdzić, że to przypadek, los czy jak tam to nazwiesz. Ale ja ci na to odpowiem, że Bóg jest jeden, choć ma wiele imion. I zanim cokolwiek powiesz, przemyśl to...

Tak naprawdę to ostatnie zdanie mógł sobie proboszcz darować, bo Madeleine nie zamierzała nic mówić. Nawet gdyby chciała, nie byłaby w stanie, bo najzwyczajniej w świecie chwilowo straciła głos. Wszystkiego się spodziewała, poczynając od potępienia, a na wybuchu gniewu kończąc, ale takiego podejścia do sprawy nie przewidziała. A proboszcz, który był niezwykle spostrzegawczym człowiekiem, stwierdził w duchu, że niechybnie ma predyspozycje do roli współczesnego Małego Księcia. Bo oto zupełnie przypadkowo zrobił kolejny krok do oswojenia.

Madeleine wracała z plebani dziwnie rozbita. Podczas jej wizyty proboszcz już ani słowem nie wspomniał o ich wcześniejszej rozmowie. Po raz pierwszy zetknęła się z milczeniem tak pełnym wyrazu. I po raz pierwszy od wielu lat poczuła, jak w głowie kiełkują jej niespokojne myśli. Bo jeżeli proboszcz miał rację, powinna przebudować całe swoje podejście do... No właśnie, do czego? Bo chyba nie do Boga, którego przecież miało nie być, a skoro go nie było... Ale w tym momencie w jej głowie odezwał się głos księdza: „Oczywiście ty możesz twierdzić, że to przypadek, los czy jak tam to nazwiesz. Ale ja ci na to odpowiem, że Bóg jest jeden, choć ma wiele imion".

– A niech to wszystko diabli wezmą! – sarknęła i uderzyła ręką w kierownicę. – To musi być jakaś cholerna manipulacja!

Od lat nie miałam tego typu wątpliwości! I było mi dobrze i wygodnie! Nie miałam już nic lepszego do roboty, tylko wywlekać te swoje żale przed proboszczem i jego gospodynią! I teraz nie dość, że sama mam mętlik w głowie, to jeszcze zupełnie mimowolnie utwierdziłam go w zamiarach sprowadzenia mnie na drogę wiary! A jakby tego było mało, ściągnęłam sobie na głowę panią Dorotkę. I sama nie wiem, kogo z tego duetu powinnam się bardziej obawiać... – mruczała, zatrzymując samochód koło rynku i idąc w kierunku fontanny, gdzie dostrzegła Marcysię.

Na widok małej, samotnej postaci ścisnęło jej się serce. Z daleka mała wyglądała na zagubioną i niepewną. Dopiero gdy dostrzegła spieszącą w jej kierunku ciocię, zerwała się i rozpromieniła.

A co mi tam! Co mnie obchodzi, jakim sposobem się tu znalazłam... Grunt to robić swoje, pomyślała, przytulając dziewczynkę. I mimo wszystko nie dać sobą manipulować...

– To co, pójdziesz ze mną do sklepu? – zagadnęła małą. – Po powrocie zrobimy sobie obiad, co ty na to?

– A możemy udawać, że dzisiaj są święta? – zapytała podekscytowana Marcysia.

– W sumie możemy, tylko po co?

– Bo wtedy moglibyśmy upiec kurczaka. Bo przecież, ciociu, wiesz, że kurczaka piecze się tylko w święta?

– No tak, nie pomyślałam o tym. – Rozsądnie postanowiła nie zmieniać jej wyobrażenia na temat świątecznych posiłków. – Ale przecież wcale nie musimy udawać, bo dziś jest prawdziwe święto. Taka nasza mała wspólna uroczystość. W końcu po raz pierwszy będziemy jadły razem obiad. Myślę, że możemy nie tylko upiec kurczaka, ale też usmażyć całą górę frytek i zjeść to wszystko na tarasie.

– Oooo, to cudownie! – Marcysia z radości aż podskoczyła. – To ja oskrobię kartofle!

– A umiesz?

– Pewnie. W domu codziennie skrobię. Inaczej babcia jest zła i mówi, że jestem darmozjadem. I że po coś mnie trzyma, a nie tylko po to, żeby mi gębę zapychać frykasami. Właśnie, co to są frykasy?

– Pyszności – odpowiedziała odruchowo, z trudem hamując chęć wyrażenia bardzo niepochlebnej opinii o babci.

– No to można powiedzieć, że dzisiaj zapchamy sobie gęby frykasami – ucieszyła się Marcysia.

– Właśnie nie można – jęknęła Magda i rozpoczęła żmudne wyjaśnienia, dlaczego małej damie nie przystoi używanie pewnych zwrotów, których bez stresu używają babki owych młodych dam.

Po zakupach dała się jeszcze namówić Marcysi na krótki spacer.

– Chodź, ciociu, do parku – prosiła mała, błagalnie składając rączki. – Tam jest taka śmieszna kaczka. Ma dzieci, wiesz? I ja jej daję codziennie chleb, bo ona biedna na pewno nie da sobie sama rady. Dziadek mówi, że to przez bachory nie ma pieniędzy, bo wszystko się w nie pakuje. W te bachory. A bachory to ja i Ania. A nas jest tylko dwie, a tych małych kaczek pięć. Babcia mówi, że to przez nas żadnej porządnej pracy nie mogła dostać, bo byłyśmy jak ta kula u nogi... To, wiesz, ta kaczka przy tylu kulach na pewno nie daje rady...

– Boże ty mój, widzisz i nie grzmisz – mruknęła Madeleine, zapominając widocznie, że jeżeli się w kogoś nie wierzy, nie powinno się do niego zwracać. – Dobrze, chodźmy. Rozumiem, że żal ci mamy kaczki i chcesz jej pomóc?

– Nie... – Marcysia sięgnęła do torby i wyjęła z niej bagietkę – nie chcę, żeby przestała lubić swoje dzieci, bo wtedy byłoby im smutno – powiedziała, pociągając noskiem. – Chociaż tak sobie myślę, że mamy to nie babcie. Mamy kochają swoje dzieci, bo są mamami – dodała w zamyśleniu, a Madeleine poczuła, że jakoś dziwnie ściska ją w piersi.

– Masz rację, mamy kochają swoje dzieci – powiedziała, odchrząkując i z trudem nadając głosowi optymistyczne brzmienie. – Ale nie zaszkodzi im trochę pomóc. Szczególnie jeżeli chodzi o mamę kaczkę. To prowadź, ty pokarmisz kaczą rodzinę, a ja w tym czasie zadzwonię do przyjaciółki – dodała, myśląc, że tego właśnie jej potrzeba. Zwyczajnej rozmowy z rozsądną Klarą.

Klara być może była i rozsądna, ale niewątpliwie była też wściekła.

– No, nie wierzę! – wykrzyknęła. – Zdecydowałaś się dać znak życia! Nie no, dziękuję, że sobie o mnie przypomniałaś! No po prostu ludzki pan!

– Klara, przepraszam. Rzeczywiście powinnam się częściej odzywać, ale jakoś tak czas mi przeleciał i uciekł nie wiadomo gdzie i kiedy. No i cały czas borykam się z brakiem zasięgu...

– Dobrze, dobrze, zostaw te mętne tłumaczenia dla kogoś innego. Na całe szczęście twoja mama mi uprzejmie doniosła, że żyjesz, bo w innym wypadku musiałabym wsiąść w auto i do ciebie pojechać. Teraz opowiadaj, co widziałaś? Gdzie byłaś? Góry tak piękne jak zwykle?

– Góry? – Madeleine odruchowo popatrzyła wokół siebie, ale z tego miejsca widać było jedynie mętną zieleń stawu, po którym majestatycznie sunęła kacza rodzina.

– A co się tak głupio pytasz? W końcu w górach jesteś, tak czy nie? Miałaś odpoczywać, wędrować, przypomnieć sobie stare, dobre lata... Szczyty zdobywać...

– Ho, ho, ho! Aleś się rozpędziła! – parsknęła śmiechem, uświadamiając sobie, że rzeczywiście tym miała się zająć. Ale odkąd przyjechała, nie było nawet chwili, by pomyśleć o wycieczkach, o samych wyprawach nie wspominając. – Otóż, moja droga, chyba cię rozczaruję, ale jeszcze nigdzie nie byłam... – wyznała przyjaciółce. – Marcysiu, uważaj, bo wpadniesz do wody! – krzyknęła, kiedy mała wychyliła się, by pogłaskać mamę kaczkę.

– Ej, kobieto, czemu, na litość boską, tak wrzeszczysz? I kim jest Marcysia? I jak to jeszcze nigdzie nie byłaś?

– A bo widzisz, to bardzo długa i skomplikowana historia.

– Tak się składa, że mam bardzo dużo wolnego czasu i mogę spokojnie cię wysłuchać – stwierdziła Klara. – No gadaj, w co ty się znowu wpakowałaś.

Madeleine, słysząc stanowczo brzmiący głos, wiedziała, że w tej chwili żadne wymówki jej nie pomogą. Na tyle znała Klarę, by wiedzieć, że skoro coś zauważyła, nie spocznie dopóty, dopóki nie dowie się całej prawdy. Zresztą właściwie po to dzwoniła, żeby jej wszystko opowiedzieć.

– A to się porobiło – mruknęła Klara, gdy przyjaciółka wreszcie zamilkła. – Wiesz co, jak mi się zacznie nudzić, to już wiem, co zrobić. Po prostu poszukać twojego towarzystwa. Ty masz po prostu dar do komplikowania sobie życia! – dodała, siląc się na lekki ton i usiłując ukryć zatroskanie. – A tak na poważnie, Magda, co teraz zrobisz? Z tym wszystkim?

– Jeszcze nie wiem. – Nawet nie musiała pytać, co Klara rozumie pod wieloznacznym pojęciem „wszystkiego". Doskonale wiedziała, o co jej chodzi. – Czas pokaże – dodała, nie zdając sobie sprawy, że powtarza słowa proboszcza. – Teraz muszę poczekać na przyjazd Kaśki i dotrwać do końca remontu, a to wcale nie jest takie proste. Właśnie, możesz przekazać swojej mamie, że dom jest piękny i ma się dobrze – powiedziała, celowo zmieniając temat.

Powoli zaczęło do niej docierać, że Klara, choć rozsądna i bez wątpienia bardzo jej oddana, jest daleko stąd i tak naprawdę nie może pomóc. Trzeba być tu, na miejscu, zobaczyć smutne oczy Marcysi, usłyszeć tęsknotę w głosie Julki, posłuchać nocą skrzypiących schodów i mruczących ścian w starym, opuszczonym domu. Bez tego obraz jest niepełny i nawet najbardziej oddany przyjaciel nie może pojąć, co tak naprawdę tutaj się dzieje. W miasteczku, w domu i w sercu Madeleine.

Po rozmowie z Klarą zadzwoniła jeszcze do rodziców i pani Basi. Ta ostatnia konspiracyjnym szeptem oznajmiła, że mieszkanie jest dopilnowane, zamki wymienione, a Grzegorz porządnie przećwiczony przez jej wnuka.

– Czy ty wiesz, że on jeszcze dwa razy usiłował się dostać do ciebie? W końcu mu uświadomiliśmy, ja i wnuk, że to podchodzi pod włamanie.

– Pani Basiu, już ja się domyślam, kto tam najbardziej Grześka uświadamiał – roześmiała się Magda.

– A, bo teraz ci młodzi ludzie są jacyś tacy niemrawi! Ten mój wnuczek, chłop jak dąb, mundur nosi, mądry dzieciak, ale jak trzeba dosadnie coś komuś powiedzieć, to mu języka w gębie brakuje! No ale mam nadzieję, że w końcu odpowiedni przykład zrobi swoje. Żeby tak mnie puścili na jakąś akcję policyjną, dopiero bym im pokazała starą szkołę. – W głosie starszej pani pojawiły się nutki rozmarzenia. – Tak czy siak, odkąd dałaś kosza temu bubkowi, moje życie nabrało rumieńców – dodała z niebywałym entuzjazmem. – A właśnie, skoro mowa o bubkach. Ten cały Grzegorz wypytuje o ciebie. Tak tylko wspominam o tym, na wszelki wypadek. Wiesz, przezorny zawsze ubezpieczony...

Madeleine przyznała pani Basi rację i natychmiast zapomniała o ostrzeżeniu. W końcu Grzegorz na pewno miał mnóstwo innych zajęć, a już na pewno nie chciałoby mu się tłuc przez pół Polski tylko po to, żeby ją zobaczyć. Jego wizerunek macho by na tym za bardzo ucierpiał. Oczywiście nie zamierzała tego wszystkiego tłumaczyć pani Basi, więc podziękowała tylko za troskę i szybko zmieniła temat. Opowiedziała jej o swoim nowym wielbicielu, remoncie i o tym, że już za kilka dni pokój będzie gotowy na jej przyjęcie.

– Dziecko, tak specjalnie dla mnie ten pokój odmalowujesz? – Głos starszej pani zadrżał od tłumionego wzruszenia. – Myślałam, że tak sobie rzuciłaś tę propozycję i że już o niej nie pamiętasz...

– Pani Basiu, jak bym mogła – z wyrzutem powiedziała Madeleine, myśląc, że niechybnie za te wszystkie kłamstwa będzie się smażyć w piekle.

Tak naprawdę dopiero teraz przypomniała sobie o zaproszeniu sąsiadki. Ale w sumie remont się zaczął, więc przy odrobinie dobrej woli można uznać, że mówiła szczerą prawdę.

– Pani Basiu, jak wszystko będzie gotowe, dam znać, że już może pani wyruszać – obiecała.

– W sumie to dobrze, że jeszcze mam trochę czasu do wyjazdu, kochana – powiedziała w zamyśleniu starsza pani. – Od lat nie wyjeżdżałam na letnisko i czas uzupełnić garderobę. Przecież nie mogę przyjechać nieprzygotowana! Prezencja, Madziu, jest kluczem do sukcesu każdej damy. Dobrze, że mój wnuczek ma samochód, bo coś mi się wydaje, że będę potrzebowała szofera – dodała, a Madeleine oczami wyobraźni zobaczyła biednego wnuka pani Basi gnanego od sklepu do sklepu i ginącego pod stosami toreb.

Pomyślała też, że wcale by się nie zdziwiła, gdyby chłopak miał o to wszystko żal do niej. W końcu starsza pani sama stwierdziła, że to za jej sprawą życie nabrało rumieńców. Jednak po krótkim namyśle postanowiła, że nie będzie przejmować się ewentualnymi dąsami wnuka sąsiadki. W końcu miała mnóstwo ważniejszych rzeczy na głowie. A wnuk, z racji bycia wnukiem, musiał jakoś poradzić sobie z babcią we własnym zakresie.

ROZDZIAŁ XIV

Zanim jeszcze podjechała pod dom, już z daleka zobaczyła, że pod bramą sąsiedniej posesji stoi samochód, a furtka na podwórko jest uchylona.

– O, nasza sąsiadka wróciła – mruknęła do siebie i ze zdziwieniem poczuła, że robi jej się sucho w ustach.

Aż do tej pory obmyślony nocą plan był dobry, ale teraz stwierdziła, że najzwyczajniej w świecie ma tremę. Jak ja mam to wszystko zacząć? Co powiedzieć obcej kobiecie? Cholera, mama zawsze powtarzała, że niepotrzebnie wychodzę przed szereg, myślała, jednym uchem słuchając paplaniny Marcysi, która przez całą drogę nie zamilkła nawet na sekundę. A może dać sobie z tym spokój? Po co mi jeszcze dodatkowe kłopoty? – zapytała się w duchu, ale ledwo o tym pomyślała, poczuła się podle. Julka jej zaufała, a ona obiecała pomóc.

– No Magda, bądźże mężczyzną – burknęła do siebie pod nosem.

– Mówiłaś coś, ciociu? – Marcysia popatrzyła na nią pytająco, a ta zdała sobie sprawę, że musi dziwnie wyglądać z rękami zaciśniętymi na kierownicy i zmarszczonymi brwiami.

Jeszcze tego brakowało, żebym przestraszyła dzieciaka, pomyślała z irytacją i natychmiast przybrała pogodny wyraz twarzy.

– A tak, kochanie – odezwała się wesoło. – Pytałam, czy zajmiesz się zakupami. Trzeba je zabrać na werandę i popilnować, żeby nie dobrał się do nich żaden koci włóczykij. Ja na chwileczkę muszę zajrzeć do sąsiadki. Widzisz? Właśnie wróciła, chciałabym się przywitać – dodała, dochodząc do wniosku, że skoro już ma coś zrobić, to nie ma sensu tego odkładać i z miejsca ruszyła w kierunku sąsiedniej posesji.

Tuż przed furtką głęboko odetchnęła, ale nie zdążyła nawet unieść ręki, by nacisnąć dzwonek, bo Krysia wyszła jej na spotkanie. Madeleine wystarczyło jedno spojrzenie, by zyskać pewność, że jej sąsiadka jest osobą ze zdjęcia Julki. Oczywiście czas zrobił swoje i dziewczyna z fotografii zmieniła się w dojrzałą kobietę, ale niewątpliwie to była ona.

– Dzień dobry – powiedziała z uśmiechem Krysia, otwierając furtkę na całą szerokość. – Pani jest pewnie moją nową sąsiadką. Majka dzwoniła i wspominała, że po powrocie będę miała towarzystwo. Jestem Krystyna – zakończyła, wyciągając rękę.

– Wiem – wyrwało się Madeleine, a wpatrzona w nią kobieta uniosła lekko brwi. – To znaczy... Ja jestem Madeleine, albo Magda, jak pani woli. – Speszona uścisnęła wyciągniętą dłoń. – Przepraszam, ale muszę z panią porozmawiać – dodała, czując, że w tej chwili nie jest w stanie bawić się w dyplomację i podchody. – Możemy gdzieś na moment usiąść? – zapytała, niepewnie rozglądając się dookoła.

– Oczywiście. – Krystyna musiała być niezwykle opanowana, bo nawet najdrobniejszym gestem nie okazała zaskoczenia. – Zapraszam do środka – dodała, odwracając się w kierunku domu.

W tej samej chwili na ścieżce pojawił się ogromny pies, na którego widok Madeleine zamarła i doznała niejasnego wrażenia, że pies ją przedrzeźnia, bo również zastygł bez ruchu. Jednak po chwili, nie spuszczając z niej wzroku, ruszył przed siebie i zatrzymał się tuż przy Krysi, przyglądając się gościowi z wyraźnym zainteresowaniem.

– Nie musi się go pani bać – powiedziała Krysia, klepiąc psisko po wielkiej głowie. – To Portos, chyba jedyny pies na świecie pozbawiony jakiejkolwiek agresji. Mój znajomy twierdzi, że jest tak wielki, że już po prostu nie musi się kłopotać pokazywaniem zębów. Sam jego wygląd onieśmiela.

– Trudno się z tym nie zgodzić – przytaknęła Madeleine, z ociąganiem ruszając z miejsca i starając się ominąć Portosa jak największym łukiem. Szczerze mówiąc, nie pragnęła sprawdzać na sobie, czy hipoteza znajomego Krystyny jest słuszna.

– Ja mam na ten temat inną teorię – ciągnęła gospodyni, otwierając przeszklone drzwi werandy. – Portos po prostu ma to szczęście, że właściwie wszystkich w swoim otoczeniu zna. A przynajmniej kojarzy. Tutaj w okolicy prawie wszyscy się znamy. Pewnie już pani zauważyła, że mało się tu kręci ludzi. Ostatnim obcym, z którym pies miał przyjemność, był nowy listonosz. I wydaje mi się, że gdy pojawia się ktoś nieznajomy, to jest tak zdziwiony, że nie ma czasu na szczekanie. On po prostu jest święcie przekonany, że nie ma już więcej innych ludzi niż ci, których poznał – roześmiała się Krysia, wprowadzając gościa do salonu. – Napijemy się czegoś?

– Dziękuję, nie teraz. Może potem da się pani zaprosić do mnie. Wiem, że to dziwnie wygląda, ale muszę coś powiedzieć. Ale najpierw o coś zapytam. – Madeleine przysiadła na brzegu krzesła stojącego przy wielkim drewnianym stole i uważnie spojrzała w niebieskie oczy Krystyny. – Czy mówi coś pani imię Kacper?

Wrócili akurat w momencie, gdy Magda wyciągała z piekarnika dwa dorodne, pachnące na cały dom i skwierczące kurczaki. Julia zwabiona zapachem wpadła prosto do kuchni.

– O, jesteś już – uśmiechnęła się na jej widok i pochyliła się nad rozgrzanym piekarnikiem. Miała nadzieję, że gorąco choć trochę zarumieni jej blade policzki.

– Jestem, jestem. W końcu, bo już myślałam, że nigdy tu nie wrócę. Muszę ci powiedzieć, że z Tymkiem chyba nie wszystko jest do końca w porządku – powiedziała, ukradkiem obrywając kawałek złocistej skórki kurczęcia.

– Gdzie mi z tymi łapami – prychnęła Magda, odsuwając od niej brytfankę. – Zaraz będzie obiad. Powiedz lepiej, czym naraził ci się ten biedny chłopak.

– Biedny? Tak to bym go akurat nie określiła! Nawiedzony, pomylony, maniakalny – owszem! Ale nie biedny! Zachowywał się jak wariat! Wymyślił sobie wycieczkę po okolicznych krzyżach pokutnych i po prostu ciągał mnie od jednego do drugiego z obłędem w oczach. Gdy zasugerowałam, byśmy już wrócili, stwierdził, że mowy nie ma, i cały czas zerkał na komórkę... Jakoś tak dziwnie, nerwowo... I non stop nawijał o tych morderstwach, które popełnili ci, co stawiali te krzyże, i z jakąś opętańczą manią pokazywał mi wyryte na nich narzędzia zbrodni. W końcu mu powiedziałam, że jak nie przestanie, to ani chybi ja będę musiała wykuć coś takiego, bo za moment uduszę go gołymi rękami.

– Hmmm... To chyba trochę moja wina – wyznała ze skruchą Madeleine. – Bo to ja go poprosiłam, żeby zajął ci jak najwięcej czasu. Widać nie przyszło mu nic lepszego do głowy...

– Przyjść to przyszło... Chciał mnie zabrać do Nowej Rudy do jakiejś rewelacyjnej kawiarni. Białej Lokomotywy czy jakoś tak... To ja nie chciałam, wolałam wycieczkę. Ale czekaj, czekaj, czy ty przed momentem powiedziałaś, że chciałaś się mnie pozbyć?

– O nie, nie, nie! Nic takiego nie powiedziałam. Stwierdziłam tylko, że poprosiłam Tymka o pomoc. Widzisz, nie chciałam, żebyś siedziała tu i się zamartwiała...

– Mówiłaś mi już o tym. Ale nie można było jakoś tak normalniej? Przecież zgodziłam się z nim pojechać. Po co ta cała konspiracja? Jemy na werandzie?

– Nie, na tarasie. Tam jest więcej miejsca. W sumie powinnaś się cieszyć, że nie było cię w domu, bo tutaj można zwariować. Co chwila warczy wiertarka albo wali młotek.

– A co? Ekipa remontowa jeszcze nie wymiękła? To się chyba nazywa pracoholizm...

– Z tego, co mi wiadomo, został tylko jeden. Sam szef. Jazzman. Chyba zawołam go na obiad, bo tak jakoś głupio nie zaprosić. A Tymek już pojechał?

– Nie! Właśnie z tego wszystkiego zapomniałam ci powiedzieć. Został na dole z jakimś facetem, który pytał o ciebie.

– Facet? A jak wygląda? – Z niepokojem przypomniała sobie o ostrzeżeniach pani Basi.

– Nie wiem – roześmiała się Julia. – Zupełnie nie było go widać zza wielkiego bukietu.

– Oby to tylko nie ten facet, którego mam na myśli – westchnęła i nerwowo wytarła ręce w ściereczkę. – Zanieś to na taras i poproś pana Jazzmana na obiad, a ja zaraz wrócę. Możecie w tym czasie pokroić kurczaka – dodała, wręczając dziewczynie brytfannę.

– Jesteś pewna? Może potrzebne ci wsparcie? Jeżeli to jednak będzie ten ktoś, kogo masz na myśli... – Julka popatrzyła na nią uważnie.

– Nie, to nic takiego. W razie czego Tymoteusz mi pomoże – Madeleine zmusiła się do lekceważącego tonu. – Zaraz wracam.

Na dole zatrzymała się przed drzwiami na werandę i przez szparę ukradkiem wyjrzała na zewnątrz. Rzeczywiście przed domem stał Tymoteusz i rozmawiał z jakimś mężczyzną. Niestety, z tej perspektywy widziała tylko fragment bukietu i kawałek spodni, a to za mało, by stwierdzić, czy gość z kwiatami jest Grzegorzem. Niestety nikt poza nim nie przychodził jej do głowy.

– Ciociu, a czemu ty się tak tu czaisz? – czysty, jasny głosik, który usłyszała tuż za sobą, zabrzmiał w jej uszach niczym wystrzał i zanim się zorientowała, jasna główka Marcysi wepchnęła się w szparę w drzwiach. – Aaaa, wujku!!! Wróciłeś! – ryknęła mała pełnym głosem i niczym torpeda pomknęła w kierunku nieco zdezorientowanego przybysza.

Madeleine, chcąc nie chcąc, podążyła za nią. Teraz i ona rozpoznała stojącego przed domem mężczyznę.

– To pan – stwierdziła chłodno, stając koło Tymoteusza i rzucając w kierunku Marcysi karcące spojrzenie. – Ciekawe, czy dzisiaj też będzie mnie pan obrażał. Moment, moment, jak to było? Cioteczka z bożej łaski? Dobrze pamiętam? A potem koniecznie proszę zawiadomić policję...

– Niechże pani da spokój – jęknął przybysz, niezgrabnie przygarniając dziewczynkę ramieniem. – Nie wiedziałem... Bo i skąd miałem wiedzieć. Mała mi powiedziała, że ją pani zostawiła... Dlaczego miałem nie wierzyć dziecku? I dlatego przyjechałem. Przeprosić.

– Wujku, czy teraz pocałujesz ciocię Madzię? – zapytała Marcysia, patrząc na mężczyznę z bezgranicznym uwielbieniem.

– Marcyśka, żebym ja cię za moment nie pocałował – przerwał jej Tymoteusz, który do tej pory nieco oszołomiony przysłuchiwał się rozmowie.

– Pomysł nie jest zły, ale wszystko w swoim czasie – odpowiedział nie wiedzieć czemu ośmielony wujek i wręczył Madeleine kwiaty. – Mam na imię Roman – dokonał prezentacji.

– Piękny – dopowiedziała w tej samej chwili Marcysia, z nabożnym zachwytem wpatrując się w mężczyznę.

W tym momencie Madeleine poczuła, że jest za późno. Usiłowała wprawdzie nad sobą zapanować, ale brzmiący w jej głowie głos był silniejszy i już po chwili zgięta wpół zanosiła się śmiechem, kryjąc twarz w dopiero co otrzymanym bukiecie.

– Prze... przepraszam – wykrztusiła w końcu, ocierając mokre oczy. – No co się tak patrzycie? Żaden z was nie słuchał Janusza Radka? *Ja jestem Roman, miłości omam, Ja jestem Roman, o którym śnisz* – zaśpiewała, na nowo prychając śmiechem. – No co ja na to poradzę? Obawiam się, że za sprawą Marcysi już zawsze będziesz Pięknym Romanem – zwróciła się do skonfundowanego mężczyzny.

– No to co, ciociu, nie gniewasz się już na wujka? To go może jednak pocałujesz...

– Marcysia, co ty z tym całowaniem? Nikogo, dziecko, nie zamierzam całować, ale gniewać się też nie gniewam, więc może po prostu przejdźmy wszyscy na taras. Jako gałązkę oliwną mogę zaoferować pieczonego kurczaka.

– Wujku, chodź, ja cię nakarmię, mam w tym dużą wprawę, ćwiczyłam na kaczkach. – Dziewczynka, nie czekając na odpowiedź, chwyciła Romana za rękę i pociągnęła w kierunku domu.

– Boże, istne szaleństwo. – Rozbawiona Magda pokręciła głową. – No a ty, Tymku, nie idziesz?

– Nie wiem, czy powinienem. Panna Foch jest na mnie obrażona – skrzywił się chłopak.

– Ooooo... Ale widzę, że nie tylko ona tu strzeliła focha, co? Daj spokój. Julkę czekają teraz trudne chwile. Trzeba jej wybaczyć. Poza tym już jej wyjaśniłam, że to moja wina. Swoją drogą nie było w okolicy nic bardziej romantycznego niż pozostałości po złoczyńcach i narzędzia zbrodni?

– Łatwo pani mówić – obruszył się Tymoteusz. – To przez nią! Gdyby była normalna, taka jak inne, po prostu zabrałbym ją do kawiarni i nikt by nie miał do nikogo pretensji!

– Dzieciak z ciebie, Tymku. – Uśmiechnęła się pod nosem. – Gdyby była taka jak inne, nawet przez moment byś o niej nie pomyślał – wyłożyła zdumionemu chłopakowi. – A teraz daj spokój, schowaj swoje humory i chodź na kurczaka. Im nas więcej, tym lepiej, bo coś mi się wydaje, że przyda się wsparcie. Sam widziałeś, że w Marcysi obudziła się romantyczna dusza i na siłę usiłuje mnie wepchnąć w ramiona Pięknego Romana. A, i dziękuję. Bardzo mi dzisiaj pomogłeś. Dzięki tobie pogadałam na spokojnie z Krysią.

– Szkoda tylko, że moje akcje przy tym spadły – burknął Tymoteusz, idąc za Madeleine. – A w ogóle co to za tajemnica? Kim jest Krysia dla Julki?

– To już sprawa, którą muszą wyjaśnić między sobą. – Mimowolnie przyspieszyła kroku. – Może kiedyś Julka ci sama o tym opowie – dodała i położyła palec na ustach. – A teraz cicho sza. Ona jeszcze nie wie, że Krysia już jest. Dajmy jej zjeść spokojnie – stwierdziła i przywołując na twarz promienny uśmiech, wkroczyła na taras.

ROZDZIAŁ XV

Jak się niebawem okazało, poznanie Pięknego Romana było nader szczęśliwym zbiegiem okoliczności. Po pierwsze jego obecność powodowała, że Marcysia mówiła dużo mniej. Widać ciągłe wpatrywanie się z zachwytem w cudownie odzyskanego wujka równało się utracie głosu. Po drugie kiedy zaczęli rozmawiać o rozpoczętym remoncie, a Roman zaoferował pomoc, Madeleine przypomniało się o pękniętej rurze, o której mówił Florek. Zanim jednak zdążyła o cokolwiek zapytać, odezwał się Jazzman, który do tej pory spożywał kurczaka w pełnym skupienia milczeniu.

– A pan zawodowo zajmuje się remontami? – zagadnął, obrzucając sceptycznym spojrzeniem nienaganny garnitur i lśniące półbuty mężczyzny.

– Może nie tyle remontami, co budową w ogóle, ale i na nich się znam. Przyjechałem do Malowniczego nadzorować budowę osiedla domków jednorodzinnych – wyjaśnił Roman, udając, że nie dostrzega, jak Marcysia wodzi za nim wzrokiem i co chwila wzdycha z zachwytem. – Ale od remontów w swoim czasie zaczynałem. A co, masz jakieś wątpliwości, młody człowieku?

– Nie, tylko jakoś tak mi się pan nie kojarzy z tą branżą... Jakby to powiedzieć... Zresztą nieważne... Tutaj wszystko jest pod kontrolą. W końcu ja tu dowodzę – podkreślił i popatrzył z ukosa na Romana.

– Nie, no oczywiście, ale...

– Nie, nie, nie. Nie ma mowy! Żadnych rozmów o remontach przy jedzeniu – wtrąciła się gospodyni domu, czując przez skórę, że ta z pozoru niewinna wymiana zdań za moment może się skończyć awanturą. Kwestią rury i ewentualną przydatnością Romana rozsądnie postanowiła zająć się potem.

– Właśnie chciałbym z panią zamienić później parę słów. – Jazzman spojrzał na nią znad talerza, na którym smętnie spoczywały obgryzione kości. – Na osobności, jeżeli mogę – dodał i wyzywająco popatrzył na Romana.

– W porządku – zgodziła się, zachodząc w głowę, o co może chodzić tym dwóm.

Było widać jak na dłoni, że zapałali do siebie czystą i niczym niezmąconą niechęcią. Tylko dlaczego? Zanim doszła do jakichkolwiek wniosków, drzwi tarasu się uchyliły i stanęła w nich Krysia. Obrzuciła wszystkich uważnym spojrzeniem i zatrzymała wzrok na Tymoteuszu, który pochylony nad zarumienioną Julką szeptał jej coś na ucho. Krystyna nagle zbladła i słowa powitania zamarły jej na ustach. Poczuła, jakby wszystko wokół niej zastygło.

To nie może być prawda, Krysia pomyślała z rozpaczą. To po prostu nie mogło się zdarzyć.

W tym samym momencie Julka, czując, że ktoś się jej przygląda, podniosła oczy i znieruchomiała z uśmiechem zastygłym na ustach. Podobnie jak wcześniej Madeleine tak i ona teraz nie miała wątpliwości, że stojąca w drzwiach kobieta jest tą osobą, której szuka. Ale to odkrycie w niczym jej nie pomogło. W tym momencie nie była w stanie wykrztusić nawet głupiego „dzień dobry". Na całe szczęście Tymek nie miał takich problemów.

– Dzień dobry, Krysiu – przywitał ją radośnie. – Nie patrz na nas takim przerażonym wzrokiem. Przecież każdemu mogło się zdarzyć zapomnieć o gościu. Ale razem z Madeleine zaopiekowaliśmy się Julką, więc nie masz się czym przejmować. Całkiem dobrze sobie radziliśmy podczas twojej nieobecności...

– Właśnie widzę. – Z trudem zapanowała nad sobą i blado uśmiechnęła się do wszystkich siedzących na tarasie. – Chyba wpadłam za wcześnie... Witaj, Julio... – dorzuciła, głośno przełykając ślinę.

– Dzień dobry... Czy pani mnie zna? – wyjąkała zdumiona Julka.

– Tylko ze słyszenia – odparła Krysia, z trudem odrywając wzrok od twarzy dziewczyny i kierując go na poruszane lekkim wietrzykiem kwiaty lawendy. – To ja może wpadnę później...

– Ale nie ma mowy! Dobrze, że pani przyszła. – Magda nareszcie doszła do siebie i poderwała się od stołu. – Mamy jeszcze masę frytek, a i z kurczaka zostało co nieco. Pomoże nam pani uporać się z tym całym dobrem – paplała z niepokojem, patrząc na ściągniętą twarz Julki. – Tymku, skocz po dodatkowe nakrycie do kuchni – powiedziała, dostawiając krzesło do stołu.

– Ja pójdę. – Julia powstrzymała wstającego chłopca i kładąc mu dłoń na ramieniu, wyślizgnęła się zza stołu.

Krystyna odprowadziła ją zatroskanym wzrokiem.

Jak ja to wszystko ogarnę? – zastanawiała się rozpaczliwie, jednocześnie uśmiechając się uprzejmie do mówiącego coś do niej Romana. Skąd wezmę siłę? I jak to wyjaśnię jemu? – pomyślała, popatrując na Tymoteusza.

– Krysiu, stało się coś? – Tymek w końcu dostrzegł jej zatroskany wzrok.

– Nic takiego – skłamała gładko. – Naprawdę nic takiego... – powtórzyła.

Ale prawda była inna. Dawno już się tak nie martwiła. O siebie, o Tymka, ale przede wszystkim o pana Kazimierza, który prędzej czy później dowie się o przyjeździe Julii. A Julia przecież jest córką Kacpra.

Krysia wiedziała, że u sąsiadki spotka Julkę. Nie spodziewała się jednak, że widok dziewczyny zrobi na niej tak piorunujące wrażenie. Patrzące na nią z obcej twarzy oczy Kacpra wcale nie pomagały. No i widok Tymka pochylonego nad Julią, jego ciepłe i miękkie spojrzenie, sprawiły, że Krysia załamała się zupełnie.

– Nie mówiłaś, że Tymoteusz ją zna – wyszeptała do Madeleine w kuchni, do której wymknęły się pod pretekstem zrobienia kawy.

– Nie mówmy sobie po imieniu. Nie chcę, żeby Julka się domyśliła, że ci o niej powiedziałam. Może lepiej będzie, jak oficjalnie przejdziemy na ty przy wszystkich... – zastanawiała się Magda, nalewając wody do czajnika. – Coś mówiłaś o Tymoteuszu?

– No tak! Nie wspominałaś, że ją poznał!

– Mówiłam ci, że jest z chłopcem...

– Mówiłaś, ale przez myśl mi nie przeszło, że to Tymek!

– A co to za różnica? Zakochali się w sobie od pierwszego wejrzenia. Co chcesz, widać taka karma... – Sięgnęła po puszkę z kawą.

– Nie wiesz. co mówisz... W ogóle to skomplikowane. Muszę złapać Tymka, zanim pojedzie do domu. A kim jest ten przystojniak z wąsikiem? Ten, który cały czas opowiadał o swoich podróżach po świecie?

– To Piękny Roman. Nasłał na mnie policję, a teraz przyjechał okazać skruchę. Opowiem ci przy najbliższej okazji. Jeżeli chcesz pogadać z Tymkiem, radziłabym ci się pospieszyć, bo z tego, co widzę, wybiera się do domu – powiedziała, wyglądając przez okno.

– O nie! Zawołaj go, niech poczeka – jęknęła Krysia, wybiegając z kuchni.

– Tymek, zaczekaj chwilę – krzyknęła Madeleine, otwierając okno i machając do stojącego przy samochodzie chłopaka. – Swoją drogą, nic z tego nie rozumiem – mruknęła do siebie, wlewając wrzątek do kubków z kawą. – Nic a nic.

Rzeczywiście, jeżeli sądziła, że jej popołudniowa wizyta u Krysi cokolwiek wyjaśni, całkowicie się myliła. Krystyna wprawdzie potwierdziła, że imię Kacper jest jej znane, wysłuchała bardzo uważnie historii o Julce, obiecała też, że pomoże na tyle, na ile będzie mogła, ale nic poza tym nie powiedziała. Madeleine z niepokojem obserwowała jej pobladłą twarz i gdy już myślała, że Krystyna powie jej coś więcej, pojawiła się Marcysia. Dziewczynka ponoć „umierała z głodu", zaś kurczak „umierał z chęci zostania obiadem". Na jej widok Krysia z miejsca opanowała chęć do zwierzeń i obiecała jeszcze wpaść. Nie zamierzała też zdradzać przed Julką, że wie o jej poszukiwaniach informacji dotyczących ojca. I jak obiecała, tak zrobiła. Ale chwilowo z tej wizyty nic nie wyniknęło. Może błędem było, że Madeleine nie wtajemniczyła jej w szczegóły. Ale czuła, że nie ma do tego prawa. Uznała, że najlepiej będzie, jak Julka przedstawi całą historię i sama zdecyduje, ile wyjawić. Ona tylko chciała ułatwić im pierwsze spotkanie i cel osiągnęła, choć nie była przekonana co do rezultatu.

– Pożyjemy, zobaczymy – stwierdziła, obserwując przez okno Tymoteusza, do którego właśnie niemal podbiegła Krysia.

Nie dość, że to wszystko wygląda na nieźle pokręcone, to najwyraźniej Tymek też jest w to zamieszany, myślała, ustawiając kubki na tacy. To mi pachnie jakąś zagmatwaną intrygą rodem z brazylijskiej telenoweli. A mówią, że w serialach nie ma nic z prawdziwego życia. Ciekawe, że niekiedy życie to wypisz, wymaluj serial.

Tymczasem Krystyna stała przed Tymkiem i nie bardzo wiedziała, jak zacząć.

– Krysiu, o co chodzi? – Chłopak oparł się o samochód i patrzył na nią wyczekująco.

– O Julkę... Czy wiesz, kim ona jest?

– Twoim gościem, gościem Madeleine i piękną dziewczyną. Pierwszy raz spotkałem kogoś takiego...

– No właśnie... Ona jest całkiem niespodziewanym gościem, Tymku. Tak zupełnie, zupełnie niespodziewanym – dodała dziwnym tonem.

Tymoteusz usłyszał w nim nutkę ostrzeżenia.

– Mówisz zagadkami, a ja nigdy nie byłem dobry w rozwiązywaniu rebusów. Nie możesz tak wprost, kawa na ławę? O co chodzi?

– O przeszłość – odparła, wyłamując palce. – Nie mogę powiedzieć ci nic więcej. Na razie. Ale musisz mi coś obiecać.

Nie wspomnisz swojemu ojcu, że ona tu jest. Pod żadnym pozorem. Im dłużej o tym nie będzie wiedział, tym lepiej. Obiecaj, słyszysz?

– No to trochę za późno z tym przychodzisz. Mówiłem już tacie, że ktoś na ciebie czeka i że tym kimś jest dziewczyna.

– Ale nie mówiłeś Kazikowi, skąd przyjechała, jak ma na imię? – Krysi z nerwów drżał głos i trzęsły się dłonie.

– Nie, nie mówiłem! Co to, do cholery, ma być? Przesłuchanie? I co ma do tego mój ojciec? – zapytał podniesionym głosem.

– Więcej, niż przypuszczasz. Proszę, nic mu nie mów o Julii. To ważne.

Tymek milczał przez chwilę, stukając palcami w dach auta.

– Dobrze, nie powiem – odparł w końcu. – Ale co to za tajemnica? Skoro to coś związanego z moim tatą, chyba możesz mi to wyjaśnić?

– Nie mogę. – Krysia podniosła na niego pełne rozpaczy oczy. – Nie mogę, dopóki ona sama nie wyjaśni mi, po co przyjechała. Myślę, że ma ważny powód. Ale muszę czekać...

– To czekaj, ale wiedz, że nie znoszę takich sytuacji. I nie chcę zadręczać się pytaniami. Wolałbym poznać prawdę. Ale nie musisz się martwić, nic ojcu nie powiem – obiecał Tymoteusz po długiej chwili milczenia i marszcząc brwi, wsiadł do auta, i odjechał.

Krystyna potrzebowała trochę czasu, by się uspokoić. Odetchnęła kilka razy głęboko i pomyślała, że najbliższa przyszłość nie wygląda zbyt różowo. Zresztą ostatnie dni też nie należały do najłatwiejszych. Tak jak przypuszczała, w banku odmówiono jej kredytu i nie pozostawało jej nic innego, jak poinformować o tym Grażynę. Na samą myśl o rozmowie z siostrą dostawała gęsiej skórki. A jakby tego było mało, zjawiła się jeszcze Julka i trafiła do niej po prawdę o swoim ojcu. Ojcu, który spakował walizki i zniknął. Więcej Madeleine jej nie powiedziała, a i Julka nie wyglądała na kogoś, kto szybko zdecyduje się na rozmowę. Krysi wystarczył jeden rzut oka na jej wystraszoną twarz, by stwierdzić, że trochę potrwa, zanim dziewczyna się przełamie. Ciekawe dlaczego Kacper wyjechał i zostawił ją samą? – zastanawiała się, kopiąc czubkiem buta mały kamyk. A potem uśmiechnęła się cierpko i odpowiedziała sobie sama: bo Kacper widocznie nic a nic się nie zmienił, i tyle. I pomyślała jeszcze, że wcale nie zazdrości Julii bycia jego córką.

ROZDZIAŁ XVI

Madeleine, wychodząc z kuchni z tacą pełną kubków, natknęła się na przemykającą pod ścianą Julię. Na jej widok dziewczyna przystanęła i drżącym od powstrzymywanych emocji głosem powiedziała:

– Posłuchaj, ja już wszystko rozumiem. To dlatego Tymek tak długo mnie trzymał na tej wycieczce, prawda? Prosiłaś go o to, żeby móc porozmawiać z panią Krystyną.

– Wydawało mi się, że będzie lepiej, jeśli spotkacie się po prostu na neutralnym gruncie – wyznała zmieszana Magda. – Ale jeżeli myślisz, że zdradziłam jej twoje tajemnice, to się mylisz. Nic jej nie powiedziałam. Poza tym, że szukasz prawdy o ojcu.

– Madeleine...

– Wiem, jesteś na mnie zła – przerwała jej, opierając tacę o framugę drzwi. – Pewnie nie powinnam się wtrącać, ale obiecałam sobie, że nie zostaniesz z tym wszystkim sama, i chyba się trochę zapędziłam.

– Madeleine...

– Daj mi skończyć. I jeżeli czujesz się przeze mnie oszukana, to bardzo, ale to bardzo cię przepraszam...

– Madeleine, daj mi w końcu coś powiedzieć. – Julia podeszła do niej i spojrzała na nią wilgotnymi od łez oczami. – Chciałam ci tylko podziękować. Od dawna nikt nie przejmował się mną tak jak ty. I jeszcze chciałam przeprosić.

– Przeprosić? A za co? – Magda, która do tego momentu była święcie przekonana, że Julia ma do niej żal, pogubiła się zupełnie.

– Za to, że na razie nie umiem skorzystać z tego, co dla mnie zrobiłaś. Nie jestem w stanie w tej chwili o nic jej zapytać, nie wiem jak – wyrzuciła z siebie przerywanym głosem i schyliła głowę, ukrywając drżenie podbródka.

– Julka, wszystko się ułoży i na wszystko przyjdzie czas. – Magda, niewiele myśląc, odstawiła na podłogę tacę z kubkami i złapała dziewczynę za ręce. – To lato należy do ciebie, rozumiesz? Możesz tu zostać tak długo, jak chcesz. I nie musisz robić nic na siłę. Myślę, że gdy nadejdzie odpowiedni moment, znajdziesz odpowiedzi na wszystkie pytania. Rozumiesz? – Zajrzała jej w oczy, mocno ściskając trzęsące się dłonie.

– Tak, ale ja tam teraz nie wrócę...

– Nie musisz. Zostań tutaj. Jeżeli będzie trzeba, wytłumaczę twoją nieobecność. – Pogładziła ją po głowie i podniosła z podłogi tacę. – I nic się nie martw. Będzie dobrze – zapewniła, przypominając sobie, że tak właśnie zawsze mówiła jej babcia. I że absolutnie za każdym razem te banalne słowa sprawiały, że z miejsca czuła się lepiej. – Będzie dobrze – powtórzyła, schodząc po schodach.

Na tarasie zastała uszczuplone towarzystwo. Nie było Tymoteusza, Julki, nawet Marcysia porzuciła dorosłych i usadowiona na bujanym fotelu usypiała lalkę. Przy stole siedzieli Krysia, Jazzman i Piękny Roman. Ci ostatni obrzucali się spojrzeniami pełnymi niechęci.

– Korzystając z tego, że jest spokojniej, chciałem cię jeszcze raz przeprosić i powiedzieć, że jeżeli potrzebujesz opieki przy małej, służę swoją pomocną dłonią – odezwał się Piękny Roman, dwornie całując Madeleine w rękę.

– Dłoń to każdy może ofiarować, ale na mój gust niewiele to pomoże. Raczej pomocny portfel by się przydał – zauważył Jazzman z niewinną miną.

– Pan Roman właśnie opowiedział nam historię z Marcysią w roli głównej – wtrąciła szybko Krysia.

– I z policją – dorzucił Jazzman ironicznie. – Pan Roman chyba nie ma problemu z podejmowaniem decyzji. Co w głowie, to i na języku...

– Słuchaj, młody, ja nie pozwolę sobie... – Piękny Roman najwyraźniej tracił cierpliwość.

– Dość! – przerwała im Magda. – Nie wiem, o co tu chodzi, i szczerze mówiąc, nie chcę wiedzieć. Wasze kogucie kłótnie mnie absolutnie nie interesują. I bardzo was proszę, zajmijcie się kawą – dodała, patrząc na obu mężczyzn spod zmarszczonych brwi.

– Hmmm... A gdzie jest Julka? – Krysia dyskretnie usiłowała zmienić temat.

– Poszła do siebie. Nie czuła się najlepiej – wymijająco odpowiedziała Madeleine i w zamyśleniu popatrzyła na rozciągający się z tarasu widok.

Zarośnięty ogród przypominał miniaturową dżunglę, widoczne z oddali góry porośnięte ciemną ścianą lasu sprawiały że poczuła się mała i, o dziwo, bezpieczna.

Jakby ich wielkość i potęga stanowiły barierę nie do pokonania.

Dobrze mi tu, pomyślała ze zdziwieniem. Pomimo tych wszystkich rzeczy, z którymi muszę sobie radzić, jest mi dobrze. W jakimś stopniu proboszcz ma rację. Chyba znalazłam się na właściwym miejscu we właściwym czasie. Może rzeczywiście tak miało być...

– Madziu, ja już będę uciekać. Portos został sam, a poza tym późno się zrobiło, a już jutro otwieram herbaciarnię. Trzeba rano wstać – głos Krysi podnoszącej się od stołu wdarł się w jej rozmyślania.

Za nią poderwał się Piękny Roman.

– Mogę ze sobą zabrać małą i podrzucić ją pod dom – zaoferował. – I tak jadę przez miasteczko.

– Jeżeli tylko będzie chciała z tobą jechać, to ją zabieraj. Tylko zatrzymaj się kawałek od jej domu... Lepiej, żeby dziadkowie nie widzieli, jak wysiada z jakiegoś auta – westchnęła Madeleine.

Tak jak przypuszczała, Marcysia z radością przyjęła propozycję Romana i po chwili oboje odjechali w siną dal. Magda wróciła na taras do czekającego na nią Jazzmana.

– Panie Jazzmanie... Matko, jak to brzmi! Ma pan może jakieś imię, bo jakoś dziwnie się czuję, mówiąc do pana w ten sposób.

– Mam. Niestety. Moi rodzice wykazali się pod tym względem dużą wyobraźnią i nazwali mnie Symfoniusz. Koledzy litościwie przerobili to na Jazzmana i tak już zostało.

– Hmmm... Rzeczywiście mieli fantazję. Mówię o rodzicach. Większą niż moi – roześmiała się. – A do tej pory wydawało mi się, że to oni przodują... Chyba w takim razie zostanę przy panie Jazzmanie...

– Może po prostu mów mi Jazzman, ja będę ci mówił Magda i będzie z głowy – zaproponował chłopak, rzucając jej spod oka powłóczyste spojrzenie.

– Może być. To Jazzman, o co chodzi? Chciałeś ze mną rozmawiać.

– Chciałem. Już ci wspominałem, że mam kłopot... Mieszkaniowy. Dziewczyna mnie wyrzuciła. Spakowała moje rzeczy i kazała iść, skąd przyszedłem. Problem polega na tym, że przyszedłem z dość daleka. I tak się zastanawiałem, czy na czas remontu nie mógłbym u ciebie przemieszkać? Albo przynajmniej zostać na kilka nocy? – zapytał, kładąc dłoń na jej ręce.

– No tak, skąd wiedziałam, że tak będzie – mruknęła, przypominając sobie dziwne przeczucie na widok plecaka i gitary na plecach Jazzmana. – Słuchaj, żeby sprawa była jasna: mieszkanie – tak, podryw na brak mieszkania – nie. Rozumiemy się? – zapytała, zabierając dłoń i chowając ją za plecy.

– Oczywiście, ja tak tylko z przyzwyczajenia. Znaczy nie, żebym uważał, że nie jesteś atrakcyjna – zaplątał się mężczyzna i aż poczerwieniał ze zmieszania. – Po prostu chciałem powiedzieć, że jestem chronicznym, no, jak by to ująć...

– Bawidamkiem – podpowiedziała, z trudem powstrzymując śmiech.

– Bawi czym? – zdumiał się Jazzman.

– Oto masz dowód, że różnica pokoleń jest między nami nie do przeskoczenia i że możesz mnie ewentualnie traktować jak starszą siostrę, a nie jak obiekt zalotów – wyjaśniła mu ubawiona Madeleine. – Teraz masz się nad czym zastanawiać. Dobrze, że zamówiłam trochę więcej tych materacy – ciągnęła, obrzucając go zamyślonym spojrzeniem. – Coś mi się wydaje, że bardzo się przydadzą. Dzisiaj musisz się przespać na podłodze, jutro już będziesz miał łóżko. Mieszka tutaj jeszcze Julka, poznałeś ją. I od razu mówię, że ona też jest nietykalna. Trzymaj się od niej z daleka. W tym domu musisz niestety powstrzymać swoje uwodzicielskie zapędy.

– Ty tu rządzisz. – Jazzman w poddańczym geście uniósł ręce do góry. – Coś mi się wydaje, że słabość do władczych kobiet nie jest mi obca...

– Na mój gust, słabość do wszelkich kobiet nie jest ci obca, bez wyjątku...

– Masz rację. Nareszcie ktoś mnie rozumie! – Jazzman spojrzał na nią z uznaniem. – Ale wiesz, co jest w tym wszystkim najdziwniejsze? Nigdy nie zdradziłem swojej kobiety. Owszem, uwielbiam flirt, ten taniec godowy. Lubię patrzeć, jak w mojej obecności dziewczyny rozkwitają, stają się jedyne w swoim rodzaju. To trochę taki rodzaj badań.

– Ho, ho, ho! Za moment zaczniesz mnie jeszcze przekonywać, że poświęcasz się dla nauki – ubawiła się Madeleine.

– Śmiej się, śmiej, a wiesz, co odkryłem? Że nie ma brzydkich kobiet.

– Też mi odkrycie! Coco Chanel cię ubiegła. Powiedziała: nie ma kobiet brzydkich, są tylko kobiety zaniedbane. – Z kpiną popatrzyła w ciemne, niemal czarne oczy Jazzmana.

– I nie miała racji. Z moich obserwacji wynika, że są tylko kobiety niekochane. Kobieta kochana i doceniana od razu staje się piękniejsza.

– Wiesz, może ty się marnujesz przy tych remontach. Może powinieneś założyć akademię urody i zacząć upiększanie alternatywną metodą na Jazzmana?

– Kpij sobie do woli, ale jeszcze kiedyś sama się przekonasz. Najgorsze jest to, że całkiem poważnie myślałem o Wioli. A ona mnie rach-ciach wystawiła za drzwi. Przecież nigdy jej nie zdradziłem. Ale ona tego nie mogła pojąć. Dasz wiarę?

– Cóż, może cię rozczaruję, ale ją rozumiem. A pojęcie zdrady też jest szerokie i niejednoznaczne. Widzisz, moim zdaniem miłość to najbardziej zaborcze uczucie. I dlatego kiedyś będziesz musiał się zdecydować, czy chcesz pracować charytatywnie na rzecz wszystkich kobiet, czy jednak poświęcić się tej jedynej. A teraz, skoro już tak sobie gadamy, powiedz mi, czemu tak się czepiałeś Pięknego Romana?

– Pięknego? On naprawdę ci się podoba? – skrzywił się Jazzman.

– Nie, Marcysia go tak ochrzciła. A mi się od razu skojarzyło z Januszem Radkiem...

– Czekaj, czekaj, jak to szło – przerwał jej i przykładając komicznie rękę do piersi, zaintonował:

Ja, na imię Roman mam
i wszystkie panie tutaj znam na pamięć.
Ja, na imię Roman mam
i ze złamanych serc jestem tu znany.

– No właśnie. Całkiem nieźle ci to wyszło. Nie sądzisz, że kojarzy się z naszym Pięknym Romanem? Ten jego wąsik... Ale nie o tym mieliśmy rozmawiać. To czym w końcu tak ci się naraził?

– Sam nie wiem. – Jazzman wzruszył ramionami – Ale fakt faktem, wkur... To znaczy, przepraszam, facet działa mi na nerwy. I tobie też radzę, uważaj na niego. Jak to na takie typy mówi moja babcia, picuś glancuś. Mówię ci, on jest śliski...

– Okej, wezmę to pod uwagę – odparła, zbierając ze stołu brudne kubki. – A moja babcia z kolei mówiła, że dwa słońca nie mogą świecić na jednym firmamencie. I ja myślę, że miała rację – dodała po chwili, wręczając Jazzmanowi tacę z brudnymi naczyniami. – To co, drogi Symfoniuszu, pomożesz mi przy zmywaniu? Zawsze uważałam, że facet w fartuszku jest niezwykle seksowny... No co? Ja tylko wczuwam się w sytuację. – Parsknęła śmiechem na widok jego zaskoczonej miny. – Grunt to do każdego mieć odpowiednie podejście, mój drogi.

Obróciła się na pięcie i weszła do domu, myśląc, że gdyby jej mama wiedziała, z jaką niefrasobliwością wpuszcza pod swój dach obcych ludzi, zapewne umarłaby na zawał. Na całe szczęście nie było nikogo, kto mógłby ją poinformować, i Madeleine stwierdziła, że w interesie ich obu najlepiej będzie, jeśli tak zostanie.

ROZDZIAŁ XVII

Siedziała samotnie na werandzie, wpatrując się w gwieździste nocne niebo. Nareszcie w ciszy i zupełnym spokoju mogła wszystko przemyśleć. Była zmęczona. Bolały ją plecy i nogi... Właściwie to bolało ją całe ciało. Odkąd przyjechała do Malowniczego, czuła się jak na ciągłej przejażdżce na karuzeli. Wszystko działo się nagle, bez zapowiedzi i trochę poza nią. Zupełnie jakby odgrywała rolę zgodnie z napisanym wcześniej scenariuszem.

Muszę zrobić jakiś plan. Zorganizować remont, odzyskać nad tym wszystkim choć odrobinę kontroli, pomyślała sennie, mocniej obejmując dłońmi kubek z gorącą herbatą, i natychmiast zdała sobie sprawę, że póki co może tylko o tym pomarzyć.

Bowiem dosłownie przed godziną odebrała telefon od Marysi, która zaoferowała pomoc w skręcaniu łóżek i ustawianiu mebli. Zanim Magda zdążyła cokolwiek powiedzieć, oznajmiła, że wie o zakupach od księdza i że nareszcie będzie mogła zrobić coś więcej z salonem pani Janeczki. Jazzman z kolei zakomunikował, że jutro z samego rana zaczynają robotę i jak dobrze pójdzie, skończą malowanie jej pokoju. Nikt przy tym nie pytał jej o zdanie, wszyscy wiedzieli, co, kiedy i jak mają robić. W takiej sytuacji rozważanie o przejęciu kontroli mijało się z celem. A dla Madeleine, która przywykła do decydowania o wszystkim, taka sytuacja była zupełną nowością. I dziwnie się z tym czuła. Oczywiście pozostawało jeszcze mnóstwo spraw do załatwienia. Spraw, do których nikt się nie wtrącał. Przynajmniej na razie. Chociażby ogród. Trzeba w końcu znaleźć kogoś, kto się tym zajmie.

– A może ja bym spróbowała... W końcu to chyba nie jest wielka filozofia – wyciąć te wszystkie chwasty. A potem... Potem posadziłabym malwy, słoneczniki i zioła. Zawsze chciałam mieć zioła tuż za oknem. Żeby mi pachniało rozmarynem i bazylią... A malwy mogłabym już wysiać. Koło werandy będą świetnie wyglądać. – Podekscytowana odstawiła kubek na stół i niewidzącym wzrokiem wpatrzyła się w ciemne podwórko.

Oczami wyobraźni widziała już rozkwitłe kwiaty, czuła zapach maciejki. Nagle w nieprzeniknionej ciemności coś jakby się poruszyło. Madeleine wyrwana z ogrodniczych rojeń wyraźnie poczuła, że nie jest sama. Zastygła za stołem, zastanawiając się, co ma zrobić. Ktoś ewidentnie czaił się przed domem.

– Oświetlenie by się przydało, idiotko – mruknęła do siebie, przeklinając się za głupotę. – Ale to raczej nie teraz, kiedy ktoś tam gapi się na mnie... Zaraz, zaraz... A może to... Panie Mieciu, to pan? – zapytała scenicznym szeptem. – No przecież wiem, że pan tam jest, niechże się pan odezwie, bo inaczej będę musiała wrzaskiem obudzić cały dom, bo bardzo, ale to bardzo nie lubię, jak ktoś tak się skrada...

W tym samym momencie cień oderwał się od ściany domu i wszedł po schodkach na werandę. Przed zdumioną Madeleine stanęła chuda, blada dziewczynka i obrzuciła ją ponurym i niechętnym spojrzeniem.

– Wprawdzie nie jestem panem Mieciem, ale ja też nie lubię, jak się mnie podgląda – powiedziała. – Tak samo jak nie przepadam za wrzaskiem.

– A to miłe, że się zgadzamy. – Magda z trudem opanowała zdziwienie. – To w takim razie może mi powiesz, kim jesteś i czemu mnie podglądasz zza krzaka?

– Po żadnych krzakach nie łaziłam. Po prostu stałam i patrzyłam. Nie moja wina, że jest ciemno. Chciałam tylko panią zobaczyć.

– Zobaczyć, mówisz. I co wynika z tych oględzin? – Dziewczyna była coraz bardziej zdumiona.

– Nic. Myślałam, że będzie pani na górze, a jak są pozapalane światła, wszystko widać. Ale pani siedziała tutaj... – wyjaśniła krótko dziewczynka, wzruszając ramionami.

– Dziecko, ale na litość boską, czemu chciałaś na mnie patrzeć? Gdybym jeszcze była jakąś gwiazdą filmową albo coś... Ale po co podglądać kogoś takiego jak ja? – nie wytrzymała Madeleine.

– Mam powody. Czego pani od nas chce?! Od mojej siostry? Ona jest mała i wcale się mnie nie słucha! Głupi bachor lezie do każdego! Niczego się jeszcze nie nauczyła...

– Czekaj, czekaj. Ty jesteś Ania, tak? Siostra Marcysi? – Magda nagle doznała olśnienia i nareszcie wszystko zaczęło się jej układać w logiczną całość.

– A co, niepodobna? No niestety, nie każdy może mieć blond loki i naiwną buzię Marcyśki – skrzywiła się jej siostra.

– Rzeczywiście, nie każdy. Też mi tego czasami w życiu brakowało. Wiesz co, dobrze, że przyszłaś. Odpowiem na każde twoje pytanie – dodała powoli, nie spuszczając oczu z twarzy rozgoryczonej dziewczynki – ale nie tutaj. Wejdźmy do środka, dobrze? Usiądziemy w kuchni, zrobię herbatę i pogadamy. Chłodno mi się zrobiło – dorzuciła, z troską spoglądając na cienką bluzkę Ani.

– Jak pani chce. – Dziewczynka wzruszyła chudymi ramionami, ale jakby trochę mniej buńczucznie.

W kuchni przy zapalonym świetle Madeleine ukradkiem popatrywała na Anię i z przerażeniem stwierdziła, że jest makabrycznie chuda. Pewnie dlatego nie wyglądała na czternaście lat. I rzeczywiście w ogóle nie były do siebie z Marcysią podobne.

– Niech się pani nie wysila. I tak widzę, że się pani na mnie patrzy – skwitowała jej dyplomatyczne wysiłki Ania. – To co, powie mi pani, czemu tak się przyczepiła do Marcyśki? Ma pani ochotę pobawić się w niańkę czy może chce jej zrobić krzywdę? Niech sobie pani nie myśli, że nikt się o nią nie troszczy i nikt nie zauważy, że coś się dzieje... – w głosie siostry Marcysi słychać było wyraźnie groźbę.

Madeleine na moment odwróciła się do niej tyłem, myśląc, jak ma się zachować. Początkowo zamierzała łagodnie wyjaśnić, że nie ma złych zamiarów, i jakoś tak delikatnie zaproponować pomoc. Jednak coś jej mówiło, że to dziecko w życiu nasłuchało się już wielu takich zawoalowanych zapewnień i jeżeli ma coś do niej trafić, trzeba to powiedzieć wprost, bez owijania w bawełnę.

– Dobrze, Aniu. Szczerość za szczerość. Duża już jesteś. Wierz albo nie, ale nie chcę nikim się bawić ani nikomu robić krzywdy. Po prostu wiem, co się dzieje u was w domu. Nie dojadacie, dziadkowie nie do końca dobrze się wami opiekują, piją i robią różne inne rzeczy, o których na pewno wiesz i nie muszę teraz ich wymieniać. Nie będę ci tu wmawiać, że dzięki mnie wasze życie się odmieni, że jestem dobrą wróżką. Bo nie jestem. Ale mogę wam trochę pomóc. Zaprzyjaźniłam się z Marcysią. I jeżeli zechcesz, my też możemy spróbować się polubić. Albo nie. Nic na siłę. A, i jeszcze jedno. Nigdy nie wątpiłam, że dbasz o Marcysię. Myślę, że dzięki tobie mała może być nadal dzieckiem. Mam rację? – zapytała, stawiając przed dziewczynką kubek z herbatą i talerz z pieczywem i kawałkiem upieczonego kurczaka.

– Gdy widziałam mamę po raz ostatni, obiecałam, że będę się Marcyśką opiekować – szepnęła Ania, miętosząc w dłoni papierową serwetkę. – Miało być na chwilę, ale wyszło, jak wyszło, a ja obiecałam. Teraz musiałam zamknąć ją na strychu... Wie pani, nigdy nie wiem, czy w nocy ktoś przyjdzie...

– Jak to przyjdzie? Do was do pokoju? – Madeleine zastygła z kubkiem uniesionym nad stołem.

– Do dziadków. Ale na jedno wychodzi. Jak się spiją, wszędzie ich pełno. Wtedy przenosimy się z Marcysią na strych. Tam można się zamknąć od środka. Zrobiłam nam kąt do spania i mamy względny spokój. Ale teraz, jak wychodziłam, musiałam zostawić ją samą. Mam nadzieję, że się nie obudzi. Mama na pewno nie byłaby szczęśliwa... – Ania zadrżała.

– Wasza mama na pewno wie, że robisz, co w twojej mocy. I jest z ciebie dumna... Posłuchaj, nie znasz mnie i na pewno nie za bardzo mi ufasz, ale gdybyś chciała pogadać albo gdyby coś się działo, wiesz, gdzie mnie znaleźć. I mam nadzieję, że pozwolisz Marcysi do mnie przychodzić – dodała.

– I tak bym jej nie upilnowała – prychnęła Ania, na powrót przybierając pozę twardej i zbuntowanej.

Ale Magda już wiedziała, że to tylko kamuflaż, kolczasty pancerz, który pomagał jej przeżyć.

– Poczekaj, przyniosę ci jakiś sweter, a potem odwiozę do domu. Nie chcę nawet myśleć, ile musiałaś tutaj iść – powiedziała, podnosząc się od stołu.

Zniknęła tylko na chwilę, ale gdy wróciła, kuchnia była pusta. Talerz po kurczaku też. Ze swetrem w ręku zbiegła na dół, ale tu też panowała cisza przerywana jedynie cykaniem koników polnych. Po Ani nie było nawet śladu. Madeleine wyszła przed ganek i bezskutecznie usiłowała przebić wzrokiem nieprzeniknioną ciemność. Przez moment rozważała, czy wsiąść do auta i spróbować dogonić dziewczynkę, ale coś jej mówiło, że to nie ma najmniejszego sensu. Ania była stąd i zapewne znała jakieś skróty. Zresztą jeżeli nie chciała być zauważona w takiej ciemności, na pewno dopięłaby swego. W końcu zrezygnowana Madeleine wróciła do domu. Pozamykała drzwi i wspięła się skrzypiącymi schodami do kuchni. Obok pustego talerza dostrzegła starannie wygładzoną i ułożoną serwetkę, na której było coś napisane. Nachyliła się nad nią i uśmiech rozjaśnił jej twarz. Jednak Ania nie odeszła bez słowa.

Dziękuję, będę pamiętać. Anka.

Te kilka słów powiedziało jej wszystko, co chciała wiedzieć. Z westchnieniem zgasiła w kuchni światło i rozświetlając ciemności korytarza latarką, przemknęła cichutko do pokoju. Stojąc w oknie, spojrzała na majaczący w ciemności kształt domu Krysi. W jednym z pokoi paliło się żółte światło nocnej lampki.

Nie tylko ja jeszcze nie śpię. Widocznie obie mamy sporo rzeczy do przemyślenia, uśmiechnęła się smutno i po omacku odszukała śpiwór, po czym z westchnieniem wsunęła się pod chłodny materiał. Nie będę zdziwiona, jeśli jutro nie uda mi się podnieść, przemknęło jej jeszcze przez głowę, gdy twarde deski wbiły się jej w plecy. I to była ostatnia myśl tego dnia, bo ledwo przymknęła oczy, już zapadła w sen. Po prostu nieprzyzwyczajona do tak intensywnie spędzanego czasu, została pokonana przez zmęczenie, które okazało się silniejsze nie tylko od wszelkich niepokojów, ale też wygrało z twardymi deskami.

ROZDZIAŁ XVIII

Nie dla wszystkich jednak sen okazał się tak miłosierny. Krysia mimo zmęczenia nie mogła zasnąć. Wszelkie niepokoje, które w ciągu dnia udawało się zepchnąć na obrzeża świadomości, nocą zaczynały żyć własnym życiem. Dochodziły do głosu skrzętnie uciszane lęki. Portos, jakby wyczuwając niepokój swojej pani, ułożył się tuż przy łóżku i nie spuszczał z niej czujnego wzroku. Wiedział, że dzieje się coś złego. Patrząc w jego oddane brązowe oczy, Krysia nie po raz pierwszy w duchu podziękowała draniowi, który kiedyś podrzucił Portosa pod jej drzwi. Pozbywając się w tak mało subtelny sposób kłopotu, podarował jej bezgranicznie oddanego przyjaciela.

– I co my mamy z tym wszystkim zrobić, co? – powiedziała głośno i udała, że nie widzi, jak Portos gramoli się na łóżko.

Z westchnieniem oparła rękę na wielkim psim łbie i znów zaczęła analizować wydarzenia dzisiejszego popołudnia. Niestety, nic nowego nie przychodziło jej do głowy. Po raz pierwszy od wielu lat miała wrażenie, że sytuacja ją przerosła. I znów, jak na złość, uczucie to było związane z Kacprem. W oczach Julii widziała część swojej przeszłości, o której najchętniej by zapomniała. Nie miała pojęcia, co zrobić z tą dziewczyną, jak przygotować Kazimierza na wiadomość, że córka Kacpra przyjechała do miasteczka, ani co zrobić z Tymkiem, który jak na złość był nią zauroczony. Sama Julia też budziła w niej sprzeczne uczucia. Z jednej strony ten przyjazd napawał ją lękiem i wywoływał złość za burzenie spokoju, który wypracowywała przez długie lata, za przypomnienie tego, co było, za cień ojca, który ze sobą przyniosła. Z drugiej strony, gdy przypominała sobie wystraszoną i zagubioną twarz dziewczyny, bardzo jej współczuła.

Biedny dzieciak. Czego ona u mnie szuka? Może Kacper jej wszystko powiedział i... No właśnie, i co? Gdyby tak było, tym bardziej nie powinna tu przyjeżdżać. Źle zrobiłam. Trzeba było szczerze porozmawiać z Tymkiem i o wszystkim mu powiedzieć. Od razu, tak jak chciał. Bez kluczenia, kłamstw i niedomówień. Trzeba było, ale tak się w tym wszystkim pogubiłam, że sama już nie wiem, co jest dobre, a co złe. Ale on musi poznać prawdę. Tylko czy mam prawo mu ją wyznać? Złożyłam przecież kiedyś obietnicę. Kazik mi tego nie wybaczy, a czy wybaczy mi Tymek?

Krysia zagubiła się zupełnie w pytaniach bez odpowiedzi. Właściwie to, co miała powiedzieć Tymoteuszowi, nie dotyczyło bezpośrednio jej. Ale zazwyczaj żal ma się właśnie do kogoś, kto nagle odkrywa, że to, w co się wierzyło, w dużej części jest tylko fikcją. Nie bez powodu w dawnych czasach posłańcom przynoszącym złe nowiny ucinano głowy. Ale Tymoteusz musi wiedzieć. Zanim zakocha się w Julii bez pamięci. Zanim pokocha tak, że później będzie mógł ją tylko znienawidzić.

Krysia ponownie westchnęła, zauważając przy tym, że wzdychanie to czynność, której ostatnio oddaje się najczęściej. A potem, czując, że i tak nie uśnie, wstała i pomaszerowała do kuchni, gdzie po chwili zapomniała o całym świecie, oddając się zagniataniu, wałkowaniu i wykrawaniu. To był jej stary sprawdzony sposób na wszelkie smutki – pieczenie. I tak zupełnie nieświadomie Julia przyczyniła się do tego, że następnego ranka mieszkańcy Malowniczego mogli u Krysi w herbaciarni kupić świeże przepyszne rogaliki, które sprzedawała niezmiernie rzadko. Przypuszczano, że robi je tylko na specjalne okazje, bo ich produkcja jest skomplikowana i czasochłonna. Tymczasem prawda była taka, że rogaliki powstawały tylko wtedy, gdy Krysia miała jakieś poważne zmartwienia. I zapewne gdyby mieszkańcy Malowniczego o tym wiedzieli, nie dopytywaliby się tak często, kiedy będzie kolejna partia kłopotków i nie dziwili, czemu nadała im taką nazwę...

ROZDZIAŁ XIX

Kolejne dni mijały jakby wolniej. Najwyraźniej ktoś tam na górze wysłuchał prośby Madeleine i nieco zwolnił tempo akcji. W domu nadal trwał remont, ale jak wiadomo, człowiek do wszystkiego jest w stanie przywyknąć i po kilku dniach Julia i Magda praktycznie nie zwracały uwagi na walenie, wiercenie i ciągłe kłótnie członków ekipy remontowej. Przyzwyczaiły się też do tego, że o najróżniejszych porach dnia zjawia się w domu Mania i zamyka się w pokoju zwanym już przez wszystkich salonem pani Janeczki. Gdy znikała tam sama, wiadomo było, że nic nadzwyczajnego się nie wydarzy. Czasami tylko zza zamkniętych drzwi dochodziło jakieś stłumione mamrotanie albo zduszone przekleństwo. Natomiast gdy tylko wchodziła tam z kimś do pomocy, zaraz rozlegały się krzyki i wcześniej czy później wybuchała kłótnia. Marysia niewątpliwie miała bardzo wyrazisty charakter i wyrobione zdanie na różne tematy, czemu głośno dawała wyraz. Ale i to po pewnym czasie stało się zwykłą codziennością domu. Gdy hałas okazywał się nie do wytrzymania, Julia zabierała się gdzieś z Tymoteuszem, a Madeleine uciekała do Łucji, Krysi albo do Uroczyska. Czasem też pozwalała się zaprosić Pięknemu Romanowi na kolację, po której nadąsany Jazzman dawał jej do zrozumienia, że postępuje niemądrze. Zbywała go, obracając wszystko w żart i w duchu stwierdzając, że obaj panowie mają na swoim punkcie jakąś obsesję. Nie znosili się i nie przepuszczali żadnej okazji, by o tym poinformować Magdę, którą ta antypatia niezwykle bawiła. Poza tym znajomość z Romanem rzeczywiście przyniosła korzyści, bo dzięki niemu bez trudu znajdowała potrzebnych fachowców. Ba, nawet nie musiała ich specjalnie szukać, Piękny Roman z reguły dostarczał ich pod same drzwi. Wyjątkiem był pan zajmujący się ogrodami. Roman, widząc któregoś dnia, jak Madeleine umazana po pachy w ziemi usiłuje wykopać wyższą od niej kępę zielska, polecił jej ekipę zajmującą się projektowaniem terenów zielonych.

– Kobieto, to nie jest praca dla ciebie! Nie powinnaś się tak męczyć – przekonywał ją, przyglądając się z niesmakiem, jak wyciąga z włosów grudki ziemi.

– Roman, od razu widać, że miałeś do czynienia tylko z pewnym rodzajem kobiet – wysapała Madeleine, wbijając z rozmachem szpadel w ziemię. – Ja lubię wyzwania, a tereny zielone mam i bez specjalnych projektów – dodała, sugestywnie patrząc na zachwaszczony kawał ogrodu. – Zieleń jak malowana! Istne morze zieleni!

– Ale przecież przy takim tempie doprowadzenie tego ogrodu do porządku będziesz musiała przekazać swoim dzieciom i wnukom w testamencie – zauważył uszczypliwie.

– A nie, bo za kilka dni zjawi się u mnie pewien pan i będzie mi pomagał – z satysfakcją oświadczyła Magda i z trudem podważyła zielsko szpadlem.

– A w czym taki pan jest lepszy od porządnej ekipy? Możesz mi wyjaśnić? – Piękny Roman z niezadowoleniem strząsnął z błyszczącego półbuta mokrą ziemię.

– Oczywiście. Po pierwsze twoja ekipa zacznie mi się tutaj szarogęsić i zrobi wszystko sama, a ja niczego się nie nauczę...

– A od kiedy tłumaczka francuskiego ma uczyć się grzebania w ziemi?

– Powiedzmy, że to takie nowo odkryte hobby. Czekaj, nie zmieniaj tematu. To było po pierwsze. Po drugie ten pan to pasjonat, mieszka tutaj, wie, co mi będzie rosło, a co nie, a przede wszystkim może doglądać ogrodu cały czas. Swoją drogą, zauważyłeś, że tu ludzie w ogóle mają ogrom czasu? Jakoś tak wolniej się tu żyje. Paradoksalnie, bo przecież w mieście miałam mniej na głowie, a i tak wciąż nie nadążałam...

– Bo to jest ta małomiasteczkowość. Marazm, marazm i jeszcze raz marazm – sarknął Roman. – Nie wiem, co w tym takiego cudownego.

– Spokój, panie Romanie. Poranna kawa na werandzie, śpiew ptaków, zakupy na rynku, pogaduchy ze sklepowymi, zapach ziemi...

– Tego ostatniego to rzeczywiście masz ostatnio pod dostatkiem. Właśnie umazałaś sobie na czarno cały policzek.

– Ale ty jesteś drobiazgowy! A wracając do poprzedniego tematu, na czym stanęłam?

– Na tym, że gość ma czas.

– A, tak. A poza tym Florek mówił, że obecnie mój przyszły ogrodnik klepie bidę z nędzą, bo nie ma pracy, a za to na utrzymaniu żonę. Tak więc jeżeli mogę mu pomóc, z przyjemnością go zatrudnię.

I tak właśnie się stało. Pan Krzysztof zjawił się pewnego ranka, rozejrzał po ogrodzie, popatrzył uważnie w oczy Madeleine i po prostu zabrał się do pracy. Czasem obserwując, jak chodzi pomiędzy drzewami i pochyla się nad roślinkami, odnosiła wrażenie, że jest w nim coś magicznego. Jakby zaklinał kwiaty. I jak wkrótce się przekonała, cokolwiek robił, było to skuteczne, bo pod jego troskliwym okiem ogród stał się bujny i piękny.

Madeleine czuła się podobnie jak roślinki. Niepostrzeżenie, dzień po dniu, coraz głębiej zapuszczała korzenie, przywiązywała się do starego domu, ganku, tarasu, na którym wraz z przybyciem pana Krzysztofa przybyło też doniczek z lawendą. Powoli urządzała piętro. Pokój Marcysi był już w całości gotowy, pełen półek z książkami, misiami i klockami. Po namyśle wstawiła tam też łóżeczko, bo pomyślała, że może kiedyś się przyda.

Podobnie zrobiła z pokojem Julki. Należał właśnie do niej i Magda nie umiała sobie wyobrazić, by zajmował go ktoś inny. Tyle tylko, że o ile w pokoju Marcysi sama decydowała o tym, co stanie na półkach, to u Julki zostawiła to lokatorce.

Jednym słowem, powoli się urządzała, pławiąc się w tym nagle odkrytym spokoju i poczuciu zadomowienia. Niekiedy nawet zastanawiała się, jak to możliwe, że po początkowym mętliku nastał taki błogostan. Nawet sytuacja z Marcysią i jej siostrą się unormowała. Ich dziadkowie nieco przystopowali z imprezami i z tego, co mówiła Łucja, panował u nich względny spokój. Madeleine czasami widywała się z Anką na mieście. Siostra Marcysi nie pałała wprawdzie chęcią do zakolegowania się, ale zdarzało się, że zamieniały parę słów. Natomiast Marcysia spędzała praktycznie całe dnie z Madeleine i dopiero wieczorami wracała do domu. Wszystko więc szło po jej myśli. Gładko, łatwo i lekko. Zbyt lekko. Gdyby żyła babcia, na pewno ostrzegłaby swoją Madzię przed takim złudnym spokojem. Tak samo mylącym jak cisza przed burzą. Ale niestety babcia nie żyła i nie było nikogo, kto uprzedziłby jej wnuczkę, że nadmierny błogostan poprzedza zazwyczaj wielki galimatias.

ROZDZIAŁ XX

U Krysi natomiast o spokoju i wewnętrznej harmonii nie było mowy. Podjąwszy decyzje, że Tymoteusz musi poznać prawdę, cały czas zbierała się do tej rozmowy, ale do tej pory jakoś nie znalazła odpowiedniego momentu. Za to w herbaciarni ku ogromnemu zadowoleniu stałych klientów regularnie zaczęły pojawiać się kłopotki. W końcu, piekąc kolejną partię rogalików podczas zarwanej nocy, stwierdziła, że czekanie na okazję nie ma sensu. Na początku jeszcze myślała, że Julka w końcu się przełamie, wyjaśni, po co przyjechała, zada te swoje arcyważne pytania i wyjedzie, po czym wszystko rozejdzie się po kościach. Ale niestety nic na to nie wskazywało. Julia krążyła wokół niej, wpadała do herbaciarni na jaśminową herbatę, ale jak na razie na tym się kończyło. A Krysia wiedziała, że ponaglanie nie jest najlepszym rozwiązaniem. Widać dyskusja na temat ojca nie przychodziła jej z łatwością i akurat to Krysia doskonale rozumiała. Jej też nie było łatwo rozmawiać o Kacprze. Ostatnio do jej herbaciarni zaszedł pan Cyprian. I nawet z nim – starym przyjacielem, człowiekiem znającym sytuację, z trudem rozmawiała o przeszłości.

– To jednak do ciebie dotarła – pokiwał głową zafrasowany, gdy szeptem powiedziała mu, że córka Kacpra jest w miasteczku.

– Jak to, to pan, panie Cyprianie, już wie? – zdumiała się.

– Widziałem ją, jak tylko przyjechała. Stałem za nią w sklepie, w portfelu miała zdjęcie Kacpra, więc sama rozumiesz... Pan Bóg nad nami czuwał, ty akurat wyjechałaś, a ona trafiła na mnie. Narysowałem jej na mapie drogę do ciebie, wymyśliłem najbardziej okrężną trasę...

– Panie Cyprianie, nieładnie tak zwodzić! Jak pan mógł?

– Dziewczęta to ja zwodziłem lata temu. I wyzbywając się fałszywej skromności, całkiem nieźle mi to szło... Ale nie o tym miałem mówić. Trochę mi było wstyd tak ją okłamywać, miałem jednak nadzieję, że da sobie spokój i się zniechęci. Niestety cały misterny plan spalił na panewce...

– Spalił. Julia postanowiła na mnie poczekać... – westchnęła Krysia i zdecydowała, że chwilowo oszczędzi panu Cyprianowi nerwów i nie wspomni o tym, że nie tylko na nią poczekała, ale poznała też Tymka.

– I co? Czego chciała?

– Nie wiem. Nic jeszcze nie powiedziała – wzruszyła ramionami Krystyna.

– A w takim razie ile ty jesteś skłonna jej powiedzieć? – drążył starszy pan, wpatrując się w nią z niepokojem.

– Tego też nie wiem. Nic nie wiem, panie Cyprianie, pogubiłam się – wyznała i poczuła, jakby nagle czas się cofnął, a ona znów stała się zrozpaczoną i nieszczęśliwą dziewczyną.

– Martwisz mnie, Krysiu, oj, martwisz. Może ja jej powiem, żeby dała ci spokój i wracała tam, skąd przyszła...

– Nie, panie Cyprianie. Tak nie można. Ona jest bardzo, bardzo samotna. I nieszczęśliwa. Jest bardziej samotna, niż ja byłam kiedykolwiek. Nawet jak zmarli dziadkowie. Zawsze miałam pana, Polę i pana Kazimierza. Muszę poczekać, aż Julia się przełamie, i spróbować jej pomóc.

– Wcale mnie nie uspokoiłaś, ale skoro tak mówisz, niech będzie. A przynajmniej tę drugą sprawę załatwiłaś pomyślnie?

– Kredyt? Hmmm... Wie pan, że nieszczęścia chodzą parami...

– Czyli nie dostałaś? Czy te banki w ogóle zdają sobie sprawę z tego, co robią? A Grażyna już wie?

– Nie i zupełnie nie mam pojęcia, jak jej o tym powiedzieć. Dzwoniła już do mnie kilka razy, a ja nie odbieram telefonów, chociaż i tak wiem, że rozmowa z nią mnie nie ominie. Panie Cyprianie, klienci czekają – dodała, bo właśnie do środka weszła kobieta z dwójką małych dzieci. – Niech pan do mnie wpadnie do domu. Pogadamy na spokojnie, a tak w ogóle bardzo mi pan pomógł – uśmiechnęła się uspokajająco.

I rzeczywiście, po tej krótkiej wymianie zdań Krysia zdała sobie sprawę, że przeszłość właśnie ją dogoniła i zastała dokładnie w tym samym miejscu, w którym drepcze od tylu lat. A to nie mogło przynieść niczego dobrego.

– Cóż, pora wziąć byka za rogi – stwierdziła, gdy maluchy i ich mama wyszli z torbą pełną drożdżówek. – Zaczniemy od Tymka – dodała, wybierając jego numer w komórce.

Odebrał właściwie natychmiast.

– Chciałabym się z tobą spotkać. Może wpadniesz do mnie do herbaciarni tuż przed zamknięciem? – zapytała szybko z obawy przed tym, że jeżeli zacznie się nad tym zastanawiać, znów zrezygnuje.

– Okej. Wpadnę. Nawet dobrze się składa, bo umówiłem się z Julką na mieście...

– Zależy mi, żebyś był sam – powiedziała cicho Krysia, zaciskając palce na aparacie tak mocno, że zbielały jej kostki.

– No tak, tajemnic ciąg dalszy – mruknął z irytacją. – Dobrze, przyjdę sam. Może w końcu coś z tego zrozumiem... – dodał i zanim Krysia zdążyła odpowiedzieć, zakończył rozmowę.

– To akurat mogę ci obiecać – westchnęła. – Zrozumiesz, i to pewnie więcej, niżbyś chciał...

Tymoteusz zjawił się tuż przed osiemnastą. Wszedł do herbaciarni i rzucił jej wyzywające spojrzenie.

– Jestem, tak jak prosiłaś.

Nie jest dobrze, pomyślała Krysia, wywieszając na drzwiach herbaciarni tabliczkę z napisem „Zamknięte".

– Jesteś zły? – zapytała i ledwo wypowiedziała te słowa, zdała sobie sprawę, jak głupio brzmią. – Czekaj, nie odpowiadaj... Oczywiście, że jesteś. Nie powinnam w ogóle pytać... – Wycofała się i usiadła przy małym ratanowym stoliku. – Usiądź, proszę. Nie jest mi łatwo. Tym bardziej że jeszcze nie zaczęłam mówić, a ty już się wściekasz...

– Bo mnie denerwują te wszystkie tajemnice. Najpierw mówisz, żebym nic nie wspominał ojcu o Julce. Teraz spotkał mnie z nią pan Cyprian i z przerażoną miną odciągnął na bok, przestrzegając, bym nie zadawał się z tą dziewczyną, a już na pewno nie mówił nic o niej tacie! Powiedziałem, że wcześniej ty wymusiłaś na mnie taką obietnicę. Wiesz, jakie to denerwujące, gdy nagle okazuje się, że wszyscy o czymś wiedzą, a ty jesteś jedynym niedoinformowanym!? Poza tym dla mnie Julka jest kimś szczególnym... – powiedział, nagle łagodniejąc. – Bardzo, bardzo szczególnym – dodał, z lubością powtarzając słowa, których w życiu nie wypowiedziałby przy Julii. – I nie rozumiem, co ona ma wspólnego z moją rodziną – dokończył, patrząc spode łba na Krysię.

– Za moment wszystko ci wyjaśnię... A gdzie ona teraz jest?

– Tutaj. Znaczy czeka na zewnątrz na Łucję. Ma od niej pożyczyć coś do czytania. Zresztą widać ją z okna.

Tymoteusz spojrzał w tamtym kierunku i bezwiednie zapatrzył się na Julię. Stała zamyślona, kosmyki blond włosów rozsypane wokół ładnej trójkątnej buzi zdawały się żyć własnym życiem. Z tej odległości nie było widać dziwnego koloru jej oczu. Stąd była po prostu bardzo ładną dziewczyną, która mu się podobała.

– Tak naprawdę, Krysiu, nie jestem zły – powiedział, nie odrywając oczu od szyby. – Tylko nie lubię sekretów i kłamstw...

– O, to już w ogóle nie jest dobrze – mruknęła pod nosem.

– Ładna jest, prawda?

Krysia nie wiedziała, czy tylko udaje, czy rzeczywiście nie usłyszał tego, co powiedziała.

Nie udawał, rzucił to pytanie, bo czuł przez skórę, że w powietrzu wisi coś niedobrego, i chciał odwlec nieuchronny moment, gdy słów już nie będzie można cofnąć.

– Śliczna – przytaknęła Krystyna, podążając oczami za jego spojrzeniem. – Tymku, cały dzień zastanawiam się, czy właściwie mam prawo ci o tym mówić. I wyszło mi, że stanowczo prawa takiego nie mam. Ale jednocześnie nie widzę innego wyjścia. Co w takiej sytuacji twoim zdaniem powinnam zrobić?

– Przede wszystkim przypomnieć sobie powiedzenie, że coś takiego jak sytuacja bez wyjścia nie istnieje – odparł, dobierając starannie każde słowo. – Czasami tylko wydaje się nam, że nic nie można zrobić. Zawsze istnieją jakieś dodatkowe ukryte przejścia, zamaskowane drzwi...

– Najgorsze w tym wszystkim jest to, że tutaj nie ma miejsca na dodatkowe drzwi, Tymku. Są tylko te jedne. I muszę ci o wszystkim powiedzieć, licząc na to, że jesteś już na tyle dojrzały, by sobie z tym poradzić. I po prostu zamknąć je za sobą.

– Skoro nie możesz inaczej, mów, Krysiu.

– Ale musisz zostawić tę wiedzę dla siebie. Obietnica dotycząca twojego taty, którą mi złożyłeś, nadal jest aktualna...

– To po co mi to mówisz? Skoro i tak będę musiał kręcić, kluczyć i nijak nie skorzystam z prawdy, to na co to wszystko? – Tymoteusz podniósł głos.

– Bo musisz wiedzieć. I nie powiedziałabym ci ani słowa, gdyby nie to, że ty i Julia... że wy... Sam powiedziałeś, że jest dla ciebie kimś szczególnym...

Krysia na moment przymknęła oczy i wyobraziła sobie, że Tymek zaprzecza, mówi, że tylko tak sobie to rzucił i tak naprawdę Julia jest tylko wakacyjną rozrywką, powiewem świeżości, który ożywia znane od dzieciństwa miasteczko. Oczywiście nie powiedział ani słowa. Zresztą dobrze wiedziała, że gdyby nawet jej prośby zostały wysłuchane, Tymek zwyczajnie by ją okłamał. I Krystyna z ciężkim westchnieniem stwierdziła, że kłamstwo nie zawsze musi być złe. Następnie podniosła głowę i cicho powiedziała:

– Zosia, twoja siostra, wcale nie zginęła w wypadku samochodowym.

A potem poczuła, że mimo upalnego dnia jest jej potwornie zimno i musi natychmiast otulić się szalem.

Tymek siedział w milczeniu i przyglądał się wskazówkom wiszącego na ścianie zegara. Miał wrażenie, że od jakiegoś czasu nie posuwają się w ogóle do przodu. A w tej chwili pragnął jedynie, by czas przyspieszył i biegł jak najszybciej, bo może wtedy łatwiej byłoby mu żyć z prawdą, którą przekazała mu Krysia. Odpowiedziała na wszystkie pytania, mimo że nie było jej łatwo o tym mówić. Więc i on starał się nie pytać o zbyt wiele. Teraz usiłował sobie to wszystko poukładać.

– Masz do mnie żal, prawda? – zapytała, przerywając krępującą ciszę.

– Nie, nie mam. Co więcej, odnoszę wrażenie, że gdybym przez te wszystkie lata był na twoim miejscu, postąpiłbym podobnie. Przynajmniej tak mi się wydaje. Myślisz, że ona wie? – Tymek spojrzał za okno, gdzie roześmiana Julia opowiadała o czymś Łucji.

– Nie, nie sądzę. Myślę, że ma jakieś strzępki informacji i chce się dowiedzieć więcej. Nie mam pojęcia, kto jej powiedział coś na ten temat, ale to raczej nie Kacper. On ją chyba potwornie zaniedbuje. Julia wydaje się bardzo samotna.

– To prawda. Też to zauważyłem. Ale po co to kłamstwo? To z Zośką?

– Ja je wymyśliłam. Kiedy już byłam w stanie myśleć. Zastanów się, ile byłoby szumu wokół twego ojca, ile dociekliwości, pytań. I ile plotek. A tego Kazik by nie zniósł. Kochał Zośkę. Zresztą ja też ją kochałam. Była moją najlepszą przyjaciółką. Udało się to oszustwo przemycić. Pan Cyprian nam bardzo pomógł. Zresztą to były inne czasy. Teraz pewnie tak łatwo by nam nie poszło.

– Ja jej nawet nie znałem. Ale zawsze była obok. Patrzyła ze zdjęć roześmiana, pogodna. Tak ją sobie właśnie wyobrażam, z tym fotograficznym uśmiechem na twarzy...

– Bo Zosia była pogodna. – Krysia w zadumie pokiwała głową.

– Nie miałem nawet kogo o nią zapytać. Jak byłem mały, ojciec zawsze się zasępiał, gdy pytałem o dziewczynę na fotografiach, a mama płakała. Potem, gdy mama wyjechała, przestałem zadawać pytania. Wydawało mi się, że to moja dociekliwość jest przyczyną wszystkich nieszczęść. Ostatnio ojciec, paląc fajkę, powiedział jak gdyby nigdy nic, że Zosia jako jedyna kobieta w tym domu lubiła zapach tytoniu. Ale tak jest zawsze. Jedynie strzępki informacji.

– A mama się do was odzywa?

– Ostatnio nie. Ojciec jej nie wybaczył tego, że nas zostawiła, i chyba nigdy nie wybaczy.

– Ona uciekła, zwyczajnie uciekła. Nie potrafiła żyć dłużej otoczona... Tym wszystkim.

– Jakim wszystkim? W końcu zostawiła nie tylko zdjęcia i nieżyjącą Zośkę. Zostawiła też mnie i ojca!

– Nie chcę być jej adwokatem, ale to akurat rozumiem. Wspomnienia nie wystarczają do życia. Kazik, twój tata... Zamknął się w sobie i nie umie wyjść do świata. A ona właśnie tego potrzebowała. Jednocześnie wiedziała, że jeżeli zabierze cię ze sobą, twój ojciec już w ogóle nie będzie miał po co żyć. Pola wiedziała, że jesteś jego kołem ratunkowym...

– I dlatego mnie zostawiła, tak? Zresztą skąd ty to wszystko możesz wiedzieć? Skąd wiesz, jak wyglądała prawda? – w głosie Tymoteusza słychać było rozgoryczenie.

– Twoja mama pisze do mnie listy. Przez cały czas – powiedziała, spuszczając oczy.

– Proszę bardzo! Kolejna niespodzianka. Chowasz tam coś jeszcze w zanadrzu? – zapytał ironicznie Tymek.

– To nie były moje tajemnice. Nie miałam prawa ich zdradzać – obronnym tonem stwierdziła Krystyna. – Gdyby nie przyjazd Julii, nadal nic bym ci nie powiedziała. Bo nadal nie miałabym prawa. Tymczasem w tej sytuacji wydaje mi się, że było to jedyne słuszne rozwiązanie. Teraz ty musisz być silny, by pomóc ojcu, gdy to wszystko do niego wróci.

– Czy ona po prostu nie może wyjechać? – Tymek sam słyszał, jak jego głos w dziwny sposób się łamie. I jak dziecinnie i bezradnie brzmi.

– A czy ty byś chciał, żeby po prostu wyjechała? – Krysia spojrzała mu prosto w oczy.

To, co w nich zobaczyła, wystarczyło jej za odpowiedź. Choć nie wypowiedział głośno ani jednego słowa, też wiedział, że ona wie. Bo prawda była taka, że Julia już wpisała się w jego życie i gdyby wyjechała, wcale by o niej nie zapomniał. Może nie myślałby aż tak często, ale i tak w każdym momencie życia wiedziałby, że gdzieś tam żyje Julia, córka Kacpra, o oczach barwy agrestu. I że zapewne szukałby jej cienia w innych dziewczętach i prędzej czy później oszalałby z rozpaczy.

Gdy w końcu wyszedł z herbaciarni, na jego twarzy odmalowywało się zdecydowanie. Odszukał wzrokiem Julię. Siedziała na ławce całkowicie pogrążona w lekturze książki pożyczonej od Łucji.

Przynajmniej dobrze, że nie jest moją siostrą, pomyślał. Właśnie tego obawiał się, gdy tylko Krysia zaczęła mówić. Patrząc na zaczytaną dziewczynę, uświadomił sobie, że z tym nie umiałby sobie poradzić. Na całe szczęście nie musiał. Mógł kochać Julię bez przeszkód i w tej chwili to wydało mu się najważniejsze.

Podszedł do niej, głęboko oddychając. Podniosła na niego lekko rozmarzone, nieprzytomne oczy. Miał oto przed sobą zwyczajną dziewczynę o intensywnie zabarwionych tęczówkach. Cóż ona mogła właściwie poradzić na to, że była córką Kacpra? Tymoteusz bezwiednie wzruszył ramionami. Nic. Nic nie można było zmienić. A przenosić winy z ojca na córkę? Nie, nie można obarczać jej odpowiedzialnością za to, co się stało. To byłaby czysta niesprawiedliwość.

– Chodźmy na spacer, dobrze? – zapytał i wyciągnął do niej dłoń. – Na długi wieczorny spacer – dodał i zakłopotany poczuł, że wilgotnieją mu oczy.

A Julia podała mu rękę i po raz pierwszy nie usiłowała już jej cofnąć. Zamykając jej małą dłoń w swojej, Tymek miał wrażenie, że właśnie odkrył, czym jest szczęście. I odpowiedzialność za drugą osobę. I w tym właśnie momencie, splatając palce z palcami Julii, zatrzasnął drzwi do przeszłości. Nie zdawał sobie sprawy, ile za taką umiejętność oddałaby Krysia. Niestety jej własne drzwi na zawsze już miały pozostać uchylone.

ROZDZIAŁ XXI

Gdyby Madeleine miała we krwi choć trochę mądrości swojej babki, z pewnością w wieczornej wizycie Krysi dostrzegłaby pierwsze ostrzeżenie, że oto czas spokoju się kończy i nadchodzi zawierucha. Krystyna wpadła do niej prosto po pracy i wystarczyło jedno spojrzenie, by się przekonać, że nie przynosi dobrych wiadomości.

– Mam do ciebie prośbę – odezwała się, stając w progu.

– To może najpierw wejdziesz? Zrobię coś do picia, mam jeszcze zupę, może byś zjadła? – zaproponowała Magda.

– Nie, i tak nie byłabym w stanie niczego przełknąć. Chciałam tylko cię prosić, żebyś przez kilka dni zwróciła szczególną uwagę na Julkę.

– A co, rozmawiałaś z nią? Zaczęła mówić? – wyszeptała Madeleine i przykładając palec do ust, wyprowadziła Krystynę na werandę. – Tutaj możemy swobodnie porozmawiać. W domu jest Jazzman i Mania. Oboje wprawdzie zamknięci w salonie pani Janeczki, ale i ściany czasem mają uszy. To co, pogadałyście sobie?

– Nie, nie w tym rzecz. Rozmawiałam z Tymkiem. Opowiedziałam mu jego rodzinną historię. Niestety tragiczną. I mającą związek z ojcem Julki. I nie wiem, jaki to wszystko będzie miało skutek. Chłopak doprowadził mnie do rozpaczy, bo zamknął się w sobie i zupełnie nie wiem, co będzie dalej. Myślałam, że coś powie, a on wysłuchał, co miałam do powiedzenia, zadał parę pytań, posiedział zasępiony i wyszedł. Widziałam, że Julka na niego czekała przed herbaciarnią, więc nawet nie miał kiedy ochłonąć. Nie wiem, jak się poukładają sprawy między nimi... Gdy mu o tym mówiłam, byłam przekonana, że postępuję słusznie. A teraz ogarnęły mnie wątpliwości. I strasznie się boję, żebym nie doprowadziła do tragedii. – Krysia opadła na drewnianą ławę i schowała pobladłą twarz w dłoniach.

– Nie chcę być wścibska, ale skoro tak się sprawy mają, może i ja powinnam wiedzieć nieco więcej. Czuję się odpowiedzialna za Julkę, ale jak mam ją chronić, nie wiedząc nic o zagrożeniu?

– Dobrze, opowiem ci wszystko. Ale obiecasz mi...

– Czy ja wyglądam na paplę?

– Fakt. Nie wyglądasz. – Uśmiechnęła się blado, przypominając sobie ich pierwszą rozmowę.

Przymknęła oczy i zaczęła mówić po raz drugi tego dnia o wydarzeniach, które skrzętnie skrywała przez wiele lat. Rozmawiając z Madeleine, pozwoliła sobie na szczerość, na jaką nie mogła się zdobyć z Tymkiem. I dopiero gdy skończyła, ku własnemu zaskoczeniu poczuła, że jest jej lżej. Jakby pozbyła się ogromnego ciężaru, który przytłaczał ją od niepamiętnych czasów. A Magda zrozumiała przerażenie Krysi, gdy ta po raz pierwszy zobaczyła Julię i Tymka razem.

Następnego dnia ledwo zwlokła się z łóżka. Miała za sobą ciężką noc. Najpierw długo czekała na powrót Julki. Gdy w końcu usłyszała charakterystyczne rzężenie samochodu Tymoteusza, siłą powstrzymała się, by nie wypaść przed dom. Zamiast tego przyczaiła się przy oknie i delikatnie odchylając firankę, obserwowała sytuację przed domem. Wbrew jej obawom Julka nie wyglądała na osobę załamaną, zdruzgotaną i porzuconą, a Tymek na specjalnie przejętego. Przeciwnie, najpierw długo przekomarzali się, wysiadając z samochodu, a potem stali przy furtce, szepcząc coś do siebie i patrząc sobie w oczy. Na pożegnanie on nachylił się i pogładził ją po policzku. Magda na palcach wycofała się w kierunku schodów i pomknęła do swojego pokoju, mało co przy tym nie tratując idącego do łazienki Jazzmana. Nic z tego nie rozumiała. Po opowieści Krysi spodziewała się... Właściwie nie wiedziała czego, ale z całą pewnością nie tego, co zobaczyła przed domem. Przecież powinien znienawidzić Julkę, nie chcieć mieć z nią nic wspólnego, a tymczasem wszystko wskazywało, że jest dokładnie na odwrót. Z tego wszystkiego rozbolała ją głowa i nie mogła zasnąć. Momentami tylko zapadała w półsen, podczas którego nawiedzały ją dziwne majaki.

Gdy w końcu nastał świt, natychmiast wsiadła do auta i pojechała do miasteczka po tabletki przeciwbólowe. Jednak ledwo zaparkowała i wyszła z samochodu, stanęła oko w oko ze zbzikowaną staruszką, u której kupiła lalkę dla Marcysi. Madeleine nawet przed sobą nie przyznawała się, że od tamtego momentu omija sklep kobiety szerokim łukiem i że na samą myśl o spotkaniu z nią czuje nieprzyjemne dreszcze. A teraz, jak na złość, musiała wejść prosto na nawiedzoną babę!

– Dzień dobry – przywitała się pani Leontyna uprzejmie.

– Bry – odburknęła niezbyt grzecznie i absolutnie niezachęcająco. Głowa łupała ją coraz mocniej, oczy piekły z niewyspania i ostatnią rzeczą, na jaką miała ochotę, były pogawędki z przerażającymi, wszechwiedzącymi staruszkami.

– Bardzo się cieszę, że panią widzę. – Kobieta nie dała się zniechęcić. – Mam dla Marcysi ubranka dla lalki. Pamięta pani, mówiłam, żebyście wpadły do mnie do sklepu...

– Tak, ale jakoś nie było okazji – wymijająco odpowiedziała Madeleine, z tęsknotą patrząc w kierunku apteki. – Przepraszam, ale jeżeli natychmiast nie wezmę czegoś na ból głowy, to oszaleję – zdobyła się na szczerość. – Muszę kupić proszki...

– A to się dobrze składa, bo w sklepie mam mieszankę ziół, która na pewno pani pomoże – uśmiechnęła się starsza pani. – Zapraszam – dodała.

– Eee, ja jednak wolałabym...

– Nie mów „nie", zanim nie spróbujesz – odparła stanowczo i Magda, chcąc nie chcąc, podreptała za nią.

Wraz ze wzmianką o ziołach w jej pękającej od bólu głowie pojawił się szereg skojarzeń, bo przecież jeżeli zioła, to zielarka, zielarka to czarownica, a jak powszechnie wiadomo, czarownicom się nie odmawia.

– Tak naprawdę nie tylko o rzeczy dla lalki mi chodzi – powiedziała Leontyna, stając przed drzwiami do sklepu i wyjmując z przepastnej torby pęk kluczy. – Chciałam się z panią zobaczyć, bo mam dla pani coś szczególnego...

– Na przykład czarnego kota... – mruknęła Magda.

– Nie o tym myślałam, ale kot też się znajdzie – roześmiała się staruszka i wpuściła ją do sklepu.

Wchodząc do wnętrza ocienionego półmrokiem poranka, miała wrażenie, że przekracza jakąś czarodziejską barierę i że wszystkie stare zdjęcia, koniki na biegunach, haftowane poduszki, porcelanowe figurki ożywają i przenoszą ją do innego świata. Co więcej, ich właścicielka wpasowywała się w ten świat idealnie. Stanowiła jego nieodłączną część.

– Niech pani usiądzie – przerwała ciszę, popatrując na Madeleine spod oka. – Jestem Leontyna – dodała, podając jej drobną, pokrytą siatką zmarszczek dłoń. – Zaraz zaparzę zioła. I tak od razu na początku powiem, że nie musi się pani mnie bać...

– A więc jednak! Umie pani czytać w myślach – wyrwało się Magdzie, zanim zdążyła ugryźć się w język.

– Widzi pani, muszę panią rozczarować. Bardzo bym chciała, ale nie potrafię. Łucja mi wspomniała, że śmiertelnie panią wystraszyłam poprzednim razem – wyjaśniła, szelmowsko się uśmiechając.

– Pleciuga – burknęła pod nosem zawstydzona dziewczyna. – No to wyszłam na wariatkę...

– E tam. Od razu na wariatkę. Zresztą takie posądzenie o czary bardzo mi pochlebiło – już całkiem jawnie roześmiała się Leontyna.

– Łatwo się pani śmiać, ale tak dziwnie pani wtedy się zachowywała i mówiła...

– No tak. – Starsza pani nagle spoważniała. – Dla kogoś nieprzyzwyczajonego do moich dziwactw rzeczywiście mogło to się wydawać niepokojące. Widzisz, dziecko, każdy z nas ma jakiegoś bzika. Moim są stare przedmioty. Czasami wydaje mi się, że lepiej je rozumiem niż ludzi. Mam to po ojcu. To on założył sklep z ciekawymi i często wiekowymi przedmiotami. No i właśnie, skoro mowa o starych przedmiotach, to mam coś dla ciebie – powiedziała i podeszła do biurka pełniącego funkcję lady. – Proszę – dodała, podając jej płócienny album.

Madeleine przekartkowała go, przyglądając się starym czarno-białym fotografiom. I dopiero po chwili dotarło do niej, co widzi.

– O kurczę – szepnęła tylko i pochyliła się nad zdjęciami. – O rany! Przecież to jest...

– Dom, w którym pani mieszka – dokończyła z uśmiechem Leontyna. – I ogród, w czasach gdy jeszcze był ogrodem – dodała, zaglądając jej przez ramię.

– Pani Leontyno, dziękuję bardzo! Dla mnie to prawdziwy skarb! – Magda całkowicie zapomniała o strachu i zafascynowana przerzucała strony albumu. – Pan Krzysztof będzie wniebowzięty, gdy mu to pokażę. Pomaga mi przy ogrodzie, chociaż nie jest to najbardziej trafne określenie, bo on robi wszystko, a ja usiłuję się czegokolwiek od niego nauczyć. Niech pani spojrzy, to jest przód domu, ścieżka prowadząca na ganek była wtedy całą aleją. I te róże, widzi pani? Gdzie to wszystko się podziało?

– Czas zrobił swoje – uśmiechnęła się Leontyna. – Przez ostatnie lata dom stał pusty, a przedtem też nikt za bardzo o niego nie dbał. Zdziczał i on, i ogród – dodała, patrząc w zamyśleniu na fotografię.

– Trzeba będzie te zdjęcia wykorzystać... Oswoimy go na nowo. Czy mogę pożyczyć ten album? Albo odkupić?

– Nie – pokręciła głową starsza pani. – Ani kupić, ani pożyczyć. Po prostu jest pani. Taki prezent ode mnie na nowe mieszkanie.

– Dziękuję! Proszę mówić mi po imieniu. A widziała pani, że tu są też jacyś ludzie? Pewnie poprzedni mieszkańcy. Szkoda, że nie ma sposobu, by dowiedzieć się, kim byli, co myśleli, o czym marzyli... Szkoda, że dom nie może przemówić... Chociaż... – Madeleine na moment zamilkła i spojrzała ukradkiem na panią Leontynę. – Nie, nieważne. Uznałaby pani, że całkowicie zwariowałam – roześmiała się, na powrót pochylając się nad albumem.

– Powiedz, powiedz. Najwyżej będzie nas dwie zwariowane kobiety – zachęciła ją Leontyna.

– Odkąd pamiętam, żałowałam starych opuszczonych budynków. Często jeździliśmy z rodzicami na wakacje do rodzinnego miasteczka mamy. Tam było sporo takich porzuconych domów. Pozbawionych szyb i drzwi. Z zapadniętymi dachami, podwórkami, na których od lat nikt nie siedział. I zawsze miałam wrażenie, że te wszystkie domy krzyczą na widok ludzi. Z tęsknoty i samotności. Że nocami śnią o dawnych czasach, gdy w środku tętniło życie, gdy ich ściany chroniły miłości i smutki mieszkańców. Wydawało mi się, że gdybym zakradła się tam w odpowiednim czarodziejskim momencie, zobaczyłabym, jak stają się na powrót piękne i zadbane, wypełnione śmiechem i nadzieją na przyszłość. Oczywiście to tylko dziecinne rojenia, ale z tamtych czasów zostało we mnie przekonanie, że domy przechowują dawne emocje i nastroje. I że właśnie tego brakuje w nowoczesnych apartamentach. Pozbawione są wspomnień i pamięci. I tak mi się wydaje, że ten dom musieli zamieszkiwać dobrzy ludzie, bo jest w nim takie charakterystyczne ciepło – zakończyła lekko zawstydzona. – No sama pani słyszy, jak głupio to brzmi...

– Cóż, dla mnie nie ma w tym nic głupiego – odpowiedziała poważnie Leontyna. – I powiem ci jedno, Madziu, ten dom miał niebywałe szczęście, że trafił właśnie na ciebie. A tak z innej beczki, czy już cię przekonałam, że nie jestem czarownicą? Bo wspomniałaś na początku o czarnym kocie i ja mam w tej kwestii jeszcze coś do powiedzenia, ale za nic nie chciałabym cię wystraszyć ponownie – dodała, uśmiechając się, i nie czekając na odpowiedź, zniknęła na zapleczu.

Opuszczała sklep z albumem w jednej ręce i wiklinowym koszem z przykrywką w drugiej. Pani Leontyna patrzyła za nią przez oszklone drzwi tak długo, aż Magda zniknęła jej z oczu.

Jednak miałam rację, gdy uparłam się, że ten album nie jest na sprzedaż, doszła do wniosku, przypominając sobie młodego człowieka, który oferował jej za niego całkiem spore pieniądze. A do niej pasuje jak ulał... Widać czekał właśnie na nią. Odwróciła się i spojrzała w głąb sklepu, gdzie młoda kobieta obracała w dłoniach porcelanową figurkę baletnicy.

Leontynie wystarczyło jedno spojrzenie i gdy kobieta podeszła do biurka, prosząc o zapakowanie figurki, starsza pani z udawanym smutkiem pokręciła głową.

– Niestety, ale akurat to nie jest na sprzedaż – powiedziała z przepraszającym uśmiechem i nie słuchając pretensji klientki, odstawiła baletnicę z powrotem na półkę.

– To jest niepoważne, to kpina – awanturowała się oburzona kobieta i wychodząc ze sklepu, mocno trzasnęła drzwiami.

Gdy przebrzmiało echo uderzenia, Leontyna odetchnęła z ulgą i wydało jej się, że razem z nią westchnęły też wszystkie figurki, koniki i lalki. A najgłośniej, rzecz jasna, uratowana baletnica.

ROZDZIAŁ XXII

Madeleine wróciła do domu, ostrożnie postawiła wiklinowy koszyk na stole w kuchni i klapnąwszy na krześle, zapatrzyła się w niego posępnym wzrokiem. Tak właśnie zastała ją Julia, gdy zaspana wyłoniła się ze swojego pokoju.

– A ty już na nogach? – Ziewnęła. – Nie lepiej było spać i korzystać z tego, że jakimś cudem nikt nie wiercił, młotem nie łupał...

– A, jakoś tak nie mogłam spać – mruknęła wymijająco. – Za to ty, jak widzę, nie miałaś takich problemów.

– Rzeczywiście. Spałam jak zabita. Co tam masz w tym koszyku? – zagadnęła i sięgnęła do wiklinowego zamknięcia.

– Nie ruszaj! – ryknęła pełnym głosem. – Nie otwieraj!

– Boże! Czemu tak wrzeszczysz? Co tam jest? Bomba? – zapytała Julia, patrząc na nią z niesmakiem.

– Prawie zgadłaś. Tam jest kot – wyznała ponuro Magda.

– Kot? I nie dość, że trzymasz go w zamknięciu, to jeszcze ryczysz mu nad uchem? – Głos Julki był pełen niedowierzania. – Przecież to znęcanie się nad zwierzęciem!

– I tu się zasadniczo mylisz. Może to i znęcanie, ale nie nad zwierzęciem, tylko nade mną – z godnością powiedziała Madeleine. – Ten tam został mi wciśnięty podstępem. Jakby mi było mało, że za moment zwali mi się na głowę zbuntowana siostrunia i przyjedzie pani Basia, którą też będzie się trzeba zająć, to jeszcze dostałam w prezencie kota.

– Ja też ci tak utrudniam życie? – wytknęła jej Julka.

– Daj spokój, wiesz dobrze, że nie o to mi chodzi...

– Wiem, wiem. Ale czy nie sądzisz, że trochę się nad sobą użalasz? – Nie zważając na jej protesty, Julka powróciła do majstrowania przy zamknięciu kosza. – Nawet nie jesteś pewna, co tak naprawdę stało się z twoją Kaśką, a już marudzisz. A panią Basię, z tego, co opowiadałaś, sama zaprosiłaś, i na dodatek bardzo ją lubisz... – dokończyła, otwierając kosz i wydając piśnięcie pełne zachwytu. – Jejku, ale on jest cudny!

– Cudny srudny – burknęła, patrząc, jak Julia wyciąga z kosza kociaka. – Poza tym to dziewczyna.

– No to idealnie będzie pasować do naszego babskiego grona – roześmiała się Julia, przytulając kociaka do siebie. – Spójrz na tę rudą pręgę. Nigdy jeszcze nie widziałam całego czarnego kota z rudą pręgą na grzbiecie...

– Nie całego, skoro z pręgą. – Madeleine sama przed sobą nie chciała się przyznać, że i jej na widok kociaka mięknie serce. – Julka, ale ja nigdy nie miałam kota... Nie mam pojęcia, co się z takim zwierzakiem robi – wyrzuciła w końcu z siebie.

– Ja też nie miałam. Ale opiekowałam się kotem przyjaciółki, gdy wyjeżdżała, więc wszystko wiem. A nawet jeśli nie, to się dowiem. Wystarczy pójść do zoologicznego. A w ogóle skąd wytrzasnęłaś to cudo?

– Dostałam w prezencie. Na nowy dom. – Westchnęła i niezgrabnie podniosła kociaka do góry.

Ku jej zaskoczeniu maluch nie zaczął się wyrywać ani nie zamierzał uciekać. Przylgnął za to do jej dłoni i rozkosznie zamruczał, i Madeleine już wiedziała, że przepadła na amen. Mruczenie podbiło jej serce i nawet to, że po chwili na ręku poczuła wbijające się pazurki, nie zmieniło jej uczuć.

Cały ten dzień upłynął pod znakiem kota. Mała puchata kulka zawojowała wszystkich bez wyjątku. Ale najbardziej zachwycona nowym mieszkańcem domu była Marcysia. Gdy Magda pojechała po dziewczynkę do miasteczka, wydało jej się, że mała jest jakby nieswoja. Nie paplała jak zwykle, nawet odwiedziny u mamy kaczki w parku nie zdołały jej rozruszać. Patrząc na jej podkrążone i przygaszone oczy, zaczęła się poważnie niepokoić, czy Marcysia nie złapała jakiejś choroby. Ale ledwo przyjechały do domu, gdzie wyspany kot zaprowadzał swoje kocie porządki, wspinając się po firankach i wędrując po szafkach, apatia Marcysi minęła jak ręką odjął. Przez całe popołudnie bawiła się z kociakiem. Dopiero gdy nadszedł wieczór i czas powrotu, mała znów posmutniała i zaszyła się w kącie za szafą w swoim pokoju.

– Marcysiu, co się dzieje? Chodź tu do mnie, porozmawiamy, proszę. – Madeleine bezskutecznie usiłowała ją namówić do wyjścia z ukrycia. – Źle się czujesz? A może coś się stało w domu?

– Ciociu Madziu, mogłabym dzisiaj zostać u ciebie? – dobiegł z kąta drżący głosik i ciche pociąganie nosem.

– Kochanie, przede wszystkim musisz mi powiedzieć, co się dzieje. – Zaniepokojona zajrzała za szafę, gdzie zobaczyła wtulone w ścianę drżące dziecko. Ścisnęło się jej serce. – No, wyjdź tu do mnie – powiedziała łagodnie, z całych sił usiłując ukryć niepokój.

– Ale będę mogła zostać u ciebie?

– Dobrze, musisz mi jednak powiedzieć, co się stało i czego się boisz. – Delikatnie wzięła ją za rączkę i usadowiła koło siebie na podłodze.

– Ale, ciociu, ja nie mogę. – Mała spojrzała na nią pełnymi łez oczami i wykrzywiła buzię w podkówkę. – Jak ci powiem, to ona mnie zabije! – Rozpłakała się na całego.

– Marcysiu, nikt ci nic nie zrobi. Moja w tym głowa. Obiecuję – powiedziała poważnie i pomyślała, że jeżeli ktoś zrobił małej coś złego, to osobiście go zamorduje.

Boże, jeżeli ktoś jej coś zrobił, to nigdy sobie tego nie wybaczę, powtarzała w myślach, kołysząc uspokajająco szlochającą dziewczynkę. To będzie moja wina! Wiedziałam, co się dzieje u niej w domu, ale pozwalałam na to.

– Niunia, posłuchaj, czy ty boisz się dziadka albo babci? – zaryzykowała.

– Babci? Nie.

– To kogo? Musisz mi powiedzieć.

– Chcę ci powiedzieć, ale ona po mnie przyjdzie, w nocy...

– Kto przyjdzie?! – Madeleine poczuła, że przestaje nad sobą panować i mimowolnie podniosła głos.

– Czarna łapa – załkała Marcysia i zatkała rączką buzię – No to koniec, powiedziałam. – Zapłakała rozpaczliwie. – Masz, ciociu, czerwony barszcz?

– Matko i córko, nic z tego nie rozumiem. – Jeszcze mocniej przygarnęła dziewczynkę do siebie. – Co to za szaleństwo z barszczem i czarną łapą?

– Teraz to już muszę ci powiedzieć – jęknęła Marcysia. – Bo ja poszłam za Anią. Ona mi mówiła, żebym za nią nie chodziła, ale byłam taka ciekawa, co oni robią na tym cmentarzu... Ale nic nie zobaczyłam, bo mnie ta głupia Agnieszka zauważyła i Ania odprowadziła mnie do domu, i opowiedziała mi o takiej samej ciekawskiej dziewczynce jak ja. Też chciała podglądać, co działo się na cmentarzu, i wtedy z grobu wypełzła wielka czarna łapa. – Marcysia, mówiąc to, aż zadygotała.

Madeleine siedziała oniemiała, nie wiedząc, jak zareagować na te cmentarne rewelacje. Jednak coś jej podpowiadało, że jeżeli chce się dowiedzieć wszystkiego, nie powinna teraz w ogóle się odzywać.

– I ta łapa miała ogromne szpony i złapała tę dziewczynkę – podjęła opowieść Marcysia. – I za karę za to, że wtykała nos w nie swoje sprawy, zrobiła jej na plecach krwawy znak. Tymi pazurami. I powiedziała, że nikt tego nie może zobaczyć i nikomu o tym nie może powiedzieć, bo, bo... – tu mała aż się zapowietrzyła ze zdenerwowania – bo inaczej przyjdzie do niej nocą i rozerwie na strzępy – wykrztusiła w końcu. – I odtąd dziewczynka już nigdy nie chodziła na cmentarz, myła się sama i ubierała się też, ale kiedyś gdy się kąpała, weszła do łazienki mama i zobaczyła ten znak na plecach.

– Boże, biedne dziecko! – jęknęła Madeleine, wyobrażając sobie, co Marcysia musiała przeżywać, czekając na nadejście koszmaru zamknięta na ciemnym strychu. – Dobrze, najpierw skończ tę historię, a potem powiem ci, co o tym myślę – odezwała się łagodnie.

– I ta dziewczynka opowiedziała mamie o wszystkim. I mama uszyła taką dużą foliową lalkę, napełniła ją czerwonym barszczem i położyła do łóżka zamiast swojej córeczki. I... i rano znalazły tę lalkę rozszarpaną – wyszeptała drżącymi usteczkami Marcysia. – Ciociu, czy ty masz czerwony barszcz?

– Nie, ale za to na pewno mam gdzieś rózgę do wybijania głupich pomysłów z głów – burknęła, myśląc, że chętnie wypróbowałaby działanie takiej rózeczki na siostrze dziewczynki. – Posłuchaj, kochanie, nic takiego jak czarna łapa nie istnieje. Już ci mówiłam, że nie ma potworów ani duchów, ani tym bardziej czarnych łap. A czy ja cię kiedyś okłamałam?

Marcysia zaprzeczyła, cały czas pociągając nosem.

– Właśnie. To wszystko bajki. Musisz postarać się zapomnieć o tym, co nagadała ci Ania. Ale rozumiem, że się boisz – dodała natychmiast. – I dzisiaj możesz zostać u mnie. Poprosimy zaraz Jazzmana, żeby pomógł mi przenieść twoje łóżeczko do mojego pokoju. – Pogładziła małą po głowie. – A potem na chwilę zostaniesz z Julką i z Jazzmanem, dobrze? Ja muszę jeszcze pilnie załatwić jedną rzecz – powiedziała, podnosząc się z podłogi i prowadząc Marcysię do łazienki.

Już ja jej pokażę czarną łapę – pomstowała w duchu, myjąc małej buzię. Tak jej pokażę, że aż jej bokiem wyjdzie – mruczała nadal wściekła, wychodząc z domu i maszerując do samochodu.

ROZDZIAŁ XXIII

Krysia tego dnia musiała zostać w herbaciarni nieco dłużej. Nazbierało jej się trochę papierkowej roboty, której nie lubiła zabierać do domu. Gdy w końcu się z tym uporała, na dworze zapadał już zmrok, a Portos z niecierpliwą miną od dłuższego czasu siedział pod drzwiami, patrząc na nią wymownie.

– No już, już idziemy – powiedziała uspokajająco, ale w tej samej chwili ktoś zapukał.

Zdumiona Krysia wyjrzała przez okno i zobaczyła pana Cypriana, który niecierpliwie postukiwał laską o chodnik.

– Panie Cyprianie, a co pan tutaj robi o tak późnej porze? – zapytała, otwierając drzwi i usiłując powstrzymać Portosa przed radosnym stratowaniem niespodziewanego gościa.

– Zobaczyłem, że pali się światło, i zaszedłem. Zresztą dobrze się złożyło, że cię zastałem... W innym wypadku musiałbym wziąć taksówkę i do ciebie przyjechać. – Starszy pan poklepał w roztargnieniu ogromny psi łeb.

– A cóż takiego się stało, że nie można z tym spokojnie poczekać do jutra? – zdumiała się Krysia, podając panu Cyprianowi talerzyk, na którym pysznił się okazały kawałek szarlotki.

Starszy pan przez moment zwlekał z odpowiedzią, rozkoszując się smakiem jabłek, cynamonu i doskonałego kruchego ciasta. Myślał przy tym, że doprawdy dużo by dał, by porozmawiać z nią choćby o pogodzie, choć ten temat uważał za wyjątkowo nudny. Ale wiedział, że nie ma wyboru. Jeszcze przez moment delektował się smakiem szarlotki, ale w końcu odłożył widelczyk na brzeg talerzyka i patrząc na Krystynę, powiedział:

– Spotkałem twoją siostrę. Wyobraź sobie, oznajmiła mi, że mam ci przekazać, że nieodbieranie telefonów do niczego nie prowadzi...

– Cóż, trudno się z tym nie zgodzić – wtrąciła, siadając naprzeciwko przy wiklinowym stoliku. – Przykro mi tylko, że jej wybuch trafił właśnie na pana.

– Akurat to mnie nie martwi. Jako prawdziwy przedstawiciel dawnego pokolenia nie takie rzeczy jestem w stanie znieść. Ale to nie wszystko. Oznajmiła, że pod koniec przyszłego tygodnia masz się z nią skontaktować. Inaczej ona przyjdzie do ciebie. Do herbaciarni. I bez względu na to, czy będziesz miała klientów, czy nie, załatwi z tobą swoje sprawy. Teraz wyjechała na kilka dni.

– No tak. Cała Grażyna. Po trupach do celu – westchnęła Krysia, masując sobie skronie.

– Wypytywała mnie jeszcze o tę nieszczęsną Julkę. W pierwszym momencie chciałem jej wmówić, że nic nie wiem, ale potem pomyślałem, że to nie ma sensu.

– I co jej pan powiedział?

– Tylko tyle, że wiem, że przyjechała. Ale nawiązując do tematu, czemu mi nie powiedziałaś, że Tymek i ona... Że się znają? Moim zdaniem powinniśmy zrobić wszystko, co w naszej mocy, żeby nigdy już się nie spotkali. Zresztą co ja ci będę tłumaczył. Sama doskonale wiesz, że to nie najlepszy pomysł, żeby oni razem...

– Panie Cyprianie, muszę panu coś wyznać... Powiedziałam Tymkowi.

– No to pięknie! Chyba zupełnie postradałaś rozum!

– Ha, też się tego obawiam. Niby przemyślałam to bardzo dobrze. Ale nie wiem, czy wyciągnęłam słuszne wnioski.

– Po co mu o tym w ogóle mówiłaś?! Dlatego że ta mała przyjechała? Przecież prędzej czy później wyjedzie. A teraz nie wiadomo, jak Tymek będzie traktował swojego ojca. Przecież jakkolwiek by na to nie spojrzeć, okłamywał go. I dlaczego nie zapytałaś mnie o radę?

– Bo przypuszczałam, że pan, panie Cyprianie, będzie mi odradzał szczerą rozmowę z Tymkiem. A ja miałam i tak dostatecznie dużo własnych wątpliwości. Nie chciałam jeszcze się w nich utwierdzać – wyłuszczyła mu spokojnie Krysia. – Uważam, że kiedyś i tak chłopak powinien się dowiedzieć, co się wtedy stało. Gdyby powiedział mu o tym Kazik, miałby do niego ogromny żal, a tak ma do mnie. To ja poszłam na pierwszy ogień, a nie ojciec.

– Kazimierz nigdy by mu nie powiedział, Krysiu. – Siwy pan sięgnął jakby od niechcenia po talerz, na którym piętrzyły się rogaliki. – Nigdy. A wiesz dlaczego? Bo on sam uwierzył w to kłamstwo, które wtedy wymyśliliśmy. Skoro już musiał stracić córkę, wmówił sobie, że wpadła pod ten nieistniejący samochód. Kacper siedzi w jego głowie jako sprawca całego zła, ale to tyle.

– Nawet gdyby nie powiedział mu ojciec, zrobiłaby to Pola. – Wstała i włączyła ekspres do kawy, sięgając jednocześnie po dwie śnieżnobiałe filiżanki.

– Skąd wiesz? – Pan Cyprian w zdziwieniu uniósł brwi.

– Pisujemy do siebie. Ostatnio wspominała, że nie można tego tak zostawić. Odwiodłam ją od tego pomysłu. Radziłam poczekać na lepszy moment. Ale on chyba właśnie nadszedł i ani ona, ani Kazimierz nie mają na to wpływu. My też nie. Panie Cyprianie, powiedziałam Tymoteuszowi prawdę nie ze względu na niego i nie do końca ze względu na jego ojca. Wstyd się przyznać, ale nawet nie dlatego, że chciałam skończyć z kłamstwem. Powiedziałam mu, bo nie chcę, by znienawidził Julkę, która bardzo zaczęła mu się podobać.

– Jak podobać? Już? Dzisiejsza młodzież nigdy nie przestanie mnie zadziwiać! Kiedyś to trzeba się było o pannę starać miesiącami, kwiaty kupować, wiersze pisać... – Wzburzony uderzył laską o podłogę.

– No, tutaj chyba pan trochę przesadził – uśmiechnęła się Krysia, patrząc na filiżanki napełniające się powoli aromatyczną kawą.

– Może odrobinę! Ale na pewno mam sporo racji! I co, Tymoteusz poznał prawdę i nadal trwa w zauroczeniu? Nie dostrzega komplikacji?

– Po części pewnie dostrzega. Dzwoniłam do niego dzisiaj. Trzeba przyznać, że nie jest zbyt wylewny, ale powiedział mi, że nie zamierza obwiniać Julki i że ona nie powinna płacić za błędy ojca. Patrzy na to wszystko inaczej niż my. Panie

Cyprianie, prawda jest taka, że nie znał Zośki. Dla niego to obca dziewczyna, siostra z fotografii, o której nikt w domu nie chciał mówić.

– Ale przecież to przez Kacpra rozpadła się cała jego rodzina!

– Myślę, że na takie konkluzje przyjdzie jeszcze czas. Zresztą, czy na pewno przez Kacpra? Chyba raczej przez Zośkę.

– Krysiu, jak możesz tak mówić? – oburzył się starszy pan.

– Panie Cyprianie, udziela mi pan reprymendy jak małej dziewczynce – zaśmiała się gorzko. – A ja już dawno nią nie jestem. Minęło parę lat i patrzę na to z zupełnie innej perspektywy. Tak naprawdę to Zosia wtedy podjęła decyzję. Kacper był przyczyną, do skutków doprowadziła ona.

– Ona już nie żyje i...

– Nie mówmy źle o umarłych, tak? A jakie mamy prawo mówić źle o żywych? Zresztą co to za różnica... – Przechyliła głowę i rudawy kosmyk przeciął jej jasny policzek.

– Myślę, że ocierasz się o bluźnierstwo. Przerażasz mnie. – Popatrzył na nią z obawą.

– Możliwe. Nigdy nie obiecywałam, że z wiekiem nie zacznę bluźnić.

– Zostawmy umarłych w spokoju – wzdrygnął się pan Cyprian – pomówmy raczej o żywych. Ta cała Julka powiedziała ci już, czego chce?

– Przecież wczoraj mówiłam panu, że nic nie powiedziała. Jeśli coś się zmieni, natychmiast dam znać. Obiecuję. – W żartobliwym geście uniosła palce do góry.

– Przepraszam, nie powinienem tak cię wypytywać, ale... Bardzo się o ciebie martwię – wyznał po chwili starszy pan i odchrząknął zakłopotany.

– O, to zupełnie tak jak ja – zaśmiała się Krysia. – Ja też często o siebie się martwię. Panie Cyprianie, radzę sobie – odpowiedziała już poważnie i pogładziła go po dłoni. – Wprawdzie te jej oczy... No cóż, jak w nie patrzę, mam wrażenie, że na moje nieszczęście czas się cofnął. Nie przypuszczałam, że jeszcze kiedykolwiek będę musiała wracać do tamtych zdarzeń. Ale i tak zniosłam to lepiej, niż przypuszczałam. Czy pan wie, że ona nie ma matki?

– O, no proszę! Ją też wykończył? – wyrwało się mimowolnie panu Cyprianowi.

– No wie pan co?

– Dobrze, już dobrze, nie było to zbyt eleganckie z mojej strony...

– Zbyt eleganckie! Łagodnie pan to określił. W każdym razie chwilowo nic z tym wszystkim nie możemy zrobić. Trzeba czekać. Teraz przede wszystkim muszę się zająć Grażyną. Bo akurat tego jestem pewna, że moja siostra mi nie odpuści – powiedziała Krysia. – I zupełnie nie mam pomysłu, skąd wykombinować dla niej tę kasę – dodała i pomyślała, że przed nią naprawdę trudny czas.

Jadąc do miasteczka, Madeleine cały czas była wściekła. Początkowo myślała, że jeżeli się przewietrzy, to jej trochę przejdzie. Tymczasem zajechała pod dom Łucji, nadal trzęsąc się ze złości. Łucja otworzyła jej ubrana w szlafrok, z mokrymi włosami zawiniętymi w ręcznik.

– A co ty tu robisz? – zdumiała się na jej widok.

– Przepraszam, miałam najpierw zadzwonić, ale z tego wszystkiego zapomniałam. Sama nie wiem, jak znalazłam się pod twoimi drzwiami. Chyba ta złość tak mnie nosi...

– Właśnie widzę, że jesteś roztrzęsiona. Ale nie stójmy w progu, wchodź! To o co chodzi? – zapytała, prowadząc ją do kuchni i stawiając czajnik na gazie.

– O Marcysię i jej siostrę. Przyszłam prosić cię o pomoc. Trzeba ściągnąć tu Ankę, bo po pierwsze muszę jej powiedzieć, że mała zostanie dzisiaj u mnie, a po drugie zasłużyła sobie na solidne natarcie uszu. Może zresztą to powinno być pierwsze. – Madeleine poczuła, że znów zalewa ją fala wściekłości. – Wiesz, że ona teraz zabawia się opowiadaniem Marcyśce makabrycznych historii? Jakby mała i bez tego nie miała czego się bać! A jak z nią rozmawiałam, wydawała mi się taką rozsądną dziewczynką!

– Nie zapominaj, że mówimy o czternastolatce – wtrąciła łagodnie Łucja. – To dziecko, na którego barkach spoczywa o wiele za dużo. Niejeden dorosły by sobie z tym nie poradził.

– Wiem, ja to wszystko wiem i nawet rozumiem, ale jak usłyszałam od Marcysi, co Anka jej nagadała, po prostu trafił mnie szlag! Zresztą sama posłuchaj. – Westchnęła i w zwięzłych słowach powtórzyła historię o czarnej łapie. – Marcysia jest ledwo żywa ze strachu, obiecałam jej, że będzie mogła u mnie zostać. Muszę o tym powiedzieć Ance, no i mów, co chcesz, ale trzeba jej zwrócić uwagę i dowiedzieć się, po co straszy małą – dokończyła.

– Przyznaj jednak, że scena z barszczem całkiem udana. Ciekawe, czy sama ją wymyśliła – roześmiała się Łucja. – A tak na poważnie, to rzeczywiście trzeba z nią pogadać...

– Właśnie, ale przez tę całą konspirację ja nie mogę tam się pokazać. Myślałam, że ty pójdziesz, nie wiedziałam, że będziesz już po kąpieli...

– To akurat najmniejszy problem. Zawsze mogę narzucić na siebie dres. Ale mam lepszy pomysł. Wyślę Norberta, mój syn czasami pomaga Ani przy lekcjach, a poza tym ona pewnie chętniej przyjdzie z nim niż ze mną. Poczekaj moment – powiedziała Łucja i wyszła z kuchni.

– Załatwione – stwierdziła, wracając po chwili i mocniej zawiązując pasek szlafroka. – Ale pamiętaj, nie wrzeszcz na nią, bo nic ci nie powie. Tylko spokojem możesz coś z nią ugrać.

– Dobrze, dobrze, nie bój się, już mi trochę przeszło. Chociaż w pierwszym momencie miałam ochotę spuścić jej niezłe lanie...

– Widziałam, cała się trzęsłaś. Może na uspokojenie powinnam napoić cię czerwonym barszczykiem – prychnęła śmiechem Łucja. – Ciii – dodała, przykładając palec do ust. – Idą.

Rzeczywiście po chwili do kuchni wszedł syn Łucji, a za nim wsunęła się Anka.

– Proszę bardzo, doprowadziłem ofiarę... – wyszczerzył się komicznie Norbert.

– Co ty opowiadasz, nie słuchaj go, Aniu. – Łucja posłała mu mordercze spojrzenie. – Siadaj, chciałyśmy tylko z tobą porozmawiać – dodała łagodnie. – Zrobiłam ci już herbaty.

– A o czym chcecie ze mną rozmawiać? – zapytała, patrząc na nie spłoszonym wzrokiem. Wyglądała tak, jakby w każdym momencie była gotowa zerwać się i uciec. – I gdzie jest Marcyśka?

– Właśnie o Marcysię chodzi – wtrąciła Madeleine. – Chciałam, żebyś była o nią spokojna i w miarę możliwości ukryła nieobecność małej przed dziadkami, bo pozwoliłam jej dzisiaj u mnie zostać.

– Nie powinna pani tego robić. Ona musi wracać do domu – powiedziała Ania, nieznacznie się odprężając. Widać świadomość, że to nie o nią chodzi, podziałała na nią uspokajająco. – Normalnie dziadek by mi nogi z tyłka powyrywał, gdyby się okazało, że nie upilnowałam Marcyśki, ale dzisiaj akurat nie będzie problemu. Na całe szczęście dziadkowie się upili i dzięki temu i mnie się upiekło...

– Nie rozumiem... Wydawało mi się, że lepiej, gdy nie piją... Skoro są pijani, trudno chyba mówić o szczęściu...

– Źle się pani wydawało. Gdy upiją się do nieprzytomności, mamy przynajmniej spokój. Widać, jaka sytuacja, takie szczęście – powiedziała gorzko Ania. – I niech pani więcej nie zostawia u siebie na noc Marcyśki. Już dawno dziadek nie używał paska, ale gdyby się zorientował, że jej nie ma, gwarantuję, że słono byśmy za to zapłaciły. I ja, i ona.

– On was bije? – Madeleine mocno zacisnęła dłonie i oblała się rumieńcem wstydu, bo jeszcze przed chwilą sama mówiła, że najchętniej przetrzepałaby Ance skórę.

– Pani to się chyba z choinki urwała – prychnęła rozeźlona nagle Anka. – A co pani myśli, że głaszcze nas po głowie? Jak mu się uwidzi, że będzie nas wychowywał... Zresztą nieważne. Na całe szczęście, ostatnio nie ma siły na akcje wychowawcze. Za bardzo go zajmuje butelka i kumple.

– Magda, daj spokój, to nie jest sprawa na teraz – szepnęła Łucja. – Teraz pogadaj z nią o tej czarnej łapie.

– Przepraszam, Aniu... Nie sądziłam, że to może się tak skończyć. Nigdy więcej nie postąpię tak nierozważnie – powiedziała spokojnie Madeleine. – Ale i ty musisz bardziej uważać na to, co mówisz i robisz. Zostawiłam Marcysię u siebie, bo była tak przerażona, że bała się wyjść zza szafy. Ledwo ją skłoniłam do opuszczenia tego kąta. Co ty jej naopowiadałaś o czarnych łapach i foliowych kukłach? I na litość boską, po co to zrobiłaś?

– No tak, mogłam się tego spodziewać! Mały głupi bachor! Nie dość, że wszędzie jej pełno, to jeszcze są przez nią same kłopoty – wybuchnęła Ania. – A mówiłam, żeby się za mną nie szwendała! Mówiłam! To nie! Była mądrzejsza!

– Wiesz, jesteś jej starszą siostrą, to chyba niedziwne, że chce cię naśladować – wtrąciła chytrze Łucja.

– A co wy tam takiego wyprawiacie, że trzeba było małą raczyć makabrycznymi historiami, by się jej pozbyć? – zapytała Madeleine.

– Nic takiego...

– Aniu, po co włóczycie się po cmentarzu? – Pochyliła się nad stołem i spojrzała jej prosto w oczy.

– Jezuuu! To tylko taka zabawa. Najpierw Agnieszka gdzieś wyczytała, że najlepiej będzie się tym zajmować w starym, opuszczonym domu. No i nawet znaleźliśmy taki, ten w którym pani potem zamieszkała – powiedziała Anka, odwracając wzrok od Magdy. – Nawet nam się udało jeden zamek otworzyć. Ale pozostałe nie chciały puścić... Więc Aga stwierdziła, że jest jeszcze jedno miejsce, gdzie to się może udać. Cmentarz. Ale potem przykleiła się do nas Marcyśka. Przeszkadzała. Więc uradziliśmy, że najprościej będzie ją przestraszyć. Nie sądziłam, że aż tak się przerazi. – Dziewczyna nieznacznie wzruszyła ramionami.

– Ale co tam robiliście? Na cmentarzu i w domu Madeleine? – zapytała oszołomiona Łucja.

– W domu nic, bo nie udało się wejść do środka. Poza tym wtedy jeszcze nie wiedzieliśmy, że ktoś go kupił – uściśliła Ania. – A na cmentarzu... Właściwie nie robiliśmy nic takiego... Tylko wywoływaliśmy duchy.

– Ładne mi nic takiego! Naprawdę nie macie nic innego do roboty? Przy okazji przynajmniej dowiedziałam się, kto stoi za próbą włamania do mojego domu – dodała Magda i zmarszczyła brwi, bo nagle coś jej się przypomniało. – Coś mi się wydaje, że nie tylko tę zagadkę udało mi się rozwiązać. Koniecznie muszę zadzwonić do księdza – powiedziała, wpatrując się w Ankę. – Macie więcej szczęścia niż rozumu. Proboszcz myślał, że ma do czynienia z wandalami. Policję chciał wezwać. Może jeszcze zdążę go uprzedzić, nim zawiadomi władze. Bo to pewnie wy rozbijaliście się po cmentarzu. A to tak ładnie tłuc znicze i robić bałagan na grobach?

– Policję? Po co! To był przypadek – jęknęła przestraszona Ania. – Byliśmy tak przerażeni tym wywoływaniem, że wydawało nam się, że coś słyszymy, i uciekaliśmy na oślep. I wtedy rzeczywiście coś się przewróciło...

– Okej. Postaram się to wyjaśnić proboszczowi i przekonać go, że policja nie jest potrzebna. A wy skończycie z tą niemądrą zabawą, dobrze? Nie powinno się igrać z rzeczami, których nie jest się w stanie całkowicie pojąć – dodała, nie wiedząc, skąd przyszło jej do głowy ostanie zdanie. – A teraz zjedz te kanapki, które zrobiła ci Łucja, i uciekaj do domu.

Jezu, co ja gadam, do jakiego domu? – ugryzła się poniewczasie w język.

– A i żadnych więcej historii o duchach, łapach i zjawach. Rozumiemy się?

– Tak – skinęła głową dziewczynka. – Ale ta policja...

– Załatwię wszystko z proboszczem – powtórzyła obietnicę.

Stojąc już przed domem Łucji, Madeleine odwróciła się i spojrzała swojej koleżance prosto w oczy.

– Słuchaj, czy ty wiedziałaś, że oni je biją? – zapytała świszczącym szeptem.

– Nie – pokręciła głową Łucja – nie wiedziałam. Nigdy nic takiego nie zauważyłam. Nawet mi przez myśl nie przeszło... Przecież mnie znasz! Gdybym wiedziała, nie przyglądałabym się temu bezczynnie.

– Ale teraz już wiesz. Wiemy obie – mówiła twardo Magda, nadal nie spuszczając z niej wzroku. – Nie mogę za ciebie decydować, ale ja tego tak nie zostawię. Nie mogę.

– Nie patrz tak na mnie, do diabła! Ja też nie jestem w stanie przejść nad tym do porządku dziennego! Porozmawiamy o tym w najbliższym czasie. Jedno jest pewne, trzeba działać z rozwagą. Nic na hura, bo to się może skończyć tragicznie dla dziewczynek. Zdzwonimy się i umówimy na naradę. I to nie same. Trzeba poprosić o pomoc proboszcza i panią Leontynę, i Walerię. To są mądrzy ludzie i na pewno znajdziemy jakieś sensowne rozwiązanie. Obiecaj, że wstrzymasz się ze wszelkimi działaniami, aż uda nam się spotkać.

– Obiecuję, chociaż nie wiem, kim jest Waleria. Ale i tak brzmi to sensownie. Tym bardziej że wszystkich tu znacie i wiecie, kto może pomóc, a kto nie kiwnie nawet palcem... Będę pod telefonem. W razie czego dzwoń. Ja teraz nie wiem, w co mam ręce włożyć, bo pod koniec przyszłego tygodnia przyjeżdża moja siostra i sąsiadka... Kojarzysz? Opowiadałam ci o niej. Pani Basia jest niesamowita i ma niespożyte pokłady energii. Mam wrażenie, że ona plus Kaśka dadzą mi popalić.

– Może nie będzie tak źle. A ty w ogóle zauważyłaś w tym całym kociokwiku remontowym, Marcysiowym i Julkowym, że mamy już lato? Porwę cię niedługo na poziomki. Mam tutaj swoje własne tajne miejsca, wrócisz z pełnym dzbankiem. To nie może tak wyglądać, że cały czas siedzisz w domu i na zmianę zamartwiasz się i harujesz – stanowczo stwierdziła Łucja, owijając się ciaśniej szlafrokiem.

– Akurat te dwie rzeczy spokojnie mogę robić równocześnie – przytomnie zauważyła Magda. – Ale poziomkom nie mogę powiedzieć nie. Teraz naprawdę muszę wracać. Marcysia czeka. – Madeleine na myśl o losie dziewczynek poczuła się bardzo zmęczona, stara i nieprzygotowana na to wszystko, z czym musi się zmierzyć. – Zaraz też zadzwonię do proboszcza. Mówił, że nie kładzie się wcześnie spać, to może jeszcze go złapię. Trzeba koniecznie wyjaśnić sprawę incydentów cmentarnych – powiedziała znużonym głosem, wsiadając do samochodu.

Ależ byłam głupia, myślała, nie odrywając wzroku od pasa ciemnej drogi, oświetlanej jedynie światłami jej samochodu. Głupia i wygodna. Uwierzyłam, bo chciałam uwierzyć, że tak jest lepiej dla dzieci. A tak naprawdę było lepiej dla mnie. Dobrze, że obudziłam się teraz, a nie w momencie, gdy ten dziad zakatowałby je na śmierć. Nie zostawię tak tego! Musi być jakieś rozwiązanie... Westchnęła, zajeżdżając pod dom. Zanim weszła do środka, wybrała jeszcze numer proboszcza. Na całe szczęście kilka dni temu w końcu kupiła kartę sieci, która łapała zasięg nawet na tym końcu świata. Proboszcz odebrał po kilku sygnałach.

– Proszę księdza, mówi Magda – powiedziała, przysiadając na jeszcze ciepłej masce samochodu. – Chciałam tylko powiedzieć, że znam przyczynę niepokojów na cmentarzu – dodała i nie dopuszczając proboszcza do głosu, opowiedziała, czego dowiedziała się od siostry Marcysi.

– A to dopiero historia! – wykrzyknął proboszcz. – To mi w ogóle nie przyszło do głowy. Dziękuję ci za wiadomość, bo przy okazji uświadomiłem sobie, że gdzieś zostało popełnione zaniedbanie...

– O, i to niejedno – mruknęła, mając na myśli swoje wcześniejsze przemyślenia dotyczące dzieci.

– Przepraszam, co mówiłaś, bo niedosłyszałem?

– Nic istotnego. To co z tymi zaniedbaniami?

– Widać coś przeoczyłem. Trzeba tym młodym ludziom uświadomić, jak niebezpiecznej sfery usiłowali dotknąć. I przy okazji zapełnić im jakoś czas. A jeżeli chodzi o to ostatnie, mam dla ciebie pewną propozycję. Wpadniesz do mnie?

– Nie wiem, co ksiądz wymyślił, ale już się tego boję – westchnęła. – Ale dobrze, postaram się w najbliższym czasie odwiedzić plebanię.

– Na twoim miejscu na staraniach bym nie zakończył – szepnął konspiracyjnie proboszcz. – Bo jeżeli ty nie przyjdziesz do mnie, to pani Dorotka przyjdzie do ciebie.

– Pani Dorotka? Przepraszam, ale czemu gospodyni księdza miałaby mnie odwiedzać?

– Jak to czemu? Upatrzyła sobie ciebie jako obiekt eksperymentów kulinarnych. Mojej gospodyni raz na jakiś czas potrzeba świeżej krwi. Ostatnio wspominała, że coś cię długo nie widać i że trzeba będzie zobaczyć, jak się miewasz. Jednym słowem, wpadłaś jej w oko.

– Taaa... Klituś-bajduś! Proszę księdza, na odległość czuć, że coś ksiądz kręci. A przecież z własnej woli, nieprzymuszana, powiedziałam, że przyjdę, i naprawdę szantaż nie jest potrzebny – roześmiała się Madeleine.

– A nieprawda, powiedziałaś, że się postarasz, a to nie to samo. Ale skoro zmieniłaś zdanie, czekam na ciebie jutro. I jeszcze raz dziękuję za informację o tych duchach – dodał i się rozłączył.

A Magda ruszyła do domu, gdzie przekonała się, że Jazzman tak samo dobrze sprawuje się w roli niańki, jak i majstra, bo w swoim pokoju zastała słodko śpiącą Marcysię i siedzącego obok jej łóżeczka pochrapującego Jazzmana. Przez moment z rozczuleniem patrzyła na ten sielski obrazek, zastanawiając się, kim trzeba być, żeby uderzyć kogoś tak bezbronnego. Potworem wyzutym z ludzkich uczuć? I jak to się dzieje, że ludzie stają się takimi monstrami? Przecież kiedyś dziadek Marcysi też był małym chłopcem. Leżał w łóżeczku, posapywał przez sen, płakał, gdy się uderzył. Co musiało się wydarzyć w jego życiu, że tak mało zostało w nim ludzkich uczuć? Nie znalazła na te wszystkie pytania odpowiedzi. Przez moment jeszcze patrzyła na śpiącą dziewczynkę, a potem na paluszkach wycofała się na korytarz. Całą sobą marzyła o gorącym prysznicu i uznała, że i jej należy się od czasu do czasu spełnienie marzeń. I już po chwili dom wypełnił się charakterystyczną nocną ciszą, przerywaną jedynie pochrapywaniem Jazzmana i szumem lecącej wody.

ROZDZIAŁ XXIV

Krysia po rozmowie z panem Cyprianem czuła się całkowicie rozstrojona. Oczywiście zdawała sobie sprawę, że prędzej czy później będzie musiała się przełamać i wyjaśnić jakoś sprawę z Grażyną, ale chciała to jeszcze trochę odwlec. Jednak Grażyna nie zamierzała czekać.

Po powrocie do domu Krysia wzięła gorącą, aromatyczną kąpiel, ale nawet to nie poprawiło jej samopoczucia. Gnębiła ją świadomość, że od jakiego czasu nic nie jest takie, jak powinno. I powoli zaczynało ją to denerwować.

– Dość tego – powiedziała głośno, wchodząc do pokoju i energicznie wycierając mokre włosy. – Pora wkroczyć na scenę, zgadzasz się ze mną, mój drogi? – zwróciła się do Portosa, który radośnie merdał ogonem, bo jak zazwyczaj w swoim psim życiu miał dobry humor. – Tylko jak mam poradzić sobie z siostrą i z całą pokręconą resztą? No jak?

Wbiła w Portosa pytające spojrzenie, a potem z westchnieniem usiadła na łóżku przykrytym perłową narzutą, którą zrobiła szydełkiem jej babcia, gdy jeszcze wcale nie była babcią.

Pracowicie dziergając narzutę, prawdopodobnie nie myślała nawet o takiej ewentualności, bo ledwo co wyszła za mąż za Stanisława Lipowickiego, który dopiero kilka lat później został szczęśliwym ojcem Agnieszki, matki Krysi i Grażyny. Jeszcze później babcia urodziła chłopca, któremu nadano poważne imię Jan i ów Jan stał się najukochańszym wujkiem Krystyny. Nagle, idąc za tym ciągiem skojarzeń, które nasunęła jej szydełkowa kapa, Krysia poczuła, że musi natychmiast skontaktować się z wujkiem Jankiem. Nieważne, że rozmawiała z nim zaledwie parę dni temu, zapewniając, że wszystko u niej w porządku. Choć w porządku nie było.

– Tak, koniecznie muszę do niego zadzwonić – mruczała pod nosem, wytrząsając całą zawartość torebki w poszukiwaniu telefonu. – Gdzie się podziała ta cholerna komórka, nie wiesz, Portosie? W torebce jej nie mam... No jak to nie wiesz, skoro na niej leżysz. – Krysia zaskoczona stwierdziła, że odczuwa ogromną chęć mówienia. Tylko jeden jedyny raz odczuwała podobną potrzebę. Dawno temu, kiedy na sylwestrze, na którym bawiła się razem z Danusią, wypiła stanowczo za dużo szampana. Wtedy też czuła, że musi mówić wszystko, co jej ślina na język przyniesie. Boże, alež to były czasy, pomyślała z rozrzewnieniem. Danuśka, Zośka i ja. Przyjaciółki na całe życie. Z Zośką znały się od małego, a Danka dołączyła do nich któregoś lata, gdy przyjechała do Malowniczego na wakacje. Od tamtej pory wszystkie dłuższe przerwy w nauce spędzały razem, a w czasie roku szkolnego zasypywały się listami. Obiecały sobie wierność, lojalność i wspólną starość. Tymczasem Danka zmarła tak dawno temu. O jej śmierci dowiedziała się z gazety, w której umieszczono nekrolog. – Wszyscy nie żyją – wyszeptała, patrząc na wyświetlacz komórki. – Zośka, Danka, matka Julki, moi rodzice. To jakieś fatum. Muszę natychmiast porozmawiać z wujkiem Jankiem, bo mam wrażenie, że za chwilę oszaleję, o ile już tego nie zrobiłam – mruczała cały czas, drżącymi palcami wybierając numer.

– Tak, słucham?

– Wujku, tu Krysia – powiedziała z ulgą. – Dzwonię, żeby ci powiedzieć, że oszalałam. Przed momentem miałam jeszcze pewne wątpliwości, ale teraz już wiem z całą pewnością.

– No, Krysiaczku, nie wiedziałem, że jesteś aż tak dobrze wychowana i że grzecznie do mnie zadzwonisz, by mnie o tym powiadomić. Ale to dobrze. Zawsze to lepiej dowiadywać się takich rzeczy od rodziny, niż na przykład czytać o nich w gazetach. Albo, nie daj Boże, dowiadywać się wszystkiego z telewizji, z czym miałbym duży problem, bo jak wiesz, telewizora nie posiadam.

– Wujku, myślę, że to akurat by cię nie uchroniło. Sąsiedzi zapewne o wszystkim by ci donieśli.

– A, tak. Sąsiedzi w informowaniu o takich sprawach rzeczywiście są niezawodni. Co więcej, usłyszałbym pewnie dużo dokładniejszą relację, bo po drodze dodaliby to i owo. Ale przepraszam, jakoś zboczyłem z tematu. Jakiego rodzaju to szaleństwo? Czy będziesz okaleczać siebie, czy raczej innych?

– Innych – powiedziała Krysia, wygładzając nieistniejące fałdki na kapie. – Najpierw padnie na Grażynę, a potem zostanie mi jeszcze Julia, córka Kacpra. Jak na razie krótka lista ofiar, prawda?

W słuchawce zapanowała cisza. Krystyna przymknęła oczy.

– Córka Kacpra jest w Malowniczem? U ciebie? – przemówił w końcu szorstkim głosem wujek Janek.

– Nie, tak... Widzisz, sama nie wiem, co mówię. Jest, ale nie u mnie. Mieszka u mojej sąsiadki, a właśnie, mam sąsiadkę. Do domu obok wprowadziła się bardzo fajna dziewczyna.

– No i córka Kacpra musiała się zatrzymać właśnie u niej? W całym Malowniczem nie można było znaleźć bardziej oddalonego od ciebie miejsca?

– Tak wyszło, wujku. I muszę ci powiedzieć, że nie mam pojęcia, co dalej robić. Jeszcze kilka dni temu byłam spokojniejsza, myślałam, że uda mi się przeczekać, aż sama zacznie mówić, ale powoli to wszystko mnie przerasta. A jakby tego było mało, mam kłopot z Grażyną. I właściwie to o niej chciałam porozmawiać. Bo wiesz, czuję się jakoś tak... Zupełnie nie jak dorosła, tylko jak małolata. Albo jeszcze gorzej, jak staruszka złożona niemocą.

– No tak, ze skrajności w skrajność. Krysiu, przyjedź do mnie. Posiedzimy, pogadamy, Helena się ucieszy, wiesz, że ona kocha ci matkować.

– Nie mogę. Przecież mam herbaciarnię i Grażynę na głowie. O Julii nie wspominając.

– Grażyny na głowie ci nie zazdroszczę. A cóż nasz rodzinny upiór tym razem zmajstrował?

– Nic nowego, wujku. Cały czas chodzi o spłatę domu. Najgorsze jest to, że z nią nie można normalnie rozmawiać. Doskonale wiem, jak to się skończy. Awanturą. A ja nawet nie mam siły o tym myśleć...

– Czegoś tu nie rozumiem. Przecież oddałaś jej należną część za dom.

– Za dom i za ziemię. Nie chciałam ci zawracać głowy swoimi problemami, bo przecież i tak mi pomogliście. Wydawało mi się, że może uda mi się to załatwić we własnym zakresie. Ale się przeliczyłam. Grażyna przysłała rzeczoznawcę, który wycenił to, co zostało po prababci i babci. Wiesz, że jest tego sporo, wyszła niezła suma. A przecież nie muszę ci tłumaczyć, że rata, którą spłacam za dom, już nadszarpuje moje fundusze. Bank i tym razem nie udzielił mi kredytu...

– Ale ona nie ma prawa żądać od ciebie tych pieniędzy! Wystarczy zatrudnić adwokata...

– I co, mam ciągać swoją siostrę po sądach? – Krysia oparła stopy na ciepłym brzuchu Portosa.

– Ona nie miałaby takich skrupułów. Co więcej, nie zdziw się, jeżeli i do tego się posunie. Chociaż znając jej charakterek, samodzielnie zadręczy cię na śmierć. Nie wyrzeknie się takiej przyjemności. W końcu to Grażyna... A nie myślałaś, żeby zadzwonić po Roberta? W końcu to jej mąż. Wprawdzie nie dziwię mu się, że nie kwapi się z powrotem do domu, bo na jego miejscu też nie wracałbym z rejsu... Ale mimo wszystko należałoby mu chyba uświadomić, co Grażyna wyprawia, i skłonić go do zejścia z tego statku i zajrzenia do domu. Swoją drogą, chłopak wiedział, co czyni, gdy wybierał sobie zawód. Gdyby wcześniej nie został marynarzem, to po ślubie z Grażyną i tak uciekłby na morze... To co, ściągamy małżonka marnotrawnego do domu?

– Nie, wujku, nie mogę tego zrobić. Oni to muszą rozwiązać między sobą. Przecież wiesz, że w przerwie między rejsami Robert nie wraca do Grażyny... Zataja przed nią dni wolne. Trzeba czekać, aż moja siostra w końcu sama się w tym połapie...

– Aha. Czyli jednym słowem, do świętego nigdy. Ale już dobrze, dobrze. Skoro nie chcesz w to mieszać Roberta, to coś mi się wydaje, że ja muszę do ciebie przyjechać. Do kiedy ta harpia dała ci czas?

– Po prawdzie nie dała mi go w ogóle, ale wyjechała i wiem, że wróci dopiero pod koniec przyszłego tygodnia.

– Zatem zjawię się wtedy u ciebie. Skoro góra nie chce przyjść do Mahometa, Mahomet musi pofatygować się do góry. I nie przejmuj się, razem coś wymyślimy.

– Wujku, jesteś aniołem – powiedziała z ulgą Krysia. – Prawdziwym aniołem!

– Niemożliwe!! Widziałaś kiedyś anioła z kosmatymi myślami? A wracając do twojej listy ofiar, wrzuć ją na razie do pieca. Najwyżej zrobisz sobie nową.

Krystyna po skończonej rozmowie odłożyła telefon na sekretarzyk i w zamyśleniu zapatrzyła się w okno. No tak. W końcu jak zwykle stanie na tym, że urządzą z wujkiem Jankiem i ciocią Helenką naradę familijną. To właśnie dzięki ich pomocy udało jej się zatrzymać dom, gdy Grażyna kategorycznie zażądała, by go sprzedać i podzielić się pieniędzmi. Po awanturze, jaką urządziła jej siostra, Krystyna udała się natychmiast do banku, gdzie dowiedziała się, że dopiero co otwarta herbaciarnia nie jest dostatecznym zabezpieczeniem i że w związku z tym nie posiada żadnych zdolności kredytowych. Młoda dziewczyna siedząca za biurkiem patrzyła bezradnie, jak Krysi ciekną po policzkach dwie mokre strużki. Niestety wyliczenia były bezlitosne. Nie miała co marzyć o kredycie.

Zrozpaczona zadzwoniła do wujka Janka, który słysząc zapłakany głos siostrzenicy, natychmiast przyjechał i zaproponował najpierw, że spłaci Grażynę, na co Krysia kategorycznie się nie zgodziła. I za nic w świecie nie dawała się przekonać do takiego rozwiązania. Kompletnie wytrącony z równowagi wujek nie wiedział, co ma zrobić z roztrzęsioną Krystyną. W końcu zadzwonił po swoją żonę, która niezwłocznie zaprowadziła swoje porządki. Z miejsca wstawiła wodę na herbatę, zaparzyła dla Krysi melisę i dobrotliwie, acz stanowczo, kazała się wszystkim uspokoić. Zwrot „wszyscy" był czysto grzecznościowy, bo tylko Krysia szlochała pochylona nad zakurzonym stołem, na którym jej łzy rzeźbiły mokre ścieżki w kurzu. Wujek Janek też był wprawdzie bardzo zdenerwowany, ale on w przeciwieństwie do siostrzenicy nie wydawał najmniejszego dźwięku, zmarszczył tylko brwi i milczał zasępiony. Ciocia Helenka napoiła męża herbatą, Krystynę melisą, po czym zabrała ją na górę i jak małej dziewczynce kazała się położyć. Potem zeszła na dół, posprzątała kuchnię, upiekła ciasto drożdżowe i długo rozmawiała z wujkiem. Gdy zapuchnięta Krysia zeszła do kuchni, zastała ją czyściutką i pachnącą ciastem. Ciotka z wujkiem siedzieli w salonie i grali w karty. Gdy ją zobaczyli, ciocia Helenka usadowiła ją w fotelu i powiedziała stanowczo:

– Postanowiliśmy z Jasiem, że weźmiemy kredyt. Oddasz pieniądze Grażynie, a raty będziesz sama regulować. Czy taki sposób ci odpowiada?

– Całkowicie, ciociu. Nie wiem, jak mam wam dziękować.

– Nie dziękuj. Kredyt to tylko formalność.

I w ten sposób załatwiono sprawę domu. Krysia miała poczucie, że nikogo nie wykorzystuje, a jednocześnie pozbyła się roszczeń Grażyny. Dopóki ta nie przysłała po latach rzeczoznawcy, który wycenił wnętrze domu na makabryczną sumę.

Cóż, jakoś to będzie, myślała sennie, gładząc stopami brzuch Portosa. Przyjedzie wuj i ciotka, może wspólnie uda nam się dotrzeć do Grażyny. Jeżeli kogoś posłucha, to tylko wujka Janka. Boi się go i czuje przed nim respekt. Muszę pamiętać, żeby z herbaciarni zabrać do domu trochę kawy migdałowej. Wuj ją uwielbia. Otuliła się kołdrą i ledwo przyłożyła głowę do poduszki, już spała. Wujek Janek na pewno byłby szczerze zdziwiony, gdyby się dowiedział, że okazał się najskuteczniejszym środkiem nasennym.

ROZDZIAŁ XXV

Dni dzielące Madeleine od przyjazdu Kaśki i pani Basi przemknęły w zastraszającym tempie. Upłynęły na sprzątaniu pokojów, zapełnianiu lodówki i przygotowywaniu planu zajęć, którymi miała zamiar wypełnić czas siostrze i pani Basi. Przede wszystkim chciała pokazać im miasteczko, wybrać się w końcu na jakąś niezbyt daleką wycieczkę, urządzić poziomkobranie, bo poziomek w miejscach pokazanych jej przez Łucję było tyle, że tworzyły czerwone kobierce. Poza tym planowała wspólną wyprawę do Wrocławia i marzyła, że jakimś cudem uda jej się zabrać ze sobą Marcysię i pokazać dziewczynce tamtejsze zoo. Na tych dość prozaicznych zajęciach przygotowawczych czas upływał bardzo szybko. Jedynym wydarzeniem wykraczającym poza codzienną monotonię była wizyta na plebanii, gdzie proboszcz obwieścił, że ma wspaniały pomysł.

– Doszły mnie słuchy, że nie tylko jesteś niezwykle światłą niewiastą, ale też niezwykle biegle posługujesz się językiem francuskim – rozpoczął, gdy tylko udało mu się wydrzeć

Madeleine z rąk pani Dorotki, która od razu zabrała ją do kuchni i nie zważając na protesty, nakarmiła obiadem.

– Zupełnie nie wiem dlaczego, ale wydaje mi się, że ksiądz usiłuje się podlizywać. – Z ulgą zapadła się w wygodnym fotelu. Po obfitym posiłku czuła się przyjemnie rozleniwiona.

– Ja też nie wiem, dlaczego posądzasz mnie o takie rzeczy – udał oburzenie proboszcz. – To jak to jest z tym francuskim?

– Całkiem nieźle. A kto na mnie doniósł, jeżeli mogę zapytać? – Nie wiedzieć czemu cała ta sytuacja zaczęła ją bawić. Poza tym trochę wbrew sobie była zaciekawiona.

– Doniósł! Od razu takie mocne słowa. Zresztą nikt donosić nie musiał. Całe miasteczko już o tym huczy, że nam się Francuzka sprowadziła. Kraśniakowa o tym trąbi na prawo i lewo.

– Kraśniakowa? Ta, która sprzedaje w mięsnym? – upewniła się Madeleine.

– Ta sama.

– Poza tym, że sprzedaje, ma też drugi etat. Miasteczkowego radiowęzła – prychnęła pani Dorotka, wnosząc do pokoju tacę z filiżankami wypełnionymi herbatą. – Jeżeli czegoś nie wiesz, pójdź po mięso do Kraśniakowej, a z miejsca będziesz na bieżąco... Madziu, skoro ona o tym mówi, połowa Malowniczego też to wie.

– Aha... Dobrze wiedzieć. Znaczy też mi się wydawało, że jest dobrze poinformowana, ale nie sądziłam, że aż tak. Ale wracając do tematu, skończył ksiądz na Francuzce. Wprawdzie ze mnie taka Francuzka jak z koziej...

– Lepiej nie kończ – przerwał jej spiesznie proboszcz. – Wszyscy i tak wiemy, co chcesz powiedzieć. Teraz najważniejsze jest to, czy dobrze znasz język?

– Nawet bardzo dobrze – przyznała nieskromnie.

– I właśnie to chciałem usłyszeć! Widzi pani, pani Dorotko? Mówiłem, że się uda!

– A proboszcz jak zwykle w gorącej wodzie kąpany! Uda się dopiero, gdy Madzia się zgodzi dawać te lekcje – powiedziała pani Dorotka, z przyganą patrząc na proboszcza.

– Jakie lekcje? – Madeleine z miejsca odzyskała czujność i wyprostowała się w fotelu. – Ja nie jestem nauczycielką...

– To nie ma znaczenia. Pomyślałem, że mogłaby pani poprowadzić wakacyjne kursy nauki języka. Dla chętnych.

– Ja?

– No a kto, przecież nie ja ani nie proboszcz – wtrąciła pani Dorotka, biorąc się pod boki. – Niech się Madzia tak nie dziwi. Sama widziała, co dzieciaki z nudów wyprawiają! Po cmentarzach się włóczą, zamiast się czymś mądrym zająć!

– Ja nic nie widziałam, tylko słyszałam – wtrąciła Madeleine słabo. – Poza tym są wakacje... Kto przy zdrowych zmysłach będzie chciał się teraz czegokolwiek uczyć – przystąpiła do wytoczenia racjonalnych argumentów.

– A tym akurat nie musisz się przejmować – przemówił proboszcz. – Już moja w tym głowa, żeby chętnych nie zabrakło. Zresztą Malownicze to nie Warszawa. Tutaj mało kto wyjeżdża na wakacje. Brak środków, no i część zajmuje się gospodarką, a wiadomo, że lato to czas największej i najcięższej pracy. Oczywiście zajęcia nie będą tylko dla dzieci, dorośli też mogą uczestniczyć – dodał, popatrując na Magdę spod oka. – Przecież i tak zaczniecie od podstaw...

– A to może o tym jednak ja bym zadecydowała! Niech ksiądz nie ustala za mnie warunków – prychnęła, niewiele myśląc, i dopiero gdy zamilkła, zdała sobie sprawę, że dała się zapędzić w pułapkę.

– Słyszała to pani, pani Dorotko? – rozjaśnił się ksiądz. – Magda wyraziła zgodę. Chce ustalać warunki! Ja oczywiście nie będę się wtrącać, zostawiam wszelkie ustalenia tobie... A na lekcje chętnie udostępnię jakieś pomieszczenie na plebanii...

– Ale ja nie... – jęknęła oszołomiona Madeleine.

– O, teraz to niech się Madzia nie wykręca – pogroziła jej palcem pani Dorotka i niezwykle ukontentowana opuściła pokój.

– Ksiądz wie, że to jest podły podstęp? – Spojrzała na proboszcza spod zmarszczonych brwi.

– Podstęp tak, ale żeby od razu podły... To co, szukamy chętnych? Ludzie nie mają tu zbyt dużo pieniędzy, więc może...

– Dobrze, zrobię to ot tak, charytatywnie – zgodziła się nieoczekiwanie. Patrząc na zaskoczoną minę księdza, pomyślała, że przygotowany był na długą batalię i to nagłe ustępstwo zbiło go zupełnie z pantałyku.

– Tak... tak po prostu? – upewnił się.

– Aha, właśnie tak – potwierdziła, dochodząc do wniosku, że naprawdę nie ma sensu się spierać. Dotarło do niej, że pomysł księdza nie ma szans na pomyślną realizację. Wprawdzie nie była nauczycielką, ale na tyle dobrze znała młodzież, by wiedzieć, że nikt nie poświęci wakacji na naukę. Poza szaleńcami i kujonami, ale istniała nadzieja, że na tych w Malowniczem panował nieurodzaj.

Tak więc bez dalszych protestów ustaliła z księdzem, że zajęcia rozpoczną się po zebraniu pierwszej grupki chętnych, w doskonałym nastroju wypiła herbatę i opuściła plebanię, gratulując sobie w duchu rozwagi. Była pewna, że z braku chętnych żadna lekcja się nie odbędzie. Ksiądz tymczasem poszedł do kuchni i oznajmił, że wszystko załatwił.

– Widzi pani, pani Dorotko, jestem po prostu maksymalnie charyzmatyczny – rzekł, podjadając z tacy czekoladowe ciasteczka. – Magda z miejsca uległa mojemu urokowi – dodał z olśniewającym uśmiechem. – Jestem naprawdę szczęśliwy, że Pan stworzył nas na swoje podobieństwo, bo to znaczy, że musi być bardzo olśniewający. Kto wątpi, powinien spojrzeć na mnie – dodał, uciekając przed ścierką lecącą w jego kierunku, i z uśmiechem udał się do siebie. Lubił swoją gospodynię i lubił się z nią droczyć. Wiedział też, że ona – choć nie przyzna się do tego za nic na świecie – też to uwielbia.

ROZDZIAŁ XXVI

Kaśka i pani Basia nie dość, że przyjechały tego samego dnia, to jeszcze na dodatek tym samym samochodem, prowadzonym przez znękanego policjanta.

Dzień wcześniej do Madeleine zadzwoniła mama z wiadomością, że tata koniecznie musi zostać w Warszawie i chyba będą musieli przesunąć przyjazd o tydzień.

– Niedobrze się stało, bo Kaśka... Cóż, wymknęła nam się całkowicie spod kontroli. Żebyś ty widziała, jak ona wygląda! No i ostatnio wróciła po alkoholu, i to nie po jednej puszce piwa – mówiła głosem wypranym z emocji. – Jeszcze dzwoniłam do Antka, myślałam, że może uda mi się go ściągnąć na te parę dni do domu, ale jak zwykle nie może. Włóczy się na tym swoim motorze Bóg wie gdzie... Nie znoszę motocykli i zupełnie nie wiem, dlaczego los pokarał mnie synem, który je uwielbia – narzekała.

– Mamo, przecież obie wiemy, że Antek to twój beniaminek, wychuchany złoty chłopiec, a bez motoru nie byłby tym samym szalonym Antkiem – roześmiała się Madeleine.

– Masz rację, ale i tak motory dla naszej rodziny to przekleństwo. Kiedyś...

Przez moment Madeleine miała wrażenie, że mama chce powiedzieć jej coś niezwykle ważnego, ale albo się pomyliła, albo mama w ostatnim momencie zmieniła zdanie, bo zamilkła, głośno przełykając ślinę.

– Co kiedyś, mamusiu? – zapytała łagodnie.

– A widzisz, te wszystkie problemy mieszają mi w głowie i sama nie wiem, co mówię – wykręciła się od odpowiedzi. – Zresztą, po co wracać do przeszłości. Teraz Kasia też zadaje się z oberwańcami na motorach. I nic dobrego z tego nie wynika!

– Właśnie, mamo, ja chyba mam rozwiązanie. Jutro przyjeżdża do mnie pani Basia, ta sympatyczna staruszka, która zajmowała się moim mieszkaniem. I myślę, że Kaśka może zabrać się razem z nią. Będzie jechać samochodem, jej wnuczek ma ją do mnie podrzucić. Zaraz zadzwonię i zapytam, czy mogliby wziąć Kaśkę.

Jak mówiła, tak zrobiła. Rzeczywiście sąsiadka nie miała nic przeciwko nadprogramowej pasażerce. Madeleine przyszło wprawdzie do głowy, że wnuk pani Basi może być innego zdania, ale rozsądnie postanowiła nie zawracać sobie tym głowy. Uprzedziła starszą panią, że z Kaśką są problemy, że nieco dziwnie się zachowuje i wygląda, ale na pani Basi nie zrobiło to najmniejszego wrażenia. Stwierdziła, że bardzo chętnie rozerwie się w młodszym towarzystwie, a trudna młodzież zawsze ją pociągała, bo i jej pokolenie wbrew pozorom nie było tak kryształowe, jak zwykło się je przedstawiać.

– Ale przynajmniej nie byliśmy nudni i nijacy – zakończyła z westchnieniem i Magda doszła do wniosku, że jej siostra dostanie się we właściwe ręce.

Cóż, jeżeli pani Basia nie lubiła nudnych i nijakich, to z całą pewnością Kaśka powinna wzbudzić u niej całe pokłady uwielbienia, bo czego jak czego, ale nijakości absolutnie nie można jej było zarzucić. Z auta wysiadł bowiem przefarbowany na czarno wamp, który w ogóle nie przypominał Madeleine jej małej siostrzyczki. Kaśka z nastroszonymi, czarnymi jak węgiel włosami, z wymalowanymi na sinofioletowo ustami, czarnymi cieniami na powiekach i kolczykami powbijanymi w różne części twarzy wyglądała potwornie. Ubrana była w ledwo zakrywającą pośladki czarną koronkową sukienkę, przez którą widać było jej bieliznę. Obrazu nie poprawiał widoczny na szyi tatuaż przedstawiający węża dotykającego rozwidlonym językiem zakolczykowanego ucha Kaśki. Magda co chwila otwierała i zamykała usta, nie mogąc wydusić z siebie ani słowa. Sytuację uratowała pani Basia, która jak gdyby nigdy nic wysiadła z samochodu i porwała ją w objęcia.

– No dalej, zamknij buzię i nie daj po sobie poznać, że jesteś zszokowana – zaszeptała jej do ucha, markując wylewne powitanie. – Weź się w garść – nakazała stanowczym szeptem, który natychmiast przywołał ją do porządku.

– Wejdźmy do środka – powiedziała, otrząsając się z pierwszego szoku i podeszła do Kaśki, żeby ją uścisnąć, ale siostra odsunęła się od niej z niechęcią.

– Może jednak skończmy tę szopkę, zanim na dobre się zaczęła. Nie zamierzam udawać kochającej się rodzinki – sarknęła i przerzucając przez ramię plecak, pierwsza ruszyła do domu.

W progu natknęła się na Jazzmana, który na jej widok przystanął oniemiały, rozlewając kawę, z którą właśnie szedł na werandę.

– O matko, czy ja coś przeoczyłem? Mamy jakiś przyspieszony Halloween? – zapytał ze zgrozą w oczach, patrząc za wchodzącą po schodach Kaśką.

– A nie, to tylko mroczne wcielenie mojej siostry – wyjaśniła mu ze stoickim spokojem Magda. – Poczekaj, pokażę ci twój pokój! – zawołała za dziewczyną, jednocześnie z zakłopotaniem oglądając się na panią Basię.

– Idź, dziecko, my tymczasem spokojnie wyciągniemy bagaże – starsza pani najwyraźniej zauważyła targające Magdą rozterki. – No leć, leć i nami się nie przejmuj – dodała uspokajająco.

Madeleine dogoniła Kaśkę i bez słowa otworzyła przed nią drzwi pokoju. Z nagłym przebłyskiem humoru stwierdziła, że niechcący wnętrze kolorystycznie zgrywa się z jej siostrą, bo to jedno pomieszczenie umeblowała nowocześnie, utrzymując wszystko w czarno-białej tonacji.

– Cóż, gdybym wiedziała, jak wyglądasz, zrezygnowałabym z bieli – przerwała ciszę. – Przynajmniej wtopiłabyś się całkowicie w otoczenie. Możesz mi powiedzieć, co się z tobą, do diabła, stało?

– Oho! Chcesz się bawić w troskliwą mamusię? – prychnęła Kaśka, rzucając się w butach na łóżko. – Proszę bardzo, możesz próbować, ale ja w to nie wchodzę. Mogliście mnie zmusić do przyjazdu tutaj, ale do niczego innego. Więc jeżeli myślałaś, że będzie miło, to nic z tego, kochana siostrzyczko! Zepsuliście mi wakacje i ja postaram się o to samo – dodała buntowniczo.

– Aha. Przynajmniej stawiasz sprawę jasno. Jak sobie chcesz. Dobrze by było, żebyś zmyła ten makijaż i wyjęła kolczyki, bo straszysz otoczenie. Ale jeżeli tego nie zrobisz, twoja sprawa. Przywykniemy – stwierdziła i nagle pomyślała, że może ten przedłużający się remont, rządząca się i wrzeszcząca Mania to nic innego, jak przygotowany przez los kurs przygotowujący ją do zasadniczego starcia z siostrą. – W każdym razie na wasz przyjazd ugotowałam specjalny powitalny obiad, zjemy na tarasie. Za moment cię zawołam. Poznasz przy okazji Julkę. Mieszka tutaj. Może się zaprzyjaźnicie, jest tylko trochę starsza od ciebie.

Ale za to o niebo mądrzejsza, dodała już w myślach.

– Po pierwsze nikogo nie będę poznawać, po drugie nie będę wychodzić z pokoju. Jeść zamierzam tutaj.

– A to zamierzaj. Jak trochę zgłodniejesz, może rozum ci wróci – prychnęła rozdrażniona Madeleine. – Jemy wszyscy razem, bo to mój dom i moje zasady. Na posiłkach widzę cię na dole. Resztę dnia możesz siedzieć zamknięta, niczym borsuk w swojej norze, jeżeli tylko masz takie życzenie. Rozumiesz?

– Prawie umarłam ze strachu!

– Wiesz co, nie chce mi się z tobą gadać. Zawołam, masz zejść. To tyle. Też miło mi cię widzieć – dodała sarkastycznie i wychodząc, trzasnęła drzwiami. – No to się zaczęło – mruknęła pod nosem, zbiegając na dół.

Dopiero teraz uważniej przyjrzała się kręcącej się po podwórku pani Basi. Jej sąsiadka wyglądała niezwykle szykownie w długiej sukience z rękawami zakrywającymi łokcie, w kapeluszu z dużym rondem, spod którego wystawały starannie skręcone loczki.

Matko, jak ja mam pogodzić zajmowanie się przedwojenną damą i zbuntowaną nastoletnią wiedźmą? – zapytała się w duchu, czując, że cały optymizm, który usiłowała utrzymać, wyparowuje z niej jak powietrze z przekłutego balonika. Obawiam się, że to będzie wyjątkowo ciężkie lato, pomyślała jeszcze, nie mając pojęcia, że do takich samych wniosków jakiś czas temu doszła jej sąsiadka Krystyna.

Jednak po kilku dniach Madeleine przekonała się, że te obawy były mocno przesadzone. Wydawało jej się, że po przyjeździe Kaśki i pani Basi nie będzie miała na nic czasu. Tymczasem siostra, tak jak zapowiedziała, głównie siedziała na górze zamknięta w swoim pokoju i tylko od czasu do czasu głośna muzyka przypominała o jej obecności. Magda widywała ją wyłącznie przy posiłkach, bo tutaj udało jej się postawić na swoim. Po prostu któregoś dnia, gdy nie zeszła na dół, poszła na górę w towarzystwie Jazzmana, który na jej prośbę przerzucił sobie jej siostrę przez ramię i wierzgającą i wrzeszczącą zaniósł na dół, po czym posadził za stołem.

– I tak będzie zawsze, gdy nie pojawisz się na posiłku – zapowiedziała twardo, z trudem hamując wybuch śmiechu.

Rozeźlona Kaśka wyglądała jak rozkapryszone i rozpieszczone dziecko, któremu nie udało się postawić na swoim.

Widać nie miała więcej ochoty na takie przygody, bo od tamtego momentu bez słowa protestu zjawiała się przy stole. Ale było to jedyne, i to niewielkie, pole, na którym Magda odniosła zwycięstwo. Poza tym siostra nadal się do niej nie odzywała, nadal nosiła wstrętne kolczyki i odstraszający makijaż. Madeleine wydawało się też, że kilka razy poczuła od niej piwo, ale wzbraniała się przed przeszukaniem rzeczy siostry. Było to całkowicie wbrew zasadom, które wyznawała.

Natomiast pani Basia okazała się gościem absolutnie niekłopotliwym. Być może byłoby inaczej, gdyby podczas pokazywania miasteczka Magda nie zabrała jej do sklepu pani Leontyny. Panie bowiem ledwo się poznały, zapałały do siebie niebywałą sympatią i od tego momentu pani Basia przepadała na całe ranki i popołudnia. Spędzała je razem z Leontyną na szydełkowaniu, wymienianiu się nowymi wzorami, spacerowaniu i babskich wspomnieniach i ploteczkach.

Tak więc Madeleine, która od wielu dni przygotowywała się na to, że nie będzie mieć wolnego czasu, z zaskoczeniem stwierdziła, że ma go aż w nadmiarze. Początkowo zamierzała poświęcić większość dnia na pielęgnację ogrodu, ale pan Krzysztof, zajęty rekonstrukcją i odtwarzaniem wszystkich detali ze zdjęć, miał dla niej dużo mniej czasu. Poza tym wyznawał zasadę, że kobiety nie powinny się zbytnio przemęczać, i dbał, by nie pracowała zbyt ciężko. W związku z tym zaczęła jej doskwierać nuda. Jak na złość nie mogła nawet pocieszyć się towarzystwem Pięknego Romana, bo wyjechał na kilka dni do żony. A jakby tego było mało, Łucja dostała jakieś pilne zlecenie i natychmiast musiała udać się do Wrocławia.

– Gdy wrócę, zajmiemy się sprawą dziewczynek – zapowiedziała. – Rozmawiałam już z proboszczem i panią Leontyną. Ksiądz obiecał, że coś wymyśli. Nie będzie mnie góra dwa, trzy dni – dodała, wrzucając do auta ogromną torbę ze sprzętem.

I tyle ją widziała. I zapewne zanudziłaby się na śmierć do jej powrotu, gdyby nie pewien telefon. Otóż zadzwoniła do niej dawna znajoma, Agata.

– Madeleine, a już myślałam, że cię nie odnajdę! – krzyknęła do słuchawki. – Przekopałam całą Warszawę, i nic! Dopiero dostałam nowy numer od twojej mamy...

– A skąd ty znasz moją mamę?

– Po nitce do kłębka. Mówię, że kopałam i nawet do niej dotarłam, jak widzisz. Dowiedziałam się, że zaszyłaś się na jakiejś głuchej prowincji pod Wrocławiem, to prawda?

– Prawda – potwierdziła, ze zdumieniem rejestrując, że muzyka w pokoju Kaśki przestała dudnić. O tej porze zwykle słuchała jej podkręconej na cały regulator.

– No właśnie, bo ja potrzebuję pilnie tłumacza. I to najlepszego z najlepszych. Praca na wczoraj, ale za to dobrze płatna. Madeleine, jesteś mi po prostu niezbędna!

– Dobrze, to może prześlij mi te dokumenty czy tam tekst mailem... – W duchu z radości zatarła ręce. Ku swojemu zaskoczeniu odkryła, że stęskniła się za pracą. Propozycja Agaty spadła jej jak z nieba.

– No właśnie, tutaj jest ten mały problem. Muszę się z tobą spotkać osobiście. Nie obędzie się bez omówienia pewnych rzeczy.

– Ale ja teraz nie mam jak wyrwać się do Warszawy – stwierdziła markotnie. – Goście – dodała wyjaśniająco.

– Fatalnie... A gdybym przyjechała do Wrocławia, udałoby ci się dojechać do mnie? Bo właśnie sprawdzam w kalendarzu... – Na potwierdzenie jej słów w słuchawce zaszeleściły przewracane kartki. – Mogłabym przyjechać jutro po południu, ale następnego dnia muszę już być z powrotem. To co, dasz radę?

– Tak, myślę, że tak...

– To świetnie. – Agata chyba zatrzasnęła z impetem kalendarz, bo w słuchawce rozległ się głuchy odgłos. – To co, do jutra? Przyślę ci esemesa z adresem hotelu, okej?

– Okej – powtórzyła Madeleine. I uśmiechnęła się do siebie.

Nie jest ze mną jeszcze tak źle, myślała, skoro chce się jej jechać na spotkanie aż z Warszawy, ostatecznie doszła do wniosku, że czas najwyższy rozpakować pudło z książkami francuskimi i wziąć się do pracy.

Z tą myślą szła do pokoju, gdy zza uchylonych drzwi wyjrzała Kaśka.

– Czy mi się wydawało, czy jutro gdzieś jedziesz? – zapytała niespodziewanie normalnym tonem.

– Do Wrocławia. Służbowo. A może... – Przystanęła i spojrzała uważnie na siostrę. – Może pojechałabyś ze mną, co? Mogłybyśmy wyjechać wcześniej, pójść na jakieś zakupy, obiad... Może zabrałybyśmy Marcysię i Anię, jakby udało im się wyrwać.

– Ależ mi atrakcja! Szwendać się po mieście z cudzymi bachorami – prychnęła, powracając do opryskliwego tonu. – I jeszcze pewnie musiałabym się nimi zajmować, jak ty będziesz załatwiać swoje sprawy! Po prostu świetny pomysł!

– Musiałabyś tylko wrócić z nimi pociągiem do domu – powiedziała z wyrzutem Madeleine. – Ja muszę zostać we Wrocławiu, i to pewnie do późna. I nie rozumiem, dlaczego do ciebie nie trafia, że Marcysia i Ania mają bardzo trudną sytuację w domu. Mówiłam ci przecież...

– Tak, tak. Do wyrzygania mi mówiłaś, jakie one są biedne! A nie przyszło ci do głowy, że może świetnie udają i chcą tylko i wyłącznie twojej forsy?

– Nie wiem, co się z tobą stało. Zupełnie cię nie poznaję! Ta cała maskarada, wyglądasz jak przebieraniec! Ale to jeszcze nic. Dużo bardziej martwi mnie u ciebie brak współczucia. Te dzieci nie chcą ode mnie niczego! Sama się nimi zaopiekowałam!

– A to może ta Marcyśka to twój bachor, co? Urodziłaś, oddałaś, a teraz żałujesz. To by nawet tłumaczyło, czemu przyjechałaś do tej dziury!

– Jesteś po prostu głupia. Ta czarna farba do reszty wyżarła ci mózg. I wiesz co, moja droga księżniczko ciemności? Na twoim miejscu solidnie zastanowiłabym się, do czego zmierzasz. Przecież jesteś już prawie dorosła! Cały czas czekam, aż w końcu zechcesz ze mną porozmawiać, tłumaczę sobie, że coś się musiało w twoim życiu stać, jestem cierpliwa i wyrozumiała, ale to ty musisz z tego skorzystać. W innym wypadku osiągniesz jedynie to, że wrócisz do domu i trafisz do jakiegoś ośrodka, bo jeżeli myślisz, że rodzice będą tolerować twoje zachowanie, to się mylisz. I zanim powiesz coś tak niewiarygodnie głupiego i krzywdzącego jak przed momentem, zastanów się, po co atakujesz kogoś, kto naprawdę cię kocha – zakończyła i z impetem zamknęła za sobą drzwi od pokoju.

Cała się trzęsła. Może to i dobrze, że jutro stąd się wyrwę, pomyślała, biorąc kilka głębokich wdechów. Przyda mi się chwila odpoczynku i zdystansowania. Wyjadę rano, pochodzę po mieście, kupię trochę książek, bo jestem do tyłu z nowościami, zmęczę się i może wtedy przejdzie mi chęć zatłuczenia tej idiotki! Jeśli tak dalej pójdzie, rzeczywiście trzeba będzie zwrócić się o pomoc do specjalisty. Coś złego się porobiło i nijak nie umiem do niej dotrzeć.

Tu chyba trzeba cudu, stwierdziła i nawet przez myśl jej nie przeszło, że cud nie zawsze jest tym, czym się wydaje. A teraz pójdę na długi, bardzo długi spacer.

– Widzisz, szkoda, że nie jesteś psem, bo wtedy mogłabyś pójść ze mną – zwróciła się do kotki, która na podłodze walczyła zażarcie z kłębkiem wełny. – A tak muszę pójść sama, a potem zajmę się kolacją, bo ktoś musi to zrobić – dodała, myśląc, że chyba najwyższa pora nadać temu zwierzakowi jakieś imię, bo dziwnie było zwracać się do niego po prostu „kot".

ROZDZIAŁ XXVII

Spacer rzeczywiście jej się przydał. Brodząc w wysokich trawach i patrząc wysoko w niebo, udało jej się przez moment o niczym nie myśleć. Zauważyła też, że chyba zanosi się na zmianę pogody, bo zerwał się wiatr. Chmury pociemniały i wyraźnie żwawiej przemieszczały się po nieboskłonie. Madeleine stanęła i wystawiła twarz w stronę podmuchów. Wiatr bezlitośnie szarpał jej włosy i szumiał w uszach.

Gdybym była bohaterką tkliwego romansu, powinien właśnie pojawić się mój książę i oniemieć z zachwytu, widząc mnie w szczerym polu, z rozwianym włosem i suknią szarpaną przez wiatr, pomyślała rozbawiona. Ale że nie jestem bohaterką romansów i nie mam sukni, to nici z księcia. Za to w domu czeka całkiem pokaźne stadko wygłodniałych ludzi, więc pora wracać i nakarmić całe to towarzystwo.

Ale w domu czekała ją miła niespodzianka. W kuchni przepasana fartuszkiem Julia stała nad patelnią i smażyła cienkie placki, a przy stole siedzieli pani Basia z Tymkiem i zajadali już gotowe naleśniki.

– Julka, chyba cię nie doceniałam! Myślałam, że umiesz robić wyłącznie sałatki, a tu widzę, że przejawiasz wszechstronne talenty kulinarne! – zawołała z entuzjazmem, zerkając przy tym nieufnie na stojącą na szafce miskę z zielonym nadzieniem.

– To moja specjalność, naleśniki ze szpinakiem. Tymkowi i pani Basi smakują, więc mam nadzieję, że i ty nie będziesz wyjątkiem – uśmiechnęła się znad patelni.

– Oczywiście, że nie, a nawet jeśli, chętnie zaopiekuję się jej porcją – rzucił Tymek, z lubością przełykając ostatni kęs. – Madeleine, uwierz mi, nigdy nie jadłem niczego równie pysznego. Julio, już dla samych umiejętności kulinarnych jestem gotów cię poślubić.

– To byłby najszybszy ślub, z jakim miałam do czynienia – roześmiała się Magda.

– A gdzie tam, ja się dopiero oświadczam. Pani Basia właśnie nam opowiadała, że panienki z dobrych domów powinny być zaręczone przynajmniej przez rok.

– Rzeczywiście. Tak też uważała moja babcia – przytaknęła pani Basia, nakładając sobie na talerz kolejny naleśnik. – Babcia mówiła, że jeżeli mężczyzna wytrzyma tyle czasu, ubiegając się o kobietę, to istnieje spora szansa, że wytrzyma również małżeństwo.

– Tymku, nie pozostaje ci nic innego, jak się o mnie ubiegać – roześmiała się Julka. – Przynajmniej przez rok – dodała, przybierając poważną minę. – A w naszym wypadku obawiam się, że jeszcze dłużej, bo nie planuję szybkiego zamążpójścia.

– Cóż, ewentualnie możemy żyć na kocią łapę – niewinnie stwierdził Tymoteusz, a Magda pomyślała, że tak naprawdę to klamka zapadła i bez względu na to, co zrobi i powie Krysia, ci dwoje są sobie przeznaczeni.

– Na kocią łapę? – Julia odwróciła się od patelni, ujęła się pod boki i spojrzała na niego groźnie iskrzącymi zielonymi oczami. Policzki miała zarumienione, blond włosy potargane. – Panienkom z dobrych domów nawet przez myśl nie przechodzą podobne pomysły. Panienki z dobrych domów w odpowiedzi na taką propozycję... No właśnie, pani Basiu, co robią takowe panienki, gdy im ktoś coś takiego niecnie zaproponuje?

– Dają delikwentowi wałkiem po głowie – zawyrokowała poważnie staruszka.

– No widzisz, Tymku. Nie pozostaje mi nic innego, jak zapytać, gdzie gospodyni trzyma wałek.

– Chyba w ogóle nie trzymam, bo jeszcze nie zakupiłam – wyznała z udawanym smutkiem Madeleine. – Może z braku wałka wystarczy patelnia? Albo wazon. Stoi na kredensie. Kupiłam go od Mani, ale jednak wolałabym, żebyśmy uznali tę rozmowę za czysto teoretyczną. Wyjdzie to wszystkim na zdrowie, szczególnie wazonowi, który ponoć ma ponad sto lat.

– To rzeczywiście odpuśćmy sobie praktykę. – Julia pokiwała głową i spojrzała na chłopca. – Szkoda byłoby na twój zakuty łeb takiego wazonu.

– Chyba się obrażę – odparł, wstając od stołu i zerkając jej przez ramię na patelnię – chyba że dostanę jeszcze jeden naleśnik.

– Za chwilę, teraz kolej Magdy – zaśmiała się Julia. – I trzeba zanieść porcję Kaśce. Wołałam ją, ale nie chciała przyjść.

– Mmm... przepyszne. Musisz mi koniecznie dać przepis na nadzienie. – Posadzona przy stole i obdarowana naleśnikiem, westchnęła z niekłamanym zachwytem, ignorując zupełnie wzmiankę o siostrze. – Nie wiem, co zrobiłaś, że ten szpinak jest tak aksamitny.

– A to rodzinny sekret. Ale oczywiście podzielę się nim z wami, bo już wcześniej obiecałam przepis pani Basi.

I tak cały wieczór spędzili w kuchni, popijając miętową herbatę, zajadając kupione przez Madeleine ciasteczka i przekrzykując się nawzajem. Pani Basia opowiadała stare rodzinne anegdoty, a na koniec rozbawiła wszystkich historyjką, jak to jej sąsiadka utknęła w piwnicznym okienku. Pierwszy od stołu podniósł się Tymek. Zrobił to z pewnym ociąganiem, ale zdawał sobie sprawę, że ojciec na niego czeka i zapewne niepokoi się jego nieobecnością. Julia odwiązała fartuszek i wyszła z nim przed dom. Odprowadziła go do furtki i popatrzyła na niego nagle smutnymi oczami.

– Jutro pójdę rozmówić się z panią Krysią – powiedziała, spuszczając głowę. – Mówiłam ci, że przyjechałam tu coś wyjaśnić. W końcu muszę to zrobić.

– Chciałbym cię o coś poprosić. – Tymek delikatnie podniósł jej podbródek i spojrzał prosto w oczy. – Bez względu na to, co powie ci Krysia, pamiętaj o tym, że w moim kawałku świata jest dość miejsca dla nas obojga. Obiecaj mi to, proszę. I to, że po rozmowie z nią pierwszym słowem, o którym pomyślisz, będzie słowo „my". Ja i ty, Julka. Obiecasz?

Nie odpowiedziała nic, tylko kiwnęła głową. Widział, jak usta zaczynają jej drżeć, więc przytulił ją mocno, a potem odsunął się i energicznie zamknął furtkę. Nie pocałował jej, choć miał na to wielką ochotę. Ale przecież nie można całować ot tak dobrze wychowanej panienki, a już z całą pewnością nie całuje się tak od razu panienki z dobrego domu.

ROZDZIAŁ XXVIII

Grażyna długo nie wracała z wakacji i Krysia powoli zaczynała mieć nadzieję, że być może siostra zmądrzała, przemyślała wszystko i da jej spokój. Byłoby to wprawdzie coś niezwykłego, ale przecież cuda się zdarzają. Więc gdy rozdzwoniła się jej komórka, a na wyświetlaczu zamigało „Grażyna", Krysia przez moment poczuła się absurdalnie rozczarowana. W końcu przemogła się i odebrała. Tak jak przypuszczała, Grażyna zażądała spotkania i dokończenia wiadomych spraw. Umówiły się na pojutrze. Natychmiast po tej rozmowie Krysia zadzwoniła do wujka Janka i zdała mu z niej relację.

– Wujku, uda ci się do mnie przyjechać? – zapytała, choć z góry wiedziała, jaka będzie odpowiedź.

– Będę u ciebie jutro – odparł spokojnym tonem. – Nic się nie martw, będzie dobrze – dodał i się rozłączył, a Krysia pomyślała, że ani chybi w najbliższym czasie w herbaciarni będą całe tony kłopotków. I niewątpliwie klienci będą zadowoleni, a ona chora z niewyspania.

Madeleine była niezmiernie zadowolona z przebiegu wieczoru. Ledwo poszedł Tymek, z pokoju wyłoniła się Kaśka. Wprawdzie wyglądała tak samo koszmarnie jak zwykle, ale przynajmniej zachowywała się normalnie. Po raz pierwszy od swojego przyjazdu rozmawiała, żartowała i momentami przypominała nawet dawną, dobrze znaną Kaśkę. Magda pomyślała, że być może ich wcześniejsza rozmowa odniosła jakiś skutek. Wprawdzie coś jej mówiło, że to zbyt piękne, by było prawdziwe, ale w tej chwili postanowiła się nad tym nie zastanawiać i po prostu przyjąć jej zachowanie jako pierwszą próbę wyciągnięcia ręki na zgodę. Zresztą widać było, że się stara. Nawet dała się wciągnąć w rozmowę z Julią.

Madeleine kładła się spać z niezachwianą wiarą, że wszystko dobrze się skończy. Układała się w łóżku, słuchając postukiwania kropli deszczu na szybie i porywów wiatru. Tak jak jej się wydawało na spacerze, pogoda się zmieniała. Już prawie zasypiała, gdy nagle do drzwi werandy ktoś załomotał i rozległy się stłumione nawoływania. Poderwała się z łóżka i zbiegła na dół. Kątem oka zauważyła, że tuż za nią pojawił się Jazzman, i razem podbiegli do drzwi.

– Kto tam? – zawołała, ostrożnie zbliżając się do przeszklonego wejścia, i gestem nakazała mężczyźnie milczenie.

– Ciociu, niech ciocia otworzy – rozległ się rozpłakany dziecięcy głos i mała piąstka załomotała w drzwi.

– Matko Boska, to Marcysia! – Magda poczuła, że blednie, i trzęsącymi się rękami usiłowała przekręcić zamek w drzwiach.

Udało jej się dopiero przy drugiej próbie. Otworzyła drzwi na całą szerokość i chwyciła stojące za nimi dziecko w objęcia.

Marcysia była cała mokra i zabłocona. Na nogach zamiast butów miała domowe kapciuszki, przemoczone do cna. Mokra góra od piżamy i uwalane błotem spodnie przedstawiały obraz nędzy i rozpaczy. Madeleine z przerażeniem zauważyła, że z dłoni dziewczynki sączy się krew. Mała płakała rozpaczliwie, szczękając z zimna zębami.

– Boże, Jazzman, trzeba... – zaczęła spanikowanym głosem, ale nie miała szans dokończyć.

– Ciociu, Ania! – zaszlochała Marcysia, wyrywając się z jej objęć. – Ania!

– Co Ania, kochanie?! – krzyknęła, ale mała jej nie słuchała, tylko wybiegła w ciemność podwórka.

Niewiele myśląc, rzuciła się za nią. Na plecach obleczonych w cienką koszulę nocną czuła uderzenia zimnych kropli. Po chwili była dokumentnie przemoczona. Przystanęła, usiłując przeniknąć wzrokiem ulewę. Deszcz zalewał jej twarz i utrudniał zobaczenie czegokolwiek.

– Madeleine, masz. – Tuż za nią niespodziewanie pojawił się Jazzman i zarzucił jej na ramiona koc. – Dokąd pobiegła mała?

– Nie wiem! Marcysia! – zawołała z rozpaczą.

– Ciociu, tutaj!!! – Głos dochodził z okolicy furtki. – Tutaj!!!

Zgodnie rzucili się w tamtym kierunku. Przy furtce stała Marcysia, szarpiąc za rękę swoją siostrę.

– Aniu, na litość boską, co się stało? – Madeleine usiłowała zajrzeć w twarz dziewczynki, ale panująca wokół ciemność i padający coraz bardziej deszcz uniemożliwiały zobaczenie czegokolwiek. – I czemu tu stoisz? Chodźcie natychmiast do środka.

– Nie wiedziałam, czy mogę wejść – wychrypiała Ania. – Czy pani mnie wpuści... W końcu ostatnim razem, jak się widziałyśmy, była pani na mnie zła...

– Dziecko, a co ma jedno do drugiego... – Objęła ją ramieniem i stwierdziła, że nie może się ruszyć, bo Marcysia kurczowo złapała ją za nogę i nie chciała puścić.

Na całe szczęście Jazzman ocenił sytuację jednym spojrzeniem, wziął małą na ręce i w strugach deszczu pognał z nią do domu. Magda przygarnęła Anię pod koc i po chwili i one, całkiem przemoczone, wbiegły do salonu.

Spojrzawszy na dziewczynkę w pełnym świetle, ledwo powstrzymała się od okrzyku przerażenia. Połowa jej twarzy była purpurowosina, z rozciętej wargi sączyła się krew, z przemoczonych włosów na podłogę skapywała woda. Całe nadgarstki miała posiniaczone. Madeleine poszukała wzrokiem Jazzmana. Chłopak, klęcząc przed Marcysią, wpatrywał się w jej siostrę z niemą zgrozą.

– Aniu, kto ci to zrobił? – Magda usiłowała ukryć drżenie rąk, otulając dziewczynki suchymi kocami.

– Wszywszystko wymknęło się spod kontroli – zaszczękała zębami Ania. – Nie zdządżyłyśmy zamknąć się na strychu. Wszyscy się popili. Było dwóch nowych, złapali mnie na schodach i i... – Usta Ani zadrżały i dziewczynka cała się skuliła.

– Boże... Trzeba zadzwonić po policję – zmartwiałymi wargami wyszeptała Madeleine.

– Nie, żadnej policji! – Ania spojrzała na nią spode łba. – Nic mi nie zrobili. Kopałam i gryzłam. I w końcu udało nam się uciec. Jestem tylko trochę posiniaczona – dodała i ręką wytarła oczy. Dotykając siniaka, syknęła z bólu.

– Mała też jest cała. Ma tylko otartą rękę. Musiała się przewrócić – odezwał się Jazzman. – Trzeba przemyć wodą utlenioną.

– Już... – Magda przytuliła Marcysię i kołysała ją uspokajająco, czując całym ciałem przerywany łkaniem oddech małej. Sama też się trzęsła, choć usiłowała całą siłą woli nad sobą panować. – Aniu, zaraz dam wam suche ubrania – powiedziała, z trudem zbierając myśli. – I będę musiała przemyć ci wargę – dodała, kiwając nieznacznie w stronę Jazzmana.

– Słuchaj – zaszeptała, gdy do niej podszedł – powinniśmy wezwać policję, ale boję się, że jak to zrobię, Anka natychmiast się zmyje. Zupełnie nie rozumiem, dlaczego boi się bardziej policjantów niż oprychów...

– Boi się, że zabiorą ją z domu. Magda, wysil się trochę, przecież to jest jedyny stały punkt w jej życiu. Może i gówniany, ale za to pewny i znany.

Jak na młodego człowieka wykazał się niebywale trafną oceną sytuacji i zaczęła podejrzewać, że być może wie, o czym mówi.

– Co nie zmienia faktu, że coś z tym musimy zrobić. Dotarło do ciebie, że usiłowali ją zgwałcić? Mam nadzieję, że mówi prawdę i rzeczywiście nic jej nie zrobili. – Wyciągnęła z szafy gruby sweter i leginsy.

– Pewnie, że dotarło. I chętnie bym bydlaków gołymi rękami... W sumie to może jest to jakaś myśl. – Bezwiednie zacisnął dłonie w pięści.

– Jasne! Zabijesz szumowinę, za człowieka pójdziesz siedzieć. Samosądy odpadają. Chyba nie mam wyjścia i muszę zadzwonić do proboszcza. – Madeleine z wolna wracała zdolność logicznego myślenia.

– A na cholerę ci w tej chwili proboszcz? Chcesz dostać błogosławieństwo czy potrzebna ci spowiedź?

– Jazzman, nie bądź durny! Proboszcz zna tu wszystkich. Policji nie wezwę, bo nie mogę. Ale niezbędny jest lekarz. Dyskretny. Jak myślisz, kto nam może w tym pomóc? No właśnie. – Pokiwała głową. – Muszę wiedzieć, czy Ania powiedziała całą prawdę. I dopóki nie potwierdzi tego lekarz, nie można dać jej się wykąpać...

– Zakładasz, że jednak... – Znów zacisnął pięści. – Za samo pobicie najchętniej bydlaka bym poćwiartował, a jeżeli doszło do najgorszego, już ja będę wiedział, komu szepnąć odpowiednie słówko... Zresztą tak czy inaczej szepnę. Postaram się, żeby nie mieli tu życia!

– Zemstę zostaw na potem. Teraz trzeba jakoś to wszystko ogarnąć. Tak naprawdę to modlę się, po raz pierwszy od lat, żeby było tak, jak mówi Anka. Bo jeżeli nie... Wtedy sprawę trzeba będzie natychmiast zgłosić. Boże, nawet nie chcę sobie wyobrażać, co przeżyły te dzieci! – Madeleine znów się zatrzęsła i z naręczem ubrań wróciła do pokoju.

Pomagała właśnie przebrać się Marcysi, gdy koło schodów zauważyła przyczajoną Kaśkę. W pierwszym momencie chciała do niej podejść, zapewnić, że nic się nie stało, i poprosić, by wracała do łóżka. W końcu to była jej młodsza siostra i Magda podświadomie chciała ją chronić. Ale w ostatnim momencie zmieniła zdanie. Odwróciła się, udając, że jej nie dostrzegła.

Niech patrzy i wstydzi się za swoje dzisiejsze słowa. Może to w końcu da jej do myślenia. Wychuchana, wypielęgnowana, niech zobaczy, jakie potrafi być życie, myślała, podając Ani swój sweter. Ciekawe, odkąd tam stoi i ile widziała, zastanawiała się i nagle dotarło do niej, że wcale nie pogniewałaby się, gdyby Kaśka była tam od początku.

– Aniu, posłuchaj. – Ostentacyjnie omijała wzrokiem miejsce, gdzie stała jej siostra. – Rozumiem, że nie chcesz rozmawiać z policją, ale...

– Pani właśnie chyba nie rozumie! Żadnej policji – głos dziewczynki zabrzmiał jakoś tak piskliwie.

– Rozumiem, to właśnie ci mówię, że rozumiem. – Z całych sił usiłowała zachować spokój. – Ale musi obejrzeć cię lekarz. Zrozum, jesteś posiniaczona. Warga nie wygląda dobrze. Być może potrzebne będzie szycie. Ja się na tym nie znam. Lekarz jest niezbędny.

– Pani dobrze wie, że lekarz będzie chciał zawiadomić gliny – rozpłakała się Ania.

– Zrobię tak, żeby nie zawiadomił – obiecała, jednocześnie otulając leżącą na kanapie Marcysię. Dziewczynka mocno ściskała ją za rękę. Madeleine niepokoiło nienaturalne u dziewczynki milczenie. – Obiecuję – zapewniła najbardziej przekonującym głosem, na jaki było ją stać, i sięgnęła po komórkę, modląc się, by ksiądz nie wyłączał na noc telefonu.

Wyrwany ze snu proboszcz na całe szczęście nie zadawał zbyt wielu pytań, tylko z miejsca zabrał się do działania i w ciągu niespełna pół godziny razem z lekarzem zjawił się w jej domu. Doktor, młody człowiek o dobrotliwym, nieco zamglonym spojrzeniu, nie pytając o nic, obejrzał na wpół śpiącą Marcysię, a potem dopiero zajął się jej siostrą. Zamknął się z nią w mniejszym pokoju i długo nie wychodził. W końcu półżywa ze zdenerwowania Madeleine zaczęła nerwowo chodzić po salonie. Gdy nareszcie drzwi do pokoiku uchyliły się, cała trójka jak na komendę znieruchomiała.

– Dziewczynka jest poobijana i posiniaczona. Wargę rzeczywiście trzeba było zszyć, ale poza tym nic jej nie jest. Nie została zgwałcona – powiedział, pocierając dłonią czoło. – Podałem jej środek na uspokojenie, powinna po nim usnąć. Ale zdajecie sobie sprawę, że powinienem...

– Wiemy – przerwał mu proboszcz. – Wiemy, ale obiecujemy, że sami o tym powiadomimy odpowiednie władze. Tylko może nie w nocy. Dajmy dzieciom odpocząć...

– Na razie zostaną u mnie. Ja wprawdzie muszę pojechać w sprawie pracy do Wrocławia, ale dziewczynki zostaną pod opieką pani Basi.

– Akurat za tę panią osobiście ręczę – wtrącił proboszcz, a Madeleine posłała mu zdumione spojrzenie. Nie miała pojęcia, że on i pani Basia zdążyli się już poznać.

– Dzieci będą tutaj bezpieczne, gwarantuję – dokończyła, patrząc na doktora błagalnie. – Przecież policja spisze tylko protokół i odeśle je z powrotem do domu. A nie o to nam chodzi...

– Dobrze, dobrze. Robię to tylko dlatego, że ufam, że ty wiesz, co robisz – zwrócił się doktor do proboszcza. – Gdyby trzeba było jednak coś potwierdzić na policji albo złożyć zeznania, możecie na mnie liczyć – dodał, zamykając swoją walizeczkę i wkładając płaszcz.

Gdy Madeleine zapytała o wynagrodzenie, tylko machnął ręką i odmówił.

– Proszę księdza, bardzo dziękuję – szepnęła, odprowadzając obu panów do drzwi.

Ksiądz nic jej na to nie odpowiedział, tylko spojrzał na nią nagle zmęczonym i smutnym wzrokiem. Pierwszy raz widziała go tak przygnębionego.

– Jutro zadzwonię – dodała przez ściśnięte gardło i patrzyła, jak idzie z lekarzem w kierunku auta.

Dopiero gdy zaszumiał silnik, zamknęła drzwi i rozejrzała się po salonie. Marcysia spała na kanapie, Jazzman poszedł do kuchni zrobić herbatę, Ania cały czas była w pokoju, w którym badał ją doktor. Madeleine podeszła i zapukała cicho do drzwi, ale nikt jej nie odpowiedział. Z niepokojem zajrzała do środka. Na fotelu zawinięta w koc spała Ania. A koło niej, trzymając ją za rękę, siedziała Kaśka. Magda bez słowa popatrzyła w otoczone rozmazanym makijażem oczy siostry i nic nie mówiąc, wyszła z pokoju. Miała wrażenie, że oto właśnie była świadkiem czegoś ważnego. Ale nie miała siły, by się nad tym zastanawiać. Wyczerpana opadła na fotel i poczuła, że chce jej się płakać. I zapewne rozpłakałaby się, gdyby nie Jazzman, który stanął przed nią i włożył w jej zdrętwiałe dłonie kubek z gorącą herbatą.

– Pij – powiedział, okrywając ją kocem. Gdy wzięła pierwszy łyk, mimowolnie skrzywiła się i pytająco popatrzyła na chłopaka.

– No co? – Wzruszył ramionami. – Trochę wódki ci się przyda... Czasem nie pozostaje nic innego, jak tylko się napić – dodał i usiadł na drugim fotelu.

Magda poczuła dla niego ogromną wdzięczność. Za nic nie chciała zostać sama, a on najwyraźniej doskonale o tym wiedział. Bez słowa wyciągnęła w jego kierunku kubek, a on również bez słowa wydobył z kieszeni bojówek małą buteleczkę i dolał jej do pełna. To, co zostało, wychylił jednym haustem i krzywiąc się, popił herbatą. A potem oboje siedzieli w milczeniu, gapiąc się w ciemność za oknem i czekając na świt. Żadne z nich nie zmrużyło oka aż do rana.

ROZDZIAŁ XXIX

Tej nocy również Krysia nie mogła spać. Zastanawiała się, czy dobrze zrobiła, prosząc wujka Janka o pomoc. W końcu był już starszym mężczyzną i powinien się oszczędzać, a nie szarpać sobie nerwy w utarczkach z Grażyną. Ale tylko on mógł wpłynąć na jej siostrę. W końcu wstała przed świtem, zapakowała do kartoników wystudzone rogaliki i pojechała do herbaciarni. Nie była w stanie wysiedzieć w domu, a w takich okolicznościach najrozsądniej zająć się czymś pożytecznym.

Tymczasem wujek Janek nie miał żadnych wątpliwości. Noc przespał spokojnie, przedpołudnie poświęcił na pracę w ogrodzie i nawet przez myśl mu nie przeszło, że Krysia zamartwia się z jego powodu. Najspokojniej w świecie zjadł obiad w towarzystwie żony i późnym popołudniem wyruszył do Malowniczego.

Helenka stała w oknie i patrzyła, jak odjeżdża.

– No cóż – mruknęła do siebie, zaciskając kształtną rękę na białej jak śnieg firance. – Najwyższy czas, by Grażyna usłyszała parę słów prawdy. Biedny Janek, to będzie niemiłe doświadczenie.

Tymczasem mężczyzna bez przeszkód dotarł do Malowniczego i zatrzymał się pod domem siostrzenicy. Przez chwilę głęboko się nad czymś zastanawiał, marszcząc brwi i zaciskając ręce na kierownicy. A potem wysiadł z samochodu i pewnym ruchem pchnął furtkę. Ledwo wszedł na posesję Grażyny, a już odniósł wrażenie, że nagle wszystko wokół niego sztywnieje. Nigdy nie mógł się tutaj poczuć jak u siebie, choćby nie wiadomo jak bardzo się o to starał. A trzeba przyznać, że starał się rzadko, bo rzadko tu zaglądał. Czasami zastanawiał się, czy tak naprawdę sama Grażyna czuła się dobrze wśród tych surowych sprzętów, zasadzonych symetrycznie roślin i poukładanych precyzyjnie kamieni. Ale teraz myślał głównie o tym, że przekroczyła wszelkie granice i ktoś musi jej o tym powiedzieć. A niestety nie było nikogo poza nim, kto mógłby to zrobić. Okazało się, że nie musiał nawet pukać, bo spotkał ją na ścieżce. Na jego widok przystanęła zdziwiona.

– Co wujek tu robi? – zapytała.

– Przede wszystkim, dzień dobry, Grażyno – odpowiedział ironicznie.

– Dzień dobry – odbąknęła speszona.

– Czy możemy wejść do środka, bo chciałbym z tobą porozmawiać?

– Oczywiście, możemy. Szłam właśnie do Krysi. Wprawdzie umówiłam się z nią na jutro, ale doszły mnie pewne słuchy... Właśnie, wujek pewnie nie wie, że do Malowniczego przyjechała córka Kacpra.

– Pewnie wiem. Jak i to, że sama dałaś jej adres Krysi. I nie widzę powodu, dla którego miałabyś do niej iść.

– A to dlaczego? – Gniewnie pchnęła drzwi do domu.

– A dlaczego, to zaraz ci wyjaśnię – odparł wujek Janek przez zaciśnięte zęby. I energicznie zamknął za sobą drzwi.

Grażyna płakała. Płakała jak mała dziewczynka, zanosząc się od powstrzymywanych szlochów. Nie zwracał na nią uwagi, tylko pochylony nad szklanym blatem stołu przeliczał plik banknotów. Potem, nie patrząc na nią, ruszył do drzwi.

– Niech wujek to zabierze!!! – wyszlochała. – Niech wujek to natychmiast weźmie! To nie wujka sprawa!

– Cóż, Grażynko, mylisz się zasadniczo. To jak najbardziej moja sprawa – odpowiedział w przestrzeń. – Dom, w którym mieszka Krysia, był domem mojej prababci, babci, matki i siostry. Muszę go bronić, jeżeli ktoś stara się go odebrać mojej rodzinie.

– Ja też jestem wujka rodziną! Czy to się wujkowi podoba, czy nie! – krzyknęła.

– Bardzo mi się nie podoba. Nawet nie wiesz jak bardzo. I nie to, że jesteś, ale to, jaka jesteś. Nie dziwię się Robertowi, że uciekł od ciebie i nawet nie stara się wracać do domu w przerwach pomiędzy rejsami.

– Robert nie ma przerw. Jest jakiś problem z załogą... – Grażyna pociągnęła nosem i uniosła głowę.

– Ależ ma, a problem owszem jest, ale raczej w domu. Podczas ostatniego urlopu zatrzymał się u swojej matki, zaledwie trzynaście kilometrów stąd. Krysi było cię żal, więc ukryła to przed tobą. Ale myślę, że zrobiła błąd. Pora, byś zdała sobie sprawę, że stajesz się potworem, Grażynko. A potwory cierpią z samotności. Przemyśl to.

– Wujku, nie miałeś prawa. – Rozpłakała się na nowo, nie precyzując, do czego konkretnie owego prawa nie miał.

– Przykro mi, że usłyszałaś to ode mnie. Jeszcze bardziej mi przykro, że to, co powiedziałem, jest prawdą. Ale nie mam zamiaru użalać się nad tobą. I daj spokój Krysi. Nie zasłużyła sobie na to wszystko. Jak będziesz się z nią widziała, nie wspomnisz jej ani słowa o tych pieniądzach. Powiesz, że po prostu po rozmowie ze mną zrezygnowałaś z należności. Mam nadzieję, że wyraziłem się jasno...

Wujek Janek już dawno wyszedł, a Grażyna nadal płakała skulona na niewygodnym krześle. Nie mogła patrzeć na leżący na stoliku plik banknotów, bo dławił ją wstyd. W tej chwili wcale nie odczuwała dumy i pewności siebie, którymi tak się szczyciła. Czuła, że nigdy nie zapomni tego wszystkiego, co powiedział jej wujek Janek, i że nigdy, przenigdy nie wyda tych cholernych pieniędzy, bo ma wstręt i do nich, i do siebie. Musiała natychmiast zadzwonić do Roberta i poprosić go, by przyjechał do domu. A przede wszystkim przekonać go, że ten dom jeszcze ma.

Wujek Janek wysiadł z samochodu i z uśmiechem popatrzył na podwórko Krysi. Na pelargonie w doniczkach, na widoczne z daleka brzózki posadzone na tyłach ogrodu. Wszystkie jego wspomnienia były związane z tym domem. Czemu więc tak uparcie od nich uciekał? Czemu wyjechał i nie wrócił nawet wtedy, gdy jego siostra i jej mąż zginęli, osierocając dwójkę małych dzieci? Zostawił z tym wszystkim swoją matkę, która bez słowa zajęła się wnuczkami. Gdy zdecydował się wrócić do kraju i zamieszkać blisko rodzinnego domu, matka już dawno nie żyła, a Krysia i Grażyna były dorosłe. Starsza wyszła za mąż, a Krysia, jak przypuszczał, nie mogła otrząsnąć się po tragicznej historii z Kacprem i nie chciała wiązać się z nikim innym. Niekiedy ze ściśniętym sercem myślał, że naprawdę musiała kochać tego drania. Na całe szczęście był już wtedy na miejscu. Na całe szczęście jego żona była mądrą kobietą i wiedziała, jak zająć się Krysią, która z tygodnia na tydzień dorosła i zaczęła nosić ten dziwny cień w oczach, który zmienił jej całą twarz.

Teraz, idąc ścieżką, na którą kładły się zielone liście paproci, czuł żal, że tyle lat spędził tak daleko. Bał się powrotów. Wspomnień i smutku z nimi związanego. Musiał do tego dorosnąć. Tyle tylko, że nie przypuszczał, iż zajmie mu to tak wiele lat. I że tak bardzo będzie żałował tego straconego czasu.

Zamyślił się tak, że nie dostrzegł siedzącej na schodkach werandy postaci. Dopiero gdy prawie potknął się o drobną dziewczynę, podniósł zdziwione spojrzenie, które na ułamek sekundy zatrzymał na zielonych tęczówkach. Bez wątpienia musiała to być córka Kacpra. Ten kolor oczu przechodził w jego rodzinie z pokolenia na pokolenie. Tyle że zwykle to chłopców obdarzała natura tym znakiem szczególnym. Cóż, widocznie tym razem teoria dziedziczenia dała o sobie znać u płci przeciwnej. Ale gdy przyglądał się jej twarzy, oprócz zielonych oczu uderzyło go jeszcze jakieś inne podobieństwo. Julia niewątpliwie mu kogoś przypominała, tylko że w tej chwili za żadne skarby nie mógł sobie przypomnieć kogo. Zresztą nie miał wiele czasu na myślenie, bo córka Kacpra poderwała się ze schodków i popatrzyła na niego pytająco.

– Dzień dobry, czekam na panią Krysię. Pukałam, ale nikogo nie ma w domu – wyjaśniła. – Furtka była otwarta, więc pozwoliłam sobie wejść.

– A tak. Krysia się mnie spodziewała i pewnie dlatego zostawiła otwartą furtkę. Powinna zaraz się zjawić. A kim ty jesteś, młoda damo? – zapytał od niechcenia.

– Julia – przedstawiła się krótko i wyciągnęła do niego rękę.

– Jan. Jestem wujkiem Krysi. – Ścisnął wyciągniętą dłoń.

– Pan mi się tak przygląda, jakby mnie znał – odezwała się nieśmiało.

– Znałem twojego ojca i twojego dziadka. Podobnie jak oni pochodzę stąd.

Po tych słowach zapanowała dziwna cisza, słychać było tylko brzęczenie spieszącej dokądś pszczoły, które zresztą zaraz umilkło. Julia patrzyła na Jana spod ściągniętych brwi.

– Pan mnie musi z kimś mylić – powiedziała w końcu. – Mój tata i cała jego rodzina pochodzą z Mazur. Może ojciec tu kiedyś był przejazdem, a raczej na pewno był, ale tu nie mieszkał.

Patrzyła na niego wyczekująco, widać było, że chce usłyszeć zapewnienie, że rzeczywiście mógł się pomylić. Myśli galopowały mu przez głowę jak stado spłoszonych koni. Kacper nie powiedział jej nic o swojej rodzinie. Nie powiedział nawet, skąd pochodzi. No tak. Właściwie go rozumiał, miał nadzieję, że jego córka nigdy o niczym się nie dowie. Ale on nie zamierzał uczestniczyć w kłamstwach jej ojca.

– Czy twój ojciec ma na imię Kacper? – zapytał, choć przecież znał odpowiedź.

– Tak, ale...

– To dosyć rzadkie imię, Julio. Nie przypuszczam, byśmy mówili o dwóch różnych osobach. Zresztą, masz taki sam kolor oczu jak on, prawda?

– Prawda... Czyli twierdzi pan, że ojciec tu mieszkał przez całe życie, tak? – Julia wbiła w niego pytające spojrzenie.

– Nic takiego nie powiedziałem – sprostował. – Wyjechał, o ile mi wiadomo, na studia, potem wrócił, a potem hm... Potem znów wyjechał. Już na stałe.

– Wyjechał i nie odwiedzał swoich rodziców? – Dziewczyna usiłowała poukładać w głowie pojedyncze informacje.

Janowi nagle zrobiło się jej żal.

– Dopóki żyli, bywał tutaj. Ale potem... Potem już nie przyjeżdżał. Ale jeżeli chcesz znać szczegóły, powinnaś zapytać o nie Krysię. Mnie przez długi czas nie było w kraju, a kiedy już wróciłem, Kacper przyjechał tu po raz ostatni. Zapytaj o to jak najszybciej Krysię, Julio. Mogę się tylko domyślać, jak bardzo jest jej w tej chwili ciężko.

– Pan coś wie, prawda? Niech mi pan powie, o co w tym wszystkim chodzi, proszę.

– Nie mogę. To dotyczy przede wszystkim Krysi i Kazika, ojca Tymka. Ich najbardziej. I Grażyny, ale ona nie bardzo się tym wszystkim przejęła. Zrozum, nie mogę za ich plecami rozmawiać o ich życiu. Chyba że Krysia mnie o to poprosi. Jeżeli przyjechałaś tu w konkretnej sprawie, mogę ci tylko doradzić, żebyś wyjaśniła ją jak najszybciej.

– Tak, ma pan rację – powiedziała i zamrugała szybko oczami. Widać było, że zbiera się jej na płacz. – Załatwię to jak najszybciej, ale nie teraz. Mam nadzieję, że się pan nie pogniewa. Do widzenia i dziękuję – rzuciła i okręciwszy się na pięcie, szybko odeszła.

Jan nie oderwał od niej wzroku aż do chwili, gdy zniknęła na polnej drodze ginącej w pobliskim lesie. W tym samym momencie pod sąsiedni dom zajechało duże, nowoczesne i zapewne bardzo drogie auto, z którego wysypała się banda roześmianych młodych ludzi, którzy absolutnie nie przypadli mu do gustu. Jeżeli ta ponoć przemiła sąsiadka, o której wspominała Krysia, miała takie towarzystwo, wolał jej nie poznawać. Na dłuższe rozmyślania nie starczyło mu czasu, bo właśnie na końcu ścieżki pojawił się pies Portos, a za nim zamigotała biała sukienka siostrzenicy.

Krysia ze zdziwieniem patrzyła, jak wujek Janek wyciąga z bagażnika małą zgrabną walizeczkę damską i duży plecak.

– Zostajesz na dłużej wujku? – zapytała, ze zdumieniem unosząc brwi.

– Nie, mam tylko taki nowy zwyczaj wożenia ze sobą damskich walizek. Taki niewinny bzik.

– I plecaków – uzupełniła sumiennie Krysia.

– To też, ale akurat do tego się nie przyznaję.

– Hm... A tak na serio? I dlaczego ciocia Helenka z tobą nie przyjechała?

– No cóż, Krysiu, rozgryzłaś mnie. Już wiesz, jaka jest zawartość plecaka. Musimy ją szybko zakopać w ogrodzie.

– Kocham cię, wujku – roześmiała się w odpowiedzi Krysia.

– No ja myślę. Będziesz mnie jeszcze bardziej kochała, jak ci powiem, że plecak i walizkę przysyła ci ciocia Helenka. Nie mogła przyjechać, bo jej przyjaciółka leży w szpitalu, a nie ma nikogo bliskiego i ciocia nie mogła zostawić jej samej sobie. W plecaku masz przetwory i jakieś straszne ustrojstwa do wypieków. A w walizce są materiały na zasłony. Walizkę masz sobie zostawić, bo ponoć bardzo ci się podobała. A, i od razu ci powiem, by mieć to z głowy, że byłem u Grażyny.

– Jak to? Przecież mieliśmy się z nią spotkać jutro! Mieliśmy razem stawić jej czoło, a nie tak, tak... – Tu Krysi zabrakło słów. – Podle się czuję, jakbym własnymi rękami wrzuciła wujka prosto w paszczę lwa – dokończyła markotnie.

– E tam, przesadzasz. Najważniejsze, że Grażyna nie będzie cię już nękać. Odbyliśmy dość poważną rozmowę.

– Wujku, myślę, że wujek nie powinien...

– A ja z kolei myślę, że już dawno powinienem. Ale tak to jest, kiedy człowiek słucha bab.

– Bab??? – z rozbawieniem powtórzyła Krysia.

– Ano tak, to takie istoty, które umieją nieźle namieszać w głowie i w portfelu – wyjaśnił usłużnie Jan, uśmiechając się szelmowsko.

– Nie wiem, co by na to powiedziała ciocia Helenka. – Żartobliwie pogroziła wujkowi palcem.

– Moja droga, za to ja wiem doskonale, ale na całe szczęście nie przekonam się o tym na własnej skórze, bo ona nigdy się nie dowie, co tu naopowiadałem. A, właśnie... Gdy tu przyszedłem, czekała na ciebie Julia. Porozmawialiśmy chwilę i wiem, że niebawem będzie chciała z tobą omówić pewne kwestie. Doradziłem jej zresztą, żeby nie zwlekała.

– Wujku, jesteś niesamowity! Uporałeś się w ciągu niespełna jednego dnia z tym, z czym ja nie poradziłabym sobie w ciągu najbliższych tygodni! Ale co zrobiłeś Grażynie, że zdecydowała się dać mi spokój?

– Powiedziałem jej niestety samą prawdę. A prawda dotycząca twojej siostry nie mogła być w najmniejszym nawet stopniu przyjemna.

– Biedna... Ja wiem, że jest okropna, że zasłużyła sobie na to wszystko, że myśli tylko o pieniądzach, ale z drugiej strony musi być bardzo nieszczęśliwa.

– Jeżeli nawet, sama na to zapracowała. I ktoś musiał jej o tym powiedzieć. A wiesz dlaczego, moja dobra duszo? By dać jej szansę na zmianę. Wy z ciotką Helenką próbowałyście odsuwać od niej wszelkie przykrości, więc jak mogła się zmienić, skoro nikt nigdy nie powiedział jej, że jest okropna? Teraz są dwie drogi: albo zatnie się w uporze i zrobi się jeszcze gorsza, albo przemyśli swoje postępowanie i postara się zmienić. Mnie też wcale nie było łatwo. Spotkanie z nią kosztowało mnie sporo nerwów. W końcu to też córka mojej siostry. A tak zupełnie z innej beczki, to czy Kazik...

– Nie, nie wie jeszcze, że Julia tu jest. To prawdziwe błogosławieństwo, że ta jego leśniczówka leży głęboko w lesie i że tak rzadko przyjeżdża do miasta. W pewnym momencie bałam się, by nie dowiedział się o jej przyjeździe od Tymka. Wyobraź sobie, że się poznali. I mają się ku sobie...

– Niemożliwe... To jest istny chichot losu... A skąd wiesz, że nie wspomni ojcu o Julce?

– Bo powiedziałam mu, kim ona jest. W ogóle powiedziałam mu prawdę. Wiem, że może nie było to najrozsądniejsze, ale...

– Dobrze zrobiłaś – przerwał jej wujek Janek. – Bardzo dobrze.

– Jak to, nie uważa wujek, że to nieodpowiedzialne? – Krysia spojrzała na niego zdumiona.

– Uważam, że pora wyprostować kłamstwa. Za dużo ich się nazbierało, zbyt się zagęściły i pogmatwały. Dobrze zrobiłaś – rzekł z mocą wujek Janek, pomagając Krysi wnieść do domu ciężki plecak.

Porzucił go w przedpokoju i poszedł za nią do kuchni. Marzył o gorącej aromatycznej kawie migdałowej i murzynku, bo Krysia piekła najlepiej na świecie, a i kawę migdałową parzyła jak nikt inny.

ROZDZIAŁ XXX

Julia szła przed siebie, nie zastanawiając się, dokąd właściwie zmierza. Chciała tak iść i iść, aż do kompletnego wyczerpania. A potem przewrócić się i zniknąć. Rozpaść na milion małych, niezdolnych do myślenia i czucia cząsteczek. Wystarczyła jedna krótka rozmowa, by wszystko, w co wierzyła przez całe życie, rozpadło się niczym domek z kart. Nie rozumiała, dlaczego ojciec miałby ją oszukiwać, ale z drugiej strony zbyt dużo faktów się zgadzało, by można mówić o nieporozumieniu. A więc była w mieście rodzinnym swojego ojca. Gdzieś tu zapewne jest dom, w którym mieszkali jej dziadkowie, na rynku jej babcia robiła zakupy, a kto wie, może nawet wpadała na plotki do matki Krysi. Nic dziwnego, że tak dobrze czuła się w Malowniczem. W końcu tu były jej korzenie. Tylko po co te kłamstwa? Po co Kacper oprowadził ją kiedyś po mazurskim miasteczku i pokazał, gdzie się bawił jako chłopiec, gdzie chodził do szkoły, gdzie po raz pierwszy wypił piwo z kolegami. Ba, pokazał jej nawet dom, w którym ponoć mieszkał z rodzicami i który sprzedał po ich śmierci.

A tu okazuje się, że wszystko było fikcją. Teraz kiedy się nad tym zastanawiała, przypomniała sobie, że zdjęcia z dzieciństwa Kacpra zupełnie nie przypominały tego, co zobaczyła w mazurskim miasteczku. Nawet dom dziadków był inny. Ale przecież nowi właściciele mogli go przebudować. Zresztą wtedy nie wgłębiała się w takie szczegóły. Nie porównywała. Skoro twierdził, że pochodzi z Mazur i pokazał jej dom stojący tuż nad jeziorem, nie miała powodów, by w to wątpić. Dopiero teraz... Dlaczego uciekł od całego swojego życia? I dlaczego usiłował odebrać należną jej część historii? Tego Julia nie mogła pojąć. Ale jednocześnie wiedziała, że znalazła klucz do zagadki. Trzymała go Krysia, wystarczyło z nią porozmawiać. I wiedziała nawet, jak zacznie tę rozmowę. Ale zanim zada jej najważniejsze pytania, musi się jeszcze upewnić co do jednej rzeczy.

Madeleine od samego rana czuła, że nie powinna wyjeżdżać i zostawiać Ani i Marcysi. Na nic zdawały się zapewnienia pani Basi, że przecież nie spuści oka z dzieci i że nic im się pod jej opieką nie stanie. Na widok Kaśki, która wyszła rano ze swojego pokoju bez upiornego makijażu i części kolczyków, Madeleine zamiast się ucieszyć, zaniepokoiła się jeszcze bardziej. W końcu zdecydowała się odwołać spotkanie, ale Agata nie odbierała telefonu.

– Posłuchaj mnie, moje dziecko – powiedziała stanowczo pani Basia. – Nie mogę już patrzeć, jak się miotasz! Jedź do tego Wrocławia, załatw, co masz załatwić, i nie wprowadzaj nerwowej atmosfery. Dziewczynki będą ze mną bezpieczne. Nikt ich nawet palcem nie tknie. Zresztą, na litość boską, nie wyjeżdżasz na tydzień, tylko na kilka godzin. A dzieciaki jeszcze nie doszły do siebie po wczorajszym i po lekach uspokajających. Znając życie, prześpią pół dnia. No, już cię tu nie widzę – zakończyła.

Madeleine w duchu przyznała jej rację, ale i tak nie mogła pozbyć się uczucia niepokoju. Jednocześnie wiedziała, że nie może wystawić Agaty do wiatru. W końcu wsiadła do auta i pojechała. Gdy była już we Wrocławiu, dostała esemesa, że Agata się spóźni. W rezultacie ich spotkanie przeciągnęło się do późnego wieczora. Tłumaczenia rzeczywiście było sporo i wyglądało na to, że w najbliższym czasie nie będzie mogła narzekać na brak zajęcia. Gdy już się żegnały, rozdzwoniła się komórka. Na całe szczęście wbrew jej obawom nie dzwonił nikt z domu. W słuchawce za to zabrzmiał zdyszany głos Łucji.

– Odbierzesz mnie ze stacji? Zepsuł mi się samochód. Musiałam go zostawić u mechanika we Wrocławiu i wracam pociągiem, ale mam tak ciężką torbę ze sprzętem, że zanim dowlokę się do domu, minie rok i sześć niedziel – mówiła, sapiąc do słuchawki.

– A gdzie teraz jesteś?

– Na dworcu, wsiadam do pociągu...

– To wysiadaj z niego natychmiast! Jestem we Wrocławiu, podjadę po ciebie dosłownie za pięć minut – rzuciła i nie tracąc czasu, zakończyła rozmowę.

Bardzo się ucieszyła z tego niespodziewanego towarzystwa, bo istniała szansa, że przynajmniej porozmawiają. W przeciwnym razie zapewne całą drogę by się zamartwiała. W czasie podróży opowiedziała Łucji, co się stało, i obie zgodnie stwierdziły, że bez względu na strach Ani sytuacja rozwinęła się tak, że nie pozostaje im nic innego, jak zgłosić sprawę na policję.

– Słuchaj, nie będziesz miała nic przeciwko, żebym najpierw zahaczyła o dom? – zapytała Madeleine, gdy wjechały już do Malowniczego. – Wiem, że to głupie, ale będziemy jechały praktycznie obok, a ja się uspokoję, kiedy na własne oczy zobaczę, że wszystko gra. Wprawdzie dzwoniłam po południu do pani Basi i nic się nie działo, ale teraz jest już późno. Nikt nie odbiera komórki, a mnie za to odbiera rozum z niepokoju – roześmiała się.

– Jedź, w końcu pięć minut wte czy wewte nie zrobi mi różnicy. Zresztą gdyby nie ty, nadal tłukłabym się pociągiem – ziewnęła rozdzierająco Łucja. – Słuchaj, a co to za auto stoi u ciebie przed furtką? – zapytała, gdy podjechały pod dom. – Ten, kto nim przyjechał, nieźle zarabia. Taka bryka jest warta fortunę... – przerwała i popatrzyła z uwagą na milczącą Madeleine, która ze zmarszczonymi brwiami spoglądała w kierunku oświetlonego domu. Przez niezasłonięte okno na parterze widać było dwie osoby, jedna skakała po całym pokoju, a druga goniła ją z podniesionymi rękami. – A to co? – Zdumiona popatrzyła na niemy spektakl.

– Nie wiem, ale już mi się nie podoba – odparła Magda, wysiadając z samochodu i biegiem ruszając w kierunku domu. Tuż za nią podążała Łucja.

Z rozmachem otworzyła drzwi i znieruchomiała na widok tego, co działo się w jej salonie. Na podłodze leżeli dwaj młodzieńcy i z głupimi uśmiechami pokazywali sobie palcem sufit. Udawali, że łapią coś w usta i głośno przełykali. Po całym pokoju skakała dziewczyna, wrzeszcząc jak opętana:

– Jestem ogóreczkiem, małym skaczącym korniszonkiem, ratunku, goni mnie widelec!

Widelcem najwyraźniej był chłopak goniący ją z rozcapierzonymi palcami.

Po chwili dziewczyny dostrzegły jeszcze dwie osoby. Jedna z nich leżała na kanapie, a druga, zanosząc się od śmiechu, wskazywała na nie wyciągniętym palcem. Wszędzie walały się na wpół opróżnione butelki po piwie, na stole stała cała bateria pustych flaszek od wina, a w powietrzu było gęsto od dymu. Nagle do salonu wpadła Kaśka i na widok Madeleine i Łucji tkwiących w drzwiach niczym skamieniałe posągi najpierw zatrzymała się zdumiona, a potem z ulgą rzuciła się w ich stronę.

– Boże, jak dobrze, że wróciłaś! – jęknęła i dopiero to sprawiło, że Magda odzyskała głos.

– Co tu się, do cholery, wyprawia? – warknęła, wbijając pełne wściekłości spojrzenie w Kaśkę. – I co tu tak śmierdzi?

– To tylko papierosy... – Dziewczyna usiłowała przybrać niewinną minę.

– Dziecko, i komu ty chcesz to wmówić? – prychnęła Łucja, wchodząc do pokoju. – Przecież to maryśka. Oni wszyscy są najarani jak meserszmity! I spici!

– O, przyszły nowe laski – zarechotał jeden z leżących na podłodze.

– Co to za panienki nam przyprowadziłaś? – zainteresował się drugi. – Ty, one są niebieskie! Avatary, kurwa, czy co? Jeszcze pewnie mają ogony...

– Przymknij się, Jaro! – wrzasnęła w jego stronę Kaśka i zwróciła się do siostry płaczliwym tonem: – Wszystko ci wytłumaczę, ja nie chciałam...

Ale Madeleine ledwo omiotła ją wzrokiem. Z ulgą zauważyła, że nigdzie nie widzi pani Basi i dzieci. Pewnie zabrała je na górę albo do pani Leontyny.

– Nie chcę cię widzieć, zawiodłaś mnie – powiedziała twardo. – Zabierz swoich kolesi, mają zniknąć z mojego domu... Z tobą policzę się później!

– Myślisz, że nie chciałam! Ale oni mnie nie słuchali, a teraz...

– Teraz to raczej nie słuchają nikogo – dokończyła Łucja, patrząc na pokładające się, kicające i histerycznie śmiejące się towarzystwo.

– To co ja mam zrobić z tym całym tałatajstwem?– Madeleine bezradnie patrzyła na swój salon zamieniony w salę zabaw obłąkańców.

– Zdaje mi się, że same sobie z tym nie poradzimy... – Łucja uskoczyła przed kicającym korniszonkiem w damskim wydaniu.

– A gdzie jest Jazzman? – Magda zapytała siostrę, nawet na nią nie patrząc.

– Mówił pani Basi, że idzie się rozmówić z byłą dziewczyną – wyszlochała Kaśka. – Chyba się pogodzili, bo nie wrócił. Julka też zniknęła i nie pojawiła się przez cały wieczór. Magda, muszę powiedzieć ci coś jeszcze – wyjąkała, ale w tym momencie rozdzwoniła się komórka.

– Pani Basiu, to pani? – zakrzyknęła do słuchawki, nawet nie patrząc na wyświetlacz. W końcu kto inny mógł do niej dzwonić o tej porze.

– Niestety, nie pani Basia, tylko twój brat. Dowiedziałem się od mamy, że wywinęłaś rodzinie numer i uciekłaś na prowincję. I postanowiłem zrobić ci małą kontrolę moralności. Tyle tylko, że nie bardzo wiemy, jak do ciebie trafić. Jest ze mną mój kumpel Michał, poznałaś go kiedyś. Dojechaliśmy do jakiejś polnej drogi i nie wiem:

skręcać czy nie skręcać? – zapytał roześmiany głos w słuchawce.

– Skręcać – odparła z ulgą Madeleine. I to szybko!

– O, a ja się bałem, że nie odbierzesz nawet telefonu. W końcu jest środek nocy. A tymczasem widzę, że niby głucha prowincja, a nocne życie kwitnie!

– O, i to jak. Aż się zdziwicie. Mam nadzieję, że macie dużo sił, bo będą wam potrzebne. Czekam na was, pierwszy dom, przed nim wypasiona fura – dodała i się rozłączyła.

– Kto to był? – zapytała zdziwiona Łucja.

– Mój brat Antek z kumplem. To chyba jakiś cud, że zjawiają się właśnie teraz.

– Niewątpliwie. Chociaż cud jak cud, raczej stawiałabym na telepatię. – Łucja ze zgrozą popatrzyła na chłopaka, który właśnie zaczął rozpinać spodnie i ewidentnie zamierzał się wysikać do odsuniętej szuflady komody.

Tego było za wiele. Magda z dzikim rykiem dopadła delikwenta i złapała go za ramię. W tym samym momencie w otwartych drzwiach pojawił się Antek z kolegą i widząc, jak siostra usiłuje wlec za sobą chłopaka z opuszczonymi spodniami, na moment znieruchomiał.

– Nie gap się tak, tylko mi pomóż! Zanim ta świnia zasika mi tu wszystko! – wrzasnęła, wyrywając chłopaków z odrętwienia.

W przeciwieństwie do niej poradzili sobie z niekompletnie ubranym gościem bez żadnego trudu. Nie minęło nawet pół minuty, gdy był już na zewnątrz.

– Przypomina mi się nasza ostatnia podróż do Hiszpanii – wysapał Antek do Michała. – I ten gość, który tak samo pięknie szybował po schodach... Magda, czy możesz mi wyjaśnić, co tu się dzieje? Bo gdybym cię nie znał, pomyślałbym, że postanowiłaś dorobić na sprzedaży zioła...

– Mnie, jak widać, znasz, ale Kaśki aż tak dobrze nie poznałeś. Braciszku, to są właśnie koledzy naszej siostry, która pod moją nieobecność postanowiła się zabawić – wyjaśniła Madeleine lodowatym tonem. – Z nieba mi spadliście, bo same z Łucją nie dałybyśmy rady... Zresztą nie mam pojęcia, co z nimi zrobić...

– A ten wóz na zewnątrz? – zapytał Michał.

– Nie mój, więc stawiam na któregoś ze znajomych Kaśki.

– Jednym słowem, złota młodzież – pokiwał głową Antek. – Tylko wierzyć mi się nie chce, że dałaś się w to wciągnąć – zwrócił się do młodszej siostry i pokręcił głową z dezaprobatą. – To co, Michał, wynosimy?

– Tak. Jak mają coś zarzygać, niech to będzie coś naprawdę ich godnego. Myślę, że tapicerka tego bezcennego auta akurat się nada dla bananowych dzieci – uśmiechnął się Michał, łapiąc i przerzucając sobie przez ramię dziewczynę, która jeszcze przed chwilą była skrzyżowaniem ogórka z królikiem.

– Nie wiem, czy to dobry pomysł, bo jak im przyjdzie do głowy pojechać? – zapytała z powątpiewaniem Łucja. – Nie dość, że zabiją siebie, to jeszcze mogą zrobić krzywdę innym...

– A nie, do tego nie dopuścimy. Dostaną kluczyki, jak wytrzeźwieją i dojdą do siebie – wyjaśnił Antek, chwytając pod pachy jednego z leżących na podłodze.

– W łazience jest jeszcze jeden – powiedziała cicho Kaśka. – I muszę wam powiedzieć...

– Nic nie musisz. Nie zrozumiałaś? Nie chcę z tobą mieć na razie nic wspólnego!!! – Madeleine z furią odwróciła się do siostry. – Nie rozumiesz, że w tej chwili mam ochotę sprać cię na kwaśne jabłko?! Że jesteś głupia i nieodpowiedzialna?!

– No, no, no, Magda, może najpierw ochłoń, a potem mów, bo wypowiedzianych słów nie da się już cofnąć – wtrącił się Antek.

– Może i jestem głupia i nieodpowiedzialna, ale jak chcę w końcu zachować się tak, jak powinnam, to ty mi nie dajesz! – krzyknęła Kaśka, wykrzywiając twarz w brzydkim grymasie. – Sama wiem, jak się zachowałam, ale od początku usiłuję ci powiedzieć, że z panią Basią nie jest dobrze! Ci idioci poczęstowali ją pizzą z marihuaną! Nie wiem, może jeszcze zapaliła albo się nawdychała i to wystarczyło, ale nie jest z nią dobrze! Potem możesz mnie zabić, jeśli chcesz, ale teraz zajmij się nią! Usnęła przy stole w kuchni, nie mogłam jej dobudzić, a ci tutaj tylko się śmiali i śmiali. – Ukryła twarz w dłoniach i zaczęła histerycznie szlochać.

Madeleine stała, przyswajając sobie treść wykrzyczanych do niej słów. Dopiero po chwili w pełni do niej dotarło, co powiedziała siostra, i pobiegła do kuchni. Pani Basia rzeczywiście siedziała przy stole, ale już nie spała. Uniosła twarz i spojrzała na nią półprzytomnym wzrokiem.

– Pani Basiu, poznaje mnie pani? – wyszeptała, nachylając się nad kobietą.

– Poznaję, pewnie, że poznaję... Tylko tak mi się w głowie kręci. Zupełnie nie wiem, co się ze mną dzieje – wychrypiała jej prosto do ucha.

– To tylko zmęczenie. – Nieśmiało wyciągnęła do niej rękę i pomogła wstać. – Teraz położę panią do łóżka. Musi się pani wyspać – dodała, czując, że pieką ją oczy.

Nie oglądając się na nikogo, zaprowadziła starszą panią do pokoju. Gdy otulała ją kołdrą i zapalała koło łóżka nocną lampkę, cały czas myślała o jednym: gdzie są dzieci? I Julka? Co się z nimi wszystkimi stało?

W salonie nie było już żadnego z opalonych kolegów jej siostry, Antek z Michałem też gdzieś zniknęli. Łucja pozamykała wszystkie pootwierane szuflady i zasuwała właśnie rolety w oknach. Kaśka kuliła się w kącie kanapy. Madeleine z rozmysłem zignorowała jej obecność.

– Łucja, bardzo ci dziękuję. Nie wiem, ale to, co się ostatnio dzieje... Zupełnie jakbym znalazła się w jakimś obcym, kompletnie nieznanym świecie... Nie wiem, gdzie są dziewczynki – dokończyła i poczuła spływające po policzkach łzy. – Miałam ich pilnować...

– Znajdą się. – Łucja uspokajającym gestem położyła jej dłoń na ramieniu. – Na pewno się znajdą. Może wróciły do domu, gdy zobaczyły, co tu się wyprawia...

– Wcale mnie nie uspokoiłaś, przecież wiesz, co tam się stało!

– Tak, ale po wczorajszej imprezie przez kilka dni będzie spokój. Zawsze tak jest. Ich dziadkowie muszą odespać pijaństwo. Te dzieciaki są twarde, umieją sobie radzić.

– Tak, tak, na pewno – przytaknęła kompletnie nieprzekonana Madeleine. – Łucja, przepraszam, ale nie odwiozę cię. Weź moje auto i pojedź sama. Nie mogę zostawić domu bez opieki. Zresztą muszę tu zostać na wypadek, gdyby wróciły. Julki też nie ma i nie odbiera telefonu...

– Pewnie, mną zupełnie się nie przejmuj, ale może samochód jednak ci zostawię...

– Tak, a jak dotrzesz do domu? Nie gadaj, tylko bierz. Jutro go odbiorę. Toni podrzuci mnie do miasta – powiedziała, wciskając jej do ręki kluczyki.

Odprowadziła ją do samochodu, poczekała, aż odjedzie, i wróciła do domu. Omiotła wzrokiem podłogę, na której lśniły kałuże rozlanego alkoholu, i popatrzyła na fotele, na których poniewierały się butelki. Popielniczki porozstawiane na parapetach i stole były pełne niedopałków. Madeleine bez słowa poszła do łazienki i napełniła miskę gorącą wodą i płynem. W głowie miała kompletny chaos. Chciało jej się wyć. Nie płakać, ale właśnie wyć. Z rozpaczy. I z żalu do samej siebie. Wróciła do salonu i już miała zabrać się do szorowania, gdy do pokoju wszedł jej brat i jego przyjaciel.

– Nawet się nie waż – powiedział Antek, odbierając z jej rąk miskę. – Mam wrażenie, że kto inny powinien się tym zająć. – I rzucił szczotkę Kaśce. – Zdaje mi się, że czeka cię pracowita noc – dodał tonem nieznoszącym sprzeciwu.

Madeleine zastygła w oczekiwaniu na wybuch protestów, ale ku jej zaskoczeniu nic takiego nie nastąpiło. Kaśka bez słowa wzięła się do sprzątania, a ona nawet nie miała siły, by podziękować bratu. Powlokła się na górę, by przygotować pokoje dla niego i Michała. Zajrzała jeszcze do pani Basi i z ulgą stwierdziła, że starsza pani śpi, oddychając równo i spokojnie. Potem ledwo żywa przysiadła przy stole w kuchni, czekając, aż Antek zwolni łazienkę. Po chwili dołączył do niej Michał. Zdała sobie sprawę, że nawet nie zapytała ich, czy są głodni.

– Może coś zjecie? – zagadnęła i w tym samym momencie poczuła w kieszeni dżinsów delikatne wibracje komórki. – Przepraszam, to Łucja pewnie chce się odmeldować, że dotarła do domu – mruknęła i nacisnęła zieloną słuchawkę. Przez chwilę słuchała uważnie, a potem poderwała się na równe nogi. – Gdzie to jest?! – zapytała podniesionym głosem. – Nieważne, ty nic nie rozumiesz, nie mogę tego tak zostawić – rzuciła i rozłączyła się. Przez moment patrzyła w okno, nerwowo postukując telefonem o blat stołu, a potem przeniosła wzrok na Michała. – Zawieziesz mnie w jedno miejsce?

– Teraz? – Zdumiony uniósł brwi. – Jest druga w nocy...

– Znam się na zegarku. Poprosiłabym Antka, ale zanim się wykąpie...

– Nie o to chodzi, zawiozę cię, gdzie chcesz, tylko się zdziwiłem...

– Nie przejmuj się. Odkąd tu przyjechałam, chodzę nieustannie zdziwiona. Takie miejsce – powiedziała zagadkowo i zbiegła na dół.

Michał zawiózł ją pod adres, który mu podała. Po drodze nieraz błogosławił tego, kto wynalazł nawigację. Dzięki niej zabłądził tylko raz, bo skręcił nie w tę drogę co trzeba. W egipskich ciemnościach panujących dookoła nie było widać ani zakrętów, ani dróżek, ani przepaści. Gdy zatrzymał motocykl pod podanym adresem, ze zdumieniem zobaczył, że stoją pod domem dziecka.

– Madeleine, możesz mi powiedzieć, co tu robimy? – zapytał, biegnąc za dziewczyną, która zeskoczyła z motoru i nie oglądając się za siebie, weszła na ogrodzony teren.

– Cicho – syknęła w jego kierunku. – Tu są moje dzieci...

– To ty masz dzieci? – zdziwił się Michał.

– Nie mam, ale te są prawie moje – powiedziała stanowczo, podchodząc do drzwi budynku.

Nie wiedziała, jak wytłumaczyć temu praktycznie obcemu chłopakowi, co się z nią dzieje. Odkąd usłyszała od Łucji, że Marcysia i Ania zostały zabrane od dziadków do domu dziecka, w jej głowie jak powtarzające się nagranie brzmiała opowieść Florka. O strasznej dyrektorce, znęcaniu się nad podopiecznymi, głodzeniu i polewaniu dzieciaków zimną wodą. W tej chwili nie interesowało jej, że zachowuje się irracjonalnie, że zapewne wszyscy uznają ją za szurniętą. Musiała się przekonać na własne oczy, że dzieciom nic nie grozi. Do tej pory zawiodła na całej linii i ta świadomość była wystarczająco straszna, by Madeleine zdała sobie sprawę, że nie zniesie jeszcze jednego zaniedbania. Nie mogłaby spojrzeć sobie w oczy i żyć z wyrzutami sumienia. Przez moment wpatrywała się w solidne drewniane drzwi, po czym z nagłym zdecydowaniem nacisnęła dzwonek.

Po chwili drzwi skrzypnęły i stanął w nich nieco zaspany starszy mężczyzna.

– Proszę pana, podobno dzisiaj przywieziono tutaj dwie dziewczynki, Anię i Marcysię. Czy to prawda?

– A czego tu szuka w środku nocy? Nie uważa, że to nie najlepsza pora na zadawanie pytań? – Mężczyzna nie zamierzał wcale z nią dyskutować i zamknąłby jej drzwi przed nosem, gdyby nie okazała się szybsza i nie zablokowała ich czubkiem buta.

– Pan nie rozumie... Zresztą nie wymagam tego od pana, ale ja naprawdę muszę się dowiedzieć, czy dziewczynki są bezpieczne – powiedziała błagalnie. Nie miała już siły powstrzymywać dłużej łez.

Starszy mężczyzna spojrzał na nią, pokręcił z dezaprobatą głową, ale jakby złagodniał.

– Niech wejdą – burknął w końcu, otwierając szerzej drzwi i wpuszczając ich do środka. – I niech tu poczekają, i nigdzie nie łażą – dodał groźnie i mamrocząc coś pod nosem, zniknął w mrocznym korytarzu.

Madeleine nerwowo oplotła się rękami.

– Zimno ci? – Michał ściągnął z siebie kurtkę i narzucił jej na plecy. – Mam nadzieję, że wiesz, co robisz, bo ja nic z tego nie rozumiem... Ale jedno jest pewne. Jesteś najbardziej zagadkową kobietą, jaką kiedykolwiek spotkałem...

Zanim jednak pociągając nosem i wierzchem dłoni wycierając mokre policzki, zdążyła mu odpowiedzieć, z głębi korytarza nadszedł portier w towarzystwie dwóch młodych kobiet.

– Tutaj są. O, mówiłem, znowu płacze – powiedział, wskazując na nią głową.

– Właśnie widzę, panie Wojtku. Przepraszam, ale co się dzieje? – Jedna z kobiet podeszła bliżej i obrzuciła uważnym spojrzeniem Madeleine i Michała.

– Już mówiłam. Podobno trafiły dziś do państwa dwie dziewczynki. Muszę się dowiedzieć, że one tu są i że są bezpieczne.

– A pani jest ich rodziną? Chyba nie. A obcym nie udzielamy informacji, nie mówiąc już, że nie udzielamy ich w środku nocy – powiedziała ostro.

– Proszę pani, my to wiemy – wtrącił się niespodziewanie Michał. – Nie udzielacie informacji i jest noc, ale czy nie sądzi pani, że skoro ta pani – tu położył rękę na ramieniu Madeleine – zdecydowała się na dobijanie się do was o tej porze, świadczy to tylko na jej korzyść? Nie zawahała się ani przez moment, a to znaczy, że jej zależy, a te dzieci są dla niej kimś ważnym. Nie poszła spokojnie spać, nie doczekała do rana, tylko z miejsca zareagowała. Czy właśnie nie o to chodzi? – zapytał i uśmiechnął się uwodzicielsko do kobiety.

Dopiero teraz, patrząc na niego w pełnym świetle, Magda zdała sobie sprawę, jaki jest przystojny. Jego duże, niemal czarne oczy emanowały ciepłem. Ogólnie rzecz biorąc, Michał od razu wzbudzał zaufanie. Widać do podobnych wniosków doszła druga kobieta, do tej pory w milczeniu przysłuchująca się rozmowie.

– Rzeczywiście przywieziono dzisiaj do nas dwie dziewczynki – powiedziała, uciszając koleżankę machnięciem dłoni – Anię i Marcysię. Nic im nie jest. Śpią. Czy teraz czuje się pani uspokojona?

– Ja przepraszam, ja muszę je zobaczyć, ja ostatnio pomagałam dziewczynkom – mówiła bezładnie, popatrując to na przysłuchujące się jej kobiety, to na pana Wojtka. – Ja stąd nie mogę wyjść, dopóki nie zobaczę, że są bezpieczne – dodała i jakby na potwierdzenie swoich słów przysiadła na plastikowym krzesełku.

– Mogę państwa zapewnić, że nic im nie jest – powtórzyła kobieta.

– A ja muszę zobaczyć – oświadczyła Madeleine z uporem.

Nawet nie próbowała tłumaczyć, dlaczego słowa zapewnienia nie wystarczą. Przecież nie mogła powiedzieć w oczy tym kobietom, że nasłuchała się makabrycznych opowieści o tego typu instytucjach i że w jej oczach są potencjalnymi oprawczyniami. Nawet teraz w skrajnym zdenerwowaniu zdawała sobie sprawę, że taka prawdomówność raczej by jej nie pomogła.

– Ale one teraz śpią – powiedziała dosadnie pierwsza z kobiet – na sali, na której śpią inne dzieci. Nie możemy tam państwa wpuścić! Poza tym to jest dom dziecka, a nie muzeum, gdzie można oglądać eksponaty!

– Nie ruszę się stąd. – Magda postanowiła nie wdawać się w dyskusję. Przypomniała sobie oglądany dawno temu program o terrorystach, gdzie mówiono, że najtrudniej jest pokonać tych, którzy mają sprecyzowane, krótkie żądania i nie chcą negocjować. A ona właśnie zamierzała zostać swoistą terrorystką i nie opuści tego budynku, dopóki nie dostanie tego, czego żąda. – Możecie myśleć o mnie, co chcecie, ale ja pokochałam Marcysię, przywiązałam się do Ani i nie zamierzam stąd wyjść, póki ich nie zobaczę. Chociaż przez sekundę. Te dzieci nie mają już nikogo... A ja chcę być dla nich kimś – powiedziała, patrząc spode łba na wychowawczynię.

– Panie Wojtku, w takim razie będzie pan musiał panią wyprosić. – Pierwsza z nich rozłożyła bezradnie ręce, pokazując tym, że przemowa Madeleine nie zrobiła na niej najmniejszego wrażenia. – Pani nie może tu przebywać bez zgody dyrekcji...

– A mnie się wydaje, że tak się nie godzi – wtrącił się niespodziewanie pan Wojtek. – Najpierw gadacie, że znieczulica, że ludzie to już za grosz uczuć nie mają, a jak zdarzają się tacy z uczuciami, to każecie mi ich wyrzucać za drzwi? Nie zamierzam do tego ręki przykładać. Wystarczy spojrzeć na kobitkę, dobrze jej z oczu patrzy...

– Ale panie Wojtku, nie możemy – nerwowo zaszeptała druga z kobiet. – Przecież pani dyrektor...

– Trzeba do niej zadzwonić – zdecydował pan Wojtek, patrząc na Magdę kurczowo zaciskającą ręce na oparciach krzesła.

W środku nocy? Zwariował pan? – Wychowawczyni spojrzała na portiera ze zgrozą, ale pan Wojtek już wykręcał numer.

Przez dłuższy czas nikt po drugiej stronie nie odbierał, ale po chwili w słuchawce coś zaszemrało.

– Pani dyrektor? Wojtek Klonowski się kłania. Mamy tutaj mały problem natury moralnej – powiedział i pokrótce zreferował, na czym polega ów ambaras. – Uparła się i nie chce wyjść – zakończył, a kiedy wysłuchał decyzji pani dyrektor, uśmiechnął się szeroko i odparł: – A nie, to nie wchodzi w rachubę, bo z kolei tutaj to ja się uparłem i nie wyproszę... Nie godzi się tak deptać czyjejś troski – dodał i odłożył słuchawkę.

– No, niech już nie płacze. Pani dyrektor zaraz przyjedzie. A to mądra kobieta i też zna się na ludziach – dodał i włączył czajnik elektryczny. – To co, napijemy się czegoś ciepłego, prawda? Niby lato, ale noce są chłodne i nie ma to jak kubek mocnej czarnej herbaty – stwierdził, otwierając małą szafkę i wyjmując z niej szklanki.

Madeleine w odpowiedzi posłała mu tylko blady uśmiech, myśląc, że jeżeli kiedyś dla tłumaczy francuskiego zabraknie pracy, to już wie, czym się zajmie. Zostanie terrorystką. Pierwsza próba wypadła nader dobrze. Jej żądań wprawdzie jeszcze nie spełniono, ale wszystko wskazywało na to, że za moment z pomocą pana Wojtka dopnie swego.

ROZDZIAŁ XXXI

Dyrektorka rzeczywiście przyjechała. Okazało się, że jej wygląd nijak nie pasuje do złej, znęcającej się nad niewinnymi dziateczkami wiedźmy. Była to niska, pulchna kobieta o ciepłych oczach i nieco w tej chwili rozczochranych brązowych włosach. Wysłuchała Magdy, nie przerywając jej ani słowem, pozwoliła opowiedzieć sobie o Marcysi, o tym, że dziewczynka ma u niej własne miejsce, że spędzała tam całe dnie. Wysłuchała relacji o feralnym ostatnim dniu i samooskarżeń Magdy, która stwierdziła, że powinna dopilnować dziewczynek, a wtedy na pewno by tu nie trafiły... Oczywiście rozsądnie pominęła to, co zastała po swoim powrocie w domu. Doskonale zdawała sobie sprawę, że przyznanie się do tego, że siostra urządziła palarnię maryśki, raczej nie zostanie potraktowane na jej korzyść. Szczerość była dobra, ale jej nadmiar w tym wypadku nie był wskazany.

– Ale co pani opowiada – przemówiła w końcu dyrektorka, dyskretnie tłumiąc ziewnięcie – dzieci tak czy inaczej trafiłyby do nas. Przecież po aresztowaniu dziadków nie mogłyby zostać bez opieki...

– Ale jak to? Ich dziadkowie zostali aresztowani?

– Pani dyrektor, nie powinnyśmy o tym rozmawiać z obcymi – wtrąciła się wychowawczyni, która wcześniej chciała wyprosić Madeleine.

– Ewa, a co to za tajemnica? – prychnął w odpowiedzi portier. – Całe Malownicze o tym gada. Dziewczyna nic nie wie, bo jej nie było w mieście, ale wystarczy, że jutro pójdzie do mięsnego, a Kraśniakowa zda jej pełną relację.

– Pan Wojtek ma rację, nie stwarzajmy sztucznych problemów. Dziadkowie dziewczynek zostali aresztowani nad ranem. Była tam straszna rozróba, doszło nawet do strzelaniny. Strzelał ich dziadek z jakiejś przedpotopowej strzelby, na całe szczęście tylko postrzelił jednego z opojów, którzy się z nim raczyli gorzałką. Ale potem wybuchła jeszcze bójka, babcia, o ile mi wiadomo, stanęła w obronie męża i też dopuściła się nadużycia siły. W każdym razie, oboje zostali aresztowani i w takim wypadku dzieci standardowo trafiają do izby dziecka, a potem do domu dziecka. Ale że Malownicze nie jest dużym miastem, izba i dom są połączone. Tak więc nie ma w tym żadnej pani winy. Policja i tak by znalazła dzieci i je do nas przywiozła. A teraz proszę pójść za mną. Obejrzy pani te swoje zguby i przekona się, że nikt tu im krzywdy nie zrobił. A jutro proszę do mnie przyjść. Zaimponowała mi pani i widzę, że naprawdę zależy pani na tych dzieciach. Jeżeli pani chce i dziewczynki też nie wyrażą sprzeciwu, zrobimy wszystko, żeby mogły do pani przychodzić. Dobrze? – zaproponowała i zaprowadziła Madeleine na salę, gdzie otulone po uszy kołdrami, tuż koło siebie spokojnie spały Ania i Marcysia.

Patrząc na nie, poczuła jak ściska ją w gardle i oczy znów zachodzą łzami. Były takie bezbronne. Siniak na policzku

Ani zrobił się ciemnofioletowy. Marcysia na startej rączce miała przyklejony plaster. Nie chciała zostawiać ich tutaj, ale w końcu, pokonując wewnętrzny opór, opuściła salę i z całego serca podziękowała dyrektorce, a potem bez słowa opuściła budynek. Przy wyjściu uścisnęła mocno rękę pana Wojtka. Starszy pan tylko do niej porozumiewawczo mrugnął i poklepał Michała po ramieniu.

– Pilnuj jej pan, to teraz takich kobiet coraz mniej – powiedział mu na odchodnym. – Ginący gatunek – dodał, odprowadzając ją wzrokiem.

Gdy dotarli do domu, zaczynało już świtać. Madeleine przed drzwiami swojego pokoju odwróciła się, by podziękować Michałowi. W końcu przez nią zarwał noc i mimo że niewiele rozumiał z sytuacji, usiłował pomóc. Ledwo podniosła oczy, napotkała jego pełne troski spojrzenie. Podążyła wzrokiem niżej i zatrzymała się na jego ustach. Pomyślała, że właśnie tego chce, poczuć je na swoich wargach, schować się w mocnych ramionach i o niczym nie myśleć. Zdawała sobie sprawę z tego, że nie panuje nad sobą i że wszystkie te pragnienia ma wypisane na twarzy. Niewiele myśląc, zarzuciła mu ręce na szyję i poczuła, jak jego ciepłe wargi przesuwają się po jej policzku. Przez moment błądził ustami w okolicy jej warg, jakby chciał się upewnić, że Magda na pewno wie, co robi. Wiedziała doskonale. Pociągnęła go za sobą do pokoju. Dzięki niemu nareszcie nie musiała myśleć i nie była sama. A to w tej chwili wydało jej się najważniejsze.

Julia natomiast tę noc spędziła w samochodzie Tymka. Nie chciała wracać do domu, więc kupili pizzę i pojechali krętą drogą na wzgórze, skąd rozciągał się piękny widok na miasteczko. Julka śmiertelnie znużona i spłakana opowiedziała mu o tym, czego dowiedziała się o swoim ojcu.

– Widzisz, miałam sprawę wyjaśnić, a wychodzi na to, że do wyjaśnienia jeszcze daleko, bo jak na razie wszystko się komplikuje... – Popatrzyła ze smutkiem na widniejące w oddali światła miasteczka.

– Julka, a może potrzeba ci jeszcze trochę czasu. Oddechu... Wiesz, muszę na kilka dni wyjechać do Wrocławia. Ojciec prosił mnie o załatwienie paru spraw. Może pojedziesz ze mną? – zapytał, a właściwie poprosił ją Tymek, przytulając jej dłoń do swojego policzka. – Kiedy dowiesz się już prawdy, nic nie będzie takie samo... Podarujmy sobie jeszcze te kilka dni bez przeszłości, bez rozwiązywania zagadek... Po prostu bądźmy.

Już otwierała usta, by powiedzieć, że to nie w jej stylu, nie powinno się zostawiać niedokończonych spraw, ale dotarło do niej, że to nieprawda. Bo poczuła właśnie, że chce zostawić to wszystko niedokończone i choć na moment zapomnieć, że jest córką Kacpra.

– Dobrze – zgodziła się, wolno kiwając głową – dobrze. Ale zanim pojedziemy, muszę zadać jedno pytanie Krysi. Tylko jedno. A potem będziemy mogli po prostu być – powiedziała i ułożyła głowę na jego ramieniu. Po chwili zmęczona całym dniem i płaczem usnęła.

A Tymek, tuląc ją do siebie, myślał, że chętnie zostałby na tym wzgórzu już na zawsze. Mogliby żyć w ciszy i spokoju, nieograniczeni przeszłością i rodzinnymi tajemnicami. Jednak zdawał sobie sprawę, że nie da się uciec od prawdy. Prędzej czy później trzeba będzie się z nią zmierzyć. I stanowczo życzył sobie, żeby to nastąpiło później, dużo później.

Rano zawiózł ją pod herbaciarnię Krysi. Dziewczyna odmówiła, gdy zaproponował, że wejdzie razem z nią. Umówiła się, że zadzwoni, jak już załatwi swoje sprawy.

– Wtedy pojedziemy zabrać trochę moich rzeczy. No i muszę uprzedzić Madeleine, że mnie nie będzie przez kilka dni – dodała, czując przy tym wyrzut sumienia, że nie zadzwoniła i nie uprzedziła swojej gospodyni, że nie wróci na noc.

Tymek chcąc nie chcąc odjechał, a Julka usadowiła się na schodkach przed herbaciarnią i cierpliwie czekała. Krysia zjawiła się punktualnie o dziewiątej.

– Julka? Ty tutaj? A Madzia od zmysłów odchodzi, że cię nie ma. Dzwoniła do mnie dzisiaj rano. Podobno masz wyłączoną komórkę. I Tymek też.

– No tak, wiedziałam, że powinnam zadzwonić, ale telefon mi się rozładował... Czy mogłaby pani dać jej znać, że żyję? – Julia nie zamierzała wdawać się w szczegóły i opowiadać, jak spędziła noc.

Krysia natomiast w pierwszym momencie chciała ją o to wypytać, ale już po chwili sama siebie przywołała do porządku. W końcu to nie była jej sprawa. Zadzwoniła tylko do Madeleine i powiedziała, że zguba się znalazła.

– No to załatwione. Wpadłaś do mnie na drożdżówkę czy może...

– Czekam na panią, bo muszę o coś spytać. Na razie tylko o jedną rzecz... – przerwała jej Julka. – Czy mój ojciec mieszkał tutaj od małego?

Krystyna popatrzyła na nią uważnie. W pierwszym momencie pomyślała, że dziewczyna z niej kpi. Ale w jej oczach było za wiele powagi.

– Oczywiście. Czy ty...

– Nie wiedziałam o tym – odpowiedziała na niezadane jeszcze pytanie. – Czuję się bardzo zmęczona, pani Krysiu – wyrwało się jej z głębi serca.

Krystyna podeszła do niej i przysiadła obok na schodkach. Nie miała pojęcia, co powiedzieć, więc milczała.

– Nienawidzę swojego ojca nawet nie dlatego, że nigdy nie miał dla mnie czasu, że trzymał mnie przez całe życie na dystans. Przecież usiłowałam go zrozumieć. Nienawidzę go za kłamstwo.

– Myślę, że nie powinnaś go tak ostro oceniać – powiedziała Krysia w zamyśleniu – dopóki go o to nie zapytasz i nie poznasz jego racji.

– Czy pani zawsze była taka rozważna? – W głosie Juli słychać było tłumioną irytację.

– Rozważna i romantyczna. – Uśmiechnęła się, a potem pokręciła głową. – Nie, nigdy taka nie byłam. Nie zapominaj, że dużo łatwiej jest radzić komuś. Ale wiem jedno: nienawiść zatruwa życie nie tylko temu, kogo nienawidzimy, ale nam samym. I to bardzo niszczące uczucie – dodała, kładąc rękę na jej ramieniu. – Zdaje mi się, że rzeczywiście musimy porozmawiać. Ale nie tutaj, zaraz zaczną schodzić się klienci. Lepiej, żebyś nie była teraz sama. – Z niepokojem popatrzyła na jej bladą buzię i podkrążone oczy.

– Dam sobie radę. Nie wyskoczę oknem ani nie podetnę sobie żył – odparła ironicznie Julia i zupełnie, ale to zupełnie nie mogła pojąć, dlaczego po jej słowach Krysia zrobiła się blada jak papier. Nie mogła przecież wiedzieć, że kiedyś usłyszała podobne słowa i że nie przestała winić się za tragedię, która się potem wydarzyła.

– Nawet o tym nie myśl – powiedziała schrypniętym głosem i złapała Julię za rękę. – Rozumiesz?

– Rozumiem, ja tylko tak... To było czarne poczucie humoru – wyjaśniała zmieszana dziewczyna, usiłując cofnąć dłoń, ale uścisk Krysi był nadspodziewanie silny.

– Przepraszam – zreflektowała się kobieta po chwili, puszczając jej rękę – ale zdaje się, że śmieszą nas trochę inne żarty.

– To ja przepraszam – mruknęła Julia, rozcierając sobie palce. – Dowcip rzeczywiście nie był najwyższych lotów. Proszę spokojnie iść. Ja jestem umówiona z Tymkiem. Na kilka dni wyjeżdżamy razem do Wrocławia. Wiem, że powinnam zostać i dokończyć to, co właśnie zaczęłyśmy, ale czuję, że jeżeli choć na chwilę się od tego wszystkiego nie oderwę, oszaleję. Czy mogę panią prosić o kilka dni cierpliwości?

– Jedź. Ja nigdzie się nie wybieram i będę tutaj, gdy wrócisz.

W głębi serca nawet poczuła ulgę. Pewnie tak czuli się skazańcy, gdy odraczano wykonanie wyroku. Na kilka dni będzie mogła zapomnieć o Kacprze, Julce i nie będzie musiała martwić się, że Kazimierz znienacka dowie się o wszystkim. Jednak zdawała sobie sprawę, że tylko się łudzi. Mogła przestać wprawdzie martwić się tym, co zostawało tutaj, ale i tak Julia znika razem z Tymkiem. W końcu cała prawda wyjdzie na jaw i trzeba będzie stawić jej czoła.

ROZDZIAŁ XXXII

Michał obudził się po kilku godzinach. Leżał, patrząc w drewniany sufit, i powoli wracała mu świadomość. Nie odwracając głowy, zerknął w bok. Jednak to, co sobie przypomniał, było prawdą. Koło niego przykryta kocem leżała Magda. Westchnął bezgłośnie. Że też dał się wmanewrować w tak niezręczną sytuację! Wprawdzie jednorazowe miłosne przygody nie były dla niego czymś nowym, ale zwykle odbywały się w neutralnych miejscach. Takich, z których po prostu mógł wyjść. I zwykle nie dotyczyły przespania się z siostrą najlepszego kumpla! Madeleine poruszyła się i otworzyła oczy.

I co ja mam teraz zrobić? – zastanawiał się gorączkowo Michał. Udawać, że zakochałem się na zabój? Przecież nie mogę powiedzieć, że to tylko chwila dobrej zabawy! Matko, zaraz zaczną się te poranne czułości, przytulanki...

Ale ku jego zaskoczeniu nic takiego nie nastąpiło. Magda usiadła, owinęła się kocem i popatrzywszy na niego, wybuchnęła śmiechem.

– Ale masz minę – powiedziała rozbawiona. – Słodziak z ciebie. Zakłopotany słodziak. – Znów prychnęła śmiechem i trzymając koc, podniosła się z łóżka. – Chciałam ci podziękować, że nie zostawiłeś mnie samej. Twoje towarzystwo było mi bardzo potrzebne. Ale nie rozdmuchujmy tego za bardzo, dobrze? – zapytała, wprawiając go w osłupienie. – Było miło i niech tak zostanie – dodała, wychodząc z pokoju, a oniemiały Michał patrzył na zamykające się drzwi.

Jak to: „nie rozdmuchujmy tego za bardzo"? „Było miło"? Przecież to była zwykle moja kwestia, pomyślał nagle rozżalony i zupełnie nie rozumiał, dlaczego zamiast ulgi czuje dziwny niedosyt.

– Tylko miło? – powtórzył pod nosem i z niedowierzaniem potrząsnął głową. Czego jak czego, ale takiego podejścia do sprawy zupełnie się nie spodziewał.

Kolejne dni poświęciła na tłumaczenie, opiekę nad panią Basią i dziewczynkami, które za zgodą pani dyrektor mogły do niej przychodzić, pod warunkiem że wracały na noc do ośrodka. Marcysia dosyć szybko doszła do siebie i po kilku dniach śmiała się i paplała jak zwykle. Natomiast z Anią było gorzej. Zamknęła się w sobie i niechętnie wychodziła do ludzi. Najlepiej czuła się w pokoju Marcysi, który Madeleine za radą dyrektor domu dziecka przerobiła na wspólny pokój dziewczynek.

– One teraz potrzebują być razem. Niech mi pani uwierzy, że tak będzie lepiej.

Nie pozostało jej nic innego, jak przyjąć, że kobieta wie, co mówi, i wstawiła do pokoju dodatkowy fotel i łóżko. Powiesiła półkę i na próbę postawiła na niej swoje ulubione lektury z dzieciństwa. Na całe szczęście księgarnia w Malowniczem była dobrze zaopatrzona i skompletowanie książek, które wspominała z sentymentem, nie stanowiło problemu. I tak na półkę trafiła *Ania z Zielonego Wzgórza*, *Emilka ze Srebrnego Nowiu*, *Tajemniczy ogród*, kilka książek Krystyny Siesickiej i Małgorzaty Musierowicz. Madeleine myślała, że tyle książek starczy Ani na długo, o ile oczywiście w ogóle będzie chciała po nie sięgnąć, tymczasem dziewczynka przeczytała je w rekordowo szybkim tempie. Kiedyś Magda weszła do pokoju i zastała ją zapłakaną. Na łóżku leżała otwarta *Emilka...*

– Aniu, co się dzieje? – zapytała, siadając koło dziewczynki.

– Nic, tylko tak mi strasznie jej żal – powiedziała, pociągając nosem i wskazując na książkę. – Ona jest taka jak ja. Tak mi żal i siebie, i jej. Jej rodzice też umarli, a przecież mogli ją kochać, mogli być szczęśliwi... Czemu ludzie, którzy mogą tyle dać innym, muszą umierać? – wyszlochała, a Madeleine, nie znajdując wystarczająco dobrej odpowiedzi, tylko ją mocno przytuliła.

– Ja nie zastąpię ci rodziców – powiedziała przez ściśnięte gardło – ale mogę być twoją najlepszą przyjaciółką. Jeśli tylko tego zechcesz...

Ania nic na to nie odparła, ale po raz pierwszy nie odsunęła się od niej i pozwoliła się przytulać. I od tamtego momentu jakby chętniej szukała jej towarzystwa.

Tak samo zresztą jak Kaśka. Tutaj jednak sytuacja była bardziej skomplikowana, bo Madeleine konsekwentnie ją ignorowała. Nadal była na nią zła i czuła ogromne rozgoryczenie. I nie wiadomo, jak by to się skończyło, gdyby nie interwencja ich brata.

– Magda... – zagadnął ją któregoś ranka Antek – nie sądzisz, że ona dostała już za swoje?

– Nie rozumiem, o co ci chodzi – mruknęła znad filiżanki parującej kawy.

– Nie udawaj. Przecież od tej imprezy nie odzywasz się do niej ani słowem, bo tych oschłych komunikatów typu „obiad" nie można brać pod uwagę. Ona bardzo się stara...

– Phi – parsknęła nagle rozeźlona Madeleine. – Tylko tego by brakowało, żeby się nie starała! Przez nią omal nie doszło do tragedii! Wiesz co by było, gdyby pani Basia gorzej to zniosła? Albo chciała nas oskarżyć? Albo jakby przyjechała tu policja i zastała całe to bagno? Wiesz, jakie bym miała kłopoty? Mogłabym zapomnieć o pomocy dla Marcysi i Ani...

– Właśnie, pomocy – pokiwał głową Antek. – Nasza siostra potrzebuje pomocy. I to rozpaczliwie. Nie widzisz tego? Przecież to właśnie było wołanie o ratunek. A po tym, co tu się stało, Kaśka bardzo się zmieniła...

– A ty wiesz lepiej, tak? Byłeś tutaj od początku i wiesz, jaka była wtedy – sarknęła Madeleine.

– Nie, ale za to widzę, jak bardzo cierpi i jak stara się, żebyś jej przebaczyła. Czy ty wiesz, że po tym, jak zobaczyła pobitą Anię, usiłowała odwołać to całe towarzystwo? Tylko że nikt z nich jej nie posłuchał, a ona wcześniej podała im adres. Przecież wtedy jako jedyna z nich była trzeźwa. I to mnie przekonuje, że mówi prawdę. Zauważyłaś, że wyjęła wszystkie kolczyki i zmyła tatuaż? Nie, prawda? Bo w ogóle nie zwracasz na nią uwagi. Zacięłaś się...

– Jak to zmyła? – zdumiała się, czując, że złość powoli zaczyna zamieniać się w wyrzuty sumienia.

– Zmyła, był narysowany. Rozwścieczona zrobiła go specjalnie, żeby was wkurzyć, bo nie chciała tu przyjeżdżać. Wiesz, ile czasu poświęca Ani?

– Dobrze, już starczy, zrozumiałam. – Podniosła ręce w geście poddania. – Może rzeczywiście trochę się zagalopowałam. Pogadam z nią.

– Kocham cię, siostro – uśmiechnął się Antek. – A, i jeszcze jedno: daj sobie spokój z Michałem. To świetny kumpel, ale beznadziejny facet, i już na pewno nie jest to ktoś dla ciebie...

– Zupełnie nie rozumiem, po co mi o tym mówisz. – Spojrzała na niego zdumiona.

– Bo jestem twoim bratem i musiałbym obić gębę mojemu najlepszemu przyjacielowi, gdyby cię skrzywdził – powiedział poważnie i wyszedł do ogrodu.

Madeleine patrzyła za nim w zamyśleniu. Nad wypadkami tamtej nocy przeszła do porządku dziennego i traktowała Michała normalnie, jak dobrego kumpla. A przynajmniej do tej pory tak jej się wydawało.

Czyżbym podświadomie wysyłała jakieś sygnały? – zastanawiała się, marszcząc brwi. Jeżeli tak, to znaczy, że nie jest ze mną dobrze i że koniecznie muszę sobie znaleźć jakiegoś faceta, bo inaczej zrobi to za mnie podświadomość. A jednak wolałabym mieć na to jakiś wpływ... Choć i tak nie zamierzam nic robić, bo jak na razie mam dostatecznie dużo kłopotów i bez męskich incydentów, pomyślała i poszła pogadać z Kaśką.

Rzeczywiście już na pierwszy rzut oka widać było, że jej siostra wygląda inaczej. Zniknęły kolczyki, wąż z szyi i wyzywające ubranie. Kaśka ubrana była w dżinsy i koszulkę z krótkim rękawem.

– Przyszłam zaproponować zawieszenie broni – powiedziała Madeleine, przysiadając koło niej na łóżku. – Chyba pora pogadać...

– Przepraszam cię za to całe zamieszanie, za ten melanż...

– Hmmm... Melanż, no cóż, dzięki tobie mogę szpanować wśród koleżanek i chwalić się, że widziałam coś takiego na własne oczy. – Uśmiechnęła się. – A tak na poważnie, skąd wytrzasnęłaś takie indywidua?

– Madeleine, na jakim ty świecie żyjesz? – zapytała Kaśka.

– No chyba na nieco innym niż twój, siostrzyczko... Moi znajomi nie udają kicających ogórków ani nie usiłują sikać ludziom do mebli...

– Będziemy to cały czas wałkować? – zjeżyła się Kaśka.

– Nie. Ale skoro mamy już do tego nie wracać, chciałabym teraz wyjaśnić wszystko od początku do końca, a potem zamknąć sprawę definitywnie. Może być?

– Jeśli musi, to od razu ci powiem, że teraz tacy ludzie są wszędzie. Indywidua, dobre sobie! To oni są normalni, nie ci, którzy słuchają poezji śpiewanej, czytają książki i są ciekawi świata. Zresztą przyznaję, fascynowali mnie. Na niczym im nie zależało, nie było rzeczy, których nie mogli. Robili, co chcieli i kiedy chcieli. Palili, pili, byli weseli i nie męczyli mnie pytaniami o przyszłość. Nareszcie mogłam się wyluzować i nie zastanawiać się nad tym, co dalej, jak będzie wyglądało moje życie... A tego teraz wszyscy ode mnie wymagają. Czy ty wiesz, że już idąc do liceum, powinnam mieć gotowy konspekt swojej przyszłości? A skąd ja, do cholery, mam wiedzieć, kim chcę zostać, co chcę robić, kim być... – Kaśka na moment zamilkła, jakby zbierając się w sobie. – A oni niczego ode mnie nie wymagali. Piłam z nimi, paliłam, balowałam i to wystarczało, żebym była fajna. I nie musiałam się przejmować. Wiesz, jak po ziole wszystko człowieka bawi? Jak nieważny jest świat z jego poważnymi pytaniami i decyzjami? Bosko było niczym się nie martwić. Aż do momentu, gdy ich zobaczyłam najaranych...

– A ja myślałam, że to widok pobitej Anki tobą wstrząsnął. – Madeleine patrzyła na swoją siostrę, jakby widziała ją po raz pierwszy. Kiedy ona tak wydoroślała? – zastanawiała się. Może w tym właśnie tkwił błąd, że wszyscy widzieliśmy w niej małe rozkapryszone dziecko z błahymi i śmiesznymi problemami...

– Tak, to też. Ale raczej na zasadzie... Nie wiem, jak to powiedzieć... To, jak ją wprowadziłaś, jak zdjęłaś z niej koc i zobaczyłam jej twarz... – Kaśka się wzdrygnęła.

– Więc widziałaś od początku – pokiwała głową Magda.

– Widziałam wcześniej takie rzeczy na filmach, ale to zupełnie nie to samo... Poczułam wtedy, że powinnam im pomóc. Chronić Ankę i Marcysię. Mnie nikt nigdy nie uderzył... Nie mówiąc już o czymś gorszym... Następnego dnia z samego rana zadzwoniłam do Jara, powiedziałam, żeby nie przyjeżdżali, ale tylko się roześmiał. A potem... Wiesz, co było potem. Dziewczynki uciekły, jak tylko zaczęli palić. Chciałam za nimi pobiec, ale nie mogłam, bałam się zostawić dom i panią Basię. Ale jedno jest pewne, gdy zobaczyłam, jak to wygląda, uświadomiłam sobie, że za nic nie chcę się do nich upodobnić... I to, co się stało z panią Basią, przeraziło mnie śmiertelnie. Ona od początku była dla mnie bardzo dobra. Ty pewnie nie wiesz, ale dużo rozmawiałyśmy. Nie o mnie, tylko o najróżniejszych sprawach. I możesz być pewna, że już nie wrócę do palenia. Ale nie wiem, co będzie dalej. Ja nie jestem taka jak ty. Nie umiem po prostu żyć dla innych. Ty robisz to tak naturalnie, jakbyś miała to we krwi... A ja zupełnie nie wiem, gdzie jest moje miejsce, kim jestem.

– Kaśka, ale ty nie masz być taka jak ja. – Madeleine nawet nie wiedziała, kiedy objęła siostrę ramieniem. – Ty masz być sobą. A wtedy zobaczysz, żadne konspekty przyszłości nie będą ci potrzebne. Ani podpinanie się pod innych. Ja też nie jestem taka dobra... Mam na sumieniu różne grzechy i grzeszki. Zresztą, kto ich nie ma... A teraz zacznijmy twój pobyt tutaj jeszcze raz. Tak jakbyś dopiero przyjechała. Co ty na to? Resetujemy?

Dziewczyna roześmiała się i pokiwała głową.

– Kawa na tarasie? – zaproponowała młodszej siostrze, ale w tej chwili okazało się, że nie jest im dane nacieszyć się tego ranka rodzinną atmosferą.

Z dołu dobiegł głos Michała.

– Ktoś do ciebie. Bardzo charakterystyczny gość – dodał, gdy Madeleine wyszła na werandę, i głową wskazał furtkę, przed którą stał nie kto inny, tylko pan Miecio.

Pan Miecio z czymś rozpłaszczonym na głowie, co kiedyś zapewne było damskim kapeluszem, w którym tkwiło lekko wyliniałe pióro. Pod szyją udrapował sobie zwoje koronki sięgające mu do pasa. Miejsce musztardowych spodni, w których widziała go ostatnio, zajęły kwieciste dzwony. Już na pierwszy rzut oka było widać, że wprost pęka z dumy i czuje się niezwykle elegancki, podążając w stronę skonfundowanej Magdy.

– No i co, zdziwiona panienka, co? – zapytał, zrywając z głowy kapelusz i piórem zamiatając ziemię przed jej stopami.

– Nieco, panie Mieciu, nieco – bąknęła oszołomiona jego widokiem. – A cóż to się panu stało?

– Jak to co? Ja już wszystko wiem i przyszedłem panienkę uspokoić – wyjaśnił, posyłając jej trochę zamglone, ale oddane spojrzenie. – Mówiłem przecież, że ja dla panienki wszystko...

– A tak, rzeczywiście. Mówił pan. I co tym razem ma mnie uszczęśliwić? – zapytała z lekkim niepokojem.

– No jak to co? Ja! – Tu wyprężył z dumą pierś ukrytą pod zwojami koronek. – Widzi panienka, jaki ja dla niej strój francuski włożyłem?! Żabot, bo Łysy mi mówił, że bez żabota to ani rusz... No i kapelusz z piórem. W końcu oglądało się trzech muszkieterów, to co nieco się wie. Cieszy się panienka?

– Niezmiernie – przytaknęła zakłopotana, rozgrzeszając się w duchu z kłamstwa.

– To dobrze. I niech się panienka nie martwi, Miecio już wszystko wie i czuwa – zapewnił, popatrując z niechęcią na Antka i Michała, którzy ledwo zachowywali powagę. – Usłyszałem wczoraj pod kościołem, że panienka będzie lekcje dawać. Francuskiego. No to żem z miejsca pomyślał, że pociechy z miejscowych to panienka mieć nie będzie. Bo to straszne tumany są. Nieuki. I Grążelak z miejsca powiedział, że Francuzki są strasznie delikatne i na jego oko, to jak nie znajdą się chętni, na pewno panienka się załamie i pogrąży. Łysy wprawdzie stwierdził, że to i dobrze, bo nareszcie będzie wiadomo, co robić, bo jeżeli chodzi o pogrążanie, to jesteśmy w tym najlepsi, ale z miejsca go uciszyłem. No i zaczęliśmy radzić. I dlatego jestem...

– Żeby mnie pogrążyć? – Nie nadążała za niezwykle zawiłym rozumowaniem pana Miecia, a chichoty Antka i Michała za jej plecami wcale nie pomagały.

– No gdzie tam! Żeby powiedzieć, że nie ma co się załamywać. Chce panienka uczyć, to uczyć będzie! Jak to mówią: mówisz – masz. Załatwiłem pierwszą grupę. Wszyscy moi koledzy będą uczęszczać. Łysy, Grzelak, Poldek i Drabik przyjdą na pewno, tylko że bez stroju francuskiego, żeby mi konkurencji nie robić. A co, nie mówiłem, że dla panienki wszystko? Nawet na lekcje prywatne się zapiszę, a co! – rozzuchwalił się pan Miecio.

– Nie wiem, co powiedzieć – wyjąkała Madeleine ze zgrozą.

– Niech nic nie mówi, tylko się cieszy. Zawsze do usług. – Z galanterią zdjął kapelusz i pokłonił się w pas, po czym odwrócił się na pięcie i odszedł.

Oszołomiona patrzyła za odchodzącym panem Mieciem, za którym niczym welon powiewał przerzucony na plecy zwój koronek.

– Magda, możesz nam powiedzieć, kim był ten śmierdzący na kilometr winem przebieraniec? – wdarł się w jej myśli głos Antka. – To jakiś członek cyrkowej trupy wędrownej czy coś w ten deseń?

– Przebieraniec? Nie doceniacie inwencji miejscowych. To był po prostu klasyczny strój francuski. W wydaniu pana Miecia. A pan Miecio jest moim osobistym Don Kichotem i przekleństwem... Zabiję proboszcza przy najbliższej okazji – dokończyła, z trudem dochodząc do siebie. – Wymyślił kursy francuskiego! Boże, czy wy rozumiecie, że będę dawała lekcje zgrai żulików? – jęknęła z rozpaczą.

– Co chcesz, powinnaś być na to przygotowana – mruknął Michał, myśląc jednocześnie, że Magda wygląda niezwykle seksownie w wydekoltowanej bluzeczce na ramiączka.

– Przygotowana? Niby na co? – Wbiła w niego pytające spojrzenie.

– Jak mniemam, jesteś dość oczytana, a literatura uczy, że zawsze znajdą się nieuleczalnie chore jednostki, które będą chciały uskuteczniać pracę u podstaw czy jak to się tam nazywało. Skoro więc wyjechałaś na prowincję... Sama chciałaś...

– Jaka praca u podstaw, toż mamy XXI wiek, a nie głęboki pozytywizm...

– No to, siostra, nie zazdroszczę. Ale wymowę przynajmniej będą mieli znośną. Po tym winie idealnie będą bełkotać – roześmiał się Antek. – A ty się tak na nią nie gap, bo za moment zaczniesz się ślinić – warknął w kierunku Michała i nagle zezłoszczony poszedł do domu.

– A jego znowu co ugryzło? – zdumiała się Madeleine.

– A kto go tam wie? – mruknął zmieszany Michał i po chwili też zniknął w domu.

Popatrzyła na porzucone na stole prawie pełne kubki z kawą i pokręciła głową.

– Faceci – westchnęła pod nosem. – Niewolnicy testosteronu! A potem mówią, że to nami rządzą hormony – mruczała i właśnie miała pójść za nimi i przypomnieć o kawie, gdy przed furtką pojawiła się nieznana kobieta.

– Dzień dobry, czy zastałam panią Magdę? – zapytała zbliżającą się do niej Madeleine.

– To ja. A o co chodzi?

Przyjrzała się stojącej przed nią nieznajomej. Ubrana była skromnie, ale schludnie. Włosy ściągnięte z tyłu głowy w ciasny koczek sprawiały, że jej twarz wydawała się surowa. Niebieskie oczy z uwagą wpatrywały się w Magdę.

– Przyszłam porozmawiać. Jestem żoną Mietka.

– Mietka... – powtórzyła niepewnie i dopiero po chwili skojarzyła, o kim mowa.

Tylko tego mi jeszcze brakowało, pomyślała z rozpaczą. Pani Mieciowej, strasznej hetery... No, teraz się zacznie. Mam nadzieję, że nie będzie chciała zakopać mnie żywcem w ogródku ani nie zrobi sceny zazdrości. A Łucja z Majką ostrzegały, było słuchać, pomstowała w duchu. Ale teraz to już musztarda po obiedzie. Co ma być, to będzie, stwierdziła i z rezygnacją popatrzyła na kobietę.

– Tak, wiem, o kim pani mówi – przyznała mężnie. Ostatecznie nie miała nic na sumieniu i tego postanowiła się trzymać.

– I co, przestraszyła się mnie pani, prawda? – pani Mieciowa popatrzyła na nią i nagle w jej oczach błysnęło rozbawienie. – Wiem, co o mnie mówią – kontynuowała, nie czekając na odpowiedź. – Że jestem zazdrosna i straszna ze mnie zołza. Ale jaka mam być, skoro to ja muszę trzymać twardą ręką cały dom. Przecież na tego pijusa nie można liczyć.

– Pani... – tutaj Madeleine zamilkła, bo uzmysłowiła sobie, że przecież pani Mieciowa musi mieć jakieś imię.

– Beata, mam na imię Beata, choć nikt już chyba o tym nie pamięta. Wszyscy mówią o mnie „Mieciowa" – powiedziała, przekrzywiając głowę.

– Pani Beato, może wejdzie pani do środka, usiądziemy i porozmawiamy na spokojnie...

– Nie, ja czasu nie mam. Przyszłam, bo chciałam panią o coś prosić.

– Pani Beato, ale ja nie chcę zabierać pani męża – wyrwało się Madeleine. – Nawet mi to przez myśl nie przeszło...

– Nie musi mi pani tego tłumaczyć – przerwała jej zniecierpliwiona, wzruszając ramionami. – Musiałaby pani całkiem na głowę upaść, żeby się za nim uganiać. W ogóle nie o to mi chodzi.

– Nie?

– Nie. Chciałam prosić o coś wręcz odwrotnego. Wiem, że ten błazen ubzdurał sobie, że się w pani zakochał. Niech pani nie przerywa, tylko słucha – dodała, widząc, że ta już otwiera usta, by coś powiedzieć. – Gdyby pani mogła jeszcze trochę wytrzymać te jego karesy, byłabym ogromnie wdzięczna.

– Ale, ale dlaczego? – wyjąkała zdumiona Madeleine.

– Wiem, że to pewnie kłopotliwe i żenujące, jak ten cap za panią łazi. Ale odkąd pani przyjechała, mniej pije, zaczął dbać o siebie... No powiedzmy, że lepiej wygląda, jak akurat nie usiłuje być modny... Najlepszą bluzkę koronkową mi pociął na ten fifrak, co to go dzisiaj pod szyją uwiązał, ale niech mu tam. Ważne, że prawie nie pije i pomaga w domu. Dla niepoznaki, żebym nic nie zauważyła, ale wie pani, to zawsze coś. Zresztą może on i jest pijak, ale w końcu to mój Mietek. Jedyny, jakiego mam... To co, mogę na panią liczyć?

– Tak, oczywiście, ale ja nic takiego nie robię...

– Działa na niego pani odpowiednio – z mocą stwierdziła pani Beata. – A, i jeszcze jedno. Czy ta rozmowa może zostać między nami?

– Tak, oczywiście. – Nawet przez myśl jej nie przeszło, by ją rozgłaszać. Jeszcze tego brakowało, żeby po miasteczku rozniosło się, że ma kokietować pana Miecia!

Jego żona już dawno odeszła, a ona nadal stała przy furtce, nie mogąc się zdecydować, czy ta sytuacja jest bardziej straszna czy śmieszna. Z jednej strony pani Mieciowa *vel* Beata przeżywała dramat, ale z drugiej – Madeleine nic nie mogła poradzić na to, że po prostu chciało jej się śmiać.

– No to słowo się rzekło, kobyłka u płotu – mruknęła w końcu do siebie. – Skoro obiecałam, nie pozostaje mi nic innego, jak zacząć prowadzić te kursy i postarać się, by pan Miecio całe dnie wkuwał słówka, zamiast stać pod sklepem i żłopać to coś, co tam piją. Widać taka karma, a z karmą nie ma co dyskutować – dodała i poszła do domu, myśląc, że może w końcu uda jej się bez przeszkód dopić kawę.

ROZDZIAŁ XXXIII

I tak powoli wszystko się unormowało. Madeleine ku swojemu zdziwieniu poza grupą kursantów skrzykniętych przez pana Miecia miała też drugą grupkę złożoną z kilkorga dzieci, które okazały się nie tylko chętnymi, ale i pojętnymi uczniami. Między nimi znalazła się Ania. Proboszcz był zachwycony, że jego pomysł okazał się trafiony, choć nie szczędził Magdzie kpin, gdy patrzył, jak Mieciowi koledzy usiłują powtarzać podstawowe zwroty, a gdy wytwornie mówili do siebie: „łi, łi łi", dostawał ataku śmiechu.

– Niech się ksiądz nie śmieje – powiedziała mu któregoś razu. – To jest właśnie potęga przyjaźni, ja tam nie wiem, czy mogłabym się dla kogoś tak poświęcić. Przecież oni tu przychodzą, bo chcą pomóc koledze...

I to rzeczywiście ją zaskoczyło. Pan Miecio miał niesamowicie oddanych kumpli. W domu też wszystko układało się pomyślnie. Dziewczynki coraz bardziej się z nią zżywały, pani Basia nadal spotykała się z Leontyną, a poza tym zaprowadziła swoje rządy w kuchni, gotując, piekąc i rozpieszczając w sposób nieprzyzwoity wszystkich domowników. Tylko Julia z tego nie korzystała, bo jeszcze nie wróciła z Wrocławia. Dzwoniła od czasu do czasu, zdawała raport z wycieczek i z samopoczucia, ale o powrocie nie wspominała. Jazzman, choć pogodzony z dziewczyną, nie chciał się wyprowadzać, nawet zaczął wynajdywać najróżniejsze zajęcia, by udowodnić i sobie, i Magdzie, że jego obecność jest niezbędna. Z większym zaangażowaniem pomagał Mani w dokańczaniu prac nad salonem pani Janeczki. Właściwie tylko on poza Marysią dostępował zaszczytu przebywania w tajemniczym pokoju. Przed wszystkimi innymi drzwi pozostawały zamknięte, a Mania uparcie twierdziła, że dopiero jak skończy, będzie co pokazywać. Madeleine godziła się na to bez słowa. W ogóle odkąd tu przyjechała, wyraźnie złagodniała i stała się bardziej tolerancyjna. Nie denerwowało jej nawet to, że tempo remontu chwilowo osłabło. Ekipa porozjeżdżała się na wakacyjne wojaże, a Magda nie chciała zatrudniać na ich miejsce nikogo innego. Poza tym ta przerwa była jej nawet na rękę, bo mogła w spokoju oswajać dom. Chodziła po pachnących farbą pokojach, co rano otwierała okiennice, wieczorem osobiście je zamykała i gdy nikt nie patrzył, gładziła je delikatnie. Wierzyła, że te drobne czułości zostaną na zawsze odciśnięte w murach, w starym drewnie, w kaflowym piecu. W tym magicznym obchodzie towarzyszyła jej niezmiennie czarna kotka i na swój własny koci sposób pomagała zaklinać dom. Duża część pokoi była już odmalowana i tylko czekała na wstawienie mebli. Ale na to Madeleine jakoś nie mogła się zdobyć. Chciała nabrać dystansu, zastanowić się, jak dom ma wyglądać. W głębi duszy czuła, że po prostu jeszcze nie znalazła odpowiednich mebli, takich, które czekały właśnie na nią i na które czekały puste pokoje. Za to już umeblowane tchnęły spokojem i pewnością siebie. Któregoś wieczoru przysiadła na schodkach ganku i poczuła, że coś się zmieniło. Przez moment wsłuchiwała się w dobrze już znane odgłosy nocy, w skrzypienie i westchnienia dochodzące z domu, w mruczenie kotki, która ułożyła się jej na kolanach. Gdy w końcu przymknęła oczy, dotarło do niej, że nie tylko ona pokochała całym sercem ten dom, ale on też ją pokochał. Zaakceptował, przygarnął, ale też w pełni zaufał.

Antek i Michał nadal u niej mieszkali, choć ostatnimi czasy brat zaczął przebąkiwać coś o wyjeździe, ale że Michał jeszcze nie chciał się zbierać, to i on zwlekał. Kłócili się zresztą o to zażarcie.

– Nie chce się stąd ruszyć, bo wpadłaś mu w oko – powiedział któregoś dnia Antek. – Nie wiem, co on sobie wyobraża. Znam go, żadnej nie przepuści, nienawidzi ograniczeń, związków... Przecież wie, że gdyby cię skrzywdził, zabiłbym go, a mimo to ostrzy sobie na ciebie zęby...

– Jeżeli już, to raczej je sobie na mnie stępił – mruknęła rozbawiona wspomnieniem miny Michała po wspólnej nocy, ale od tamtego momentu uważniej przyglądała się chłopakowi.

Rzeczywiście wodził za nią wzrokiem, przy posiłkach starał się siadać koło niej. Bawił się z Marcysią, karmił Kocię, bo tak ochrzciła ją mała, pomagał panu Krzysiowi w ogrodzie i podobnie jak Jazzman nie znosił Pięknego Romana. Czasem wieczorami widywała go, jak podchodzi do swojego motocykla i gładzi ręką siodełko, patrząc tęsknie w stronę widniejących w oddali szczytów. Po chwili jednak jego wzrok podążał ku domowi. Michała rzeczywiście coś tu trzymało i Madeleine zaczęła się obawiać, że ta lekko potraktowana przez nią noc może dla niego wcale taka lekka i bezproblemowa nie była. Zresztą ona też zaczęła się zastanawiać, jak to wszystko będzie wyglądać, gdy Michał stąd zniknie. Siedzieć przy stole i nie zerkać na niego spod spuszczonych rzęs, nie widzieć jego porannego zarostu, nie czuć na sobie zamyślonego spojrzenia. Ze zdumieniem zauważyła, że wpisał się w jej codzienność. Niepostrzeżenie, jakoś tak chyłkiem stał się kimś, bez kogo byłoby pusto.

Któregoś razu zaproponował przejażdżkę.

– Dobrze, ale podjeżdżamy kawałek, a na szczyt wchodzimy pieszo – zgodziła się i pojechali.

Gdy zasapani dotarli na szczyt, Madeleine podeszła do krawędzi skały i z zachwytem spojrzała na rozciągający się przed nią krajobraz.

Za to uczucie, gdy można spojrzeć w dół i zobaczyć, że cały świat leży u stóp, mogłabym wiele oddać – powiedziała i poczuła ręce Michała obejmujące jej talię.

– A gdybyś do tego całego świata u stóp dodała też pocałunek? – zaszeptał jej prosto do ucha i nie czekając na odpowiedź, odwrócił ją do siebie i znalazł jej usta.

Nie był natarczywy, nie spieszył się, całował tak, jakby cała wieczność należała tylko do nich. Oszołomiona pomyślała, że jego usta smakują wiatrem wiejącym na szczycie. To było coś zupełnie innego niż tamta noc, namiętna i pospieszna.

– I tak to właśnie powinno się zacząć – powiedział, gdy w końcu odsunął ją delikatnie i z zadowoleniem popatrzył na jej zaróżowione policzki.

– A jak powinno się to skończyć? – zapytała, z trudem opanowując przyspieszony oddech.

– Tego nie wiem. Nie jestem specjalistą od happy endów. Nigdy nie potrafiłem sprostać wymaganiom kobiet. Bo to chyba niemożliwe. Kiedyś facet wyruszał na wojnę, walczył, wędrował, odkrywał. Gdy akurat nie było nikogo do pokonania ani nic do odkrycia, polował, spędzał dni na tropieniu i chodzeniu po lesie. Wy chcecie nas zamknąć w klatce, udomowić. A my jesteśmy półdzicy z natury... I wcale nie jest nam z tym łatwo – dodał, nie wypuszczając jej z objęć.

– Tak, i dlatego jeździcie z Antkiem po świecie, i nigdzie nie zagrzewacie miejsca na dłużej? Dwa samotne wilki, co?

– Coś w tym stylu. Może do nas dołączysz? Jako wilczyca. Te swoje papierki możesz tłumaczyć wszędzie – przekonywał, przytulając twarz do jej włosów.

– Też o tym myślałam – powiedziała, opierając się o niego i patrząc w zamyśleniu na widoczne z oddali mikroskopijne domki.

– Żeby z nami wyruszyć?

– Nie, raczej o tym, że moją pracę mogę wykonywać wszędzie... Wiesz, coraz częściej myślę, żeby tu zostać...

– Tutaj? Przecież to jest zakopanie się żywcem! Dobre miejsce na lato, na wakacje, urlop, nawet na zimowy weekend, ale nie na całe życie. Przecież to jest jedno wielkie nigdzie! – podsumował, patrząc jej w oczy. – Podaj mi choć jeden powód, dla którego warto tu zostać.

– Chociażby to. – Zapatrzyła się przed siebie. – Możesz spojrzeć w dół i zobaczyć wszystko za jednym zamachem. Na równinie nigdy nie objąłbyś wzrokiem tylu rzeczy naraz. Popatrz na te kościoły, domy, na połacie zielonych pół. Na kolejne szczyty, które tylko czekają, żeby się na nie wspiąć. Zresztą, kiedy tak stoję, widzę nie tylko krajobraz. Jakoś tak łatwiej i precyzyjniej mogę ocenić stąd swoje życie... Przymknij oczy i pomyśl, że za moment znów tutaj wszystko się zmieni. Przyjdzie jesień, góry okryją się rudością i złotem, a tam, gdzie rosną iglaki, zieleń stanie się ciemna i poważna. Potem świat będzie lśnił pierwszym szronem, zieleń ustąpi bieli, a w tym wszystkim będą ludzie zamknięci w górach, bezpieczni w białej, przytulnej ciszy. Ale to wszystko nic. Najważniejszy powód jest tam, w dole. Tam stoi mój dom, któremu daleko do wygodnych i nowoczesnych apartamentowców, za to pełen wspomnień i pamięci. Dom, który przyjął mnie pod swój dach, a potem przygarnął też innych ludzi, którzy byli albo stali się mi bliscy. Tam są dzieci, które potrzebują mojej pomocy, kot, który już ma swoje ulubione miejsca i który tylko ze mną sypia w łóżku... Tam czeka na mnie ogród i sad, który dopiero się narodzi, ale który już ma miejsce w moim sercu... Wiesz co, dziękuję ci bardzo za tę rozmowę. Nareszcie poukładałam sobie wszystko i zobaczyłam życie we właściwych proporcjach. Powinnam tu zawsze przychodzić, gdy muszę pomyśleć o poważnych sprawach i z dystansem popatrzeć na siebie... – powiedziała niespodziewanie miękko.

Michał poczuł, że coś w tej rozmowie poszło nie tak. Zamiast ją przekonać, żeby jeszcze się zastanowiła i nie marnowała sobie życia, on ją w tym zamiarze utwierdził. A co najgorsze, zupełnie nie wiedział, kiedy i jakim sposobem tego dokonał. Poza tym zupełnie nie mógł sobie poradzić z miotającymi nim sprzecznymi uczuciami. Madeleine pociągała go, a jednocześnie wzbraniał się na samą myśl o zaczynaniu czegoś trwałego. Trwałość nie leżała w jego naturze. Dlatego żył w ciągłym ruchu, podróż to był jego jedyny sprawdzony sposób na życie. Pisał relacje z odwiedzanych miejsc, artykuły sprzedawał gazetom, ale nie podpisywał kontraktów ani umów. Nie podpisywał niczego, co by mogło w jakikolwiek sposób go ograniczyć. A teraz, gdy siedział na górze, trzymając w ramionach tę na pozór drobną, ale jednocześnie silną kobietę, zaczynał zastanawiać się, jak mogłoby być, gdyby... Ona i on. I tych myśli się przestraszył, tak jak i tego, czy ona w ogóle by go zechciała. Nawet gdyby zdecydował się zostać...

ROZDZIAŁ XXXIV

Rozmowa z Michałem przypadkowo przygotowała Madeleine do innej dyskusji.

– Pani Madziu, jakie ma pani dalsze plany? – zagadnęła ją któregoś dnia dyrektorka domu dziecka.

– To znaczy? – Popatrzyła na nią pytająco.

– Czy zostaje pani u nas na stałe, czy wraca do Warszawy... Bo widzi pani, nie wiem, czy jest sens mówić o tym, jeżeli planuje pani powrót...

– A co konkretnie ma pani na myśli?

– Opiekuje się pani Anią i Marcysią, z każdym dniem dziewczynki przyzwyczajają się coraz bardziej do pani i do tego, że mają dom. I istnieje spora szansa...

– Na adopcję? – weszła jej w słowo podekscytowana Madeleine.

– Nie, na adopcję nie, ale na otwarcie rodzinnego domu dziecka tak. Ja za panią poświadczę, Powiatowe Centrum Pomocy Rodzinie też biorę na siebie i gwarantuję, że tam nie będzie żadnych trudności. Wprawdzie w większości przypadków preferuje się pary, ale moja w tym głowa, żeby pani sprawa została pomyślnie rozpatrzona. Zasługuje pani na to jak nikt inny. Proszę się zastanowić i ewentualnie przyjść do mnie do gabinetu. Porozmawiamy o szczegółach, opowiem, z czym to się wiąże...

Madeleine chciała najpierw wrócić do domu i jeszcze raz wszystko przemyśleć. Gdy weszła na podwórko, zauważyła brak motoru Michała. Antek stał na werandzie i najwyraźniej na nią czekał.

– Wyjechał – powiedział bez wstępów. – Jak zwykle stchórzył i wyjechał. Nie posłuchałaś mnie, prawda?

– Prawda – potwierdziła krótko. – Rzeczywiście mieliśmy coś na kształt romansu... Ale oboje wiedzieliśmy, na czym stoimy. On uprzedził mnie, że jest lekkoduchem, a ja nie zamierzałam go na siłę udomawiać. Wyjechał... Będzie mi go brakowało – dodała lekkim tonem, ale w środku poczuła, że ściska ją żal.

Niby wiedziała, że związki bez zobowiązań nigdy się nie sprawdzają i że zawsze któraś strona cierpi, ale do tej pory wydawało jej się, że to ona utrzymuje większy dystans.

Cóż, może i tak było, doszła do wniosku. Może właśnie dlatego, że jemu ten dystans gwałtownie zmalał, to wziął i się zwinął. Dziwne, że już mi go brakuje...

– Powiedziałem, że jest tchórzem. I że kiedyś zabraknie mu miejsc do ucieczek. Stwierdził tylko, że jeszcze to odszczekam. Dziwnie wyglądał. Jakbym go walnął pięścią w nos. A przecież siłą się powstrzymałem, żeby tego nie zrobić... Powiedz mi, dlaczego mnie nie posłuchałaś?

– Czasami racjonalne argumenty nie wystarczą – odparła Madeleine w zamyśleniu i poszła na górę.

Po kolei otwierała drzwi pokoi, by się przekonać, jak bardzo zmienił się dom od momentu, gdy się tu wprowadziła. Patrzyła na fotele zarzucone wygodnymi poduszkami, łóżka nakryte szydełkowymi i patchworkowymi kapami, kwiaty na parapetach, firanki w oknach. W pokoju dziewczynek na podłodze rozrzucone były zabawki, na łóżku Ani otwarta książka czekała, aż dziewczyna do niej wróci, na stoliku leżał rozpoczęty rysunek Marcysi. Madeleine podeszła i przyjrzała się kartce. Narysowany był na niej dom, kot bawiący się kłębkiem wełny i dwie dziewczynki trzymające za ręce kobietę z rozczochranymi włosami. Nagle do oczu napłynęły jej łzy, bo po broszce, którą zawsze nosiła przypiętą do bluzki, w rozczochranej pani rozpoznała siebie. Marcysia narysowała swoją rodzinę i Madeleine w tej chwili pozbyła się wszelkich wątpliwości. Tutaj była potrzebna i tutaj zostanie. A Michał... Cóż, przeczuwała, że w końcu gnająca go wciąż do przodu tęsknota weźmie górę nad chęcią siedzenia z nią przy stole i popijania kawy.

Najwyżej trochę potęsknię, pomyślała. W sumie to nie pierwszy i pewnie nie ostatni raz.

Gdy postanowiła, że zostaje, rzuciła się w wir pracy. Zaczęła od poinformowania o swojej decyzji dyrektorki domu dziecka i wspólnie zaczęły przebijać się przez stosy papierów i formularzy. Poza tym kończyła tłumaczenie, a w skrzynce mailowej czekało na nią kolejne zlecenie. Bawiła się z Marcysią, chodziła na długie spacery z Kaśką, nadal prowadziła kursy francuskiego, a wieczorami, gdy nie była zbyt zmęczona, wspinała się na szczyt i z niesłabnącym zachwytem patrzyła na rozciągający się przed nią widok. Antek wciąż u niej siedział.

Miała wrażenie, że jej pilnuje, bo nie chce mu się wierzyć, że wyjazd Michała zupełnie jej nie obszedł. A prawda była taka, że sama nie do końca wiedziała, co czuje. Z jednej strony Michał był świetnym kompanem, bajecznie całował, jego oczy patrzyły ciepło, a gdy ją obejmował, czuła, że jest bezpieczna. I cudownie wyglądał, podrzucając Marcysię do góry, miał do niej nieprzebrane pokłady cierpliwości. Ale z drugiej strony był samotnikiem, no i odjechał. A to sprawiało, że nie było nad czym się zastanawiać. Czasami tylko wieczorem łapała się na tym, że brakuje jej jego kpiącego spojrzenia i mocnych, czułych dłoni. Ale to tylko chwile. Madeleine umiała narzucić sobie dyscyplinę. Choć gdy słyszała przed domem odgłos nadjeżdżającego motoru, z nadzieją spoglądała przez okno i ku swojemu niezadowoleniu czuła piekące rozczarowanie na widok Antka wracającego z jednej z licznych wycieczek. Jednak za moment brała się w garść i spychała myśli o Michale na drugi plan.

Zresztą znacznie bardziej w tej chwili zaprzątał ją inny problem. Otóż zastanawiała się, jak powiedzieć rodzicom, że jak na razie nie wraca do Warszawy. Nieoczekiwanie sytuacja się uprościła, gdy pewnego dnia odebrała telefon od mamy. Razem z ojcem postanowili przyjechać do niej na kilka dni.

To się świetnie składa, pomyślała. Przyjadą, zobaczą, może wtedy lepiej zrozumieją... W tym samym czasie przyszła do niej Marysia i z tajemniczą miną oznajmiła, że salonik pani Janeczki jest gotowy.

– Może go pani obejrzeć – powiedziała. – Wygląda przepięknie. Jak pani Janeczka zobaczyła zdjęcia, nie chciała uwierzyć, że udało się ocalić jej najpiękniejszy pokój.

– A ona nadal mieszka w domu starców? – zapytała Madeleine, idąc za Marysią.

– No tak, pewnie już tam zostanie. Nikt nie chce się nią zaopiekować. Dzieci zajęte pracą nie mają czasu. Zresztą sama stwierdziła, że nie wyobraża sobie mieszkania u kogoś. Mówi, że czułaby się jak piąte koło u wozu. Ale co ma innego powiedzieć? Lepiej już chyba uwierzyć, że właśnie tak jest i że to jej wybór – dodała Mania, otwierając przed nią drzwi. – No i co, warto było czekać? – zapytała z dumą w głosie.

Madeleine nie mogła uwierzyć, że ta filigranowa dziewczyna dokonała czegoś tak wielkiego. Salonik pani Janeczki wyglądał identycznie jak na fotografii. Na ścianach brakowało obrazów, ale poza tym zgadzał się każdy szczegół. Zapalona lampa rzucała na pomalowaną na biało podłogę jasny krąg, biurko z fotografiami w starodawnych ramkach stało pod oknem, ścienny zegar tykał, odmierzając płynące minuty. Fotele z przerzuconymi przez oparcia pledami wyglądały tak, jakby przed chwilą ktoś się z nich podniósł i wyszedł tylko na moment. Okrągły stół przykryty był szydełkowym obrusem. Nawet tapeta na ścianach była identyczna jak ta na fotografii.

– Maniu, jesteś boska! – powiedziała Madeleine z niekłamanym podziwem. – Wiesz, że mogłabyś tak pracować?

– O tym samym pomyślałam. A czy zgodziłaby się pani na wizytę pani Janeczki? Mogłaby kiedyś tu przyjść i zobaczyć, że wszystko jest tak, jak powinno...?

– Maniu, zaproś ją po prostu na weekend. Jest pani Basia, zaprosimy Leontynę, na pewno zgodzą się dotrzymać towarzystwa twojej znajomej – powiedziała z uśmiechem Madeleine.

– Naprawdę?! Pani jest kochana! Nie wiem, jak się odwdzięczę!

– A wiesz, jest jedna rzecz, którą mogłabyś dla mnie zrobić – powiedziała z namysłem. – Zabrać ze sobą do tego domu opieki Kaśkę. Na mój gust dobrze by było, żeby poczuła się potrzebna. Zrobisz to dla mnie?

– Jasne, przedstawię jej kilku moich znajomych, oni czekają na mnie z utęsknieniem, bo grywam z nimi w karty i czasami im czytam. A w zamian opowiadają mi najróżniejsze historie. Może pani na mnie liczyć – obiecała Mania i już jej nie było.

Madeleine jeszcze raz zajrzała do saloniku pani Janeczki, nie mogąc uwierzyć, że to już koniec. Że Mania nie będzie znienacka wpadać do domu, krzyczeć na swoich pomocników ani trzaskać drzwiami... Na początku wydawało jej się, że odczuje ulgę, gdy to całe zamieszanie się skończy. Tymczasem teraz wiedziała, że będzie jej tego brakować.

Ha, skoro tak, nie pozostaje mi nic innego, jak dać Marysi jeszcze jakieś pomieszczenie do odnowienia, pomyślała z uśmiechem. Zawsze to jakiś sposób na zatrzymanie jej razem z humorami i krzykami. No a teraz, moja droga – powiedziała do siebie – zacznij lepiej przygotowywać się na przyjazd rodziców, najwyższa pora.

Julia wróciła do Malowniczego tego samego dnia, w którym mieli przyjechać rodzice. Wpadła do domu i uścisnęła mocno Magdę.

– Życz mi powodzenia – powiedziała. – Dzisiaj idę do pani Krysi na poważną rozmowę.

– Będę trzymać za ciebie kciuki. A ty potrzymaj za mnie, bo przyjeżdżają dzisiaj moi rodzice. I możesz się ze mnie śmiać, ale jestem stremowana...

– Boże, jak ja bym chciała mieć takie powody do zmartwień – westchnęła tęsknie Julia. – Ale oczywiście będę trzymać – dodała i ściskając w rękach małe pudełko, poszła w kierunku domu Krysi.

Wiedziała, że czas ucieczek się skończył i trzeba z podniesionym czołem stanąć do walki z rzeczywistością.

Krysia usadziła Julię w fotelu i przez moment wpatrywała się w jej zieloną, długą do ziemi spódnicę, która przywodziła jej na myśl wielki, soczysty liść. Czekała, aż Julka zacznie. Widziała, jak zbiera się w sobie i stara się dobrać słowa. Nie było jej łatwo, ale to do niej należał pierwszy krok.

– Przyjechałam do Malowniczego – zaczęła wreszcie, ale głos uwiązł jej w gardle i musiała odkaszlnąć – przyjechałam, bo chciałam panią odszukać. Nie wiem, jak to pani wytłumaczyć, więc najprościej będzie, jeżeli pokażę pani list do mojej babci. To może trochę wyjaśni całą sytuację. – I otworzyła pudełko, wyciągając z niego pożółkłą kopertę. – Tak naprawdę dla pani istotny jest ten fragment – powiedziała, wskazując palcem końcówkę kartki, gdzie literki skakały i żyły jakby własnym życiem.

Krysia zrozumiała, że Julia nie chce, by czytała cały list, więc przebiegła oczami wskazany urywek:

Jeżeli jeszcze tego nie zrobił, to zmuś go, by uporał się z przeszłością. By pozałatwiał te wszystkie niedokończone sprawy i uzyskał przebaczenie lub przynajmniej cień zrozumienia. W innym wypadku nie będzie mógł normalnie żyć, a Julia razem z nim. Krystyna powinna mu w tym pomóc. Biedna Krysia!!! Ale mniejsza z tym. Tylko tak możesz mu pomóc. Niech wyjaśni, moja kochana, niech to wszystko wyjaśni...

– Nie rozumiem – odezwała się Krystyna, powoli czytając fragment raz jeszcze. – Zupełnie nie rozumiem. Kto napisał ten list?

– Moja mama. Tuż przed śmiercią. Zaadresowany był do babci, ale niestety ona przeżyła mamę tylko o parę miesięcy. Nie przypuszczam, by ten list w ogóle do niej dotarł.

– Ale ja nie znałam twojej mamy. Może chodziło jej o inną Krystynę?

– Wierzy pani w takie zbiegi okoliczności? W liście jest mowa o Krysi, a ojciec trzymał pani zdjęcie w biurku, z adresem na odwrotnej stronie. Wprawdzie nie wiem, dlaczego to adres pani siostry, ale jednak.

– Ale twoja mama napisała to w taki sposób, jakby znała ową Krysię bardzo dobrze. Ja znałam twojego ojca, nie przeczę, ale naprawdę nic nie wiem o twojej matce.

– Może jednak się kiedyś spotkałyście? – Julia drżącymi rękami przerzucała rzeczy w pudełku. – Zaraz pokażę pani jej zdjęcie.

Krystyna, przyglądając się Julii, niespodziewanie poczuła zimny dreszcz biegnący po plecach i nagle opanowało ją przeczucie, że za chwilę stanie się coś bardzo ważnego. Nie miała jednak czasu, by się z niego otrząsnąć, bo dziewczyna znalazła to, czego szukała, i podała jej mały sztywny kartonik. Krystyna wzięła go delikatnie w palce, spojrzała i poczuła, jak blednie.

– O Boże! – wyszeptała – O mój Boże, przecież to jest Danka...

– To właśnie ją mi przypominałaś – powiedziała Krysia wycierając łzy, które płynęły jej po policzkach od momentu, gdy spojrzała na fotografię.

– Rozumiem, że pani jednak znała moją mamę – Julia bardziej stwierdziła, niż zapytała.

– To była moja najlepsza przyjaciółka. Ona i Zośka. Poznałyśmy się z Danką któregoś lata. Przyjeżdżała do Malowniczego na wakacje. Potem wyjechała na drugi koniec kraju, kontakt nam się urwał. Nie słyszałam o niej aż do chwili, gdy przeczytałam nekrolog w gazecie. Potem nie mogłam sobie wybaczyć, że nie starałam się jej znaleźć. Ale jak zwykle najbardziej żałujemy rzeczy, których już nie możemy naprawić. Uwierz mi, nie miałam pojęcia, że Danka jest żoną Kacpra. I pomyśleć, że przez tak długi czas była tak blisko. Boże, więc Danusia wiedziała... Skoro napisała ten list, musiała wiedzieć. Jak ona musiała cierpieć. Strasznie mi wstyd...

– Co moja mama wiedziała, pani Krysiu? Ja muszę poznać prawdę. Ten list... To dla mnie ostatnia deska ratunku. Dla mnie i dla Kacpra.

– Musiała wiedzieć o mnie i o Zośce, i Grażynie.

– Ale co? Uwiodła pani mojego ojca? – Julia wydusiła w końcu absurdalne pytanie, które od początku ją dręczyło, i od razu poczuła ogromny wstyd.

Słowa wypowiedziane głośno zabrzmiały niedorzecznie i obraźliwie. Blada do tej pory twarz Krysi okryła się rumieńcem.

Teraz to już koniec, pomyślała, wyrzuci mnie za drzwi i nie odpowie na żadne pytanie. Ale nic takiego się nie stało. Krystyna przymknęła tylko oczy i wtuliła się mocniej w objęcia fotela.

– Nie, nie uwiodłam twojego ojca, chociaż z twojego punktu widzenia może wyglądać to zupełnie inaczej. Nigdy nie przypuszczałam, że będę musiała to wszystko opowiadać i do tego wracać. W końcu minęło już tyle lat. Szmat czasu. A jednocześnie tak niewiele, jakby wszystko działo się wczoraj. Z tego, co zrozumiałam, Kacper nie powiedział ci, że pochodzi z Malowniczego, prawda?

– Nie powiedział. I nie wiem, czy zdołam mu to wybaczyć.

– Skoro nie wiesz, czy zdołasz wybaczyć mu to kłamstwo, powinnaś się zastanowić, czy na pewno chcesz poznać całą prawdę. Bo domyślam się, dlaczego ukrył to przed tobą i stworzył sobie inną przeszłość. Z listu twojej mamy jasno wynika, że chciała mu pomóc, a nie przysparzać wrogów. Więc musisz się zdecydować, czy chcesz wiedzieć, by móc go znienawidzić, czy raczej po to, by go zrozumieć.

– Nie wiem. Przecież ja zupełnie nie wiem, o co chodzi. Nie wiem, po co były te wszystkie kłamstwa.

– Myślę, że chciał cię na swój sposób ochronić, a może też obronić samego siebie? To już nie do mnie pytanie, tylko do Kacpra.

– Obronić samego siebie? Dobre sobie! Przed kim? Przede mną? To mu się udało, bo niewiele nas łączy – powiedziała z goryczą Julia.

– Nie wydaje mi się, żeby chodziło o ciebie. Jeżeli już, to chyba przed samym sobą chciał się ochronić. Ale ja nie chcę być niczyim sędzią ani nie chcę nikogo rozgrzeszać. Sama przez parę lat myślałam, że nienawidzę Kacpra. I pewnie wtedy go nienawidziłam.

– A teraz nienawidzi go pani?

– Nie, teraz już nie. To banalne, ale rzeczywiście w takich sprawach czas jest naszym sprzymierzeńcem. Kacper mieszkał w Malowniczem od urodzenia. Był ode mnie o siedem lat starszy. Nic dziwnego, że nie znaliśmy się zbyt dobrze.

Siedem lat to w pewnym momencie ogromna przepaść nie do przeskoczenia. Dla niego byłam smarkulą. Gdy z koleżankami grałam w gumę, on popalał już papierosy i uganiał się za miejscowymi dziewczynami. Zresztą nie wiem tak naprawdę, kto za kim biegał, bo twój ojciec był naprawdę pociągającym chłopcem. Potem wyjechał i nie było go przez parę lat. Gdy wrócił, byłam już dorosłą panną. Moja siostra Grażyna przygotowywała się do ślubu z Robertem, a ja całe dnie spędzałam z Zośką, moją przyjaciółką. Danki nie widziałam od bardzo dawna. To był czas, kiedy nie byłam najszczęśliwsza. Szczerze mówiąc, było mi bardzo trudno. Umarła moja babcia, która zajmowała się mną i Grażyną po śmierci rodziców. Dziadek nie żył od paru lat, zostałam całkiem sama. I musiałam nauczyć się żyć na własny rachunek, żeby utrzymać siebie i dom. Na całe szczęście wrócił do kraju wujek Janek. Wiesz, o kim mówię, bo się poznaliście...

Julia w odpowiedzi tylko pokiwała głową.

– Więc wrócił i bardzo mi pomógł – kontynuowała matowym głosem – ale nie o tym miałam mówić. Podświadomie chyba odwlekam moment, gdy powiem ci wszystko, bo musisz wiedzieć, że to nie tylko moja i twoja sprawa. Będę zmuszona zdradzić ci tajemnice innych mieszkańców miasteczka i nie czuję się z tym najlepiej. W ogóle nie czuję się najlepiej w tej całej sytuacji.

– Ma pani do mnie żal, prawda? To w końcu ja zmuszam panią do szczerości, na którą nie ma pani ochoty.

– Nie, nie masz racji. – Krysia z trudem się roześmiała i przytuliła do siebie łeb Portosa, który nie wiadomo skąd pojawił się nagle i usiadł koło jej nóg. – Pora skończyć z kłamstwami i niedomówieniami. Mam tego świadomość. Ale nie zmienia to faktu, że jest mi bardzo trudno do tego wracać. Gdybym nie chciała z tobą o tym rozmawiać, nie siedziałybyśmy tutaj. Ale wróćmy do twojego ojca. Przyjechał do Malowniczego właśnie wtedy. Spotkaliśmy się zupełnie przypadkiem w domu Zośki, bo Kacper przyszedł do jej ojca. Miał taki śliczny uśmiech i tyle czułości w oczach, gdy na mnie patrzył. – Krysia bezwiednie uśmiechnęła się do swoich wspomnień. – Nikt nigdy nie patrzył na mnie w taki sposób. Nawet chłopak, który był wtedy we mnie zakochany po uszy. Wydawało mi się, że on patrzy tylko na mnie. Nie miałam pojęcia, że Zosia ma dokładnie takie samo wrażenie, tyle że tyczące jej samej. I stało się, Julio, zakochałam się w twoim ojcu. Przyszło to tym łatwiej, że czułam się bardzo samotna. Może gdyby żyła babcia, nie rzuciłabym się w tę miłość głową naprzód. I nie byłabym tak ślepa. Ale babcia nie żyła, zabrakło mi zdrowego rozsądku. Umówiliśmy się wtedy całą trójką na herbatę u mnie w domu. Piliśmy ją na werandzie, siedząc na tych samych ławkach i przy tym samym stole, które stoją tam do dzisiaj. Kacper wydawał mi się taki dorosły i silny. Zośka zwariowała na jego punkcie nie mniej niż ja. Na domiar złego, tamtego wieczoru przyszła do mnie Grażyna, która stwierdziła, że do ślubu ma już tak niewiele czasu, że musi sobie poszaleć. Kacper wydał jej się do tego idealny. Twój ojciec miał w sobie to magiczne coś, co przyciąga kobiety, a mężczyźni widzieli w nim równego gościa.

– No tak. Jego słynny czar osobisty. Nadal działa – sarknęła Julia. – Ale czegoś nie rozumiem. Skoro Grażyna miała wyjść za mąż, to po co był jej mój ojciec? Ja wiem, że różnie w życiu bywa, ale tuż przed ślubem panna młoda jest raczej zakochana...

– Ale Grażyna to... Jak by ci to wytłumaczyć... To po prostu Grażyna. – Krysia bezradnie rozłożyła ręce. – Robert był dobrą partią, jeśli mogę ująć to w wiktoriański sposób, miał pieniądze, by zapewnić jej luksusowe życie, egzotyczny zawód, bo był marynarzem, a Grażynie bardzo zależało, by się wyróżniać i żyć dostatnio. Chyba trudno mówić w jej wypadku o małżeństwie z miłości. Jednak – tu Krysia na moment się zawahała – trudno też ją surowo oceniać. Przez całe życie borykałyśmy się z biedą.

– Ale pani nadal się z nią borykała, a jednak nie złapała pierwszego lepszego bogacza.

– Są różni ludzie. Wybrałyśmy inne drogi. Tylko tyle.

– A ja myślę – powiedziała Julia, która na moment oderwała się od myśli o Kacprze – że Grażyna wybrała łatwiejsze rozwiązanie, ale nieuczciwe. Pani jest trudno, jednak nikogo pani nie krzywdzi.

– To co, już nie podejrzewasz mnie, że rozmyślnie uwiodłam twojego ojca? – roześmiała się Krystyna.

– Nie mam bladego pojęcia, o co chodzi w tej historii – dziewczyna zmrużyła lśniące agrestowo oczy – ale ten pomysł wydaje mi się teraz niedorzeczny. Pomimo że przez długi czas brałam takie rozwiązanie pod uwagę. Ale to zbyt banalne, by mogło być prawdziwe.

– Jednak to, co zaraz ci opowiem, jest najbanalniejsze w świecie. Więc wiesz już, że we trzy zauroczyłyśmy się Kacprem. Nie miałyśmy tylko pojęcia, że on wcale nie zamierza wybrać jednej z nas. Tego wieczoru poszedł ze mną do kuchni i szeptem umówił się na następny dzień. Myślałam, że nie chce krępować mnie przy dziewczynach i stąd ta konspiracja. Byłam mu za to niebywale wdzięczna, bo dostrzegłam już, że

Zośka patrzy w niego jak w obrazek i chociaż byłam szczęśliwa, że to ze mną chce się spotkać, było mi głupio wobec niej. O planach Grażyny jeszcze nie wiedziałam. Nie chcę wchodzić w szczegóły naszych spotkań. Mam nadzieję, że mnie rozumiesz?

– Rozumiem. – Julia nie dodała, że i ona nie chce o tym słuchać.

– To dobrze. Spotykałam się z Kacprem całe lato. To były piękne miesiące. Chociaż później ten sam czas jawił mi się jako koszmar. Zośka się ode mnie odsunęła, Robert, narzeczony Grażyny, często skarżył się, że moja siostra gdzieś przepada i nie ma dla niego czasu. Tłumaczyłam, że tuż przed ślubem ma dużo zajęć, że może robi niezbędne zakupy, szuka rzeczy, które stworzą im nowy dom. Wydawało mi się, że to najbardziej prawdopodobne, bo ja zapewne w takiej sytuacji tak bym się zachowała. Zmierzyłam ją własną miarką. Jeżeli chodzi o Zosię, obawiałam się, że to z powodu Kacpra się ode mnie oddaliła. I tak było w istocie, tylko że wcale nie chodziło o to, że Kacper wybrał mnie. Była przekonana, że jest odwrotnie, a że po pamiętnym wieczorze przy herbatce zebrało nam się na zwierzenia, obie wiedziałyśmy, że nam się podoba. Może właśnie dlatego omijałyśmy ten temat. A że widywałyśmy się sporadycznie, tym łatwiej nam to przychodziło. Aż do dnia, kiedy Zosia przyszła do mnie i cała we łzach wyznała, że jest w ciąży z twoim ojcem.

– W ciąży?!!! – Julia czuła, jak wszystko w niej zastyga.

– W ciąży – Krysia powtórzyła te słowa jak wyuczoną kwestię i pomyślała, że chyba nie jest w stanie powiedzieć nic więcej, bo nagle odniosła wrażenie, że wszystkie uczucia, które wtedy nią owładnęły, powróciły.

– Czyli chce mi pani powiedzieć – Julia pochyliła się do przodu i splotła dłonie – że mam gdzieś przyrodnie rodzeństwo?

– Niestety. Zosia nie donosiła ciąży. Ale daj mi mówić po kolei...

– Ojciec spotykał się z wami obiema jednocześnie, tak?

– Z trzema. Kiedy Grażyna znikała, bynajmniej nie była zajęta wybieraniem sukni ślubnej. Z tym że ona traktowała Kacpra tak, jak on traktował ją. Jak zabawkę.

– Gdy ta pani przyjaciółka przyszła i powiedziała o... – Julia ciężko przełknęła ślinę – o dziecku, to rozumiem, że pani powiedziała jej o oszustwie Kacpra?

– Nie powiedziałam ani słowa. Przecież była z nim w ciąży. Oczywiście miałam do nich ogromny żal. Tak, nie patrz tak na mnie, do niej też. Wtedy na równi z Kacprem obwiniałam ją za wszystko. Ale była moją przyjaciółką, nawet jeżeli nie zachowała się w stosunku do mnie uczciwie. W końcu to samo można było powiedzieć o mnie. Też nie powiedziałam jej o tym, że spotykam się z twoim ojcem. Głupia małolata – myślałam, że ją w ten sposób chronię. Zapytałam tylko, czy on wie. Nie wiedział. Przekonywałam ją, że wszystko będzie dobrze, że Kacper wygląda na odpowiedzialnego człowieka i że nie zostawi jej samej. Pamiętam, że choć chciałam wlać w nią trochę wiary, przez usta nie chciało mi przejść słowo „uczciwy". I chyba udało mi się ją przekonać, że nie będzie tak źle, że jakoś wszystko się ułoży. Gdy wyszła, odetchnęłam z ulgą. Chciałam zostać sama i nie widzieć nikogo, nie musieć mówić ani myśleć. Ale nie było mi to dane, bo ledwo wyszła Zosia, przyszedł Kacper. Był w doskonałym humorze.

Chciał mnie objąć na przywitanie, ale odskoczyłam od niego ze wstrętem. Musiałam mieć wszystkie uczucia wypisane na twarzy, bo widziałam, jak na mnie patrzy i jak się zmienia. Bez wstępów zapytałam, czy teraz ożeni się z Zosią. Odpowiedział z nieszczerym śmiechem, że wcale nie zamierza. A kiedy stwierdziłam, że nie ma innego wyjścia, bo Zośka spodziewa się jego dziecka, zobaczyłam panikę w jego oczach. Zapytałam ponownie, czy się z nią ożeni. Długo nic nie mówił, a gdy znów na mnie spojrzał, miałam wrażenie, że nagle się postarzał. Jakby dopiero do niego dotarło, co zrobił. Cicho powiedział, że nawet gdyby chciał, to nie może. Bo już raz się ożenił. Ma żonę i maleńką córeczkę. Nie wypierał się niczego. Nie usprawiedliwiał. Zrobiłam wtedy jedyną rzecz, jaka przyszła mi do głowy. Kazałam mu zniknąć ze swojego życia.

Krysia na chwilę zamilkła, zbierając siły do dalszej opowieści.

– Nie rozumiem jednego – odezwała się Julia. – Z tego, co zauważyłam, w Malowniczem dużo o sobie wiecie. Jak więc mogłyście nie wiedzieć, że mój ojciec się ożenił? Jego rodzice o tym nie mówili, nie chwalili się wnuczką?

– Chwalili się, oczywiście, że się chwalili – pospieszyła z wyjaśnieniem Krysia, bo nagle zdała sobie sprawę, że pominęła ważny szczegół – ale dopiero wtedy, jak wrócili do Malowniczego. Twoja babcia w czasie wojny została ranna w nogę. Nie mam pojęcia, co dokładnie jej było, ale miała problemy, groziło jej nawet kalectwo. Twój dziadek wprost stawał na głowie, by pomóc i uratować ją od wózka. Wyjechali za granicę, udało im się dostać do jakiegoś lekarza, który ponoć umiał czynić cuda. Wrócili do Malowniczego dopiero pod koniec życia. Nie było ich tu wtedy, gdy Kacper przyjechał. W każdym razie stało się jasne, że twój ojciec nie ożeni się z Zosią. Nie widziałam innego rozwiązania, jak powiedzieć jej wszystko. Łącznie z tym, że spotykał się ze mną. Jednak okazało się, że Zosia już wie, bo gdy ode mnie wyszła, zobaczyła Kacpra z Grażyną. A byli w tak niedwuznacznej sytuacji, że nie miała wątpliwości. Wiedziała już, że na niego nie może liczyć. Oczywiście powiedziałam jej później, że ma żonę i że spotykał się ze mną. Jedynie Grażyna wydawała się niebywale ubawiona całą tą sytuacją. Robert rzecz jasna nie domyślał się niczego, umiała tak naplątać, że czasami dziwiłam się, jak ona sama się w tym łapie. W każdym razie byłam pełna podziwu dla Zosi, bo bardzo szybko wzięła się w garść. Przynajmniej tak to pozornie wyglądało. Stwierdziła, że musi teraz myśleć o dziecku i zrobi wszystko, by nie czuło się niechciane. Kacper jeszcze potem u mnie był, kajał się, mówił, że tak naprawdę tylko na mnie mu zależy, że zrobi wszystko. Jednym słowem banał. Nie chciałam go słuchać ani na niego patrzeć. Jego widok, jego głos, jego oczy – wszystko to bolało. Wyjechał.

– Czy mówił, że dla pani jest gotów zostawić mamę? – Julia wbiła w nią mokre spojrzenie.

Krysia miała nadzieję, że to pytanie nie padnie. Ale zostało zadane i przez moment miała wrażenie, że wpada w jakąś wielką, głęboką otchłań, z której już nigdy się nie wydostanie. Jednocześnie pragnęła, by rzeczywiście ziemia się pod nią rozstąpiła i pochłonęła ją razem z fotelem, bo to zwolniłoby ją z konieczności udzielania odpowiedzi na tego typu pytania.

– A więc mówił – odpowiedziała samej sobie Julia. – Kiedyś, jak przyszedł do domu pijany w sztok, powiedział mi, że w swoim życiu kochał tylko dwie kobiety. Jedną stracił, a druga jest jego dzieckiem. Myślałam wtedy, że mówił o mamie, ale teraz wiem, pani Krysiu, że on mówił o pani. I powinnam panią znienawidzić, a nic takiego nie czuję. W ogóle nic nie czuję, jakby ktoś zabrał mi wszystko, w co wierzyłam i co było ważne w moim życiu. Ale co się stało z Zosią?

– Zośka powiedziała o wszystkim rodzicom. Sytuacja nie wyglądała różowo. Nie mogła liczyć na małżeństwo, w domu miała małego brata, jej ojciec poza nią świata nie widział, więc możesz sobie wyobrazić, co tam się działo. Jednak stanęli za Zosią murem. I wszystko może ułożyłoby się inaczej, gdyby nie poroniła. Cały świat oparła na marzeniach o tym dziecku. Wszystkie uczucia z Kacpra przeniosła na tego malucha, który miał się urodzić. Gdy je straciła... Wybacz, ale nie mogę mówić o tym, co wtedy się z nią działo. Gdy wydawało się, że doszła już do siebie, wyjechała z Malowniczego. Zatrzymała się we Wrocławiu. Wszyscy myśleliśmy, że może dobrze jej zrobi zmiana środowiska. Na początku pomieszkiwała z nią matka, ale na dłuższą metę prowadzenie dwóch domów było niemożliwe, zwłaszcza że był jeszcze mały brat Zosi. Nie mogli wyjechać całą rodziną do Wrocławia, bo ojciec Zosi miał pracę w Malowniczem. Ale wydawało się, że wszystko jest w porządku. Zośka znalazła pracę, twierdziła, że dużo się uczy i czyta. Jeździłam do niej często. Tamtego dnia, gdy widziałam ją po raz ostatni, była jakaś niewyraźna. W ogóle bardzo się zmieniła od tej historii z Kacprem. Rozmowa się nie kleiła, aż w końcu popatrzyła na mnie jakoś tak dziwnie i poprosiła, żebym już poszła. Zapytałam, czy na pewno nie chce, bym została. Pokręciła głową, a widząc moją minę, roześmiała się i lekko powiedziała: „No nie martw się.

Dam sobie radę. Nie połknę żadnych prochów ani nie podetnę sobie żył". Umówiłyśmy się więc na następny dzień i poszłam. Widziałam jeszcze, jak patrzy za mną zza firanki. I rzeczywiście dotrzymała słowa. Nie połknęła proszków ani nie podcięła sobie żył. Wyskoczyła przez okno. Mieszkała na czwartym piętrze. Zginęła na miejscu. Dlatego kiedy powiedziałaś, że dasz sobie radę, tak bardzo się zdenerwowałam. Do końca życia nie wybaczę sobie, że wtedy jej posłuchałam i wyszłam. Tutaj, w Malowniczem, niewiele osób wie, jak naprawdę zginęła Zośka. Większość myśli, że wpadła pod samochód. A raczej myślała, bo w tej chwili niewiele osób w ogóle ją pamięta. Wtedy jakimś cudem udało się przemycić to kłamstwo. Jej rodzice nie chcieli rozgłosu, chorej ciekawości i dociekań. To wszystko, co mogę ci powiedzieć, bo tylko tyle wiem. Kacpra nie widziałam od tamtego czasu. Jedyne, czego żałuję w związku z nim, to tego, że nie wiedziałam o Dance.

Julia siedziała i patrzyła w czerń za oknem. Zmarszczone brwi świadczyły, że się nad czymś poważnie zastanawia. Nagle podniosła głowę i spojrzała uważnie na Krystynę.

– Czy Zosia była siostrą Tymka? – zapytała, patrząc jej prosto w oczy.

– Tak, a skąd o tym wiesz?

– Tymek powiedział mi, że niedawno poznał prawdę o tym, jak zginęła jego siostra. Obiecałam mu, że po rozmowie z panią pomyślę o nim i o mnie. I że nie zapomnę tego, co mi powiedział... Ale jak mogę się z nim spotykać, wiedząc o tym wszystkim? – Julia zwiesiła głowę. – Jutro wyjadę – zadecydowała.

– Nie powinnaś tego robić. Kto raz zacznie uciekać, ucieka potem przez całe życie – powiedziała ku swojemu zdumieniu

Krysia. Jeszcze rano dałaby wszystko, żeby ta dziewczyna zniknęła z jej życia i z Malowniczego w ogóle, a teraz, proszę, sama zachęca ją do zmiany decyzji. Ale rano nie miała pojęcia, że Julka jest córką Danki.

– Nie mogę tu zostać. Przecież doskonale pani o tym wie. Im szybciej Tymek o mnie zapomni, tym lepiej. Przecież on nie zna całej prawdy.

– Zna tę część dotyczącą Zosi i ciebie. Wie, kim jesteś. Ponadto rzeczywiście ja również uważałam, że powinnaś wyjechać. Dopóki nie dowiedziałam się, że jesteś córką Danusi. Nie zrozum mnie źle, ale nie wyobrażałam sobie, jak powiedzieć Kazikowi, ojcu Tymka, że tu jesteś. Teraz jednak sytuacja jest całkiem inna. Danka zatrzymywała się w leśniczówce u pana Kazia. Spędzała tam wakacje. Kazimierz darzył ją ogromną sympatią. Nie wiem, czy to coś zmieni, czy nie, ale uważam, że trzeba spróbować.

– Skąd moja mama znała ojca Tymka? – Julia poczuła, że całkowicie zaczyna się gubić w zawiłościach przeszłości.

– Nie mam pojęcia. Coś mi się zdaje, że ojciec twojej mamy był jego kolegą, ale nie wiem na pewno.

– Pani Krysiu, ja nie mogę zostać, nie mam prawa. Przecież to przez mojego ojca rozpadło się małżeństwo rodziców Tymka. Nie jestem głupia, umiem posklejać fragmenty, które do siebie pasują.

– A więc chcesz uciec i stchórzyć?

– A jaki to ma związek z tchórzostwem? To, że nie chcę być dla nikogo cierniem, to ucieczka?

– I tak zranisz. Tymka. Zostań, Julka. Porozmawiam z panem Cyprianem, on najczęściej widuje się z Kazikiem. Powie mu o tobie. A ja pokażę ci dom, w którym mieszkali twoi dziadkowie. Czy wiesz, że twój ojciec go nie sprzedał? Myślę, że kiedyś zamierzał ci wyznać prawdę, tyle tylko że bał się, że cię straci.

Julia w zamyśleniu przymknęła oczy. Podwinęła nogi i zwinęła się w fotelu w kłębek. W tej pozycji wyglądała bardziej kocio niż zazwyczaj.

– Biedna mama – wyszeptała i spod przymkniętych powiek popłynęły jej łzy. – Nie mam pojęcia, skąd o wszystkim wiedziała. Może jej powiedział. Ale tak czy inaczej zdawała sobie sprawę z tego, że jej nie kocha.

– Widocznie ona go kochała, skoro zależało jej na tym, by w końcu uporządkował stare sprawy. Myślę, że on jest bardzo nieszczęśliwym człowiekiem. I wściekłym na samego siebie, dlatego wyżywa się na najbliższych. Skoro poznałaś już całą prawdę i znalazłaś list od swojej matki, powinnaś mu pomóc. To przecież było jej ostatnie życzenie.

– Właściwie tak. Ale czuję się z tym wszystkim podle. Wolałabym chyba nigdy nie znaleźć tego listu i wierzyć w swoich dziadków na Mazurach. A nie obudzić się nagle w środku jednego wielkiego kłamstwa. Muszę to wszystko na spokojnie przemyśleć...

– To dobra decyzja. – Krysia pokiwała głową. – Czy wiesz, że jesteś bardzo podobna do swojej mamy? – zapytała znienacka i uśmiechnęła się do dziewczyny pełnym ciepła uśmiechem.

I to on sprawił, że Julia otwarcie pozwoliła sobie na głośny płacz, który już od dawna dławił ją w gardle.

ROZDZIAŁ XXXV

Madeleine siedziała ze swoimi rodzicami przy kuchennym stole i patrzyła to na jedno, to na drugie. Nietknięta pieczona kaczka stygła na porcelanowym półmisku.

– Madziu, naprawdę nie możemy teraz jeść. I tak byśmy nic nie przełknęli – mówiła mama, nerwowo mnąc serwetkę. – Przyjechaliśmy, bo musimy ci coś powiedzieć... Otóż... Boże, nie wiem, jak zacząć... Twój wuj z Francji nie żyje – powiedziała w końcu i zamilkła.

Przez moment Madeleine patrzyła na nią ze zdumieniem. Potem potrząsnęła głową, usiłując coś z tego zrozumieć.

– I tym się tak bardzo przejmujecie? – zapytała w końcu. – Znaczy, bardzo mi przykro, że zmarł, ale przecież ja go w ogóle nie znałam. Nigdy nie chcieliście mi nic o nim powiedzieć... Nawet przywykłam do tej wielkiej rodzinnej tajemnicy. Dziwiłam się wprawdzie, dlaczego uparcie przysyła mi pieniądze, ale jeżeli tym się tak trapisz, mamo, to już naprawdę nie musisz się martwić. Ta informacja nie pogrążyła mnie w rozpaczy... Chyba że wy byliście jakoś zżyci...

– „Jakoś" to dobre słowo – mruknęła mama, rwąc serwetkę na drobne kawałeczki. – Ten twój wuj, Madeleine, był bratem twojego ojca.

– Tato, to ty miałeś brata? Czemu mi nigdy nic nie powiedziałeś?

– Bo to, bo to... Boże, nie dam rady – rozpłakała się nagle mama.

– Kochanie, uspokój się, ja jej powiem – odezwał się w końcu milczący do tej pory ojciec.

Madeleine dopiero teraz zauważyła, że ma poszarzałą i zmęczoną twarz.

– To nie był mój brat, Madziu, mimo że ja jestem twoim tatą. To brat twojego biologicznego ojca. – Mówiąc to, spojrzał jej głęboko w oczy.

Dopiero po chwili zrozumiała, co właściwie oznaczają jego słowa i to długie proszące spojrzenie. Zakręciło jej się w głowie tak, że musiała oprzeć się łokciami o stół. Szumiało jej w uszach, a przed oczami wirowały białe punkciki rwanej przez matkę serwetki.

– Kochanie, powinnam może powiedzieć ci o tym już dawno, ale nie mogłam się na to zdobyć – dobiegł jakby z oddali zapłakany głos matki. – Tata cię tak kocha i zawsze kochał, a ja nie chciałam niczego zepsuć...

– Który tata? – zapytała martwym głosem i zobaczyła, jak ojciec kuli się, słysząc pytanie, ale w tej chwili niewiele ją to obchodziło.

– Madziu, jak możesz? – W głosie matki słychać było wyrzut. – Ty miałaś tylko jednego ojca. Tego, który cię kochał i wychował. Widzisz, ja... Byłam młoda, wyjechałam do Francji i jedyne, czego chciałam, to się bawić. Jarek – kątem oka zobaczyła, jak mama kładzie rękę na dłoni męża – został w Polsce. Po moim powrocie mieliśmy wziąć ślub. Ale na wyjeździe spotkałam Gabriela. Był taki, taki... Inny. Miał motocykl, szalone pomysły, zabierał mnie na przejażdżki, piliśmy dużo wina, paliliśmy papierosy i nie tylko papierosy... Opowiadał mi o Paryżu i o tym, jak tam można się bawić od rana do nocy... Zakochałam się i w nim, i w tych wizjach, które przede mną roztaczał, i całkowicie się zapomniałam. Ale to była tylko chwila. Ale potem okazało się, że jestem w ciąży. Gabriel tylko mnie wyśmiał. Stwierdził, że nie ma żadnej pewności, że nie przespałam się ze wszystkimi napotkanymi Francuzami. To był po prostu łotr...

– Skarbie, uważaj, co mówisz – przerwał jej ojciec. – Raczej nazwałbym go nieodpowiedzialnym i bardzo młodym, ale za to człowiekiem, któremu bardzo wiele zawdzięczam. Dzięki niemu mogłem stać się twoim ojcem, Madziu. Tak bardzo bym chciał, żebyś pomimo tego, co tu usłyszałaś, nadal traktowała mnie jak swojego ojca. Bo ty zawsze byłaś, jesteś i będziesz moją córką.

– A on, co się z nim stało? – Madeleine nawet nie podniosła oczu.

– Zabił się na motorze. Zanim ty jeszcze pojawiłaś się na świecie. Mówiłam, że motory to dla nas przekleństwo. Brał udział w nielegalnych wyścigach. Jego brat wiedział o tym, że masz się urodzić, nawet się z nim pokłócił, bo uważał, że Gabriel postępuje podle. Po jego śmierci uparł się, że skoro nie może inaczej uczestniczyć w twoim życiu, przynajmniej będzie wysyłał ci pieniądze. A teraz zmarł i zapisał ci coś w testamencie. Ale będziesz musiała pojechać do Paryża, dopełnić wymaganych formalności. Nie wiem, jak sobie z tym poradzisz. Cały czas o tym myślimy z tatą, wiemy przecież, że za nic do tej pory nie chciałaś pojechać do Francji...

– Mamo, posłuchaj siebie! Właśnie oznajmiliście mi, że mój ojciec nie jest moim ojcem, że zaliczyłaś skok w bok, a ja jestem na świecie, bo się na moment zapomniałaś, a ty najbardziej martwisz się tym, że nie pojadę do Francji? – Madeleine ze złością zmiotła dłonią ze stołu smętne resztki serwetki.

– To nie tak. – Mama zastygła z kolejną serwetką w ręku i wbiła pełne łez oczy w córkę. – Mam w nosie, czy pojedziesz do tego Paryża, czy nie, ale nie miałam wyboru. Musiałam ci powiedzieć, bo gdybyś jednak pojechała, dowiedziałabyś się wszystkiego od obcych ludzi, na zupełnie obcej ziemi i wtedy pewnie miałabyś do mnie jeszcze większy żal.

– Pewnie tak, chociaż teraz trudno mi to sobie wyobrazić – stwierdziła z rozgoryczeniem Madeleine. – Przepraszam was, ale ja teraz nie mogę rozmawiać. Muszę się przejść – dodała i nie oglądając się za siebie, wybiegła w ciepły letni wieczór.

Gdy wróciła, był już środek nocy, a w kuchni ciągle paliło się światło. Przez moment stała na dole i uspokajała oddech. Nadal nie chciała z nimi rozmawiać. Przez chwilę wyobrażała sobie, jak by to było, gdyby ta dzisiejsza rozmowa się nie odbyła. Gdyby okazało się, że sobie to wszystko wymyśliła... Ale prawda była taka, że jest dziełem podpitych winem i oszołomionych skrętami obcych sobie ludzi...

Od dzisiaj mogę o sobie mówić „Madeleine, córa zapomnienia", pomyślała i uśmiechnęła się z goryczą. W końcu weszła po skrzypiących schodach i stanęła w progu kuchni. Przy stole jednak siedziała tylko zapłakana Julia i właśnie nalewała sobie wina do kieliszka.

– O, jesteś – powiedziała na jej widok. – To chyba do ciebie – wyciągnęła w jej stronę złożoną na pół kartkę.

Magda przez chwilę obracała ją w dłoniach i dopiero po chwili zdecydowała się przeczytać.

Madziu!

Wyjechaliśmy. Wiemy, że potrzebujesz czasu, by sobie to wszystko poukładać, a my nie umiemy ci w tym pomóc. Po raz pierwszy czujemy się tak bezradni. Czekamy, aż się do nas odezwiesz.

Mama i Tata

Nie mogła oderwać oczu od podpisu. Kiedy wreszcie zmusiła się, by unieść wzrok, spojrzała na milczącą Julię.

– No co tam? Coś mi się wydaje, że to trzymanie kciuków na niewiele się zdało i tobie, i mnie – powiedziała, wstając i wyjmując z szafki drugi kieliszek. – Nalejesz mi?

– Pewnie. I co, z rodzicami nie poszło najlepiej? – zapytała Julia.

– Można tak powiedzieć – mruknęła i jednym haustem wypiła wino. – A u ciebie jak? Dowiedziałaś się w końcu, o co chodzi?

– O tak! Mój ojciec mnie okłamywał. Wyobraź sobie, że tak się starał, że stworzył sobie cały fałszywy życiorys – pociągnęła nosem, powtórnie napełniając jej kieliszek po brzegi.

– O, widzisz. A mój ojciec nie jest nawet moim ojcem. – Magda sięgnęła po wino i przez chwilę wpatrywała się w chyboczącą rubinową taflę. – A ja jestem taką wakacyjną pamiątką mojej matki – dodała i niewiele myśląc, opowiedziała Julce to, czego właśnie się dowiedziała. Wino przyjemnie ją rozgrzało i rozwiązało język.

– No i co? – spojrzała na nią pytająco. – Co im na to powiedziałaś?

– Nic, nie chciałam z nimi rozmawiać.

Julka przez moment w milczeniu patrzyła przez okno. A potem znów spojrzała na Madeleine i z dezaprobatą pokręciła głową.

– Dziwne jesteście, i ty, i twoja siostra... Od zawsze myślałaś, że ojciec jest twoim ojcem... – Wino trochę już zdążyło uderzyć jej do głowy i mówiła nieskładnie. – I co, nagle teraz chodzi ci o rodowód plemnika? Głupie... Dziwne jesteście – powtórzyła. – Jedna się buntuje, a druga obraża, podczas gdy ja muszę szukać sobie rodziny między obcymi ludźmi. Zdrowie – trąciła się z nią kieliszkiem i tym razem ona wypiła do dna.

A Madeleine siedziała niczym ogłuszona. Słowa Julii podziałały na nią jak zimny prysznic.

Matko, zachowałam się jak świnia, pomyślała z nagłą jasnością. Nawet nie zapytałam ojca, jak on sobie z tym wszystkim poradził. I co ja sobie wyobrażałam, że nagle wymażę z pamięci te wszystkie lata, gdy to on był przy mnie? To on po raz pierwszy przewiózł mnie na karuzeli, nauczył jeździć na rowerze, czytał wieczorami książeczki. To on odprowadzał mnie wieczorami na imprezy i zarywał noce, żeby mnie z nich odbierać. On trzymał mi rękę na czole, gdy jako już dorosła kobieta dostałam ospy i wykańczała mnie gorączka. Jak mogłam go tak bezlitośnie potraktować?

Niewiele myśląc, złapała za komórkę i wybrała numer ojca. Odebrał prawie natychmiast.

– Kocham cię, tato – powiedziała, płacząc. – Bardzo cię kocham. I wróćcie, proszę, przecież nie ujechaliście daleko.

Wróćcie, bo przecież ja sama nie zjem tej kaczki, przecież to jasne, prawda?

– Już zawracam, córeczko – usłyszała dobrze znany ciepły głos. – Już zawracam!

I w tym momencie Madeleine poczuła, że wszystko wraca na właściwe tory. I spojrzawszy na Julkę, nagle wiedziała, co ma robić i mówić.

– Dziękuję ci – powiedziała, wycierając oczy serwetką. – I nie musisz sobie już nigdzie szukać rodziny, bo ja nią będę. I nie chcę słuchać żadnych protestów – dodała. – W końcu nie będziesz się ze mną kłóciła o rodowody plemników, co? – zakończyła i z ulgą zobaczyła, że Julia nareszcie się uśmiecha.

ROZDZIAŁ XXXVI

Pan Cyprian, wtajemniczony przez Krysię we wszystkie szczegóły, zgodził się w końcu, że to on powinien powiedzieć ojcu Tymka o Julce. Odkąd dowiedział się, że dziewczyna jest córką Danki, nie mógł już traktować jej z takim dystansem, z jakim pragnął traktować dziecko Kacpra. Poza tym przy bliższym poznaniu okazało się, że żaden dystans nie wchodzi w grę, bo pan Cyprian po prostu najzwyczajniej w świecie ją polubił. Nic nie wskazywało też na to, by Tymek zamierzał rezygnować ze znajomości z Julką, więc tym bardziej jego ojciec powinien zostać poinformowany. A Tymoteusz groził, że sam mu o wszystkim powie. Widocznie jego też męczyła ta cała konspiracja, a z całą pewnością nie był dobrą osobą do przekazywania takich nowin. Starszy pan wiedział, że tu potrzebna jest rozwaga i autorytet. A ten ostatni pan Cyprian u Kazika niewątpliwie miał. Co do rozwagi, to samokrytycznie twierdził, że niekiedy mógłby mieć jej trochę więcej, ale to i tak nie zwalniało go z obietnicy, którą dał Krysi.

Udał się więc pewnego popołudnia do pana Kazimierza z niewielką torbą, którą czule ściskał pod pachą. W torbie znajdowała się butelka śliwowicy, która – jak uważał starszy pan – podczas tak ważnej rozmowy po prostu była niezbędna.

Na jego widok Kazimierz pracujący w ogrodzie zdjął materiałowe rękawice i z uśmiechem podszedł do furtki.

– Wszelki duch Pana Boga chwali! – zawołał i uścisnął panu Cyprianowi rękę. – Myślałem już, że zupełnie o mnie zapomniałeś. Miałem nawet się do ciebie dziś wieczorem wybrać. Wchodź do środka, mam w lodówce kompot.

– Witaj, ale pozwól, że wzgardzę twoim kompotem, bo mam tu coś o wiele lepszego – uśmiechnął się z lubością pan Cyprian i wyjął z torby butelkę.

– Czy to to, o czym myślę? – zatarł ręce Kazik.

– Dokładnie.

– Ale, ale! Zawsze twierdziłeś, że to śliwowica na specjalne okazje...

– Bo to jest specjalna okazja. Chodź do domu, Kaziu. Musimy porozmawiać, a nie ma to jak rozmowa prowadzona w wygodnych fotelach z kieliszeczkiem śliwowicy w ręku.

Kazimierz uniósł tylko siwe brwi i bez słowa poszedł do kuchni po kieliszki. A Cyprian z niezadowoleniem spostrzegł, że ze zdenerwowania drżą mu ręce.

Porywisty wiatr szalał w koronach drzew i wariacko wyśpiewywał pradawne dzikie pieśni. Ścieżka, którą szedł Tymek, była niewidoczna, pokonywał ją właściwie po omacku, ale chodził tędy tak często, że właściwie mógł jej nie widzieć, a i tak był pewien, że z niej nie zboczy. Przecież to ścieżka do domu. Wracał dziś trochę później, bo zasiedział się z Julką.

Martwił się o nią. Jakoś tak zmizerniała i zbladła przez ostatnie dni. Dziś zastał ją bez humoru, zasępiona siedziała na fotelu bujanym. Na pytanie, co się stało, potarła ręką czoło i odpowiedziała:

– Mam dzisiaj poczucie, że nic mi się w życiu nie uda, niczego nie osiągnę, nigdy nie ruszę się z miejsca, nie zrobię ani kroku do przodu. Miewasz takie dni? Cały mój optymizm diabli wzięli. Diabli wzięli i poszli cholera wie dokąd. Nie można ich ścigać ani złapać, by odzyskać zgubę. To pewnie wszystko wina tej pogody... Może dlatego chce mi się wyć do księżyca. Nie, nie zwariowałam jeszcze zupełnie i oczywiście poprzestaję na chęciach. Jestem po prostu przeraźliwie smutna. Wszystko przemija. Każdy liść kiedyś zwiędnie... Cóż za ponura wizja. Brr...

Teraz w drodze do domu jego też dopadły czarne myśli. Martwił się całą sytuacją. Martwił się ojcem. I swoim, i jej. Bo dotarło do niego, że kiedyś zapewne będzie musiał spotkać się z Kacprem. I spojrzeć mu w oczy, i zachować się jak cywilizowany człowiek. Na samą myśl o tym spotkaniu wstrząsnął nim dreszcz. Gdy dochodził do domu, wiało jeszcze mocniej. Na werandzie paliła się lampa. Wiatr huśtał nią, rzucając wokół chybotliwe cienie. Niegdyś późnymi wieczorami na tej werandzie stała matka, wypatrując ojca. Denerwowała się, gdy wracał po ciemku. Zawsze tu czekała. Dopóki nerwy jej nie puściły i nie wyjechała. Ojciec zażądał rozwodu. Tymek przypuszczał, że chciał postawić sprawę na ostrzu noża, by się opamiętała i wróciła. Tymczasem przyjechała pogodna, wyciszona i powiedziała, że się zgadza. Był na nią oburzony, zły, że tak po prostu ich zostawia. Teraz już wiedział, że nie mogła żyć wśród fotografii Zośki, które wisiały na każdej ścianie, wśród kłamstwa, gdy nie miała właściwie z kim porozmawiać o prawdzie o jej śmierci. Teraz to rozumiał. I wstydził się, że nie chciał się z nią widywać, nawet nie podchodził do telefonu, kiedy dzwoniła. Wchodząc na werandę, otrząsnął się z tych myśli.

Ojciec siedział w pokoju, przy zgaszonej lampie. Jedyne światło wpadało tutaj z werandy, wydobywając z mroku tylko zarys jego postaci.

– Cześć, tato. Czemu siedzisz po ciemku, co? Zapalę światło.

– Tak mi dobrze. Nie zapalaj lampy. Miałem dzisiaj gościa, wiesz?

Tymoteusz zamarł z na wpół zdjętą kurtką w rękach.

– Był u mnie Cyprian. Wypiliśmy trochę jego śliwowicy na specjalne okazje. Ten trunek będzie mi się zawsze kojarzył z przełomowymi momentami w życiu. Ostatni raz piłem ją – nie licząc dzisiejszego dnia – gdy rozwiodłem się z twoją matką. Cyprian twierdzi, że najbliższą okazją będzie twój ślub. Słyszałem, że ponoć jest już kandydatka.

– Tato – Tymek wreszcie wyswobodził się z kurtki i rzucił ją na oparcie sofy – widzisz, ja bym ci w końcu sam o wszystkim powiedział, ale...

– Daj spokój. Przecież nie jestem głupi. A nawet gdybym był, to Cyprian wyłożył mi to w taki sposób, że nie mógłbym nie zrozumieć, dlaczego milczałeś. Nie mam do ciebie żalu. To w ramach wyjaśnień. Nie chcę już więcej wracać do tej sprawy.

W pokoju zapadła cisza. Słychać tylko było szalejący wiatr za oknem. Zasępiony chłopak usiadł na sofie i pomyślał, że nie sądził, iż to wszystko będzie aż tak trudne. Ojciec przecież przed chwilą dał mu wyraźnie do zrozumienia, że nie chce więcej słyszeć o Julii. „Nie chcę już więcej wracać do tej sprawy" – mówiło wszystko. Ale cóż, przecież miał prawo do własnego wyboru. Mogło być gorzej. Mógłby zażądać, by nie widywał się więcej z Julką, a Tymek wiedział, że nie mógłby się na to zgodzić. Teraz należało zakończyć tę rozmowę.

– Rozumiem, tato – powiedział więc schrypniętym głosem.

– Nic nie rozumiesz – Kazimierz wstał i zapalił lampkę nocną, która zajaśniała kręgiem pomarańczowego światła – nic a nic.

No to teraz się zacznie, pomyślał i spojrzał na ojca, który odwrócony tyłem, wpatrywał się w okno, za którym wiatr szarpał gałęzie małej brzozy.

– Chciałbym – odezwał się, starannie dobierając słowa, a Tymek zamarł, bo ojciec zaraz miał powiedzieć to, czego tak strasznie się obawiał – chciałbym, żebyś...

– Tato, nie proś mnie o to – powiedział błagalnym tonem.

– Chciałbym, żebyś przyprowadził do mnie córkę Danusi – dokończył ojciec, jakby nie słyszał jego słów.

– Tato – z niedowierzaniem wpatrywał się w nagle przygarbione plecy ojca – tato, ale to jest też córka...

– Przyprowadź do mnie córkę Danki – uciął stanowczym głosem Kazimierz i wyprostował się. – Przyda się tutaj dziewczęce towarzystwo. Może uda jej się wnieść trochę życia do tego domu. Danusi to się zawsze udawało. Zaproś ją jutro. I tak jak powiedziałem, nie chcę już więcej wracać do tej sprawy.

I tak oto Kazimierz odnalazł własny sposób na uporanie się z przeszłością. Jednak Krysia nie dowiedziała się o tym tego wieczoru, bo choć Tymek dzwonił do niej kilka razy, telefon cały czas miała zajęty. Rozmawiała z Grażyną, z którą omawiała szczegóły powitalnego obiadu, bo Robert zdecydował się przyjechać na parę tygodni do domu. Poza tym Grażyna poprosiła ją o upieczenie tortu.

– Nigdy ci tego nie mówiłam, ale bardzo mi brakowało twoich wypieków – wyznała i natychmiast się rozkaszlała. Mówienie miłych rzeczy nie przychodziło jej łatwo i czekała ją długa droga, by się tego nauczyć.

Tak więc chwilowo Krysia nie wiedziała, że nareszcie wszystkie sprawy ułożyły się tak, jak powinny. Ale dobre nowiny mają to do siebie, że na niczym nie tracą, jeżeli czekają odrobinę dłużej. Można wręcz powiedzieć, że jedynie nabierają głębszego smaku, bo nawet jeśli trafi się na nutkę goryczy, to jest to zaledwie szczypta, bez której życie byłoby mdłe.

ROZDZIAŁ XXXVII

Tego dnia nie tylko Kazimierz został zaskoczony niespodziewaną wizytą. Przed domem Madeleine późnym popołudniem zatrzymał się motocykl, z którego zsiadł ubrany w skórę mężczyzna. Mijając przyglądającego się mu z werandy Antka, wskazał na niego palcem.

– Mówiłem, że odszczekasz? – rzucił i nie czekając na odpowiedź, wszedł do domu.

Wbiegł na górę i kierując się głośnymi wybuchami śmiechu, otworzył jedne z drzwi, po czym z uśmiechem popatrzył w głąb pokoju, gdzie dwie dziewczynki, wydając dzikie okrzyki, łaskotały wijącą się ze śmiechu Madeleine.

– O, wujek Michał! – pierwsza zobaczyła go Marcysia i rzuciła się mu na szyję. – Wujku, jak dobrze, że wróciłeś! Wiesz, że już niedługo zamieszkamy z ciocią Madzią?

– O, rzeczywiście, wujek Michał – powtórzyła za nią Madeleine, podnosząc się z podłogi.

– Wy pewnie zamieszkacie – odpowiedział Michał, patrząc sponad główki Marcysi na Magdę, która usiłowała przygładzić rozczochrane zabawą włosy. – I bardzo wam zazdroszczę – dodał.

– Dziewczynki, zostawię was teraz, bo muszę pogadać z wujkiem Michałem. Możecie zejść do kuchni, Kaśka mówiła, że ma dla was lody w zamrażalniku – dodała i powoli podeszła do stojącego w drzwiach Michała.

– Chciałbym z tobą porozmawiać – powiedział, patrząc jej głęboko w oczy. – Ale nie tutaj. Pojedziesz ze mną?

– Pojadę – pokiwała głową – ale...

– Tak, tak, wiem. Podjeżdżamy pod górę, na szczyt wchodzimy piechotą – roześmiał się.

– Dokładnie. Antek wie, że wróciłeś?

– Tak, ale nie zabierzemy go ze sobą. On musi tu zostać i zastanowić się, jak przeprosi za to, że nazwał mnie tchórzem – powiedział głośno, doskonale zdając sobie sprawę, że jego przyjaciel stoi na schodach i podsłuchuje. – To co, jedziemy?

– Dobrze. – Madeleine zeszła za nim po schodach, mijając po drodze brata, który zastąpił drogę Michałowi.

– Jeżeli ona choć raz przez ciebie zapłacze, zatłukę cię...

– Jak psa – dokończył Michał. – Wiem i doceniam – dodał i wymijając go, poklepał go po ramieniu.

Gdy weszli na górę, zaczął zrywać się wiatr. Magda z lubością wystawiła twarz w kierunku podmuchów i poczuła, jak mocne ramiona Michała przyciągają ją do siebie.

– No to co? Tak to będzie wyglądać? Będziesz znienacka odjeżdżał i zjawiał się, gdy najdzie cię taka ochota? – zapytała, głęboko wciągając powietrze przesycone jego zapachem.

– Nie, nie będę odjeżdżał, a przynajmniej niezbyt daleko. Na jednym ze stoków góry znalazłem starą chatę. Pojechałem do jednego ze znajomych redaktorów. Zaproponowałem mu cykl o tym, jak przetrwać zimę w spartańskich warunkach. Potem znalazłem właściciela i wynająłem od niego ten kurnik. Podpisałem umowę i zostanę tu na kilka najbliższych miesięcy. Niczego nie obiecuję, ale jedno jest pewne, nie da się jeździć po świecie, gdy wszystko ciągnie cię do jednego miejsca...

– Nie, no proszę cię! – Odwróciła się do niego przodem. – I co, zostaniesz tutaj? Przecież sam mówiłeś, że to pogrzebanie się żywcem, pomyłka, takie jedno wielkie nigdzie...

Więcej nie zdołała powiedzieć, bo Michał zamknął jej usta pocałunkiem. Dobrze pamiętała, że całował bajecznie.

– Rzeczywiście mówiłem – powiedział, gdy w końcu oderwał usta od jej warg – że to dziura i jedno wielkie nigdzie. Ale zmieniłem zdanie. Gdy tak stoję tutaj z tobą i mam cały świat u stóp, wiem jedno: może i to jest nigdzie, ale to najpiękniejsze nigdzie, jakie w życiu widziałem. A jeżeli chodzi o moje artykuły, już wiem, jak zacznę pierwszy z nich: Jeżeli chcesz przeżyć srogą zimę wysoko w górach, najpierw znajdź sobie kobietę z dobrze ogrzewanym domem – powiedział i znów zaczął ją całować, a jego usta smakowały tak samo jak szumiący na szczycie wiatr.

SPIS TREŚCI

Rozdział I 5
Rozdział II 21
Rozdział III 33
Rozdział IV 52
Rozdział V 58
Rozdział VI 64
Rozdział VII 80
Rozdział VIII 92
Rozdział IX 116
Rozdział X 148
Rozdział XI 153
Rozdział XII 163
Rozdział XIII 167
Rozdział XIV 180
Rozdział XV 189
Rozdział XVI 197
Rozdział XVII 205
Rozdział XVIII 212

Rozdział XIX 215
Rozdział XX 220
Rozdział XXI 230
Rozdział XXII 239
Rozdział XXIII 245
Rozdział XXIV 260
Rozdział XXV 268
Rozdział XXVI 273
Rozdział XXVII 284
Rozdział XXVIII 289
Rozdział XXIX 299
Rozdział XXX 310
Rozdział XXXI 327
Rozdział XXXII 334
Rozdział XXXIII 348
Rozdział XXXIV 355
Rozdział XXXV 376
Rozdział XXXVI 383
Rozdział XXXVII 389

Czytelniczki o wcześniejszych książkach MAGDALENY KORDEL

Wszystkim, którzy lubią się śmiać, ale także zestresowanym i zasmuconym POLECAM książki pani Magdaleny! Gwarantuję, że rozbawią nawet największego ponuraka.

Sabina Tyrakowska
Sabinkowe czytanie...
http://sabinkat1.blogspot.com/

W książkach Magdy Kordel podoba mi się to, że jej opowieści nie są ani czarno-białe, ani landrynkowokolorowe. Czyli, jak to w życiu bywa.

Katarzyna Maciejewska
http://pasje-fascynacje-mola-ksiazkowego.blogspot.com

Polecam. I to gorąco polecam. Rewelacyjna powieść na dni szare i smutne, na chandrę, ale i na wakacyjne plażowanie. Ostrzegam tylko, że wciąga bez reszty.

Magdalena Kędzierska
www.stulecieliteratury.pl

ANNA FICNER-OGONOWSKA

Alibi
NA SZCZĘŚCIE

Daj się porwać tej pięknej historii o miłości, przed którą nie da się uciec. Przestań się spieszyć i pomyśl o tym, co w życiu najważniejsze.

Hania straciła wszystko. Jej życie zatrzymało się pewnego sierpniowego dnia. Przestała marzyć, a jedyne plany to te, które układa dla swoich uczniów. Kiedy na jej drodze staje Mikołaj, Hania boi się zaangażować, ale on walczy o miłość za nich dwoje. Pomaga mu w tym jej przyjaciółka Dominika, której energia i poczucie humoru rozsadziły niejedno męskie serce. Jest też pani Irenka: prawdziwa skarbnica ciepła i mądrości – po prostu anioł stróż. To w jej nadmorskim domu, gdzie na parapecie dojrzewają pomidory, a kuchnia pachnie szarlotką i sokiem malinowym, Hania odnajduje utracony spokój, odzyskuje wiarę w miłość i daje sobie wreszcie prawo do bycia szczęśliwą.

To pełna ciepła i nadziei opowieść o tym, że nic nie zamyka nam drogi do szczęścia. Bo szansa na nowe życie jest zawsze i tylko od nas zależy, czy zechcemy ją wykorzystać.

Opowieść o tym, z jaką determinacją mężczyzna jest w stanie walczyć o miłość kobiety. Chwilami pogodna, chwilami wzruszająca historia rodzącego się uczucia. Love story, którą czyta się jak kryminał.

Artur Żmijewski

ANNA FICNER-OGONOWSKA

Krok
DO SZCZĘŚCIA

Zaparz sobie dobrą herbatę i sięgnij po tę książkę.
Zaczytaj się i zapomnij o wszystkim.

Hania cieszy się ze ślubu swojej przyjaciółki Dominiki, jednak nie potrafi uciec od smutnych wspomnień związanych z dniem, który miał być najszczęśliwszy w jej życiu. Musi zmierzyć się z przeszłością i uwierzyć w to, że czas już zrobić kolejny krok. Czas dostrzec, jak bardzo walczą o nią najbliżsi i ile gotowi są dla niej poświęcić. Pani Irenka jak nikt inny potrafi podnieść ją na duchu. Dominika wie, że prawdziwa przyjaźń wymaga czasami bolesnej szczerości. Mikołaj, dotąd czuły i cierpliwy, ma już dość czekania na Hanię, która wciąż ucieka przed jego miłością. Kiedy na światło dzienne wychodzi skrzętnie skrywana rodzinna tajemnica, w życiu Hani pojawia się osoba, o której istnieniu nie miała dotąd pojęcia...

Krok do szczęścia to mądra i pełna ciepła opowieść o tym, że życie nigdy nie przestaje nas zaskakiwać i że nic nie dzieje się bez przyczyny. Szczęście czeka na każdego, kto odważy się zrobić pierwszy krok.

„Mistrzowskie spiętrzenie wątków godne talentu Agathy Christie".

Artur Żmijewski

ANNA FICNER-OGONOWSKA

Szczęście

W CICHĄ NOC

Wejdź w świat magicznej wigilijnej opowieści o miłości, wybaczeniu i tradycji.

Wieczór wigilijny, za oknem śnieg. W domu radosny gwar i krzątanina, pachnie piernikiem i choinką.

Hania pragnie spędzić wigilię z najbliższymi osobami w rodzinnym domu. Chce spełnić marzenie mamy. Zapowiada się wspaniały czas, pełen mądrych rozmów, rozkochanych spojrzeń, radosnego śmiechu i wigilijnych smaków. Zanim jednak na dobre ruszą przygotowania do wigilii, Hania musi jeszcze z kimś porozmawiać, by ostatecznie pogodzić się z przeszłością…

Marzę, by ta książka rozgrzała serca i sprawiła, żeby te Święta, choć za oknem śnieg i chłód, były ciepłe, dobre i prawdziwie wyjątkowe.

Anna Ficner-Ogonowska

MALOWNICZE
WYMARZONY
DOM
Kordel